# MELANIE HAUPTMANNS

# Mein Fettes Glück

Roman

hansa**nord**

## IMPRESSUM

1. Auflage 2025
© 2025 by hansanord Verlag

*Alle Rechte vorbehalten*

Das Werk einschließlich aller seiner Teile ist urheberrechtlich geschützt. Jede Verwendung außerhalb der Grenzen des Urheberrechtsgesetzes ist ohne Zustimmung des Verlages nicht zulässig und strafbar. Das gilt vor allem für Vervielfältigung, Übersetzungen, Mikrofilmungen und die Einspeicherung und Verarbeitung in elektronischen Systemen.

ISBN Print 978-3-947145-91-1
ISBN E-Book 978-3-947145-92-8

Cover | Umschlag: Tobias Prießner
Satz: Christiane Schuster | www.kapazunder.de
Lektorat: Ursula Schötzig

Für Fragen und Anregungen:
info@hansanord-verlag.de

Fordern Sie unser Verlagsprogramm an:
vp@hansanord-verlag.de

**hansanord**

hansanord Verlag
Johann-Biersack-Str. 9
D 82340 Feldafing
Tel. +49 (0) 8157 9266 280
FAX +49 (0) 8157 9266 282
info@hansanord-verlag.de
www.hansanord-verlag.de

*Für Greta*

*(Lesen darfst du es aber erst, wenn du alt genug bist! 😊)*

KAPITEL 1

# Am Ende des Weges

Lassen Sie mich diese Geschichte an dem Punkt beginnen, an dem sie hätte enden sollen: am 23 Juli, um 15:54 Uhr. Eine weitere Information, welche die Smartwatch an meinem Handgelenk preisgab, war, dass ich soeben zum vierten Mal meinen grünen Trainingsring geschlossen hatte und somit achtzehn gelaufene Kilometer hinter mir lagen. ACHTZEHN! Lieber Himmel. Ich konnte mich nicht erinnern, jemals so weit gelaufen zu sein. Von meiner Wohnung bis zum Kindergarten, in dem ich arbeitete, waren es zwölf Kilometer. Und selbst diese war ich noch nie zu Fuß gegangen. Einmal hatte ich die Strecke mit dem Fahrrad bestritten. Von da an war das permanent schlechte, zu heiße oder zumindest nicht ganz ideale Wetter dafür verantwortlich, dass ich lieber mit dem Auto fuhr. Meine Bequemlichkeit war es zumindest nicht. Ganz sicher. Manchmal hatte ich nach der Arbeit einen Termin oder mir fiel eine andere Ausrede ein, weshalb ich das schicke schwarze Hollandrad lieber zu Hause vor der Türe stehen ließ, als es gemäß seiner Bestimmung zu nutzen. Drei Monate stand es dort und setzte Flugrost an seinen zahlreichen verchromten Teilen an. Eines Nachts hatte eine vermutlich sportlichere Frau Mitleid und erlöste das gute Stück von seinem Leid, indem sie es einfach mitnahm. Die Versicherung weigerte sich, den Schaden zu regulieren, da ich es nicht ausreichend geschützt hatte, wie sie schrieben. Chronisch pleite, wie ich war, stand der Erwerb eines neuen Gefährts nicht zur Debatte. Somit blieb es bei diesem Versuch, meine Kondition zu steigern.

Die Frage: »Was tue ich hier eigentlich?« hatte ich mir selbst in den vergangenen knapp fünf Stunden mehrfach gestellt und war immer wieder auf dieselbe Antwort gekommen: Ich reiße mich am Riemen und durchkreuze Hennings Pläne nicht!

Vor einigen Tagen hatte ich meinen Freund Henning dabei erwischt, wie er in meiner Schmuckschatulle wühlte. Er hatte den Inhalt ausgeschüttet und genauestens angesehen. Zwar versicherte er mir, nur einen seiner Manschettenknöpfe gesucht zu haben, ich hatte jedoch sehr wohl bemerkt, dass einer meiner Ringe fehlte. Vielleicht war er tatsächlich zu einem Geschäftsdinner mit seinen Kollegen eingeladen worden, aber definitiv war es bei dieser Suche um etwas ganz anderes gegangen. Er wollte meine Ringgröße herausfinden. Dieser Verdacht erhärtete sich, als er noch am gleichen Tag ankündigte, dass wir einen Wochenendtrip in die Berge unternehmen würden. Wie romantisch würde ein Heiratsantrag am Kamin einer kleinen Berghütte sein?

Henning und ich waren schon seit über neun Jahren ein Paar. Kurz nach der Schule hatte ich ihn bei einem Mittelalterfest kennengelernt. In Gewandung, wie man die zerlumpten Kostüme der dort arbeitenden Menschen nannte, hatte er Honig Met verkauft. Er war mir gleich aufgefallen. Ich mochte sein langes, dunkles Haar und die blauen Augen, die eine solche Wärme ausstrahlten, dass sie mich sofort in ihren Bann zogen. Noch am gleichen Abend verabredeten wir uns zu einem Date und zwei Tage später wurden wir ein Paar. Kurzzeitig hatte ich mich bemüht, ebenfalls eine Leidenschaft für das Mittelalter zu entwickeln, und sah mich auch schon in dem schönen Kleid einer Lady. Jedoch schafften das Übernachten auf Feldbetten, die Suche nach Holz und die kalten Nächte bei mir eher Leiden, als dass Begeisterung aufkam. Heute sah ich ihn selten als Schmied verkleidet bei Festivitäten. Er hatte seine Gewandung gegen Allwetterkleidung getauscht. Und dies waren die guten Tage. Er war zu einem dieser Männer geworden, mit Jogginghosen, die an den Waden eng anlagen, und dazu ein figurbetontes Shirt in schrillen Farben kombinierten. Knapp fünfhundert Meter vor mir wartete er ungeduldig auf mich und brüllte mir etwas entgegen. Ich verstand kein Wort. Der Wind blies mir um die Ohren und meine Fähigkeit, von den Lippen abzulesen, waren eher eingeschränkt ausgebildet. Hätten meine Füße nicht so sehr geschmerzt, wäre ich sicherlich bereit gewesen, einen Moment innezuhalten, um die Aussicht zu genießen. Missmutig blickte ich ins Tal hinab. Unglaublich, dass ich nicht nur eine so weite Strecke gelaufen war, sondern es auch noch in diese Höhe geschafft hatte. Stolz war ich nicht. Viel mehr war ich damit beschäftigt zu überleben. Ich atmete schwer, meine Beine waren unterkühlt, mein Rücken schmerzte unter der Last meines Rucksacks und im Inneren meiner Jacke hatte sich ein tropisch-feuchtes Klima gebildet. Erneut blickte ich auf die klobige Uhr mit dem abgenutzten blauen Band in stiller Hoffnung, sie würde endlich, wie bei meinem Navigationsgerät im Auto, anzeigen: Sie haben Ihr Ziel erreicht. Dies tat sie nicht. Mir fiel jedoch auf, dass sich ihr schmuddeliges Band tief in mein Handgelenk schnürte. Offensichtlich musste es wehtun. Ich spürte jedoch keinen Schmerz. So kam ich schnell zu der Schlussfolgerung, dass es sich um eine klassische Schmerzverlagerung handeln musste. Bei den Belastungen, denen ich gerade standhielt, und dem offensichtlichen, stummen Protest meines Körpers, der mir durch Scherzen an allen möglichen Stellen sagen wollte, ich hätte lieber zu Hause bleiben sollen, konnte es kaum anderes sein. Vielleicht war ich gerade aber auch in dem Zustand, in dem Mütter in der Lage waren, ein Auto anzuheben. Sie entwickelten unmenschliche Kräfte, um ihren Nachwuchs zu retten, die sich im Nachhinein niemand erklären konnte. So etwas hatte ich schon oft gehört. Vermutlich lief das so ähnlich ab wie beim unglaublichen Hulk. Im Film platzte seine Kleidung plötzlich vom Körper und er setzte sich dann mit aller Kraft für das Gute ein. Ja, das klang für mich absolut schlüssig! Ich war mir ganz sicher, mein Körper schüttete gerade alles an Adrenalin aus, was ging, damit ich den nächsten Tag erleben konnte. Überleben war die Devise. Nur nicht stehen bleiben. Die Dämmerung musste ja schließlich auch irgendwann einsetzen und ich konnte nicht auf diesem Berg bleiben. Gab es in Deutschland eigentlich Kojoten? Auf jeden Fall soll es wieder Wölfe geben, hatte ich gelesen. Ich musste an das Buch Wolfsblut denken, welches ich in der Schule gelesen hatte. Eine brutale Erzählung eines hungrigen Wolfsrudels, welches sich Nacht für Nacht erst die Hunde zweier Wanderer holten, bis sie die dazugehörigen Menschen ebenfalls auf ihren Speiseplan setzten.

Auch wenn mein Handgelenk nicht schmerzte, es sah brutal schmerzend aus und konnte so nicht bleiben. Verletzungen bei Wanderungen waren sicherlich nicht selten, überlegte ich. Hatte Reinhold Messner beim Erklimmen des Mount Everest nicht einige Zehen verloren? Ihm war es vermutlich ähnlich ergangen wie mir. Etwas höher und etwas weiter zwar, aber ich möchte nicht päpstlicher sein als der Papst selbst. Er hatte auch überlebt.

Also Messner, nicht der Papst. Ich wollte meine verfaulte Hand jedoch nicht in einem Tuch heimtragen. Deshalb entschied ich mich, die Uhr abzulegen. Ich stellte mich auf eine Diskussion darüber ein. Henning würde sich über die fehlenden Daten und die somit nicht korrekt lesbare Analyse meiner Leistung des heutigen Tages ärgern. Zumindest tat er es immer, wenn er diese Daten für sich selbst nicht hatte. Mich hatte er noch nie analysieren wollen oder vielmehr können. Denn seine neue Leidenschaft für Sport teilten wir noch weniger als sein Mittelalterfaible. Henning, der neue Outdoor Masochist, hatte das Band absichtlich so fest angelegt, damit ich oder vielmehr er sehen konnte, wie hoch mein Puls ging. »Nur bei einer guten Herz-Kreislauf-Frequenz ist auch die Fettverbrennung optimal!«, hatte er mir vor einigen Stunden am Parkplatz zugerufen und war bepackt mit seinem neuen, grau-grünen Trekkingrucksack losgelaufen. Er sprach zwar weiter, aber das Einzige, was ich noch hörte, war: »Dieser Wert sollte 60 bis 70 Prozent über der maximalen Herzfrequenz liegen. Frauen rechnen dafür einfach 226 minus ihres jeweiligen Alters. Männer subtrahieren …«, und dann konnte ich ihn schon nicht mehr verstehen, weil er ein Tempo vorlegte, bei dem ich nicht im Ansatz mithalten konnte.

»Meine Güte, Mara, das wird aber auch Zeit. Beweg dich mal!«, schimpfte Henning, als ich endlich bei ihm ankam. Er reichte mir eine Flasche Wasser. So eine, die Leitungswasser beinhaltete, die aber am Aufsatz einen Aromaspender hatte, damit man dem Gehirn vorgaukeln konnte, es würde sich um ein leckeres, fruchtiges Getränk handeln. Mein Gehirn funktionierte so nicht. Es wusste genau, dass es sich nur um Wasser handelte. Deshalb wollte mein Gaumen partout nicht den Geschmack der Wildkirsche wahrnehmen, den der sogenannte Aroma Pod verströmte. Dies spielte in diesem Moment jedoch keine Rolle. Mein Hals war trocken und ich hätte Brackwasser getrunken, um eine Erlösung zu spüren. Wortlos warf ich Henning seine Apple Watch entgegen. Dabei sprach ich kein Wort. Abwechselnd trank ich und schnappte nach Luft. Henning sah mich verständnislos an. Ihm war kein Zeichen der Anstrengung anzusehen. Die Temperaturen waren zwar viel zu kühl für diese Jahreszeit, jedoch konnte kein Mensch nach einer solchen Wanderung so frisch aussehen wie er. Und doch tat er es. Eine Strähne seines Haars, welches ich so liebte, wehte durch sein Gesicht. Er nahm sie und steckte sie sich hinters Ohr, so wie er es immer tat. Ich lächelte ihn an und er erwiderte es, küsste mich auf die Nase und sagte: »Ich bin stolz auf dich!«

»Darauf, dass ich bis hierhin überlebt habe?«, fragte ich und lachte atemlos. »Nee, dass du mitgemacht hast. Ich weiß, dass du nicht gerne läufst. Aber der Ausblick und dieses Wochenende sind es wert. Vertraue mir.« Er nahm mich in seine muskulösen Arme und drückte mich fest an sich. Ich erwiderte seine Umarmung. Nach wie vor fühlte er sich für mich fremd an. Seitdem er über 40 Kilogramm durch einen Magenballon abgenommen hatte, der für knapp ein Jahr in seinem Gedärm herumwaberte und verhinderte, dass er eine normale Portion essen konnte, hatte er mit Sport begonnen. Sein Körper war nicht nur massiv erschlankt, sondern fühlte sich ganz anders an, als ich es gewohnt war. Früher hatte ich seine Muskeln nur an seiner Stärke erlebt, heute konnte ich sie fühlen und auch sehen. Ich freute mich für ihn. Ich wusste, dass seine massive Gewichtszunahme in der Corona-Pandemie nicht nur stark auf seinem Körper, sondern auf seiner Psyche gelastet hatte. Gerade deshalb unterstützte ich ihn auch bei seinem Vorhaben. Jedoch waren die Veränderungen in seinem Essverhalten nur der Anfang. Seine, beziehungsweise seit Kurzem unsere Wohnung füllte sich nach und nach mit Walking-Stöcken, Hanteln, Stretchbändern und sogar ein Rennrad stand seit Neuestem in unserem Flur. Ich blickte an mir herab. Am unteren Ende meines linken Schienbeins sah ich, in schmerzender Erinnerung, die mittlerweile zweite Narbe, die noch stark gerötet unter meiner magentafarbenen Leggings hervorlugte. Zigmal war ich schon gegen die Pedale besagten Fahrrads gelaufen und hatte mich verletzt. Jede Diskussion darüber war jedoch überflüssig. Wir hatten keinen Keller und er wollte nicht, dass sein teures Gefährt das gleiche Schicksal erlitt wie mein schönes Hollandrad. Dagegen hatte ich kein Argument und manövrierte mich fortan durch den eh schon viel zu engen Flur an seinem teuren Rennrad vorbei. Ich bewunderte ihn für seinen eisernen Willen. Auch ich war mehrgewichtig und zwanzig Kilo weniger auf meinen Rippen würden sicherlich besonders meinem Arzt gefallen, der mir bei jedem Besuch sagte, dass sämtliche Wehwehchen mit meinem zu hohem Gewicht in Verbindung standen. Mein Heuschnupfen übrigens auch. Die Ernährung umzustellen, oder sagen wir, mich damit anzufreunden, mehr Gemüse und kaum noch Kohlenhydrate zu essen, war im Bereich des Möglichen gewesen. Auch wenn ich zugeben muss, oft gemogelt zu haben. Mich aber mit Sport anzufreunden war gar nicht möglich. Ich hatte es versucht. Ich liebte es, schwimmen zu gehen. Aber ich verstehe unter Schwimmen halt auch ein paar Bahnen zu schwimmen, viel zu schnell die Wasserrutsche runterzurasen und dann im Whirlpool zu relaxen. Vierzig Bahnen schwimmen entsprach nicht meiner Vorstellung von einem schönen Besuch in einem Schwimmbad. So nahm Hennig Kilo um Kilo ab und ich behielt meine alte, aber, wie ich finde, schön proportionierte Figur.

»Was sagt denn deine Uhr?«, fragte er mehr sich selbst, als er mich losließ und die Smartwatch begutachtete. »Nicht schlecht!« war sein fachkompetentes Resümee, nachdem er meine Puls-Analyse durchgegangen war. »Ich habe eine Überraschung für dich!« Henning strahlte übers ganze Gesicht. »Ja?«, fragte ich und sah ihn erwartungsvoll an, als er ein kleines Kästchen aus der Tasche zog. Mein Herz schlug mir bis zum Hals. Da war er also, der große Moment, von dem ich noch unseren Enkelkindern erzählen würde. Ich nahm die Schachtel und öffnete sie. Mit zitternden Händen hielt ich sie und versuchte viele unterschiedliche Gefühle zu sortieren. Wir waren so lange zusammen und mir war klar, dass Henning der Mann war, mit dem ich alt werden wollte. Meine Wanderung war fast schon vergessen, würde aber ganz sicher ein Highlight bei der Präsentation unserer Verlobungsgeschichte beim nächsten Familienfest werden. Sicherlich hatte er dies genau so vorgesehen. Jedoch vermischten sich in diesem Moment auch Erstaunen und Enttäuschung in meine Gefühlswelt. Der Ring in der Schachtel entsprach gar nicht meiner Vorstellung eines Verlobungsrings. Er war breit und weder Gold noch Silber. Nicht einmal ein Rosé Gold. Er war grau. In der Mitte befand sich ein klobiger, dunkler Stein. Irgendwie erinnerte er mich an einen Verbindungsring, wie er in amerikanischen Filmen getragen wurde. Ich sah ihn erstaunt an. Dann blickte ich wieder auf den Ring. »Gefällt er dir?«, fragte er und seine Freunde war ihm anzusehen. »Nein!«, wollte ich sagen und ihm die Schachtel zurückgeben. Konnte es nach so vielen Jahren wirklich sein, dass er meinen Geschmack nicht einschätzen konnte? Hätte er nicht wenigstens Steffi oder Lena, meine beiden besten Freundinnen, zu Rate ziehen können? Ich war unter Einsatz meines Lebens achtzehn Kilometer gelaufen, um ihm diesen so gut geplanten Moment zu ermöglichen. Mist, warum hatte ich einen pädagogischen Beruf erlernen müssen? Manchmal hätte ich gerne einfach gesagt, was ich dachte. Aber so etwas war mir unmöglich, ohne empathisch die Gefühle des anderen zu bedenken. Ich wollte ihm diesen Moment nicht zerstören. Vielleicht konnte man den Ring später durch einen anderen ersetzen, überlegte ich. Die Eheringe werden wir definitiv zusammen aussuchen, stand zu diesem Zeitpunkt fest. »Er misst auch deinen Puls!«, sagte Henning begeistert. »Wer?«, fragte ich wiederum etwas verwirrt. »Na, der Ring.« Ich brauchte einen kurzen Moment, um meine Gedanken zu sortieren. »Mein Verlobungsring?«

»Quatsch, das ist ein Smart-Ring. Ich weiß doch, dass du keine Uhren magst. Aber wie du heute gesehen hast, sind die Daten, die dabei aufgezeichnet werden, mega nützlich. Du kannst auf dem Ring ablesen, wie deine Pulsfrequenz ist, wie weit du gelaufen bist, ob du dein Stehziel erreicht hast, und du kannst auch dokumentieren, wie viele Kalorien du zu dir genommen hast. Er verbindet sich auch mit deinem Handy. Da hast du dann natürlich eine viel bessere Übersicht. Mit Grafiken und so. Der Ring kann auch noch viel mehr. Fürs Erste reichen diese Funktionen aber. Mit dem Handy kannst du übrigens den Code von sämtlichen Lebensmitteln abscannen.« Er zog sein iPhone aus der Tasche und ahmte die Bewegung einer Kassiererin beim örtlichen Baumarkt nach. »Einfach einscannen, was du isst, und ab dafür. Das Programm rechnet dir dann ganz schnell um, wie viele Kalorien du an dem Tag noch zu dir nehmen kannst. Der Rest funktioniert von ganz allein. Super, oder?« Er tippte auf den Ring und der Stein in der Mitte entpuppte sich als winziges Display. Blaue Zahlen blinkten mir entgegen. Gelaufene Distanz: 0,00 km. »Aha!«, antwortete ich, weil es mir tatsächlich gerade die Sprache verschlagen hatte. »Ich habe auch einen. Und das Beste ist, dass ich uns beide schon miteinander verbunden habe. So können wir uns gegenseitig sportlich herausfordern oder ich kann dir auch liebevollen Druck machen, wenn du dich zu wenig bewegst«, versuchte er weiterhin diesen absurd hässlichen Ring anzupreisen. »Das ist ja großartig!«, log ich, mit einem leicht sarkastischen Unterton. Eigentlich war dies nicht mal eine Lüge. Es war ein Füllsatz. Also einer dieser Sätze, die man sagt, um Zeit zu gewinnen, sich selbst und seine Gedanken zu sortieren. In Reden von anderen Menschen hört man dies oft als »ähhhm« oder »mmmmh«. Also einem Fülllaut. In diesem Fall reichte ein Laut nicht aus. Ich brauchte einen Satz, um diese Informationen zu verdauen. »Und jetzt kommt's!« Henning strahlte vor Begeisterung. Das Leuchten in seinen Augen hatte ich zuletzt gesehen, als er sein zweites Staatsexamen bestanden hatte. »Aha«, antwortete ich erneut. Mit einer ausladenden Geste holte er aus. Ich folgte seinem Arm und mein Blick landete auf einer Kirche. Mein Gehirn kombinierte blitzschnell: Wir heiraten jetzt sofort? Nee, das hatte ich mir ganz anders vorgestellt. Ich wollte ein rauschendes Fest mit all unseren Freunden. Ein traumhaftes Brautkleid durfte nicht fehlen. Ich heirate doch nicht in einer Leggings und einer viel zu engen Jack Wolfskin

Jacke. Kommt gar nicht in Frage! Und wo war denn mein Junggesellinnenabend geblieben? Nein, seine Planung in aller Ehre. Aber so wollte und konnte ich auf keinen Fall heiraten. »Henning, das ist wirklich eine wunderschöne Idee. Aber hatten wir nicht gesagt, dass wir uns eine Band wünschen und einen Foodtruck für unsere Gäste bestellen wollen?« Nun sah Henning etwas überrascht aus. »Wovon redest du?«, fragte er schließlich. »Von unserer Hochzeit.« Er lachte auf. »Wir heiraten heute nicht. Das ist ein Kloster. Da kann man Urlaub machen. Komm mit!«, sagte er und lief wieder los. Ich bemühte mich, Schritt zu halten. Immerhin gab es für mich einiges an Klärungsbedarf. Aber so sehr ich mich auch anstrengte, er kam mit seinen langen Beinen und seiner neugewonnenen Kondition zu schnell voran. Ich konnte einfach nicht mithalten. So fluchte ich über mich selbst und wünschte mir von ganzem Herzen, doch nur etwas sportlicher zu sein. Einfach losrennen, um ihn wieder einzuholen und zur Rede stellen zu können, wäre jetzt ideal gewesen. Aber dies war mir nicht möglich. Ich schnappte schnell wieder nach Luft, mein Herz raste und mein Hals wurde trocken. Nach circa einem Kilometer unbefestigtem Weg kam ich endlich vor einem großen Tor zum Stehen. Henning hatte auf mich gewartet und zog an einem Seil. Eine schmiedeeiserne Glocke setzte sich in Bewegung und sogleich ertönte ein lauter Ton. Vor Schreck fuhr ich zusammen. »Henning!«, japste ich. »Nur damit ich das richtig verstehe: Sind wir verlobt?«

»Nein, wie kommst du darauf? Ich wusste nicht, dass du das überhaupt möchtest«, antwortete er sanft. »Wie? Wir haben doch schon so oft über unsere imaginäre Hochzeit gesprochen. Im Grunde ist doch alles schon geplant.«

»Ja, aber das war doch vorher.«

»Vor was?«, fragte ich. »Bevor ich ein neuer Mensch geworden bin. Du musst zugeben, dass unsere Lebensumstände nicht mehr so viele Übereinstimmungen haben. Deswegen sind wir ja hier.«

»Für was?«

»Ich liebe es, dass du eine unabhängige Frau bist, die auch ohne mich ihren Weg geht. Aber wir haben kaum noch was gemein«, erklärte er. »Ich weiß gar nicht, wovon du sprichst. Wir waren nie ein Paar, das es nur zu zweit gab. Du hattest immer schon deine Freunde und ich meine. Ganz oft kamen beide Gruppen zusammen und hatten viel Spaß. Das war doch nie ein Problem.«

»Und, um ehrlich zu sein, meine ich, dass wir optisch nicht mehr zueinander passen«, sprach er weiter. Es waren nur Worte. Aber sie fühlten sich an, als ob er nicht nur mit einem Zaunpfahl gewunken hatte, sondern als ob er mir einen ganzen Lattenzaun gegen den Kopf schleuderte. »Pass auf, wir sind so lange zusammen und ich liebe dich. Ich brauche jedoch auch eine Frau an meiner Seite, die zu mir passt. Wenn dieses Anwaltsdinner zum Beispiel ist, dann gehe ich mit dir hin und alle anderen mit ihren Gattinnen.«

»Und?«

»Häschen, das sind allesamt Frauen, die sehr auf sich und ihre Figur achten. Die Frau von meinem Chef zum Beispiel …«

»Du denkst, ich bin zu fett, um dich zu diesem Dinner zu begleiten?«, kombinierte ich seine Worte und schrie ihn dabei fast schon an, als sich das Portal zum Kloster öffnete und uns zwei Nonnen entgegentraten. »Ich glaube, du solltest etwas für dich tun und versuchen ebenfalls einen Wandel zu durchlaufen. Einfach mal an deinem Mindset arbeiten. Das ist gut für deine Persönlichkeitsentwicklung und auch für deine Gesundheit. Ich sag ja nicht, wir trennen uns. Aber ich möchte versuchen, alles zum Besseren für uns zu wandeln.«

»Indem ich mich verändern muss?«

»Ich glaube nicht, dass diese Diskussion etwas bringt. Du hast ein langes Wochenende für dich hier. Ich habe dein Zimmer bis einschließlich Montag gebucht. Deine Kollegen wissen Bescheid. Ich hole dich gegen Mittag wieder ab«, sagte er, drehte sich um und marschierte den Weg hinunter. Ich warf meinen Rucksack ab und lief ihm ein paar Schritte hinterher. »Wo gehst du hin?«, schrie ich. Ohne sich umzudrehen, antwortete er: »Das ist deine Reise zu dir selbst. Da würde ich nur stören. Bis Montag!«

KAPITEL 2

# Nimm mal ab

Wie ich schon geschrieben habe, beginnt dieses Buch an der Stelle, an der es hätte enden sollten. Ein Happy End im Sonnenuntergang war, was ich erwartet hatte. Ein liebendes Paar, welches sich dazu entschließt, sein Leben miteinander zu verbringen, hatte ich gewollt. Richtig kitschig und meinetwegen mit allen Klischees wie Tränen, Umarmungen und was so alles dazugehört. Nun stand ich allein auf einem Schotterweg und blickte dem Mann nach, der mir soeben gestanden hatte, dass ich ihm peinlich war.

Ja, ich war mehrgewichtig. Von mir aus beschreiben wir mich auch als fett. Das wäre nicht das erste Mal in meinem Leben, dass mich jemand so beschimpft. Dies hatte mich mein ganzes Leben begleitet und mich in vielen Situationen belastet. Besonders in der Schule, als mir andere Kinder »Fette Sau, nimm mal ab« oder dergleichen hinterhergeschrien hatten. Es gab kaum eine Diät, die ich nicht ausprobiert hatte. Sie waren zwar meist von kurzzeitigem Erfolg gekrönt, sorgten jedoch mit einer kalkulierbaren Zuverlässigkeit für einen Jo-Jo-Effekt. So zeigte das Endergebnis stets zwei bis drei Kilo mehr auf der Wage und sorgte für Frust und Traurigkeit bei mir. Mit Mitte zwanzig hatte ich mich entschieden, diesen Kreislauf zu durchbrechen und mich endlich so zu akzeptieren, wie ich war. Dies war ein langer Weg, und ich hatte dazu hart an mir gearbeitet. Heute konnte ich sagen: Ich mag mich! An den meisten Tagen konnte ich sogar behaupten, dass ich Liebe für mich und meinen Körper empfand. Mit wenigen Worten hatte Henning geschafft, mein altes Körpergefühl zurückzuholen. Es war eine Mischung aus Schuld, Traurigkeit und Selbsthass. Dieser Cocktail an Empfindungen schoss durch mich hindurch wie ein Blitz und riss mich aus meiner Erstarrung. »Spinnst du?«, schrie ich und war mir nicht ganz sicher, ob ich Henning oder mich selbst meinte. Ich war nicht bereit, mich von jemanden so behandeln zu lassen. Vor allem nicht von mir selbst. Ich würde jetzt nicht wieder an meinem Wert zweifeln und die Schuld bei mir und meinem Körper suchen. Wenn er sich nicht traute, mit mir als draller Schönheit und seinen großartigen Anwaltskollegen zu speisen, dann eben nicht. Das sagt doch auch viel mehr über ihn als über mich aus. »Ich verbiege mich für niemanden. Besonders nicht für dich!« Henning konnte mich längst nicht mehr hören. Ich warf ihm das Kästchen mit dem Ring hinterher, verfehlte ihn aber bei Weitem. Besonders ernüchterte mich, dass er kein einziges Mal zurückblickte. Eiskalt ging er weiter. Offensichtlich nahm unsere Lovestory eine drastische Wendung. Und diese war keine von diesen Rosamunde Pilcher Struggles, die schon am Anfang des Filmes absehbar waren; Mann und Frau verlieben sich, haben eine schön Zeit, ein Missverständnis bringt alles ins Wanken und am Ende die große Versöhnung. Er hatte mich auf dem Mount Everest oder wie auch immer dieser verdammte Berg hieß, stehen lassen. Wie einen Hund, den verantwortungslose Menschen aussetzen, wenn er Schwierigkeiten macht oder die Urlaubspläne durchkreuzt. »Hat der sie eigentlich noch alle!«, fluchte ich laut. Dennoch überlegte ich kurz, ihm zu folgen. Ich wollte nicht allein in einem Kloster sitzen und meine Persönlichkeit entwickeln. Was sollte das überhaupt bedeuten? Erwartete er ernsthaft, dass ich drei Tage lang auf irgendeiner Yogamatte abhing und vor mich hin meditierte? Womöglich würde so ein freakiger Guru irgendein esoterisches Zeug vor sich hin brabbeln und mich dabei mit Räucherstäbchen benebeln. Nein, auf gar keinen Fall!

Aber welche Alternative hatte ich? Wenn ich ihm nun hinterherlief, was Ansicht schon ein absolutes No-Go war, dann würde ich eh nicht Schritt halten können. Er war viel schneller als ich. Vermutlich schaffte er die Strecke in deutlich kürzerer Zeit. Wenn ich unten ankommen würde, wäre er mit dem Auto schon auf und davon. Ich konnte mich zwar nicht genau erinnern, aber das letzte Zeichen von Zivilisation, welches ich auf der Fahrt zum Parkplatz wahrgenommen hatte, war eine Tankstelle, circa zwanzig bis dreißig Fahrminuten entfernt. Ich würde auf jeden Fall in die Dunkelheit kommen. Verdammt, ich musste dringend recherchieren, wie das mit Wildtieren in der Gegend war. Eigentlich spielte selbst das keine Rolle. Ob es in den Nachrichten nun hieß: »Eine junge Frau wurde zerfleischt aufgefunden. Vermutlich wurde sie von einem Rudel Kojoten angegriffen«, oder ob die Spezies als Wolf, Puma oder Wildschwein bezeichnet wurde, konnte mir dann auch gleichgültig sein. Wie auch immer: Heute konnte ich hier nicht mehr weg!

Ich drehte mich um und blickte auf das Kloster. Die Nonnen standen nach wie vor am Eingangstor und schienen auf mich zu warten. Resigniert ging ich auf sie zu, hob unterwegs meinen Rucksack auf und bemühte mich um ein Lächeln. »Hallo. Es scheint, als sei ein Zimmer für mich reserviert worden«, sagte ich. Die Ordensschwestern nickten und baten mich mit einer Handbewegung hinein. Offensichtlich waren sie von den Umständen genauso schockiert wie ich, denn sie sprachen kein Wort, während ich ihnen durch viele dunkle Gänge dieses Klosters folgte. Das Gemäuer strahlte eine angenehme Kühle aus. Eine elektrische Beleuchtung gab es nicht. Lediglich das Sonnenlicht, welches durch mehrere Nischen in die Gänge strahlte, sorgten für eine ausreichende Sichtweite. Die Ordensschwestern schienen keine Eile zu haben und leiteten mich eher gemächlich durch den Bau. Wir gingen durch einen Torbogen und durchqueren einen Garten, in dem Obst und Gemüse angebaut wurde. Ein großer Kirschbaum stand in der Mitte. Er war prall gefüllt mit leuchtend roten Früchten. Eine Nonne stand auf einer Leiter, die von einem Jungen gehalten wurde. Auf der Bank neben ihnen standen zwei Weidenkörbe, die mit Kirschen gefüllt worden waren. Eine weitere Schwester kniete vor einem Beet. Bedacht pflückte sie eine Gurke nach der anderen von den am Boden wachsenden Ranken, strich die Erde mit ihren Händen, an denen sie grüne Handschuhe trug, ab und legte sie liebevoll in eine Holzkiste. Mir schien es, als ob die Zeit hier anders vergehen würde, als ich es gewohnt war. Viel langsamer und vor allem bedachter. Es bot sich mir ein Bild, welches ich so noch nie erlebt hatte. Ich hörte die Vögel zwitschern und eine Hummel brummte an mir vorbei, um dann auf einer der vielen Sonnenblumen am Rande des Gartenweges zu landen.

Wir schritten durch ein weiteres Tor und bogen dann links wieder in einen der Gänge ein, die den letzten sehr ähnlich waren. Vor einer Tür endete unser gemeinsamer Weg. Eine der beiden Nonnen klopfte. »Ja, bitte«, hörte ich eine Stimme. Die Türe wurde mir geöffnet. Ich zögerte einen Moment. Da war er, der Duft von Räucherstäbchen. Ich hatte also das Büro des Gurus erreicht. Eine meiner Begleiterinnen bedeutete, dass ich eintreten solle. Ich folgte ihrer Aufforderung.

Eine Nonne, die an einem Schreibtisch saß, erhob sich und kam auf mich zu. »Mara, es ist so schön, Sie bei uns zu haben Herzlich willkommen im Kloster St. Raphael.«, begrüßte sie mich. Ich korrigierte meine Vermutung und ordnete den schweren Geruch in die Kategorie Weihrauch ein. Ob das nicht eh das Gleiche war? Die Nonne nahm meinen Kopf in ihre Hände und küsste meine Stirn. Sie war um einiges größer als ich, hatte eine schlanke Figur, welche von ihrem schwarzen Habit verhüllt wurde. Auf dem Kopf trug sie einen Klobuk, die klassische schwarzweiße Kopfbedeckung, die auch die anderen Nonnen getragen hatten. Da ich in einem katholischen Kindergarten arbeitete, kannte ich mich etwas mit den Gebräuchen der Kirche aus und erkannte auch gleich die drei Knoten an ihrem weißen Gürtel, dem Zingulum. Diese stehen für die Gelübde der Ordensleute: Keuschheit, Gehorsam und Armut. Genau diese wären der erste Hinderungsgrund für mich gewesen, eine Karriere als Nonne anzustreben. Natürlich hatte ich nie darüber nachgedacht, dies wirklich zu tun, dennoch fragte ich mich, ob es eine Art Karriere bei Nonnen überhaupt gab. Es erschien mir nicht schlüssig. Jedoch schien diese Ordensschwester einen höheren Rang zu haben als die anderen. Auch dies kam auf meine innere Liste der zu recherchierenden Dinge. »Ich bin Schwester Nicole«, sagte sie in einem fast schon singenden Ton. Sie erschien mir sehr sympathisch und ich hatte das Gefühl, meine Lage mit ihr besprechen zu können. »Vielen Dank, Schwester Nicole«, antwortete ich und fuhr fort. »Mein Aufenthalt kommt etwas überraschend für mich. Um ganz ehrlich zu sein, möchte ich auch nicht bis Montag bleiben. Würden Sie mir ein Taxi rufen, damit es mich zum nächsten Bahnhof bringt?«, fragte ich, als sie wieder hinter ihrem Schreibtisch Platz nahm. »Wir haben hier leider keine Taxis, liebe Mara«, antwortete sie mit einem gewinnenden Lächeln. »Sicherlich bekommen Sie Lebensmittel geliefert. Irgendwie müssen doch Autos hier hochkommen.«

»Ja, einmal im Monat werden tatsächlich einige Lebensmittel und Produkte des täglichen Lebens geliefert. Da wir einen Großteil unseres Bedarfs selbst anbauen, ist dies nicht so häufig nötig. Die nächste Lieferung kommt am …«, sie blätterte in einem Kalender, der auf ihrem Schreibtisch lag, »… achten August.«

»Sie müssen doch ab und an zum Arzt oder Dinge in der Stadt erledigen. Sicherlich haben Sie ein Auto, nicht wahr? Ist es Ihnen möglich, mich damit zu fahren?«, fragte ich sofort nach. »Leider nein. Schwester Inga ist damit auf einem Seminar in Schweinfurt. Sie kommt erst am Sonntag wieder. Selbstverständlich können wir dich dann, sofern du noch möchtest, zum Bahnhof bringen.« Ich ließ mich nach hinten fallen und landete sanft in der Rückenlehne des altmodischen Sessels, auf dem ich Platz genommen hatte. Das Büro von Schwester Nicole hatte den Charme der 70er. Nicht im Hippie Style. Eher so wie alte Menschen in den 70er-Jahren eingerichtet waren. Die Möbel, also der Schreibtisch und zwei Regale, waren aus massivem Eichenholz gefertigt worden und mit aufwendigen Verzierungen bestückt. Sie zeigten kirchliche Symbole und florale Elemente. Die Bezüge der beiden Sessel vor dem Schreibtisch waren aus

Brokat Stoff gefertigt, sofern ich dies beurteilen konnte. Sie waren in Braun- und Grüntönen gehalten und zeigten Szenen aus der Bibel. Zumindest erschien es mir so, ohne die Stickereien genau zu untersuchen. Ein schwerer Teppich lag unter meinen Füßen. Das einzige Element, welches verriet, mich in den 2020ern zu befinden, war Schwester Nicoles Schreibtischstuhl. Es war ein klassischer Drehsessel. Schwarz, schlicht und aus einem atmungsaktiven Material. »Du kannst natürlich zu Fuß den Berg hinabsteigen. Aber Mara, das möchte ich dir wirklich nicht empfehlen. Es soll heute Abend gewittern und bis zum Bahnhof läufst du sicherlich noch einmal zwei Stunden durch den Wald und dann über die Landstraße. Bitte bleibe zumindest bis Sonntag und wir bringen dich dann sehr gerne in die Stadt.«

»Also gut. Ich bleibe heute Nacht. Ob ich laufe oder noch länger bleibe, entscheide ich dann morgen«, antwortete ich nach langer Überlegung. Nicht nur der Fußmarsch und die wilden Tiere schreckten mich ab, den Weg eigenständig in Angriff zu nehmen. Vor allem war ich müde und ich merkte, wie mein Magen grummelte. Seit dem Frühstück hatte ich nichts mehr gegessen. Um das Gewicht meines Rucksacks so gering wie möglich zu halten, hatte ich nur eine Packung Erdnüsse zwischen meine Kleidung und den wenigen kosmetischen Artikeln gepackt. Diese hatte ich zwar noch nicht gesnackt, aber als Hauptgericht zog ich eh etwas anderes vor. Selbst an Getränke hätte ich nicht gedacht, wenn Henning mich nicht auf ihre Notwendigkeit hingewiesen hätte. »Das ist wunderbar«, antwortete Schwester Nicole. »Dann mache ich dich mit unseren Hausregeln bekannt.«

Hervorragend! Selbstverständlich gab es Hausregeln. Ich erinnerte mich schlagartig an die vielen Klassenfahrten, die ich in der Schule unternommen hatte. Auch die Landschulheime, in denen wir mehrere Tage verbrachten, hatten Regeln und diese waren überall gleich: Ab 22 Uhr sollte das Licht aus sein, auf den Gängen wurde nicht gerannt und Süßigkeiten im Zimmer waren verboten.

Wenn ich von Schwester Nicole einem Mehrpersonenzimmer zugeteilt werden würde und sie erwartete, dass ich in einem Etagenbett mit fünf anderen Gästen schlafe, werde ich definitiv doch den Fußmarsch in Kauf nehmen und noch heute abreisen, entschied ich kurzfristig und bereitete mich auf das Schlimmste vor. Ich hoffte jedoch, dass es nicht so weit kommen würde. Meine Wünsche waren klein. Ich wollte nur eine Dusche und ein leckeres Essen. Damit wäre ich fürs Erste zufrieden. Lieber Gott, bitte tue mir heute wenigstens diesen Gefallen!, dachte ich und überlegte, dass ich vermutlich nie näher bei unserem Herrn gewesen war. Unserem Herrn ... wie kam ich denn auf dieses Wort? Ich arbeitete zwar in einer katholischen Einrichtung, besonders gläubig war ich jedoch nie gewesen. Das musste die Umgebung sein, die jetzt schon auf mich abfärbte. »Wir hier im Kloster glauben an die Gleichheit der Menschen. Deswegen tragen auch unsere Gäste ein einheitliches Gewand«, erklärte Schwester Nicole und überreichte mir einen Packen an Kleidungsstücken in verschiedenen Brauntönen, die sie aus einem Regal hinter ihr zog. Ein Zettel mit meinem Namen war unter einer Schleife aus einer festen Kordel befestigt worden. »Wird mir das passen?«, fragte ich besorgt. Bisher waren alle Schwestern, die ich gesehen hatte, schlank und ich hatte die Sorge, wie in so vielen Momenten meines Lebens, dass die angebotene Kleidung weder über meine Hüften noch über meinen Po rutschen würde. So war ich zum

Beispiel schon so oft in einem Spa gewesen. Dort wurde mir tatsächlich noch nie ein Bademantel angeboten, den ich schließen konnte. Selbstverständlich fragte ich immer nach einer großen Größe, aber selbst die dort angebotenen XXL-Mäntel hatte weder meinen Busen noch mein Bauch bedeckt. Die Bloßstellung, mir dies selbst einzugestehen, war schlimm genug. Aber wenn diese so öffentlich war wie in einer Sauna oder einem Spa, sah ich den Blicken der anderen Menschen gleich ihre Gedanken an: Ach guck, die ist zu dick für das Kleidungsstück! Einmal hatte ich einen eigenen Bademantel dabeigehabt und wurde vom Personal darauf hingewiesen, dass dies aus hygienischen Gründen nicht erlaubt sei. So musste ich doch barbäuchig in den Spa-Bereich gehen. Dies war jedes Mal aufs Neue so demütigend gewesen, dass ich fortan immer dankend abgelehnt hatte, wenn meine Freundinnen einen solchen Ausflug unternehmen wollten.

»Selbstverständlich, liebe Mara. Hennig hat uns deine Kleidergröße verraten und wir haben alles für dich vorbereitet«, lächelte die Ordensschwester. Na immerhin! »Unsere Nachtruhe beginnt um 22 Uhr …« Wusste ich es doch, dachte ich. »… und da wir kein elektrisches Licht haben, möchte ich dich bitten, deine Öllampe zu gegebener Zeit zu löschen.« Sie stellte eine Lampe auf den Schreibtisch. Im echten Leben hatte ich ein solches Prachtstück noch nie gesehen. Ich kannte dieses Model jedoch aus der Fernsehserie »Unsere kleine Farm«. Irgendwie gefiel mir der Gedanke, in diese Zeit zurückversetzt zu werden, und ein Lächeln huschte über mein Gesicht. Aus der Serie wusste ich, dass man die Stärke der Flamme an einem kleinen Rädchen an der Seite einstellen konnte, und ich drehte daran zur Probe. »In unserem Gemeinschaftsraum werden die Laternen heute Abend entzündet. Bitte achte darauf, dass deine Laterne nicht vorzeitig erlischt. Aus Sicherheitsgründen geben wir unseren Gästen keine Streichhölzer oder Feuerzeuge mit auf die Zimmer.« Ich nickte. »Ich möchte dich bitten, dich an unsere Schweigezeit zu halten. Es ist höchst irritierend für unsere anderen Gäste, aber auch für uns Ordensleute, wenn jemand diese Regel verletzt.«

»Schweigezeit?«, fragte ich. »Wir sind ein Schweigekloster. Innerhalb dieses Raums, aber selbstverständlich auch im Beichtstuhl und wenn es bei unseren Kursen nötig ist, ist das Reden gestattet. Ansonsten genießen wir die Ruhe und konzentrieren uns auf unsere Gedanken und nicht auf den Austausch untereinander.« What?, dachte ich, sagte jedoch: »Immer?«, und versuchte mich selbst zu beruhigen. Wenn etwas Schweigezeit heißt, muss es ja auch eine Redezeit geben. Also fragte ich weiter: »Von wann bis wann geht denn die Schweigezeit genau?«

»Von Montag bis Sonntag.« Henning, du verdammter Spinner! Ein Schweigekloster war für eine so redselige Person wie mich pure Folter. Persönlichkeitsentwicklung … pah! Er hatte mich zum Schweigen bringen wollen. Und jetzt war ich allein schon aus Höflichkeit gezwungen mitzuspielen. »Die Beichte nehmen wir dir am Sonntag um 5:30 Uhr in unserer Kapelle ab. Du wirst sehen, welche Wohltat es ist, allein mit deiner Gedankenwelt zu sein. Viele Fragen klären sich eigenständig und die Ruhe, die auch in einem Kopf für Entspannung sorgen wird, wird dich die Reizüberflutung der Welt außerhalb dieser Mauern vergessen lassen. Du wirst schnell merken, wie gut dir die Stille tun wird. Ich nenne dies oft den Genuss der Leere. Keine Wertung, keine Vorwürfe, keine Feindseligkeiten. Eine Wohltat für die Seele«, erklärte die Nonne und erhob sich von ihrem Stuhl, der sich automatisch ein Stück mit ihr drehte. Sie deutete auf das Kleidungspaket und auf die Lampe, welche ich ergriff, während ich mich ebenfalls erhob. Sie kam um den Schreibtisch auf mich zu, griff nach meinem Rucksack und sagte: »Den wirst du hier nicht brauchen. Bis zu deiner Abreise verwahre ich ihn für dich.«

»Aber darin ist mein Shampoo und mein Pyjama«, protestierte ich. »Auch diese Dinge brauchst du hier nicht. Wir haben dir alles parat gelegt. Deine Nachtwäsche findest du ebenfalls hier«, erklärte sie und legte ihre Hand dabei sanft auf den Stapel Kleidung, den ich in meinen Armen hielt. »Hygieneartikel liegen in deinem Zimmer für dich bereit.« Sie öffnete die schwere Eichentür und sogleich stand eine Schwester im Türrahmen. »Das ist Schwester Rita. Sie bringt dich nun in dein Zimmer. Du kannst dich dort umziehen und dich kurz einrichten. Sie wird dich in zwanzig Minuten abholen und in den Gemeinschaftsraum bringen.«

KAPITEL 3

# Im stillen Kämmerlein

Schwester Rita tat wie ihr geheißen und brachte mich erwartungsgemäß durch viele Gänge und über zwei Treppen hinauf in mein Zimmer. Ich war erleichtert, dass sich nur ein Bett darin befand. Ein Mehrbettzimmer hätte mir den Rest gegeben und wäre definitiv über dem für mich Erträglichen gewesen. Der Raum war zwar spartanisch eingerichtet, für eine Nacht sollte es aber reichen. Nur zwei Möbelstücke befanden sich in dieser, ich würde es Kammer nennen. Eigentlich würde ich von einer Zelle sprechen, denn ich musste unweigerlich an ein Gefängnis denken. Jedoch war ich auch schon an einem so niedrigen Energielevel angekommen, dass mir selbst dies egal gewesen wäre, solange meine Mitinsassen ihre Essschalen nicht die ganze Nacht an den Gittern entlang schlagen würden. Als Zeichen meines Wohlwollens klammern wir das Wort Zelle jedoch erst mal aus.

Ein Bett und eine Kommode, neben der eine gusseiserne Kanne stand, waren alles, was mein Zimmer beinhaltete. Okay, wenn ich es ganz genau nehme, befand sich über der Türe ein hölzernes Kreuz. Die Wände waren weiß verputzt. Das Bett stand unter einem Fester, durch das die, wie ich vermutete, letzten Sonnenstrahlen fielen. Wie spät es war, konnte ich überhaupt nicht einschätzen. Ich stellte die Lampe neben die Schüssel auf der Kommode, ließ meinen Wäschestapel auf mein Bett fallen und mich selbst ebenfalls. Ich spürte die Erleichterung meines Rückens, als mein Körper in den weichen Daunen versank. Na, immerhin hatte ich eine richtige Decke. Daunen im Hochsommer schienen im ersten Moment zwar befremdlich, machten bei der Kälte in diesem Kloster jedoch vermutlich Sinn. Am liebsten hätte ich meine Augen geschlossen und wäre sofort eingeschlafen. Mein Hunger erinnerte mich an meinen Termin im Gemeinschaftsraum. Langsam rappelte ich mich auf und setzte mich auf den Bettrand. Ich fragte mich, was mein Aufenthalt hier wohl kosten würde. Ich hatte schon in sehr luxuriösen Hotels genächtigt, die mit jedem Schnickschnack ausgestattet und vor allem warm waren. Jedoch vermutete ich, dass mein Urlaub in diesem Kloster nicht am Komfort bemessen wurde, sondern an dem ganzen Drumherum. Henning hatte sicherlich ein Sümmchen springen lassen müssen. Als Sohn eines reichen Vaters war dies wiederum auch keine Kunst. Viel zu oft hatte er das Geld nur so aus dem Fenster geschmissen. Wenn ich mich darüber empörte, sagte er nur: »Wie schon Karl Lagerfeld sagte: Das Geld muss zum Fenster raus, damit es zur Türe wieder reinkommen kann!« Welche Logik sich dahinter auch verbarg, ich verstand sie nicht. Ich kam weder aus einem reichen Elternhaus, noch besaß ich selbst große Ersparnisse. Um ehrlich zu sein, war ich meistens pleite. Henning und ich hatten erst vor Kurzem beschlossen zusammenzuziehen und so schliefen wir zwar schon in seiner Wohnung, aber die finanzielle Last meiner eigenen vier Wände würde erst in ein paar Tagen wegfallen, da wir uns die Miete zukünftig teilen würden. Allein zu leben hatte seinen Preis. Dieser war hoch und betraf deutlich mehr als nur die Kosten für eine Wohnung. Auto, Versicherungen … und leben wollte ich ja auch noch. Zwar ging ich nicht jedes Wochenende auf die Piste, erst recht nicht, seitdem ich mit Henning zusammen war, aber ich kaufte mir oft Stoff. Nein, ich rede nicht von Drogen. Sicherlich ließe sich so der große und vor allem schnelle Schwund meines Gehalts erklären. Ich meine Stoffe, um Kleidung zu nähen. Schon vor Jahren hatte ich die Not zur Tugend gemacht und angefangen, mir selbst Kleider, Tunikas und manchmal auch Hosen zu fertigen. Ich trage Kleidergröße zweiundfünfzig. Und wenn ich ganz ehrlich bin, ist dies außerhalb der Norm. Die liegt in Deutschland nämlich bei zweiundvierzig. Leider bringt diese Tatsache mit sich, dass viele Kleidungsstücke nicht in meiner Größe zu bekommen sind. Zumindest nicht in den Schnitten, die ich für meine Figur als vorteilhaft und mitunter sogar als sexy betrachtete. Das wollte ich irgendwann nicht mehr hinnehmen und fing einfach an mir genau die Kleidungsstücke, die ich haben wollte, selbst zu schneidern. Kostengünstig war dieses Hobby zwar nicht, aber es machte mir viel Spaß und ich hatte die Garantie, dass ich tragen konnte, was ich wollte. Ich liebte es, mich stundenlang im Stoffladen meines Vertrauens aufzuhalten und die neuesten Farben, Muster, Borden, Knöpfe und Garne zu begutachten. Wie andere Frauen mit riesigen Taschen aus der Stadt kommen, trug ich mit einer stetigen Regelmäßigkeit Taschen in mein Nähzimmer. So befanden sich darin zig Körbe, Kästchen und Dosen, mit allem, was ich brauchte. Die alte Nähmaschine hatte ich mir aus dem Keller meiner Eltern geholt und mir von einer Änderungsschneiderin in der Stadt erklären lassen. Erst fiel es mir sehr schwer, allein den Faden an die richtige Position zu bekommen. Mit den Jahren bekam ich alle Nähte hin. Zwar nicht perfekt und ich war mir sicher, dass eine Schneiderin an meiner Arbeit verzweifeln würde, aber wer geht schon mit einer Lupe ran, um so etwas zu begutachten. Der Gesamteindruck zählt und dieser war meist gut. Bunt und oft für den Durchschnittsgeschmack zu schrill oder extravagant, aber ein durchweg positives Feedback bekam ich eigentlich immer. Also sah ich gut aus, war aber chronisch abgebrannt. Auf der hohen Kante hatte ich noch nie etwas gehabt. Ich fand es immer sehr beeindruckend, wenn andere Menschen es schafften, eine große Summe irgendwo auf einem Konto liegen zu haben, und sich einfach eine neue Waschmaschine kaufen konnten, wenn dies nötig war. Jedes Mal, wenn mein alter Daihatsu Cuore wieder ein neues Geräusch machte, hatte ich Angst vor dem, was der Mechaniker an Kosten aufrufen würde. Dies lag selbstverständlich nicht nur an meiner Leidenschaft für Kleidung. Henning und ich gingen sehr oft essen, ins Kino oder unternahmen etwas anderes, was mit Kosten verbunden war. Auch wenn er Geld besaß, war er dabei nicht sonderlich spendabel. Ich erwartete von einem Mann ja nicht, dass er mich aushielt, aber er bestand so oft darauf, in seine Lieblingsrestaurants zu gehen, die allesamt sehr kostspielig waren, dass ich mir das ein oder andere Mal schon gewünscht hatte, er würde mich einladen. Auf der anderen Seite war ich eine emanzipierte Frau, die danach nie fragen würde. Ich bekam das hin und war sehr stolz, immer eine Lösung zu finden, wenn es um meine finanziellen Nöte ging.

Was war Henning unsere Beziehung wert gewesen? Wie viel hatte er springen lassen müssen, um mich hier einzubuchen? Was mich aber noch viel mehr interessierte, war, ob er wirklich gedacht hatte, ich würde mich brav bedanken und dann alles dafür geben, für ihn und seinen Seelenfrieden schlank zu werden.

Mein Hals schnürte sich zu und ich spürte ein Brennen in der Kehle. Meine Augen füllten sich mit Tränen. »Schluss damit!«, sagte ich mir selbst. Ich wollte nicht weinen. Ich wollte jetzt essen und dabei im Bestfall eine ganze Flasche von dem guten Messwein trinken. Natürlich würde ich ihn vorher in ein Glas füllen, aber eine Flasche Wein sollte heute Abend drin sein.

Ich öffnete die Kordel meines Wäschepakets und untersuchte die Kleidung. Eine braune Kutte, ein Shirt, eine Unterhose, Socken und ein Haarband in Beige waren darunter zu finden. Die einzige Farbe, die von diesem Muster abwich, waren Schuhe in einem kräftigen Grün. Eigentlich handelte es sich dabei um Socken mit einer festen Sohle. Aus dem Kindergarten kannte ich diese Fußbekleidung als Barfußschuhe. Diese hier waren zwar nicht mit einem weichen Innenfutter ausgestattet, aber die Ähnlichkeit war zu erkennen. »Immerhin ist der Verwendungszweck klar!«, lachte ich leise in mich hinein. Dies konnten die letzten Worte sein, die ich an diesem Abend hörte, also ließ ich es mir nicht nehmen, sie noch einmal auszusprechen. Dabei flüsterte ich jedoch so leise es ging, damit mich auf dem Gang niemand hören konnte. Ich zog meine Kleidung aus und legte sie aufs Bett. Dabei fiel mein Handy aus dem BH. Dort bewahre ich mein mobiles Endgerät aus praktischen Gründen auf. Viel zu oft hatte ich in der Vergangenheit mal schnell etwas fotografieren wollen und mein Handy gesucht. Seither platziere ich es in meinem Büstenhalter. Das ist immerhin ein Vorteil von kurvigen Frauen. Je größer der Busen, desto mehr passt auch in den BH. Oft trug ich zum Beispiel auch Geld oder meine Kreditkarte direkt am Herzen. So konnte es nicht gestohlen werden, denn höchstwahrscheinlich würde ich merken, wenn mir jemand am

Busen rumgrapschen würde. Mir war im Leben ja schon viel passiert, aber Opfer eines Taschendiebs war ich noch nie geworden. Und so sollte es auch bleiben. Sicherlich waren im Kloster keine Handys erlaubt und Diebe vermutete ich hier auch keine. Ich stellte es in den Flugmodus und schob es unter mein Kissen. Wie gerne hätte ich Steffi oder Lena angerufen. Ich musste ihnen erzählen, was passiert war. Aber ich wollte auch pünktlich beim Essen im Gemeinschaftsraum sein. Deshalb musste dieser Anruf noch etwas warten.

Ich wollte kurz unter die Dusche springen, bevor ich mich umzog, musste jedoch feststellen, dass ich tatsächlich schon alles meines Zimmers gesehen hatte. Hier gab es keine Türe zu einem Badezimmer. Ich drehte mich einmal um mich selbst und tastete dabei mit meinen Augen die Wände ab. Das fahle Licht, welches durch das gemusterte Fenster in den Raum fiel, war zwar nicht sehr hell, verströmte jedoch eine angenehme Wärme. Diese war leider nur eine optische Wahrnehmung. Ich zitterte am ganzen Laib. Offensichtlich hatte man mir für meine persönliche Hygiene nur die Schüssel auf der Kommode zugestanden. Ich hievte die schwere Kanne neben die Waschschale und goss mir dann vorsichtig etwas von dem Wasser ein. Nachdem ich sie wieder abgestellt hatte, öffnete ich eine Schublade. Dort lag ein Stück Seife, ein Waschlappen und ein kleines Handtuch. »Ich werd bekloppt!«, entfuhr es mir. Ich tauchte die Seife ins Wasser. Dabei stellte ich gleich fest, dass es sich um kein industriell gefertigtes Produkt handelte. Sie war weder cremig, noch konnte man einen fluffigen Schaum damit erzeugen. Ich würde mich zwar definitiv bei Schwester Nicole beschweren und ein Zimmer mit Bad verlangen, aber für den Moment musste ich die Situation ertragen.

Ich tauchte den Waschlappen in das eiskalte Wasser und wusch meinen Körper so gut es ging. Die Seife hinterließ ein stumpfes Gefühl auf meiner Haut. Die Kälte sorgte dafür, dass ich augenblicklich wieder hellwach war. Selbstverständlich beinhaltete die Ausstattung meines Zimmers keine Bodylotion.

Ich zog meinen BH wieder an, bekleidete mich mit dem beigen Slip und schlüpfte in die Socken. Dann warf ich mir das Kleid über. Es war formlos, so wie der Habit der Nonnen. Das Band, welches meine Wäsche zusammengehalten hatte, funktionierte ich zu einem Gürtel um, damit ich die Länge meines Kleides anpassen konnte. Offensichtlich hatte man mich größer eingeschätzt, als ich mit meinen Einmetervierundsechzig tatsächlich war. Aber immerhin passte alles im Umfang. Das war schon einiges wert. Wie ich aussah, konnte ich nicht sagen, denn mein Zimmer hatte nicht einmal einen Spiegel. Als ich gerade via Handy meine Optik abchecken wollte, klopfte es an meiner Türe. Ich öffnete sie und sah, wie angekündigt, Schwester Rita, die mich freundlich anlächelte. »Gut, dass Sie da sind. Ich suche das Bad«, sagte ich. Augenblicklich legte sie ihren Zeigefinger auf ihre Lippe und bedeutete mir zu schweigen. Ach ja. Sie durfte ja nicht sprechen. Sie zeigte auf eine Kommode. »Ja, die habe ich gesehen. Aber es muss doch möglich sein, sich richtig zu duschen.« Sie schüttelte den Kopf und legte erneut den Finger auf ihre Lippen. »Gibt es gar keine Dusche? Nirgends im Kloster?« Sie schüttelte den Kopf, gefolgt von einer weiteren Geste mit den Armen, die mir eindeutig zu verstehen gab, dass dieses Gespräch nun beendet sei und ich schweigen solle. Sie nahm meine Öllampe von der Kommode und drehte sich mit einer auffordernden Handbewegung um. Ich sollte ihr folgen.

Offensichtlich wollte oder konnte sie mir nicht helfen. Dem würde ich noch auf den Grund gehen. Für heute hatte ich dazu jedoch keine Energie mehr. Widerwillig schnaubte ich durch die Nase. Ich nahm die grünen Schuhe vom Bett, schlüpfte hinein und folge Schwester Rita aus meinem Zimmer. Dabei nahm ich ihr meine Lampe aus der Hand. Als ich an ihr vorbeigegangen war, zog sie meine Zimmertüre zu und wollte dem Gang links folgen. Ich griff jedoch noch ein Mal an meine Türe. Die Klinke war in einen gusseisernen Beschlag verbaut worden und konnte mit einem Daumen bewegt werden. Die kunstvolle Gestaltung mit vielen Schnörkeln war schwarz angelaufen und die Patina verriet, dass sie sehr alt sein musste. Ein Schlüsselloch gab es nicht. Durch den sanften Druck, den ich ausübte, sprang die Türe augenblicklich auf. Bevor ich etwas sagen konnte, nahm die Nonne meine Hand von der Klinke, zog die Türe erneut zu und schob mich weiter in den Gang. Offensichtlich konnte man diese Türe nicht verschließen. Ich atmete schwer ein, unterließ jedoch einen Kommentar und folgte der Nonne.

Die Ordensfrau leitete mich den langen Gang entlang und in einen weiteren, der zu einer Treppe führte. Ich war mir nicht ganz sicher, aber mit einer ziemlich hohen Wahrscheinlichkeit war ich auf einem anderen Wege in mein Zimmer gekommen. Wir stiegen eine Treppe hinab und bogen in einen weiteren Gang. Ich begegnete unterwegs keiner anderen Person und mich überkam das Gefühl, der einzige Gast in diesem Kloster zu sein. Verübeln konnte man den Menschen nicht, dass sie hier keinen Urlaub machen wollten. Wenn die ihren Ferienbetrieb nicht einstellen wollten, musste aber auch unbedingt mal jemand an diesem Konzept arbeiten. Die Überlegung, sich in einem Kloster zu erholen, würde sicherlich einige Leute anziehen, aber eine verschließbare Tür und moderne Sanitäranlagen waren eine Grundvoraussetzung für einen entspannten Erholungsurlaub. Dann könnte man gegebenenfalls auch mal die Klappe halten. Wo waren eigentlich die Toiletten?, überlegte ich und wollte die Frage schon aussprechen, ließ es dann aber. Wir bogen in einen breiten, offenen Flur. Auf der einen Seite konnte ich in den Garten schauen, auf der anderen hatte ich den Ausblick auf das Tal unter uns. Ich ging an eine der Säulen und ließ die Aussicht auf mich wirken. Der Wald war so dicht, dass sich vor mir ein grünes Meer an Bäumen darbot. Ich hörte Gezwitscher und in der Ferne sah ich einen Vogelschwarm synchron eine Schleife drehen. Ein Specht hämmerte unermüdlich auf ein Gehölz. Der Himmel war nach wie vor blau, aber die Stimmung und auch die Lichteinstrahlung verrieten, dass es Abend wurde.

Ich spürte eine Hand auf meiner Schulter. Schwester Rita hatte sich neben mich gestellt und lächelte mich an. Ich nickte und gab ihr das Zeichen, weitergehen zu wollen. Vielleicht gab es Momente im Leben, die schöner wurden, wenn man tatsächlich einmal innehielt und sie schweigend genoss.

KAPITEL 4

# Die Gefangene von St. Raphael

Schwester Rita und ich betraten gleichzeitig den großen Gemeinschaftsraum durch das Portal am Eingang. Einer Artussage gleich, übertraf die Einrichtung meine Erwartungen bei Weitem. Der Saal war gefüllt mit einer großen Tafel und drei üppigen, durch Kerzen erleuchteten Kronleuchtern. Nein, er erinnerte mich eigentlich an den Speisesaal in Hogwarts. Eine kleine Version davon zwar, aber genauso eindrucksvoll. An den Wänden standen große und anscheinend schwere, sehr hohe Kerzenständer. Auch der Tisch war durch unzählige Kerzen hell erleuchtet. Die Steinwände waren mit edlen Stoffen dekoriert, an deren Enden goldene Fransen herabhingen. Ich war offensichtlich im Hause Gryffindor und wäre nicht überrascht gewesen, wenn Professor Dumbledore eine Rede angestimmt hätte. Vermutlich doch. Sicherlich hätte Schwester Rita ihn sofort stumm zurechtgewiesen. Auch als Zauberer hätte man hier bestimmt keine Sonderbehandlung zu erwarten.

Leider bewegten sich die biblischen Szenen an den Wänden in den goldenen Stuckrahmen nicht. Vor den Tischen standen Holzsessel, die mit rotem Samt bezogen waren. Mein Blick blieb an dem ovalen Obstkorb hängen, der in der Mitte des Tisches stand. Noch nie hatten Äpfel, Birnen, Kirschen und Pfirsiche so verlockend ausgesehen. Die anwesenden Nonnen standen gemeinsam am Kopf des Tisches und blickten mich freundlich an. Ich nickte zum Gruß. Erst jetzt entdeckte ich andere Gäste. Zumindest vermutete ich, dass sie nicht zum Orden gehörten, denn sie trugen das gleiche Gewand wie ich und saßen am Tisch. Die vier Frauen und zwei Männer schienen nicht alle der Diät wegen im Kloster zu sein. Nur einer der Männer war mehrgewichtig. Zumindest wirkte es auf mich so. Unter den Habits konnte man nicht viel erkennen und wer weiß, welcher Optimierungsdrang hinter den Diätwünschen der Menschen steckte.

Der Junge, den ich zuvor im Garten gesehen hatte, ging an mir vorbei und trug einen Korb, über dem eine Decke lag. Rita nahm mir meine Laterne aus der Hand und führte mich zu einem der Sessel. Ich setzte mich zwischen eine Frau, welche die Augen geschlossen hatte und vermutlich meditierend brummte, und einen Herrn, der mich neugierig ansah. Ich schätzte ihn auf Ende vierzig. Sein lockiges Haar wippte auf und ab, als er mir freundlich zunickte. Oh mein Gott, Hagrid war auch da! Eigentlich konnte es kaum noch besser werden. Ich vermutete, es sei seine Frau, die neben ihm saß und mich missmutig anblickte. Sofort kam mir der Gedanke, dass sie ihren Mann hier angemeldet haben musste, damit er abnahm. Sie war sehr schlank und vermutlich in seinem Alter. Dass sie zusammengehörten, war klar, denn er hatte seine Hand auf ihre gelegt. Sie strahlte etwas Kaltes aus. Dabei brachte ich sie eigentlich mit Feuer in Verbindung. Ich kannte solche Frauen nur zu Genüge. Der abwertende Blick, der verbissene Gesichtsausdruck und die Tatsache, dass sie mein Nicken nicht erwiderte, waren sichere Zeichen für eine, wie ich sie gerne nenne, Braut der Hölle. Ja, ich sortierte Menschen schnell in Kategorien ein. Immer wieder versuchte ich dies zu unterlassen, aber es wollte mir einfach nicht gelingen. Dies war bisher stets reiner Selbstschutz gewesen. Mein Leben lang war ich dick und ich konnte mittlerweile auf den ersten Blick erkennen, ob jemand etwas Negatives über mich sagen wollte, ich nicht wahrgenommen wurde oder ob mir ein Mensch gegenübersaß, der sich keine Gedanken zu meiner Figur machte. Diese Frau hatte ihr Urteil schon gefällt. Es lag ihr auf der Zunge, da war ich sicher. Wie ärgerlich für sie, dass sie an ihr Schweigen gebunden war und sie somit ihren Frust für sich behalten musste. Das war bestimmt eine Herausforderung. Ich hatte auch gelernt, dass Menschen, die andere Leute bodyshamen, also einen negativen Kommentar zu der Figur oder dem Aussehen einer anderen Person abgeben, immer eine Baustelle mit ihrer eigenen Optik hatten. Allein dieser Komplex führte dazu, dass sie von der Erscheinung anderer so getriggert werden. Diese Dame war aber nun einmal zum Schweigen gebracht worden und innerlich feierte ich das Kloster genau dafür. Ihr Mann wirkte auf mich wie ein Mönch in seinem Habit. Sein runder Bauch zeichnete sich deutlich ab und seine sanften Gesichtszüge würden Menschen Trost spenden können, wenn er unter einem Baum aus der Bibel lesen würde. Er war mir sehr sympathisch. Zu gerne würde ich seine Stimme hören. Er hatte bestimmt einen tiefen Bariton und brummte beim Sprechen wie einer dieser Synchronsprecher, bei denen ich regelmäßig in den Schlaf fiel, egal ob sie gerade über alte Gemäuer sprachen oder über die schlimmsten Mordfälle aller Zeiten berichteten. Was er wohl beruflich machte? Da er eine Gattin hatte, war er kein Mönch. Auch alle vergleichbaren Berufe kamen nicht in Frage. Vermutlich tat er etwas Langweiliges wie Buchhaltung oder so. Alles, was mit Zahlen zu tun hatte, war für mich ein Buch mit sieben Siegeln. Für ihn sicher nicht. Ich würde ihn als Steuerberater sofort engagieren. Wenn er mir dann meine Steuer erklären würde und mit seiner angenehmen Stimme vor sich hin brummte, würde ich augenblicklich wegnicken. Vielleicht war das doch keine gute Idee. Es war aber auch möglich, dass er jeden Moment aufsprang und zum neuen Vertrauenslehrer der Zauberschule gewählt wurde, was auch viel besser zum Ambiente des Gemeinschaftsraumes passen würde. Bevor ich den Gedanken zu Ende bringen konnte, wurde ich jäh aus meinen Überlegungen gerissen. Ein lauter Gong hallte durch den Raum. Der Junge stand vor dem Korb, den er hereingetragen hatte, und hielt eine große, metallene Platte in die Luft. Eine sehr hochgewachsene, schlanke Nonne hielt einen Klöppel in der Hand und holte zu einem zweiten Schlag aus. Der Ton dröhnte überraschend angenehm durch den Raum. Ich spürte ihn bis in meinen Magen. Kein Wunder, er war so leer, dass er vor Aufregung, gleich endlich wieder eine Speise erleben zu dürfen, eh schon zitterte. Wie zu Beginn eines Boxkampfes wurde so die Essenszeit eingeläutet. Gespannt blickte ich die Nonnen an.

Der Junge hängte den Gong an ein Gestell, legte den Klöppel dazu und holte goldene Schalen aus dem Korb, den er gerade hereingetragen hatte. Jeder Gast bekam eine dieser Schalen. Als ich meine in den Händen hielt, reichte er mir ebenfalls einen Klöppel und stellte sich zurück zu den Ordensschwestern. Die Schale war überraschend schwer. Eine Suppenschüssel war es definitiv nicht. Eindeutig handelte es sich um eine, wenn auch sehr kleine Klangschale. Ich kannte diese Schalen aus dem Kindergarten. Wir nutzten sie nur, um den Morgenkreis mit den Kindern zu beginnen. Eigentlich auch wie eine Art Gong. Jedoch wusste ich, dass sie meist zu Meditationszwecken genutzt wurden. So schön so etwas auch sein konnte, ich hätte nichts gegen ein zügiges Einläuten der Essenszeit gehabt. Eine der Nonnen, ich mag sie gerne MadEye Mody nennen, denn die Ähnlichkeit mit dem Auror Alistor Moody aus dem Zauberer Roman war fatal, rührte in ihrer Klangschale und erzeugte somit einen angenehmen Ton. Die anderen Gäste taten es ihr gleich. Eigentlich versuchte ich stets Gruppenzwang zu vermeiden. Aber in der Hoffnung auf ein schnelles Ende, schloss ich mich ebenfalls an.

Nun ja, sagen wir es mal so: Ein schnelles Ende ist ja relativ. Die Zeremonie dauerte circa eine Viertelstunde. Dies kann ich natürlich nur schätzen. Vorsichtig versuchte ich zwar den Raum mit meinen Augen abzusuchen, aber auch hier konnte ich keine Uhr entdecken. Die Töne der verschiedenen Klangschalen verschmolzen zu einer angenehmen, meditativen Geräuschkulisse, die ich sicherlich hätte genießen können, wenn mein Magen sich nicht immer wieder lautstark beschwert hätte. Ob jemand merken würde, wenn ich mir einen Apfel aus dem Obstkorb nahm? Ich verwarf den Gedanken schnell wieder. Sicherlich würden alle hören können, wenn ich hineinbiss. Und ich wollte nicht unangenehm auffallen. Also blieb ich sitzen, was in der Tat reine Körperbeherrschung war.

Endlich war es so weit. Als der Gong erneut ertönte, wurden die Klangschalen eingesammelt und die Tafel mit großen goldenen Tellern, Löffeln und Servietten gedeckt. Ein Wagen mit Schüsseln wurde von dem Jungen in den Saal gefahren. Eine Nonne begleitete ihn und stellte die Suppenportionen auf dem goldenen Service ab. Es duftete köstlich nach frischem Gemüse und einer angenehmen Würze. Ich war etwas enttäuscht, als meine Suppe vor mir abgestellt wurde. Es handelte sich um eine klare Brühe. Kein Gemüse, kein Würstchen, nicht einmal Kräuter schwammen darauf. Nun gut, der Hauptgang ist nicht fern. Ich probierte den ersten Löffel. Wie köstlich die Brühe schmeckte. Vielleicht verderben viele Köche den Brei, aber schweigende Nonnen auf keinen Fall! Ich genoss jeden Schluck, tupfte den Mund mit der Serviette ab und legte sie in meinen Schoß. Meine Laune verbesserte sich schlagartig. Vielleicht konnte dies hier doch noch ein schöner Kurzurlaub werden. Sofort überkam mich erneut der Ärger und die Enttäuschung um Henning. Nee, so schön würde es hier nicht werden. Aber ich würde das Beste daraus machen. Nach dem Essen musste ich auf jeden Fall sofort Steffi und Lena anrufen. Ich wollte endlich loswerden, was ich zu dem ganzen Drama zu sagen hatte, und vor allem wollte ich von ihnen hören, wie sehr ich doch im Recht war.

Der Mann neben mir legte ebenfalls seinen Löffel ab und wischte über seinen Mund. Erneut lächelten wir uns an. Die anderen Gäste aßen noch. Eine gefühlte Ewigkeit saßen wir beide schweigend da und beobachteten, wie die Brühe in einer Zeitlupe ähnelnden Geschwindigkeit eingenommen wurde. Als auch der letzte Gast endlich seine Schüssel geleert hatte und seinen Löffel niederlegte, wurden die Schalen sogleich abgedeckt.

Mit einer wohligen Spannung und leichter Aufregung auf den Hauptgang beobachtete ich das Geschehen. Ein Gong ertönte. Ein Herr und zwei Frauen erhoben sich von ihren Plätzen und gingen in Richtung Ausgang. Auch die Dame neben mir schob ihren Stuhl zurück und erhob sich. Ich hörte das stumpfe Geräusch von Hagrids Stuhl über den Boden rutschen und blickte verwirrt zu ihm auf. »Wo gehen alle hin?«, fragte ich, so leise es mir möglich war. Er drehte sich kurz zu seiner Frau, die ihre Tasche vom Boden hob, und blickte mit leichter Angst zu den Nonnen, bevor er antwortete. »Ins Bett!«

»What the …«, dachte ich, fragte jedoch: »Was ist mit dem Hauptgang?« Ich wagte gar nicht erst den Nachtisch anzusprechen. »Oh je. Tut mir leid, das war der Hauptgang.«

»Was?«, sagte ich lauter, als ich es gewollt hatte. Sofort erhob er seinen Finger vor seine Lippen und ermahnte mich zu schweigen. Seine Augen huschten erneut rüber zu den Nonnen. »Liebes, das ist eine Fastenkur. Hier gibt es nur Gemüsebrühe, Tee und Saft.« Während ich noch versuchte, seine Worte zu begreifen, reagierte mein Gehirn blitzschnell, lehnte sich über den Tisch und griff nach einem Apfel und zwei Kirschen. Mehr war mit einer Hand in dieser Geschwindigkeit nicht möglich gewesen. Ich steckte meine Beute in die Tasche und wirbelte zu den Nonnen herum. Keine sah in meine Richtung. Glück gehabt. Fastenkur! Ich glaube, ich spinne. Henning wollte nicht, dass ich abnehme, er wollte mich verhungern lassen. Aber ich würde überleben. Und wenn es nur durch den Diebstahl eines Apfels möglich war, ich werde dieses Kloster lebend und hocherhobenen Hauptes verlassen. Vertieft in meine Gedanken, hörte ich ein Glucksen neben mir. »Kannst du vergessen. Das Zeug ist aus Wachs. So schlau war ich auch schon«, lachte Hagrid. Diesmal wurde er durch einen Stoß vom Ellbogen seiner Frau zurechtgewiesen, die ihn an die Hand nahm und die Halle zügig verlassen wollte. Hagrid lächelte mir noch einmal amüsiert zu und folgte ihr dann.

Rita reichte mir meine entzündete Laterne. Eine angenehme Wärme ging von ihr aus. Die Flamme war durch das Glas geschützt und flackerte nur leicht. Die Nonne bedeutet mir, ihr zu folgen, was ich auch tat. Durch die vielen Fenster konnte ich sehen, dass die Sonne fast untergegangen war. Den kompletten Weg zurück in mein Zimmer überlegte ich, ob ich sie ansprechen sollte. Kurz vor meiner Türe fasste ich mir ein Herz. »Rita, ich habe großen Hunger. Kann ich irgendetwas zu essen haben? Ich bin nicht freiwillig hier und bleibe auch nur eine Nacht.« Rita schüttelte den Kopf, öffnete meine Türe und zeigte mir durch eine Handbewegung, dass ich eintreten solle. Ich gehorchte, weil ich glaubte, meinen Chancen würden dann besser stehen. »Ein Stück Brot würde mir reichen«, sagte ich noch, als sich hinter mir die Türe schloss.

KAPITEL 5

# Hunger ist schlimmer als Heimweh

Ich stellte meine Laterne ab und zog augenblicklich den Apfel aus meiner Tasche. Mein Fingernagel durchdrang die oberste Schicht. Sie war relativ fest, aber ich merkte, wie sie zu bröckeln begann und dünne Wachsstücke zu Boden fielen. »Das darf doch nicht wahr sein!«, fluchte ich. Ich suchte nach einer Kirsche und bekam gleich beide zu fassen. Hastig zog ich sie heraus und biss vorsichtig mit meinen Vorderzähnen hinein. Sie bestanden tatsächlich aus gefärbtem Wachs. »Unglaublich!«, schimpfte ich und legte sie auf die Kommode. »Ich kann das alles nicht glauben!«

Ich schnaubte einmal laut auf und wollte mich gerade auf mein Bett fallen lassen, als mir mein Telefon wieder einfiel. Schnell hob ich mein Kissen an. Für einen kurzen Moment befürchtete ich, eine der Nonnen hatte mein Zimmer durchsucht und es konfisziert. Es war jedoch noch da und hatte sogar zweiundvierzig Prozent Akkustand. Immerhin eine Sache, die an diesem Tag reibungslos lief. Mit meinem Daumen tippte ich auf mein Telefonbuch, ging unter Favoriten auf den Namen Steffi, hinter dem ein pinkes Herz zu sehen war, und hob ab. Ich wartete einen Moment. Nichts passierte. Kein Ton. Verwundert blickte ich auf das Display. Die Nummer wurde angezeigt, aber ich hatte kein Netz. »Verdammtes Gemäuer. Ich werd' noch bekloppt!«

Es klopfte an der Türe. Noch bevor ich etwas sagen konnte, öffnete sie sich und Schwester Rita steckte den Kopf herein. Unbemerkt ließ ich meine Hand unter die Decke gleiten und versteckte mein mobiles Endgerät. »Entschuldigung!«, sagte ich schnell. »Ich muss ganz dringend auf die Toilette und habe mich gefragt, wo das Bad ist«, log ich von mir selbst überrascht, wie schnell mir dieser Gedanke gekommen war. Rita legte ihren Finger auf die Lippen und deutete auf eine Tür gegenüber meinem Zimmer. Ich nickte zum Dank. Rita verschwand. Wo sie wohl so schnell hergekommen war. Hielt sie vor meinem Zimmer Wache? »Das wäre ja wohl noch schöner!«, flüsterte ich diesmal, zog mein Handy hervor und versteckte es wieder in meinem Büstenhalter. Ich schlich zur Türe und riss sie mit einem Ruck auf. Wenn die Ordensfrau tatsächlich spionierte, wollte ich sie auf frischer Tat ertappen. Mit einem Satz sprang ich auf den Flur. Niemand war zu sehen. Einen Augenblick lang stand ich still da und wartete darauf, dass sich etwas in den Gängen bewegte. Aber nichts. Die Sonne war nun fast gänzlich untergegangen und somit war der Flur beinahe in der Dunkelheit verschwunden. Ich holte meine Laterne von der Kommode, ging die zwei Schritte über den Gang und öffnete die Türe zum Bad. Meine kurze Hoffnung, ich würde eine Regendusche vorfinden, wurde selbstverständlich im selben Moment zerschlagen. Meine Befürchtung, man würde mir ein Plumpsklo zumuten, wurde jedoch auch nicht erfüllt. Eine moderne Toilette mit Waschbecken und sogar ein Bidet hingen an der Wand. In diesem Raum waren die Wände gefliest und der passende weiße Boden wirkte auf mich fast schon steril. Auch diese Türe ließ sich nicht verschließen. Der Versuch, sie mit meinem Fuß zuzuhalten, schlug fehl, da der Abstand einfach zu groß war. Also stellte ich meine Lampe vor die geschlossene Türe, damit ein Eindringling wenigstens durch diesen Widerstand bemerken konnte, dass diese Toilette besetzt war. Im Zweifel würde ich laut: »Besetzt!« brüllen. Aber ich befürchtete einen Alarmzustand innerhalb der Klostermauern, wenn sich jemand erdreisten sollte, seine Stimme zu erheben.

Man kann sagen, dass die Toilette einem Thron glich. Weniger wegen ihrer Optik. Vielmehr des Fensters wegen. Es bot mir im Sitzen einen Blick auf das ganze Reich. Okay, ich konnte nur in den Innenhof blicken. Auch wenn die Lichtverhältnisse nicht optimal waren, konnte ich erkennen, dass die Aussicht wunderschön war.

Nachdem ich meine Hände mit derselben groben Seife wie in meinem Zimmer gewaschen hatte, lehnte ich mich ans Fenster und checkte meinen Handyempfang. Nicht mal einen Balken zeigte es an. »Verdammte Kacke!«, motzte ich und versuchte die Glasscheibe zu öffnen. Sie hatte keinen Griff. Innerhalb dieser Gemäuer schien das reguläre Leben komplett ausgeschlossen worden zu sein. Nichts funktionierte so, wie es normale Menschen kannten. Wie sollte sich denn hier jemand erholen? Es fühlte sich für mich eher an, als ob ich hiernach erst einmal einen Aufenthalt in einem Sanatorium buchen müsste. Zu sagen, meine Nerven waren strapaziert, glich einer bloßen Untertreibung. Ich steckte mein Telefon wieder in meinen BH und ging zurück in mein Zimmer. Der Flur war nun finster und ich war froh, meine Laterne mitgenommen zu haben.

In meinem Zimmer angekommen, schloss ich die Türe und schob die Kommode davor. Kloster hin oder her, aber ich würde in dieser Nacht kein Auge zu tun, wenn ich die Befürchtung haben musste, dass jeder ohne Weiteres mein Zimmer betreten konnte. Ich kletterte auf mein Bett. Das Fenster ließ sich zumindest kippen, was aber nichts an meinem Handyempfang änderte. Ich streckte meinen Arm so weit wie möglich ins Freie, aber nichts änderte sich. Dabei schwören immer alle auf das gute Netz der Telekom. Normalerweise konnte ich mich auch nicht beschweren, aber wenn man einmal einen verlässlichen Telefonpartner brauchte, versagte dieser jämmerlich. So ein Elend! Resigniert ließ ich mich auf mein Bett fallen und hielt einen Moment inne. Ich musste nachdenken. Vielleicht hätte ich einen besseren Empfang, wenn ich außerhalb des Klosters wäre. Ob ich den Eingang finden würde? Vermutlich eher nicht. Außerdem war diese Türe sicherlich abgeschlossen. Zumindest hoffte ich dies. Damit ich jedoch irgendwie Schlaf finden konnte, versuchte ich nicht allzu viel darüber nachzudenken. Ich konnte eh kaum einen klaren Gedanken fassen. Mein Hunger war viel zu groß und mein Magen rebellierte wieder. Ich könnte die Küche suchen. Sicherlich aßen die Nonnen etwas. Hier musste es etwas zu essen geben. Anders war es gar nicht möglich! Eigentlich eine geniale Geschäftsidee. Man leitet ein Hotel, in dem die Leute keinen Ärger machen, weil sie schweigen müssen, und dann spart man auch noch am Essen. Dafür lässt man sich dann das Doppelte bezahlen und sagt, es sei alles ja nur für das eigene Wohlbefinden. Ist so ähnlich wie der Handel mit Bioprodukten. Mir kam ein Geistesblitz. Ich musste ja nicht unbedingt mit meinem Handy telefonieren. Ein Festnetz würde es auch tun. Zwar hätte ich mit einem optimalen Handyempfang abchecken können, ob Lieferando hier einen Dienst anbietet, aber da dies eh unwahrscheinlich war, reichte es erst mal, wenn ich irgendwas zum

Telefonieren finden würde. Schwester Nicole hatte bestimmt ein Telefon in ihrem Büro. Es musste so sein. Und noch besser: Sie hatte meinen Rucksack. Darin befand sich eine Packung Erdnüsse. Genial! Mein Herz schlug wie kurz vor Weihnachten, wenn ich die Vorfreude nicht mehr ertragen konnte. Ich musste das Büro suchen!

Da kam auch schon das nächste Problem: Meine Orientierung glich der eines Maulwurfs. Hätte ich doch nur gewusst, dass dieses Büro für mich noch wichtig sein würde. Dann hätte ich mir wenigstens Mühe gegeben und mir den Weg gemerkt. Ich hätte auch die Glieder des verdammten Rings auf dem Gang verteilen können, à la Hänsel und Gretel. Der Ring! »Verdammt, Henning. Du Idiot!«

Leise schlich ich zur Türe und lauschte. Bei den Barfußschuhen, die hier alle trugen, hätte ich nicht einmal gehört, wenn eine ganze Armee Nonnen vor meiner Tür im Trab vorbeigaloppiert wäre. Aber sicher ist sicher. Vorsichtig schob ich die Kommode zur Seite und öffnete die Türe. Sie ruckelte leicht, aber ein Knarren blieb aus. Ich streckte den Kopf in den Flur und versuchte etwas in den Gängen zu erkennen. Selbst eine Nonne, die sich hier auskannte, würde vermutlich nicht im Dunkeln umherirren. Wir drehten hier ja schließlich auch in keinem Horrorfilm. Zumindest keinen, bei dem Blut eine Rolle spielte. Also musste leicht zu erkennen sein, wenn jemand den Gang entlangkam. Der Flur war in beide Richtungen schwarz. Wunderbar! Man musste auch mal Glück haben. Ich griff nach meiner Lampe und schlich den linken Flur entlang, bis er an einer Treppe endete. Ja, das musste die Treppe sein, die ich hinaufgekommen war. Schnell stellte ich fest, dass eine Taschenlampe vermutlich bessere Dienste leistete als meine Laterne. Sie blendete mich selbst so stark, dass ich ganz und gar nicht weit gucken konnte. Aber immerhin half sie mir einigermaßen sicher durch die Gänge zu kommen. Es gruselte mich etwas. Wenn es wirklich Gespenster gab, dann hier. So alte Gemäuer verbergen sicherlich viele dunkle Geheimnisse. Wer weiß, wie viele Menschen hier schon gestorben waren. Ob in Klöstern auch Leute hingerichtet wurden? Nicht dass die Seele einer vermeintlichen Hexe, die vor Jahrzehnten hier verbrannt wurde, auf Rache aus war und die geblendete, dicke Frau auf der Suche nach dem passenden Handynetz abmurksen würde. Ich sah schon den Trailer zum Bericht bei Aktenzeichen XY vor meinem geistigen Auge. »Ahnungslos schlich die junge Frau durch einen Gang des beschaulichen Klosters in einem Naherholungsgebiet«, würde der Sprecher sagen und seine Erzählung würde enden mit den Worten: »Das war das letzte Mal, dass sie gesehen wurde. Bei sachdienlichen Hinweisen wenden Sie sich bitte an eine zuständige Dienststelle.«

Ich bog mehrfach ab, landete in einer Sackgasse und kam endlich am Garten an. Jetzt ist es nicht mehr weit. Schnell huschte ich an den Sonnenblumen vorbei auf die andere Seite, bog noch einmal ab und war eindeutig im richtigen Flur. Oder? Ich stand vor einer Türe, die ich für das Büro von Schwester Nicole hielt. Aber was, wenn ich mich irrte und bei Hagrid und der Höllenbraut im Schlafzimmer stand. Der Text bei Aktenzeichen XV änderte sich dann zu: »Sie wurde für einen Einbrecher gehalten und verstarb an drei gezielten Schlägen auf den Kopf.« Es musste hier sein! Mein Herz schlug so laut, dass ich nicht einmal gehört hätte, wenn der Stadionsprecher des KEV, unserem örtlichen Eishockeyverein, die Spieler aufgerufen hätte. Ich versuchte mich zu beruhigen, um lauschen zu können, ob hinter der Türe jemand schnarchte oder etwas anderes zu hören war. Aber das Rauschen meines Bluts war so laut in meinen Ohren, dass dies unmöglich war. Langsam drückte ich den Knopf der Türe hinunter. Sie klickte leise und sprang auf. Vorsichtig schob ich sie weiter. Meine Lampe ließ einen Lichtkegel auf dem Boden entstehen, der mit jeder Bewegung der Tür größer wurde, bis ich endlich den Schreibtisch der Nonne erkennen konnte. Es war der richtige Raum. Schnell huschte ich hinein und schloss die Türe hinter mir. Ich unterdrückte meinen Jubel und schlich zum Schreibtisch. »Bingo!«, flüsterte ich, als ich das Telefon sah. Erleichtert ließ ich mich auf den Stuhl fallen und zog es an mich heran. Es war ein altmodisches Teil mit Drehscheibe. Dass es so etwas noch gab. Meine Kindergartenkinder hätten damit vermutlich nicht umzugehen gewusst, aber ich kannte solche Teile noch von meinem Fisherprice Spielzeug, welches wir doch alle als Kind besessen hatten. Da soll mal einer behaupten, batteriebetriebenes Spielzeug bildet nicht. Als ich meinen Finger in die Wählscheibe steckte und sie drehen wollte, bewegte sie sich jedoch nur minimal. Der Grund war schnell gefunden. Das Telefon hatte ein Schloss. »Wer macht denn so was?«, motzte ich, wenn auch leise. Geschickt versuchte ich das Schloss zu lösen, was mir jedoch nicht gelang. »Verdammte Kacke!«, fluchte ich und öffnete die beiden Schubladen des Schreibtischs. Vielleicht war der Schlüssel hier versteckt. Ich fand allerlei Stifte und anderen Kram. Aber von einem Schlüssel war keine Spur zu entdecken. Ich zog mein Handy hervor. Auch hier hatte es keinen Empfang. Mist! Also gut. Morgen gehe ich hier raus und suchen mir einen Ort, an dem es klappt. Aber jetzt brauchte ich dringend meinen

Rucksack! Auf den ersten Blick war er nicht zu finden. Ich öffnete einige Schränke. Sie waren mit Aktenordnern gefüllt. Beim dritten Schrank hatte ich Glück, denn er verbarg meine pinke Tasche. Ich öffnete den Reißverschluss nur so weit, dass meine Hand hineinpasste, und tastete mich durch den Inhalt, bis ich die Packung gesalzener Köstlichkeiten gefunden hatte. Schnell steckte ich sie in die Tasche, verschloss erst den Reißverschluss und dann den Schrank und schlich zurück zur Türe. Als ich sie gerade öffnen wollte, hörte ich etwas auf dem Gang. Es waren keine Schritte. Eher ein leichtes Knatschen. Also so, wie wenn man in feuchten Gummistiefeln ging. Nicht, dass ich dies oft tat. Aber dieses Geräusch kannte ich von den Kindern meiner Gruppe. Ich lehnte mich an die Wand hinter der Türe. Hoffentlich war es nicht Schwester Nicole. Ich wollte nicht erwischt werden. Ich löschte die Lampe und versuchte so leise wie möglich zu atmen. Das Geräusch wurde lauter. Die Schritte gingen eindeutig an der Türe vorbei, bis sie wieder leiser wurden. Erleichtert löste ich mich aus meiner Erstarrung und holte das Handy hervor. Ich stellte die Öllampe auf Schwester Nicoles Schreibtisch ab und schaltete die Taschenlampenfunktion meines Handys mit einer kleinen Bewegung ein. Leise öffnete ich die Türe. So lautlos es mir möglich war, huschte ich den Gang entlang bis zum Garten, schlich über den Weg … und dann sah ich sie: Kirschen! Oh, mein Gott. Hier gab es Kirschen! Ich suchte in dem fahlen Licht meiner Taschenlampe den Kirschbaum, stapfte durch ein Beet und zog mir einen Ast herab. Es waren nicht viele Kirschen so tief unten, aber immerhin fand ich schnell welche. Ich pflückte gleich zwei auf einmal und steckte sie in den Mund. In meinem ganzen Leben hatte ich noch nie etwas so Köstliches gegessen.

Ich pflückte alle, die ich an dem Ast fand, bis meine Taschen voll warn. Dann ließ ich den Ast vorsichtig los und manövrierte mich zur Bank unter dem Baum. Das Mondlicht schien in den Garten. Es war nicht hell, reichte aber aus, um wenigstens etwas zu erkennen. Ich löschte meine Taschenlampe. Ich hatte kein Aufladekabel dabei und wer weiß, wann ich eine Steckdose zu Gesicht bekommen würde. Also war es durchaus sinnvoll, Energie zu sparen. Ich zog ein paar Kirschen aus der Tasche und steckte sie gleichzeitig in den Mund. Die Kerne spuckte ich so weit es ging von mir. »Ab morgen würde ich dir das nicht mehr empfehlen. Dann bekommst du schreckliche Magenkrämpfe«, sagte eine tiefe Stimme und ich fuhr vor Schreck zusammen. Der Mann lachte und erst jetzt bemerkte ich, dass jemand am anderen Ende der Bank saß. Seine Umrisse waren im fahlen Mondenschein und ganz wage zu erkennen. »Wer ist da?«, fragte ich erschrocken. »Ich bin dein Sitznachbar.« Sofort stellte ich die Taschenlampe wieder an. Hagrid hielt sich zwar die Hand vor die Augen, lachte aber mitreißend. Vor Erleichterung ließ ich mich mit dem Rücken an den Baum fallen. »Du lieber Himmel! Erschrick mich doch nicht so!«, schimpfte ich flüsternd. Er lachte. »Entschuldige. Das war nicht meine Absicht.«

»Was machst du denn hier?«, fragte ich immer noch mit Herzrasen. »Dasselbe wie du. Ich stehle etwas zu essen.« Ich nickte und löschte das Licht. »Möchtest du ein paar Kirschen?«, fragte ich und bot ihm eine Handvoll an. »Nein, danke. Ich halte mich an Kohlrabi. Die sind etwas schonender. Kirschen verursachen bei mir auf nüchternen Magen Bauchschmerzen.« Ich nickte und steckte mir wieder ein Stück Obst in den Mund. »Gibt es hier auch kein Frühstück?«, fragte ich und hoffte auf eine Antwort wider meine Erwartungen. »Du bekommst zum Frühstück einen Smoothie. Meistens einen grünen. Ich will gar nicht wissen, was drin ist. Was kann schon grün sein, wenn man es mixt. Widerlich!«

»Warum bist du hier? Im Kloster meine ich«, wollte ich wissen. »Meine Frau und ich wollten etwas Besinnliches machen. Sie liebt es hier. Für mich ist es nicht so angenehm. Dafür fliegt sie mit mir im Herbst in einen Pauschalurlaub. Türkei, All In oder so.« Ich musste lachen. »Da wäre ich dabei!«, bestätigte ich. »Ich habe was«, sagte ich und zog die Packung mit den Erdnüssen hervor. »Möchtest du?«

»Oh mein Gott! JA!«, schrie Hagrid schon fast. Diesmal zischte ich ihn an und legte meinen Finger auf die Lippen. Ich öffnete die Packung und teilte die Nüsse zwischen uns auf. Schweigend saßen wir eine ganze Weile nebeneinander, bis ich fragte: »Meinst du, die sind gut für deinen Magen?«

»Keine Ahnung. Aber die sind es auf jeden Fall wert!«, lachte er. »Ich heiße übrigens Kurt.«

»Ich bin Mara«, erwiderte ich. »Wie hat es dich denn hierher verschlagen?«, fragte er. Ich überlegte kurz, ob ich ihm meine Geschichte erzählen sollte. Da ich heute aber vermutlich nicht mehr dazu kam, mit meinen Freundinnen zu telefonieren, nutzte ich die Gelegenheit, mein Herz auszuschütten. Kurt hörte mir schweigend zu. Als wir unsere Nüsse und dann doch tatsächlich auch noch alle Kirschen aufgegessen hatten, beendete ich meine Erzählung. »Heftige Geschichte!«, entgegnete er. »Der Typ ist ein Arsch! Den würde ich sofort vor die Türe setzen.« Tatsächlich hatte ich über die Konsequenzen noch gar nicht nachgedacht. War dies das Aus unserer Beziehung?

Auf der einen Seite konnte ich diese Frage mit einem ganz klaren »Ja!« beantworten. Auf der anderen Seite waren es fast zehn Jahre, die wir miteinander verbracht hatten. Konnte ich die einfach so wegwerfen? Das ist schon eine sehr lange Zeit. Diese einfach abzuhaken, für einen Fehler, den er begangen hatte. Vielleicht nur aus Unbedachtheit … Was denke ich denn hier eigentlich? Er hat mich gedemütigt. Er schämte sich für mich. Das war kein Fehler, der spontan aus Übermut oder unüberlegt entstanden war. Er hat genau gewusst, was er tat. Mich vermutlich wochenlang glauben lassen, es sei alles in Ordnung, obwohl ihm schon klar war, dass es für uns keine Zukunft gab, wenn ich mich nicht verändern würde. »Ich werde ausziehen«, sagte ich und schockierte mich damit selbst. Ich würde tatsächlich ausziehen und ganz von vorne beginnen. Ich war pleite und den Schlüssel meiner alten Wohnung musste ich in ein paar Tagen meinem Nachmieter übergeben. Meine Kündigung und sein Mietvertrag waren schon unterzeichnet. Bei meinen Eltern würde ich auf keinen Fall wieder einziehen. Aber wo konnte ich nur hin? Egal, alles war besser, als so weiterzumachen oder noch viel schlimmer: mir selbst vorzumachen, dass das alles halb so wild gewesen sei. Um dann ewig mit dem Gefühl zu leben, ihm nicht auszureichen oder mich ständig zu fragen, ob es ihm wohl so genehm sei. Nein, auf keinen Fall! »Ich glaube, das ist eine gute Entscheidung!«, entgegnete Kurt. Der Himmel blitzte auf. Das von Schwester Nicole angekündigte Unwetter stand kurz bevor. Unbeirrt blieben wir sitzen und starrten in die Dunkelheit. »Was hast du denn für morgen gebucht?«, fragte er, und ich hatte den Eindruck, er wollte vom Thema ablenken, damit ich nicht in Tränen ausbrach. Tatsächlich hätte ich losweinen können. Aber die Frage warf bei mir weitere Fragen auf. »Was meinst du damit?«

»Es gibt hier Programme. Du kannst wandern oder meditieren, bei den Yogastunden teilnehmen oder dir Leberwickel machen lassen. Dann gibt es noch die Darmreinigung. Dazu gibt es diverse Einlaufarten. Das alles kannst du hier aussuchen oder im Vorfeld buchen.«

»Bitte was? Ich bekomme keinen Einlauf!« Kurt lachte. »Kann ich dir auch nicht empfehlen. Ist ein Albtraum. Ich dachte, es wäre die beste Alternative zur Wanderung. Ich kann dir sagen, das war ein Irrglaube.« Plötzlich hörte ich Schritte im Garten und stieß ihn an. Er reagierte sofort und schwieg. Ein Licht kam auf uns zu und blieb genau vor uns stehen. Eine Frauenstimme keifte, so leise es möglich war: »Wo verdammt noch mal treibst du dich rum?« Es war das Höllenweib. »Ich wollte die Nacht genießen. Wir haben wunderbaren Vollmond. Schau mal, Schatz.« Ich konnte erkennen, wie er gen Himmel zeigte. »Wonach riechst du?«, schrie sie ihn förmlich flüsternd an. »Hast du Chips gegessen?«

»Schatz, wo sollte ich die denn herhaben?« Er stand auf und ging mit ihr davon. Kurz winkte er mir noch einmal zu. Ich blickte den beiden nach. Noch nie in meinem Leben hatte ich einen flüsternden Streit gesehen oder gehört. Das wäre sicherlich ein geniales TikTok-Video. Mit dem Hashtag ASMR Streit konnte man sicherlich viele Aufrufe generieren. Ich lachte. Im Flur entdeckte ich Lichter. Mehrere Personen bewegten sich im Kloster. Ich sprang auf und wollte nach meiner Lampe greifen. »Mist!«, entfuhr es mir. Ich hatte sie im Büro stehen lassen. Diesem Problem musste ich mich jedoch später annehmen. Ich huschte über die Blumenbeete hinweg, auf den Weg, ins Kloster hinein. Meine Taschenlampe leuchtete mir den Weg. Geschickt, leise und schnell lief ich die Treppe hoch und die Gänge entlang, bis ich wieder in meinem Zimmer ankam. Blitzschnell zog ich mich aus. Ich bemerkte die Kälte in meinem Quartier, schob noch die Kommode zurück vor die Türe und sprang in mein Bett, unter die dicke Daunendecke. Es grollte vor meinem Fenster und der Regen setzte ein.

KAPITEL 6

# Erntezeit

Mein Zimmer war noch dunkel, als ich jäh aus dem Schlaf gerissen wurde. Es polterte. Meine Türe schlug immer wieder gegen die Kommode. Lediglich ein flackernder Lichtkegel malte Schatten an die Wand. Jedoch war offensichtlich, dass jemand versuchte sich Zugang zu meinem Zimmer zu verschaffen. »Wer ist da?«, schrie ich fast schon hysterisch. Für einen Moment wusste ich nicht einmal, wo ich war. Nur dass jemand einen Überfall auf mich plante, war in meinem Bewusstsein. Das Poltern verstummte augenblicklich, jedoch hörte ich ein Räuspern. Ich tastete nach meinem Handy und schaltete die Taschenlampe ein. Ein Arm ragte durch den Türspalt. Ab dem Ellbogen konnte ich den Ärmel eines schwarzen Habits erkennen. Die Erinnerung kam wieder. »Schwester Rita?« Die Nonne richtete den Daumen nach oben und winkte mich an die Türe. Ich folgte. Als ich sie erkannte, stemmte ich mich gegen die Kommode und verschob das gute Stück um circa einen halben Meter. »Entschuldigen Sie. Ich hatte Angst, dass plötzlich jemand in meinem Zimmer steht.« Dass diese Befürchtung offensichtlich nicht unbegründet gewesen war, sprach ich nicht aus. Die Nonne trat in mein Zimmer, während sie ihre Kleidung zurechtrückte. Sie deutete auf ihr Handgelenk und ich vermutete, sie wolle mir sagen, dass es an der Zeit sei aufzustehen. Ich hatte keine Ahnung, wie spät es war, aber von einem Samstag im Urlaub hatte ich andere Vorstellungen. Als ich mich nicht rührte, verschränkte sie die Arme vor ihrer Brust und blickte mich ernst an. »Ja, ist ja schon gut!«, antwortete ich und ging, oder viel mehr schleppte mich an meinen Waschtisch. Das Schmutzwasser vom Vorabend war entleert worden. Ich kippte neues Wasser ein und drehte mich zur Nonne. Sie war kurz im Flur verschwunden, kam nun aber mit einem neuen Wäschepaket und einem Körbchen zurück in mein Zimmer. Sie legte es auf meinem Bett ab. Mein Gesicht fühlte sich verquollen an. Jeder Muskel in meinem Körper schien zu schreien: »Heute lässt du uns gefälligst im Bett liegen!« Wie gerne wäre ich folgsam gewesen und hätte auf das gehört, was ich glaubte, dass es mir mein Körper sagen wollte. Ich befeuchtete den Waschlappen mit dem kalten Wasser und legte ihn auf meine Augen. Sie brannten und ich spürte, wie geschwollen sie waren. Das war einfach nicht meine Uhrzeit. Kurz überlegte ich, ob ich dies mit Schwester Rita ausdiskutieren sollte, und drehte mich zu ihr um. Sie hielt die Lampe in einer Hand, stand im Türrahmen und beobachtete mich. Ich verwarf den Gedanken. Mein Herz raste zwar noch vor Schreck, aber außer diesem Organ schien noch nichts an mir so richtig wach zu sein. Nicht einmal meine Stimme. Allein die Anstrengung, mich nun erklären zu müssen, war mir zu viel. Definitiv brauchte ich einen Moment für mich. Diesmal bedeutete ich ihr mit einer Handbewegung, dass sie mich allein lassen solle. Sie parierte und verließ den Raum. Mein Blick huschte über mein Bett. Ich zog mich aus und suchte mir Unterwäsche aus dem Wäschepaket. In dem beiliegenden Körbchen befanden sich ein Handtuch, eine Zahnbürste und eine Dose. Ich schlussfolgerte, dass diese Sachen für meine persönliche Hygiene gedacht waren, und nahm sie mit an den Waschtisch. Ich öffnete die keine Dose. Sie war nicht beschriftet und wirkte auf mich wie ein Produkt aus der Eigenproduktion eines Homöopathen. Ein gräuliches Pulver wurde darin aufbewahrt. Es roch nach Minze und ich reimte mir zusammen, dass es sich um eine Art Zahnpasta handeln musste. Ich befeuchtete die Zahnbürste, tunkte sie in das Pulver und schrubbte erst sachte, dann immer gründlicher meine Zähne. Diese Nonnen – immer für eine Überraschung gut! Schwester Rita hatte eine Laterne neben der Türe abgestellt, die munter Muster an die Wände meines Zimmers malte. Ich fühlte mich nicht in der Lage, die Schritte zur Türe zu gehen und mich auch noch nach der Lampe zu bücken. Ich wollte jede Anstrengung, also auch jede Form von unnötiger Bewegung, vermeiden. Mit einem Fingertipp auf das Display sah ich, wie spät es war. Vier Uhr und achtunddreißig Minuten. Du meine Güte! Was treiben die denn hier den ganzen Tag im Kloster, wenn der Morgen so früh beginnt?, überlegte ich. Was würde ich dafür geben, wenn ich mich noch einmal für zwei Stunden oder mehr in mein Bett kuscheln könnte? Ich stieß eher unbeabsichtigt ein Knurren aus. Kam das wirklich von mir, oder protestierte mein Körper nun schon hörbar? Ich tunkte den Waschlappen erneut ins Wasser, um ihn nun über mein ganzes Gesicht gleiten zu lassen. Eine warme Dusche war das Mindeste, was ich jetzt brauchen würde, um wach zu werden, dachte ich. Jedoch musste ich auch zugeben, dass sich mein Wachwerdemodus in dem Moment nach oben einpegelte, in dem der kalte Waschlappen meinen Oberkörper berührte. Mein Vater hätte es Katzenwäsche genannt, was ich da tat. Aber allein der Gedanke, meinen ganzen Körper mit der rauen Seife und dem kalten Wasser zu schrubben, war in dem Zustand, in dem ich mich befand, zu viel für meine Nerven, meine Seele und überhaupt alles an mir. Also wusch ich nur das Nötigste, zog mich dann an und öffnete die Türe zu meinem Zimmer.

Wie ich es schon befürchtet hatte, stand Schwester Rita im Flur, um mich mitzunehmen. Nach meiner Erwartung brachte sie mich in den Gemeinschaftsraum. Was sie jedoch nicht tat. Nach einer kurzen Wegstrecke befand ich mich vor dem Büro von Schwester Nicole. Schwester Rita klopfte und schob mich in den Raum, in dem die Ordensschwester schon auf mich wartete. »Guten Morgen, Mara«, sagte sie freundlich. Ich nickte und setzte mich in den Sessel vor ihrem Schreibtisch. »Wie geht es dir heute?« Widerwillig antwortete ich mit einem Nicken. Offensichtlich erwartete sie eine umfangreichere Antwort, denn sie blickte mich weiterhin an, ohne fortzufahren. Ich war einfach noch zu erschlagen, um zu reden, und hätte es in der Tat lieber unterlassen. Nach einem scheinbar endlosen Moment des Schweigens tat ich es doch. »Ich habe Muskelkater und bin müde«, antwortete ich ehrlich. Ohne auf meine Worte einzugehen, sprach sie weiter. »Damit wir für die anderen Gäste den Tagesablauf nicht unnötig stören, möchte ich gerne wissen, ob du noch bei uns bleibst, oder ob du heute Morgen tatsächlich auf eigene Faust gehen möchtest?« Ich empfand ihren Blick als leicht angriffslustig. »Dir steht es frei zu gehen. Dann aber jetzt und zu Fuß. Wenn du dich dagegen entscheidest, bleibst du den ganzen Tag. Morgen Abend, wenn Schwester Inga wieder im Hause ist, sprechen wir gerne noch einmal über deine frühzeitige Abreise.«

»Das bedeutet, ich muss den Berg ganz alleine runterlaufen?«, fragte ich besorgt. »Ja!«, antwortete die Schwester und fügte hinzu: »Es gibt nur einen Weg. Du kannst dich nicht verlaufen. Ich habe dir eine Karte rausgesucht, damit du ins Dorf findest. Wenn du zügig marschierst, kannst du es vor Mittag erreichen.« Ich rechnete kurz nach. Runter würde ich es vielleicht in zwei bis drei Stunden schaffen und noch einmal zwei Stunden bis ins Dorf. War das zu optimistisch gedacht? Die Schwester hatte ja offensichtlich eine andere Kalkulation. Wie lange war ich noch mal hier hochgelaufen? Wollte ich mir das ernsthaft antun? Oder sollte ich einfach verharren und mir den Kram hier heute antun? »Ich bleibe«, entschied ich mich kurzerhand. Ich hatte im Fernsehen mal einen Bericht über Verhörtaktiken gesehen und dass erfahrene Ermittler dabei gerne darauf setzen, die Verdächtigen übermüdet zu verhören, um so einfacher an Informationen zu gelangen. In der Tat war ich gerade auch nicht in der Lage, eine tiefere Diskussion über meine Situation zu führen, und empfand es als das kleinere Übel, einfach zuzustimmen und mich meinem Schicksal zu ergeben. Konnte ich einer Gottesfrau so viel Kalkül zumuten? »Wunderbar, liebe Mara. Ich freue mich sehr, dies zu hören. Ich wünsche dir einen wundervollen Tag bei uns.« Noch bevor sie den Satz ausgesprochen hatte, öffnete sich die Türe und Schwester Rita nahm mich in Empfang. »Eines noch«, unterbrach Schwester Nicole meinen mühseligen Versuch, mich aus dem Sessel hochzustemmen. »Nimm bitte deine Lampe mit«, ergänzte sie und schob das verlorene Stück über ihren Schreibtisch. »Ach, da ist sie«, versuchte ich die Situation zu überbrücken. Gleichzeitig überlegte ich eine Ausrede, weswegen ich in ihrem Büro gewesen sein könnte. Mir fiel aber nichts ein. Selbst mein Hirn schien noch im Schlummermodus zu sein. Die Nonne sprach kein weiteres Wort, lächelte erst mich und dann ihre Kollegin an. Ob die Nonnen sich wohl so bezeichneten? Darüber hatte ich mir noch nie Gedanken gemacht und ich beschloss dies auch nun nicht zu tun.

Schlapp trottete ich hinter Schwester Rita bis in den Gemeinschaftsraum her. Die anderen Urlauber saßen schon wie am Vorabend auf ihren Plätzen und sahen mich an. Ungewöhnlich frisch wirkten sie. Insbesondere wenn man bedenkt, um welche Uhrzeit wir uns hier eingefunden hatten. Von Kurt konnte ich zwar nur die Augen und seine Nase erkennen, weil der Rest von seinem Bart und dem wuchtigen Haar bedeckt war, aber auch er wirkte auf mich ausgeschlafen. Ich nickte ihm zu. Er tat es mir gleich. Wer weiß, wie ich aussah? Okay, jeder wusste, wie ich aussah, nur ich nicht. Vermutlich waren meine Haare auf Sturm und meine Mascara so verlaufen, dass ich mehr einem Waschbären als einem Menschen glich. Aber lassen wir das. Wie meine Mama schon zu sagen pflegte, wenn ich mich als Kind am Strand umziehen sollte: »Die Leute siehst du im Leben nie wieder!« Damit hatte sie bisher immer recht gehabt. So entschloss ich mich dazu, dass es mich nicht interessierte, was meine Mitinsassen über mich dachten.

Der Junge kam an meinen Tisch und stellte wieder goldene Teller auf unsere Plätze. Diesmal waren sie kleiner als am Vorabend und schnell war klar, weshalb. Hatte ich am Abend noch eine Suppenschüssel serviert bekommen, wurde diesmal nur ein Glas abgestellt. Der grüne, leicht dickflüssige Inhalt wirkte auf mich alles andere als appetitlich. Kurt drehte sich mit einem süffisanten Lächeln zu mir und deutete ein Prosten an. »Was um Himmels willen ist das?«, raunte ich so leise wie möglich und scharrte dabei mit den Füßen über den Boden, damit meine Worte von den anderen Anwesenden nicht wahrgenommen wurden. Kurt hustete und versteckte dazwischen seine Antwort: »Gerstengras.« Durch meinen entsetzten Blick schien sich eine Antwort zu erübrigen. »Geht runter«, räusperte er sich und nahm einen großen Schluck. Mein Gehirn war nun wach und nahm seine Arbeit wieder auf. »Gerstengras! Das grüne Gold von Kloster Gotteswiese.« So oder ähnlich konnte ein passender Werbeslogan heißen. So ein wunderbar nachhaltiges Produkt. In einem dazu passenden Fernsehspot würde eine Nonne lächelnd von Hand den Rasen mähen. Eine zweite würde voller Freude ein Weidenkörbchen in die Küche tragen, in der ein Sternekoch das Zeug pürierte. Ein sexy Typ konnte die Köstlichkeit dann, wie in der Cola light Werbung, servieren. Ich hätte meine Ausbildung in einer Werbeagentur machen sollen. Wirtschaftlich war der Saft hervorragend. Selbst wenn es ein Hausmeister war, der morgens um vier auf einem Sitzrasenmäher saß und den Rasen richtete, konnte eine Nonne in der Klosterküche den Thermomix anschmeißen und das Zeug kostengünstig zusammenbrauen.

Das darf doch wohl nicht wahr sein. Bin ich eine Bergziege oder was? Diesen inneren Protest schien nur ich mit mir auszutragen. Alle anderen tranken brav, was ihnen serviert wurde. »Trink einfach. Alles andere bringt eh nichts«, flüsterte Kurt und zuckte augenblicklich zusammen. Seine Frau musste ihn angestoßen haben. Menschen, die verhungern, sterben eigentlich daran, dass ihr Magen anfängt, sich selbst zu verdauen, hatte ich mal gelesen. Dem wollte ich gerne entgegenwirken. Mir wäre zwar lieber gewesen, diesen Kampf mit einem Marmeladenbrötchen anzutreten, aber in Anbetracht der Tatsache, dass ich so oder so nichts anderes bekommen würde, beschloss ich dem Saft wenigstens eine Chance zu geben. Ich nahm das warme Glas in meine Hand und führte es zum Mund. Vorsichtig nippte ich daran. Wenn mich jemand gefragt hätte, wie es schmeckte, wäre meine Antwort: »gesund!« gewesen. Und obwohl mich niemand fragte, wie mir dieser Morgendrink mundete, versuchte ich den Geschmack für mich zu kategorisieren. Er war etwas mehlig und für mich ganz klar so, wie ich mir vorgestellt hatte, wie Gras schmeckt. Nicht, dass ich mir darüber jemals Gedanken gemacht hatte, außer in den Sekunden, bevor ich mein Frühstück versuchte zu verspeisen. Erst jetzt bemerkte ich den kleinen Zettel, der unter meinem Glas gelegen hatte.

> Gerstengras
> - entschlackt
> - entgiftet
> - aktive Regulierung des Blutdrucks
> - hilft beim Stressabbau,
> - stärkt das Immunsystem
> - fördert einen ruhigen Schlaf

Tja, was will man auch mehr? Ein ruhiger Schlaf wäre jetzt eh ideal. Ich wusste zwar nicht, ob eine Portion Gerstengras die Nonne davon abgehalten hätte, mir meinen Schlaf zu rauben, aber wenn es auf dem Zettel stand … wer weiß! Eines stand fest, wenn Gerstengras dies getan hätte, wäre ich ein großer Fan von diesem widerlich grünen Produkt. Ich drehte den Zettel und las weiter:

> Mit Gerstengras verbessert man aktiv
> seine Gesundheit, da die Wirkung dieses
> natürlichen Lebensmittels:
> - Zellgesundheit entscheidend verbessert
> - Blutgefäße vor Ablagerungen schützt
> - Alterungsprozesse hinauszögert
> - und Ihre Stimmung aufhellen möchte.

Unweigerlich stellte ich mir die Frage, wie alt Ziegen wohl werden. Faltig waren sie auf jeden Fall nicht. Ich nahm einen weiteren Schluck von dem lauwarmen Gesöff und bemerkte, wie sich meine Oberlippe unweigerlich kräuselte. Bringt ja alles nix, sagte ich mir selbst und beschloss, das Getränk in einem runterzukippen. Nach einigen Schlucken überkam mich ein erst leichter, dann aber stärkerer Würgereiz und ich stellte den Smoothie ab. Kurz überlegte ich, den Rest in meinem Mund auszuspucken. So à la Dschungelcamp, wenn die Kandidaten eine Essensprüfung bestreiten mussten. Ich besann mich aber eines Besseren. Selbstverständlich gebot dies der Anstand und meine Tischmanieren, jedoch überlegte ich auch, wann ich wieder etwas in den Magen bekommen würde. Nee, ich musste einen klaren Gedanken fassen können. Dass ich müde war, reichte erst einmal aus. Ich wollte nicht auch noch mit knurrendem Magen umherlaufen. Also setzte ich das Glas erneut an und versuchte den Brechreiz zu unterdrücken. Es gelang mir nicht ganz, aber immerhin lang genug, um den Großteil runterzuschlucken. Eine kleine Pfütze des Getränks war noch übrig. Obwohl man den Inhalt eigentlich gar nicht genau bemessen konnte, weil das dickflüssige Zeug an den Wänden meines Glases klebte, zwinkerte mir Kurt zu und flüsterte: »Respekt!« Ich wischte mir die Reste von dem grünen Zeug von den Lippen. Ja, es schmeckte exakt so, wie ein frischgemähter Rasen im Sonnenschein riecht. Wären wenigstens Eiswürfel darin, hätte dies ein echter Gewinn sein können. Geschmacklich gesehen, meine ich. Ich hatte mir im Sommer mal einen Bubble-Tee bei meinem Lieblingskoreaner geholt. Jedes Mal musste man locker zehn Minuten anstehen, um einen dieser beliebten Tees mit den süßen Perlen zu bekommen. An diesem Tag war ihm das Eis ausgegangen und mir wurde bewusst, wie süß und vor allem unnatürlich mein Tee doch war. Das war übrigens auch das letzte Mal, dass ich einen Bubble-Tee getrunken hatte. Ich war mir sicher, dass dies mein letzter Gerstengras-Smoothie gewesen war. Aber ein paar Eiswürfel hätten an diesen Moment sicherlich eine ganz andere Erinnerung kreiert. Vielleicht auch nicht.

Ein Gong ertönte und ich folgte der allgemeinen Aufbruchsstimmung. Am Portal zum Gemeinschaftsraum knubbelten sich die anderen Urlauber. Kann man überhaupt Urlauber sagen? Vielleicht passt eher die Entschlackenden oder die Schweigenden. Für mich passte am besten: Die-Irren-die-sich-diesen-Misthier-freiwillig-antun-anstatt-irgendwo-am-Strand-rumzuliegen-oder-zumindest-zu-Hause-auf-der-Couch-gemütlich-eine-Netfixserie-gucken. Es dauerte nur einige Minuten und ich konnte den Grund für den Stau erkennen. Zwei Tafeln waren aufgestellt worden. Mit Hilfe von Magneten, auf denen die Namen der anwesenden Personen standen, sollten wir unseren Tag planen. Am Morgen gab es eine Auswahl von drei Aktivitäten. Yoga, Walken oder Gartenarbeit. So weit musste es noch kommen, dass ich hier Gartenarbeit erledigte. Walken schloss ich auch aus. Der einzige Grund zu laufen, war für mich, um heimzugehen. Da ich mich ja nun einmal dagegen entschieden hatte, war Walking keine Option. Also setzte ich meinen Magneten auf Yoga. Eine weitere Dame hatte sich mit mir eingetragen. Kurt hatte seinen Schild auf Gartenarbeit gesetzt. Vermutlich spekulierte er darauf, etwas von dem Gemüse abzuzweigen. Eigentlich recht smart. Dennoch blieb ich bei meiner Entscheidung.

Die zweite Wahl, die ich zu treffen hatte, war zwischen Lesen, Lichttherapie oder einer Klangmassage für den späten Morgen. Da ich vermutete, dass ich zum Lesen in mein Zimmer gehen konnte, entschied ich mich dafür. Ich konnte die Zeit nutzen, um Schlaf nachzuholen oder mir eine Lösung für mein Telefonproblem zu überlegen.

Der dritte Punkt auf der Tagesordnung hatte nur zwei Wahlmöglichkeiten: Darmreinigung oder rhythmische Gymnastik. Mit drei weiteren Teilnehmern, unter anderem auch Kurt, entschied ich mich – ich selbst konnte es kaum glauben – für das Sportangebot. Vermutlich würde dies ähnlich unangenehm wie eine Darmreinigung werden, vermutete ich. Da ich beides in meiner Lebensplanung bisher nicht berücksichtigt hatte, konnte ich jedoch nur raten. Für den Abend war ein Tagespunkt vorgegeben. Dabei handelte es sich um eine gemeinsame Meditation. Innerlich gab ich den Nonnen dafür ein bombastic Side Eye. Immerhin konnte ich dabei meinen Hunger wegmeditieren. Wenn alle Stricke reißen, würde ich zurück in den Überlebensmodus gehen. So lautete mein etwas unbefriedigender Plan.

KAPITEL 7

# Leben am Limit

Mehrere Nonnen mit Kreidetafeln in der Hand versammelten die jeweiligen Teilnehmenden um sich. Brav trottete ich zu einer recht kleinen Ordensschwester, die ein Schild mit der Aufschrift »Yoga« in den Händen hielt. Zu dritt gingen wir, wie sollte es anders sein, durch die zahllosen Gänge des Klosters, bis wir in einem hellen Raum mit einem Glaspanorama angelangt waren. Eine Art moderner Wintergarten war hier angebaut worden und offenbarte einen Ausblick, der, und ich muss es zugeben, auch mich beeindruckte. Die Sonne ging gerade auf und die unendlichen Weiten des Waldes, in dem wir uns befanden, offenbarten sich. Ein ganzes Stück entfernt war ein See zu erkennen. Ein Falke flog elegant über den Baumwipfeln. Vielleicht war es auch ein anderer Raubvogel. Eigentlich kenne ich nur Falken und Adler. Zweiteres konnte ich mit Sicherheit ausschließen. Was auch immer dies für ein Vogel war, er war wunderschön. Neben mir hörte ich ein ratschendes Geräusch, welches mich aus meinen Gedanken riss. Die Dame, die mit mir an dieser Yogastunde teilnahm, hatte Reißverschlüsse an ihrem Habit geöffnet und setzte sich nun auf eine Yogamatte. Ich blickte mich um und entdeckte weitere Matten am Rande des Raums. Ich hörte, wie die Türe wieder aufsprang. »Hallo, grüß euch. Guten Morgen, Monika. Ach, und ein neues Gesicht haben wir auch. Guten Morgen.

Wie ist dein Name?«, flötete die hohe Stimme eines jungen Mannes, der mit einem weißen Shirt und einer weiten, bunten Hose bekleidet war. Ich fuhr vor Schreck zusammen. Durfte er das? Sprechen, meine ich. Ich blickte die Nonne an, die gerade durch die Türe verschwand. Offensichtlich hatte er also eine Erlaubnis. Als ich nicht antwortete, sprach er weiter: »Du musst Mara sein. Nimm dir bitte eine Matte und setze dich«, trällerte er mir entgegen und wuselte sich dabei das lange Haar aus dem Gesicht. »Damit du es weißt, liebe Mara. Ich werde euch sprechend Anweisungen geben, damit ihr die verschiedenen Figuren lernen könnt. Wenn wir uns bei deinem nächsten Aufenthalt hier wiedersehen, wirst du diese verbale Begleitung nicht mehr brauchen.« Ich nickte und setzte mich auf eine Matte. Als ob es für mich hier ein Wiedersehen geben würde. Der war ja lustig. Erst jetzt fiel mir ein, meinen Habit zu untersuchen. Monika hatte mir ja vorgegeben, wo die Reißverschlüsse angebracht sein mussten. Ich fand sie auf Anhieb und öffnete sie etwas komplizierter, als es im Stehen gewesen wäre. Endlich konnte ich mich in den Schneidersitz manövrieren. »Geht es euch gut?«, fragte der Yogalehrer, der sich nun als Veith vorstellte und uns bat, in den Stand zu kommen. Das fing ja schon gut an. So viel Bewegung hätte ich lieber vermieden. »Seid ihr Zen?« Monika nickte und ich tat es ihr gleich, ohne zu wissen, was dies bedeutete. Fragen konnte ich eh nicht und eigentlich war es mir auch egal. »Wir machen uns einmal ganz groß«, sagte er und streckte die Arme in die Höhe. Seine Hände trafen sich mittig über seinem Kopf. Er atmete hörbar tief ein. Ich ahmte ihn nach und war somit synchron zu Monika. Als der Yogi laut ausatmete, holte er mit seinen Armen weit aus, bis sie auf seinen seitlichen Oberschenkeln zur Ruhe kamen. »Wir atmen tiiiiiiiiief ein!«, sagte er und nahm die Arme vor seinen Körper. In einer eleganten Haltung, fast schon wie von einer Ballerina, bewegte er seiner Hände nun zurück zur Ausgangsposition. »Und wieder auuuuuuus!« Dies wiederholten wir einige Male. »Setzt euch bitte in den Schneidersitz, Finger zu einem Kreis verbunden und auf den Knien ablegen. »Ohhhhhhhhhmmm!«, brummte er. Der Ton hatte etwas Beruhigendes und mir fiel sofort auf, dass er gar nicht zu seiner piepsigen Stimme passte. Veith sowie Monika hatten die Augen geschlossen. Also schloss ich sie auch und ohhhhhmte einfach mit. »Ich werde schaffen, was ich mir vorgenommen habe«, sprach Veith. »Ich bin wertvoll«, fuhr er fort und legte erneut eine kurze Pause ein. »Ich bin genug!« Gefolgt von einem tiefen »Ohhhmmmm«. Auch diese Sätze wiederholte er mehrfach, bevor er schwieg. Vorsichtig blinzelte ich, um zu sehen, ob ich etwas tun musste. Da sprach der Yogi plötzlich weiter: »Monika, möchtest du uns die Berg-Pose zeigen? Mara, das ist das Tadasana. Es ist so wunderbar für Anfänger wie dich. Du bist doch Anfänger?« Ich nickte. »Du wirst eine stark erdende Haltung erleben. Es ist eine aktive Standposition, die dir hilft, in deinem Körper ganz präsent zu sein«, erklärte er mir und ich fragte mich unweigerlich, wie ich es denn schaffen würde, in meinem Körper nicht präsent zu sein. »Der Berg ist in der Erde fest verankert und schöpft daraus Stärke und Beständigkeit.« Monika positionierte sich am vorderen Teil ihrer Matte und ich folgte dieser, wie ich es verstand, stummen Anweisung. »Die Berg-Pose ist ein Teil des Sonnengrußes, den wir heute für dich etwas abkürzen, Mara.« Ich nickte. Ich stellte mich gerade hin. »Lasse das Steißbein sinken und bringe den Nabel nach innen. Das Becken richtet sich dadurch auf. Den Scheitel nun gen Himmel. Die Arme einfach hängen lassen. Spüre nun in den Boden«, führte mich der Yogalehrer durch die Übung. Ich versuchte all die Körperteile in die richtige Position zu bringen, obwohl ich gerade über diese Parts meines Körpers recht selten nachdachte. »Richte deine Zehen bewusst nach oben und lasse sie nun sinken. Spüre die feste Verbindung, die du zur Erde hast. Du bist nun verwurzelt, wie ein Baum oder wie ein Berg mit der Erde verbunden ist. Du ziehst deine ganze Energie aus der Erde in dich hinein. Du spürst sie, wie sie deine Beine hinaufsteigt und wie sie dir Kraft für diesen Tag gibt. Genauso, wie sie sie dir immer schon gegeben hat. Auch wenn du es nicht immer bemerkt hast.« Veith atmete hörbar ein und wieder aus. Lange Atemzüge waren es, die ich auch nahm, und versuchte die Energie zu spüren. Ich spürte definitiv etwas. Ich befürchtete aber, es handelte sich um den Muskelkater vom Vortag. Vielleicht hyperventilierte ich auch. »Wir verweilen in dieser Position für einen Moment und horchen in uns hinein, nehmen die Energie wahr und spüren, wie unsere Lebensspeicher vollgetankt werden. Wie Akkus auf der Ladestation.« Mein Telefon lang nie auf der Ladestation. Was nicht nur zum Nachteil hatte, dass ich das Handteil ständig suchen musste, wenn es klingelte, sondern dass meine Akkus permanent leer waren. Tat ich das Gleiche mit meinem Leben?, fragte ich mich plötzlich. Wann habe ich tatsächlich zuletzt auf meine Bedürfnisse gehört? Meistens funktionierte ich für andere. Klar tat ich auch Dinge, die für mich wichtig waren. Aber in erster Linie hatte ich mein Umfeld immer im Blick und sorgte dafür, dass es den Menschen um mich herum gut ging. Auch wenn dafür meine eigenen Wünsche zurückstecken mussten. Ich sollte darauf zukünftig wirklich besser achten. Also mich selbst ab und an mal auf die Ladestadion stellen. Dass ich dies beim Grüßen eines Berges tun würde, war eher unwahrscheinlich. Wobei ich zugeben musste, dass ich mich hier nicht unwohl fühlte. Ich mochte Veiths Stimme, wenn er so tief, ganz ruhig und fast schon zu leise zu sprechen begann. So stand ich da und machte mir einige Minuten Gedanken über mein Leben. Als der Yogi plötzlich weitersprach, fuhr ich leicht zusammen. Seine Stimme war ganz zart und hatte einen liebevollen Klang. Dennoch durchbarst sie die Stille, die mich umgab, und holte mich aus meinen Gedanken. »Nun bringen wir die Hände vor unserem Körper in eine betende Haltung«, lautete die Anweisung, der ich folgte. »Bring deinen rechten Fuß an dein linkes Knie und atme weiter.« Oh Gott, ich hatte nicht die beste Koordination, gab aber mein Bestes. Mehrfach musste ich meinen Fuß absetzen und es erneut versuchen. Monika und der Yogi standen fest wie zwei Felsen in der Brandung. »Mara, mach dir keinen Stress und probiere es ganz in Ruhe. Beim Yoga geht es nicht um Perfektionismus. Es geht darum, bei jedem Versuch Fortschritte zu machen. Nimm dir deine Zeit und atme.« Ich merkte in der Tat, dass ich besser in der Lage war, auf einem Bein zu stehen, wenn ich den Druck zu funktionieren von mir schob, atmete und es in Ruhe erneut probierte. Ich schloss die Augen. Jedes Mal, wenn ich meinen Fuß absetzen musste, um nicht umzukippen, holte ich einmal tief Luft und probierte es erneut. Ich fand zwar nicht die Ruhe, wie ich sie bei meiner ersten Position gefunden hatte, aber ich fühlte mich nach wie vor sehr wohl in meiner Haut. »Wir kommen nun in die Kind-Haltung – Balasana«, begann Veith wieder zu sprechen. »Gehe dazu auf die Knie und setze dich auf deine Fersen. Halte deine Oberschenkel nahe beieinander«, erklärte er und ich folgte seinen Anweisungen. »Dann wanderst du mit deinem Oberkörper ganz langsam nach vorne. Du bildest mit deinen Händen ein Kissen und legst deinen Kopf darauf ab.« Sofort fiel mir auf, dass mein Bauch für diese Übung im Weg war. Ich nahm die Oberschenkel etwas V-förmig auseinander, um sie einnehmen zu können. »Erlaube deinem Becken bei jedem Ausatmen etwas schwerer zu werden. Atme ein und wieder aus. Die Schultern dürfen sich entspannen. Wieder einatmen ... und wieder aus.« Erneut schwieg er für viele Minuten. Woran macht man eigentlich fest, ob Sport Sport ist?, fragte ich mich plötzlich. Also ist Yoga tatsächlich Sport? Oder muss man rennen, um Sport zu machen? Selbstverständlich ist mir bekannt, dass selbst Tischfußball als Sport gewertet wird. Aber wir alle wissen doch ganz genau, dass das Quatsch ist. Definitiv betätigte ich mich gerade sportlich, aber würde ich dies auch als Sport bezeichnen? Der Widerspruch war mir klar, dennoch fand ich keine eindeutige Antwort. »Mit der nächsten Einatmung rollst du dich, Wirbel für Wirbel, nach oben, bis du wieder auf deinen Fersen angelangt bist.« Als ich wieder in einer aufrechten Position angelangt war, öffnete ich kurz meine Augen. Monika sowie Veith hatten ihre geschlossen. Beinahe wie Statuen wirkten sie auf mich. Stocksteif verharrten sie in ihrer Haltung, bis der Yogi sagte: »Wir gehen nun in den Stand.« Beeindruckend leicht sah es bei ihm aus, als er sich von den Zehenspitzen abrollte, so auf den kompletten Fuß kam und unbeschwert aufstand. Ich versuchte eine ähnliche Technik. Sofort verlor ich das Gleichgewicht und musste mich mit dem Armen abstützen. Umständlich richtete ich mich auf, bis auch ich auf beide Beine kam. »Wir nehmen die Arme über die Seite in die Höhe und strecken uns so weit es geht der Sonne entgegen«, sprach der Yogalehrer. Ich spürte ein Ziehen im Rücken und vor allem an den Seiten. »Nun wandern unsere ausgestreckten Arme vor den Körper.« Ich war mir sicher, einmal im Fernsehen einen Bericht gesehen zu haben, in dem es darum ging, dass dies eine Haltung war, die kaum ein Mann bewältigen konnte. Insbesondere dann nicht, wenn er dabei etwas anheben musste. Veith praktizierte diese Pose mit Leichtigkeit und ließ seinen Oberkörper parallel zum Boden innehalten. Das Ziehen, gerade am Rücken, wurde stärker. Ich bemerkte die Muskeln, die ich benötigte, um mich zu halten. »Wir spüren in unseren Körper hinein und bedanken uns bei jedem Atemzug dafür, dass er uns solch gute Dienste leistet«, sprach Veith weiter. In erster Linie versuchte gerade mein Körper mit mir zu kommunizieren. Ich solle aus dieser unnatürlichen Haltung raus. Aus dem Ziehen wurde ein stechender Schmerz und ich merkte, wie sich Schweißperlen auf meiner Nase bildeten. Gut, wenn Schweiß ins Spiel kam, kamen wir dem Begriff Sport für mein Empfinden auch deutlich näher. Ich konzentrierte mich auf meinen Rücken und versuchte die Position zu halten, während der Yogi weitersprach. »Wir atmen tief ein und wieder aus. Nimm deinen Körper in all seiner Schönheit wahr und erinnere dich daran, welch gute Dienste er dir in der Vergangenheit geleistet hat.« Vor allem in diesem Moment leistete er gute Dienste, dachte ich unweigerlich. Der Schmerz wurde immer stärker. Ein Ziehen in den Oberschenkeln stimmte in das Lied, welches mein Körper über Schmerzen und Qualen gerade sang, mit ein. Es war eigentlich viel mehr als ein Ziehen. Meine Muskeln brannten wie Feuer. Ich stand förmlich in

Flammen. Krampfhaft versuchte ich mich zu konzentrieren. Einfach durchhalten! Das war mein Mantra, welches ich mir immer und immer wieder sagte. Ich konnte meine Augen nicht geschlossen halten und blickte auf die blaue Matte unter mir. Eine Schweißperle rollte von meiner Stirn über meine Nase, fiel in die Tiefe und zerbarst auf dem weichen Boden. Meine Arme wurden schwer. »Nicht das Atmen vergessen!«, ermahnte Veith. Ich fühlte mich ertappt. In der Tat hatte ich mich so sehr auf die Haltung konzentriert, dass ich vergessen hatte zu atmen. Der Impuls, mich einfach auf den Boden fallen zu lassen, wurde immer größer. Mich hatte aber auch der Ehrgeiz gepackt. Ich wollte nicht aufgeben und versuchte mit allem, was in meiner Macht stand, diese Position zu halten. Nach einer gefühlten Unendlichkeit sagte der Yogalehrer: »Wir lassen die Arme nun langsam zu Boden wandern, nehmen den Oberkörper mit und kommen in eine Ruheposition.« Diese extrem unnatürliche Körperhaltung verschaffte mir in der Tat eine kurze Entlastung. Eine Weile hing mein Oberkörper einfach nur und ich genoss das Fehlen von Schmerzen. »Wir stellen unsere Hände, wenn möglich, nun auf dem Boden ab. Beine ausgestreckt lassen. Und wenn es deine Haltung möglich macht, stellst du dich mit den Zehen auf deine Hände.« Ich war schon als Kind sehr beweglich gewesen. Mein Bauch war mir auch in dieser Position offensichtlich im Weg, aber ich konnte die Hände tatsächlich auf dem Boden abstellen, während meine Beine gestreckt blieben. Auf meine Zehen stellen konnte ich mich jedoch nicht. Da war er wieder … der Schmerz. Diesmal ging er von den Oberschenkeln in die Waden. Erstaunlicherweise schmerzten auch meine Kniekehlen. Ich war mir sicher, dort noch nie einen Schmerz verspürt zu haben. Man hat dort doch auch keine Muskeln, oder? Vielleicht schmerzte die Dehnung meiner Bänder. Ist doch eigentlich auch egal, was da wehtat. Ich wollte zurück in meine Komfortzone, in eine natürliche Haltung. Aber die Anweisung Veiths lautete anders. Ich würde es schaffen, beschloss ich. Nach einigen Minuten Schmerz und erneuten Schweißperlen, die in eine Richtung flossen, in die sie sonst nicht liefen, sagte der Yogi: »Wir genießen diese Haltung und verharren in ihr.«

Verdammt! Wie lange denn? Mach mal hinne!, dachte ich und fluchte innerlich. »Wir lassen jeden Gedanken los und genießen die Stille in unserem Kopf.« In mir war von Stille keine Spur. Es tobte. Mein Körper wehrte sich mit Schmerzen an sämtlichen Stellen, an denen ich in meinem ganzen Leben noch keine Schmerzen verspürt hatte. Ich dachte ausschließlich an die Pein, die ich durchlitt. Wie sollte ich denn nun auch noch meine Gedanken loslassen. Es konnte doch nicht sein, dass die beiden an nichts dachten. Überhaupt dachte ich nie an nichts. Mein Kopf war wie eine unendliche Kirmes an Gedanken. Wie konnte man das denn abstellen? Das ist unmöglich! Ich ärgerte mich, dass Veith diese unüberwindbare Aufgabe aussprach, und versuchte, meine Gedanken zumindest zu sortieren. In erster Linie kreisten diese um die Dehnung meiner Muskeln und die Qualen, die ich deshalb durchlitt. Sie versuchten mich aber auch immer wieder daran zu erinnern, zu atmen. Bei dem Versuch, die Position zu halten, vergaß ich dies immer wieder. Einatmen, ausatmen. An nichts denken. Nicht umkippen! Nach einer gefühlten Ewigkeit wies uns der Yogalehrer an, uns aus dieser Position zu lösen und erst zurück in den Stand zu kommen, um dann in einen Schneidersitz zu gelangen. Im Anschluss sollten wir uns hinlegen. Langsam und mit entspannten Klängen setzte eine sanfte, orientalische Musik ein. Ich lauschte und ließ jeden Muskel, den der Lehrer benannte, los. Auch wenn ich versuchte, schon im Vorfeld alles an meinem Körper zu lockern und meine Muskeln zu lösen, sprach Veith einzelne Körperteile an, in denen in der Tat noch Spannung war. Erst durch seine Ansprache war ich in der Lage, dies zu bemerken und den entsprechenden Muskel zu entspannen.

»Wir kommen langsam ins Hier und Jetzt zurück«, sprach der Yogalehrer und ich fuhr leicht zusammen. Ich musste eingeschlafen sein. Ich konnte weder einschätzen, wie lange ich gelegen hatte, noch, was die letzten Worte waren, die ich davor gehört hatte. Mich umgab eine wohlige Ruhe. Mein Körper befand sich in einer absoluten Entspannung. Gerne wäre ich genau so liegen geblieben und hätte weiter den orientalischen Klängen gelauscht, die nun verstummt waren. »Wir richten uns langsam auf und kommen in den Sitz. Jeder in seiner Geschwindigkeit, in seinem ganz eigenen Tempo.« Als ich mich streckte und die Augen öffnete, bemerkte ich die Nonne, die den Raum wieder betreten hatte und auf uns zu warten schien. Im Stand faltete Veith seine Hände vor seinem Oberkörper, neigte sich leicht und entließ uns in den Tag.

KAPITEL 8

# Drogen sind auch keine Lösung

Die Nonne brachte uns, ich würde sagen, auf geradem Wege, aber tatsächlich durch den Irrgarten der Klostermauern, in eine Bibliothek. Also eigentlich setzte sie mich dort ab und zog mit Monika von dannen. Offensichtlich hatte diese eine andere Aktivität bevorzugt. Auch kein weiterer Gast schien mit mir in dem großen Raum, der mit Büchern gefüllt war, zu sein. Ich fühlte mich wie in einem der alten Filme, die ich so liebte. Genauso wie ich es aus dem Fernsehen kannte, waren hier Leitern mit Rollen an Leisten befestigt, die es ermöglichten, sie an jedes Regal zu bewegen, um auch eins der Bücher zu greifen, die unter der Decke einsortiert waren. Dies beeindruckte mich sehr. Mein Herz klopfte vor Begeisterung. Der Geruch von Leder und altem Papier ließ den Raum wärmer als alle anderen erscheinen. Vielleicht war ich aber auch noch aufgeheizt von meiner Yogastunde. Gerne hätte ich erst geduscht, bevor ich mich hier umsah, aber ich beschloss, die Situation so zu nehmen, wie sie war, und schlich durch die Gänge der Bibliothek. Die enorme Buchsammlung war nicht zu vergleichen mit denen in unserer Stadtbibliothek. So vermutete ich auch, hier keines der Bücher zu finden, die ich im realen Leben im Buchhandel vorfand. Keine bunten Einbände oder aufwendig gestalteten Cover. Braune, rote und schwarze Ledereinbände und einige Leinenbindungen in matten Farben konnte ich erkennen.

Große Kerzen erhellten die Ecken des Raumes. Ein großer Teil jedoch wurde durch die einfallenden Sonnenstrahlen, die durch das einzige Fenster fielen, beleuchtet. Erst wunderte ich mich, dass gerade der Bereich um das Fenster herum mit einem Sofa und mehreren Sesseln eingerichtete worden war, anstatt das Licht zur Beleuchtung der Gänge zu nutzen. Ich glaubte aber einmal gelesen zu haben, dass die Sonneneinstrahlung gerade für alte Bücher schädlich sei. Ich erklomm eine Leiter, um mir einen besseren Überblick zu verschaffen. Meinen Habit hatte ich nach meiner Yogastunde nicht geschlossen, was sich nun als äußerst hilfreich erwies. Ich griff wahllos in ein Regal. Zu packen bekam ich ein dunkelrotes Buch. Ich konnte erkennen, dass der Titel einmal mit goldenen Buchstaben auf dem Einband gestanden hatte, nun aber so abgeblättert war, dass ich ihn nicht mehr entziffern konnte. Auch keine weiteren Informationen konnten Aufschluss auf den Inhalt dieses Buchen geben. Kein Klappentext, kein Bild und erst recht kein Bestseller-Sticker war vorhanden. Vorsichtig schlug ich es auf. Zwar waren die Ränder etwas vergilbt und das Papier war offensichtlich von einer viel dickeren, eher rauen Qualität, als sie heute für Bücher verwendet werden, aber die Seiten selbst waren unversehrt und gut leserlich. Ich entschied mich kurzerhand dieses Buch mitzunehmen. Vermutlich würde ich es eh nicht lesen. Aber für den Fall, dass doch, würde ich mal etwas Neues wagen und schauen, wohin mich dieses Mystery-Buch führte.

Zügig kletterte ich die Leiter hinab und ging noch einige Gänge der Bibliothek ab. Eigentlich hatte ich geplant, in meinem Zimmer zu lesen. Als ich aber erneut an der Couch vorbeikam, überlegte ich mich hierherzusetzen. Das Morgenlicht fiel warm auf den Boden und die unebenen Scheiben zauberten Muster auf die Steine, die vermutlich nie einen Teppich oder Holzbelag gesehen hatten. Die ganze Szenerie wirkte einladend auf mich. In diesem Moment kam eine Nonne um das Regal neben mir und blieb vor mir stehen. Vor Schreck schrie ich kurz, aber spitz auf. Auch die Ordensschwester fuhr zusammen und blickte mich mit großen Augen an. Sie war klein und sehr faltig. Sie hatte etwas Gütiges in ihren Gesichtszügen, auch wenn diesen der Schreck ebenfalls noch anzusehen war. »Entschuldigung!«, nuschelte ich und ging zügig an ihr vorbei in den nächsten Gang. Ich drehte mich um. Dann schaute ich um die Ecke, um sicherzugehen, dass sie mir nicht gefolgt war. Sie war nicht zu sehen. Diese Barfußschuhe waren wie diese vielen neuen Elektroautos. Man konnte sie einfach nicht hören. In einer Situation wie dieser wären Schrittgeräusche sicherlich gesundheitsförderlich. Insbesondere für Menschen, die unter Herzbeschwerden leiden. Genauso, wie ich gerne hören würde, wenn ein Auto auf mich zurast und ich gleich überfahren werde. Jemand sollte mal einen Zettel dazu in einen Meckerkasten werfen, sofern das Kloster einen hatte.

Ich entschied mich kurzfristig um und zog es vor, in meinem Zimmer zu lesen. Schon beim Betreten der Bibliothek hatte ich eine Skizze des Klosters entdeckt, die direkt neben der schweren Eichentüre angebracht worden war. Auf Anhieb fand ich sie wieder und studierte sie genau. Das Kloster und all seine Gänge waren darauf eingezeichnet worden. Die meisten Räume hatten sogar eine Beschriftung oder wurden durch römische Zahlen markiert. Die drei Etagen waren jeweils in einer Grafik skizziert worden und verschafften mir einen idealen Überblick. Ich zog mein Handy aus dem BH. Mein Akkustand hatte eine Warnung gesendet. »... unter 10 %« zeigte es an. Jetzt war es

Zeit für Empfang oder eine Steckdose, stellte ich fest und fotografierte das Bild ab, um es in meinem Zimmer genau studieren zu können. Dabei fiel mir ein Bereich des Klosters besonders ins Auge. Nicht weit von der Bibliothek war ein Aufgang zu einer Terrasse oder so etwas. Zumindest kam man auf eine hohe Ebene. Dort schien eine Art Wachturm zu sein, welcher offensichtlich der höchste Punkt des Gebäudes zu sein schien. Vielleicht waren dort auch Glocken oder etwas Ähnliches. Genau zu erkennen war es nicht. Vielleicht hätte ich dort aber Empfang. Einen Versuch war es zumindest wert. Ich zog mit vollem Körpereinsatz an der schweren Eingangstüre, um sie zu öffnen. Sie bewegte sich jedoch leichter als gedacht und flog mir entgegen. Knapp vor der Wand konnte ich sie stoppen und einen Aufprall verhindern. Beinahe wäre mir mein Buch aus den Händen gefallen. Ich schnappte es in letzter Sekunde auf und verließ die Bibliothek nahezu geräuschlos.

Laut Plan musste ich nur zwei Mal abbiegen, bis ich an die Treppe zur oberen Etage kommen würde. Zügig ging ich die Gänge entlang. Kein Mensch war zu sehen und auch niemand zu hören, was aber ja auch wenig überraschend war. Tatsächlich fand ich die Treppe auf Anhieb. Ich stieg die unebenen Stufen hinauf. Mir kam ein Windzug entgegen, schon bevor ich oben ankam. Es gab keine Türe und auch keinen Vorhang, ich stand einfach auf dem Kloster. Eine Mauer bot Schutz. Sie war mit Zinnen bestückt, war jedoch recht niedrig. An den hohen Stellen reichte sie mir bis zum Bauchnabel. Für jemanden mit Höhenangst, unter welcher ich schon seit meiner Kindheit litt, war der Aufenthalt hier oben eine Herausforderung. Ich sah den Turm und ging auf ihn zu. Dabei versuchte ich, mit einem für mich annehmbaren

Sicherheitsabstand über die Zinnen zu schauen. Neugierig war ich schon, was sich unter mir befand und wie hoch es genau war. Als ich am Turm angelangt war und mich an ihm festhalten konnte, tastete ich mich Schritt für Schritt an den Rand, krallte mich an den Steinen fest und blickte hinunter. Sofort erkannte ich meine Position. Ich befand mich direkt über dem Eingang des Klosters. Die Lichtung und auch die Glocke am Portal waren von hier aus gut zu erkennen. Ich ging einen Schritt zurück und holte mein Handy hervor. Kein Empfang. Also musste ich tatsächlich auf den Turm. Ich schnaubte missmutig durch die Nase. Wenn mir auch dies nicht erspart blieb, war zumindest die Aussicht von da oben grandios, versuchte ich mich zu motivieren. Lieber hätte ich die Perspektive mit einer Glasscheibe vor mir genossen. »Das Leben ist kein Wunschkonzert!«, floskelte ich vor mich hin und schlich um den Turm, bis ich an den Eingang gelangt war. Er lag auf der anderen Seite, direkt an den Zinnen. »Selbstverständlich hat er eine Tür!«, fluchte ich, da ich befürchtete, dass gerade diese abgeschlossen war. Würde ich eine solche Einrichtung leiten und unzählige Menschen an den Rand des Hungerstods bringen, würde ich definitiv alles verschließen, was dazu führen könnte, dass Menschen sich aus Verzweiflung in die Tiefe stürzten und den Freitod wählten, bevor sie auch noch eine Darmreinigung über sich ergehen lassen mussten, überlegte ich. Dies war selbstverständlich nur ein scherzhafter Gedanke. Makaber, aber nicht ernst gemeint. Ich packte an die Klinke und drückte den Griff mit meinem Daumen runter. Zu meiner Überraschung sprang die Türe auf. Na, sieh mal einer an! »Ich denke, so gegen neun!«, hörte ich eine männliche Stimme sagen und hielt inne. Sie kam nicht aus dem Turm. »Da schlafen hier alle oder beten. Was weiß ich. Das wird klappen.« Nur wenige Schritte von mir entfernt war ein zweiter Aufgang zu den Zinnen. Diesen hatte ich auf der Skizze zwar nicht gesehen, aber offensichtlich war er da und teilte den oberen Bereich durch eine Mauer. Vorsichtig schlich ich auf das Gemäuer zu und lauschte. »Ich muss unbedingt zur Bank vorher. Am besten bringst du was mit, dann sparen wir locker zwanzig Minuten.« Ich folgte der Stimme, auf die niemand antwortete. Die Person musste offensichtlich telefonieren. Ein süßlicher Geruch stieg mir in die Nase. »Kifft da jemand?«, fragte ich mich. Ich trat zwei Schritte nach vorne, um zu sehen, wer sich hinter der Mauer befand. Der Junge, der den Nonnen im Garten half und auch für andere Hilfsarbeiten zuständig war, fuhr vor Schreck zusammen und ließ seinen Joint fallen. »Ich melde mich!«, sagte er noch und ließ sein Handy in seiner Tasche verschwinden. Er wollte an mir vorbei, als ich mich in den Weg stellte. »Moment mal!«, sagte ich energisch. »Bitte verraten Sie mich nicht. Wenn ich mich nicht an die Regeln halte, muss ich in Jugendarrest«, flehte er. »Ich sag nix. Aber ich muss auch telefonieren.« Ich zog mein Handy hervor und checkte den Empfang. Immer noch nichts. »Sie müssen ganz an den Rand. Da geht es meistens. Nicht gut, aber ab und an funktioniert's«, wies er mich an. Argwöhnisch überdachte ich die Situation. Definitiv schaute ich zu viel Fernsehen, denn mir kamen erneut Szenen aus sämtlichen Krimis in Erinnerung, bei der die junge Frauen, um eine Straftat zu verheimlichen, vom Dach gestürzt wurde. Das Wort Jugendarrest war da nicht gerade förderlich, um Vertrauen aufzubauen. »Wie alt bist du?«, fragte ich. Ich hatte den schlaksigen Typ auf fünfzehn, vielleicht sechzehn Jahre geschätzt. Er war blass und klein. Seine Frisur war unscheinbar und auch seine Kleidung wirkte auf mich so, als ob seine Mutter sie für ihn ausgesucht hatte. Er war der Einzige im Kloster, der keinen Habit trug. Das war mir schon aufgefallen. Gedanken hatte ich mir darüber jedoch noch keine gemacht. »Ich bin 19«, sagte er zerknirscht. »Und was hast du gemacht, dass du ins Gefängnis gehen könntest?«, fragte ich nach. »Ich bin Sprayer und wurde im Güterbahnhof erwischt«, erklärte er. »Ich hatte die Wahl, Stunden abzuleisten oder in den Arrest zu gehen. Das ist hier bei den Nonnen zwar ähnlich, aber ich kann mich frei bewegen. Also zumindest innerhalb des Gebäudes.«

»Dennoch haust du heute ab?«, kombinierte ich. »Heute Abend will ich mit meinen Freunden zu 'ner Party. Mein Kumpel wird 18. Das kann ich nicht ausfallen lassen. Danach komme ich natürlich wieder.«

»Verstehe!« Ich nickte. »Und du kennst einen Weg hier raus und den Berg hinunter?«

»Klar!« Er lehnte sich leicht über die Mauer. »Wenn du hier am Eingang vorbeigehst, ist eine Straße zur Anlieferung von Lebensmitteln und so. Da holen mich meine Freunde immer ab. Natürlich nicht ganz hier oben. Ich laufe ein paar Minuten, damit die Nonnen das Licht vom Auto nicht sehen.« Er hob den Joint vom Boden auf und säuberte ihn. »Verstehe«, wiederholte ich. »Ich komme heute Abend mit!«, beschloss ich. »Zur Party?«, fragte der Junge mich. »Nee, aber ihr setzt mich am Bahnhof ab oder an einem Taxistand oder so«, überlegte ich und musste über diesen grandiosen Plan lächeln. Schon wieder ein Problem gelöst! »Wie heißt du eigentlich?«, fragte ich. »Ich bin Kai«, antworte er und zündete seinen Joint mit einem Feuerzeug an. Nicht mal an die Regel mit dem Feuerzeug hielt er sich, dachte die Erzieherin in mir. Der Rest von mir feierte ihn dafür. »Mhm?«, machte er und reichte mir den Joint. »Und ob!«, antwortete ich und nahm einen langen Zug. Langsam ging ich an ihm vorbei und an den Rand des Klosters. Nichts tat sich auf meinem Handy. Kein Empfang. »Du musst dich weiter über die Mauer lehnen«, sagte er und zeigte mir sein Handy, welches von dieser Position ebenfalls keinen Empfang hatte. Mein Herz raste, aber ich tat wie geheißen. Tatsächlich! Plötzlich hatte ich einen Balken. Und auch noch ganze 8 % Akkuleistung. Ich konnte mein Glück kaum glauben. Sofort suchte ich Steffis Nummer in meinem Telefonbuch und rief sie an. Ich wusste, dass ich sie nicht wecken würde. Mein Patenkind, also ihr Sohn Phin, war erst einige Wochen alt. Als junge, alleinerziehende Mama war sie vermutlich schon seit Stunden wach. »Hallo?«, hörte ich meine Freundin fragen und mir fiel ein Stein vom Herzen. »Steffi, ich habe nicht viel Zeit. Henning hat mich in ein Kloster verschleppt und jetzt bin ich hier gefangen. Ich brauche Hilfe.« Es knackte in der Leitung. »Mara?«, fragte meine Freundin. »Ja, du musst mich retten«, antwortete ich schnell. »Ich komme hier nicht weg. Hennig wollte mich hier einsperren, damit ich abnehme. Kannst du mich holen kommen?« Ich drehte mich zu Kai. »Wo bin ich überhaupt. Wie lautet die Adresse?«, fragte ich hektisch, aber da war es schon zu spät. Die Leitung brach ab und der Empfang war weg. »Scheiße!«, schimpfte ich. Kai lehnte sich nun ebenfalls über die Mauer. »Ich habe auch keinen Empfang mehr. Manchmal geht es und dann über Stunden nicht.« Ich ließ erst meine Schultern und dann meinen Körper fallen und sank auf den Boden. Kai bot mir erneut den Joint an. »Macht nix. Wir bringen dich heute Abend zum Bahnhof. Allerdings fährt die erste Bahn um 8 Uhr«, sagte er und ich nahm einen besonders langen Zug.

Das war nun auch egal. »Dann warte ich halt so lange«, beschloss ich. »Wohin musst du denn?«, fragte er. »Nach Krefeld.«

»Bei Düsseldorf?«, stellte Kai sicher und lachte. »Das sind knapp drei Stunden. Sobald wir heute Nacht hier raus sind, rufen wir deine Freundin noch mal an und lotsen sie zu meinem Kumpel. Du kommst dann so lange mit zur Party«, schlug er vor und ich nickte. »Hast du dich für die Darmreinigung eingetragen?«

»Lieber Himmel! Was haben denn hier alle mit dieser Darmreinigung. Das scheint 'ne große Sache zu sein. Selbstverständlich nicht!« Kai lachte. »Gut so. Dann treffen wir uns nach der Gymnastik hier oben. Ihr geht im Anschluss zu einer Entspannungsphase in eure Zimmer, bevor es in die nächste Runde deiner Kur geht«, lachte er. »In die nächste Runde?«, fragte ich. »Ich empfinde das hier wie einen Boxkampf. Jeder tritt gegen sich selbst an. Du kannst mir doch nicht sagen, dass sich den Mist hier jemand wirklich freiwillig antut. Du bist doch auch nicht aus freien Stücken hier«, sagte er und ich schüttelte den Kopf. »Siehste! Außerdem passt es zu dem ständigen Gong.« Da war durchaus etwas Wahres dran. »Ich muss nun zurück. Und du solltest auch endlich anfangen zu lesen. Die Schwestern kommen ab und an in die Zimmer und checken, ob es dir gut geht«, sagte er mit einer Kopfbewegung zu meinem Buch, welches ich immer noch in den Händen hielt. »Du wirst einen Großeinsatz im Geschwader Pinguin auslösen, wenn du nicht auffindbar bist«, warnte er mich, nahm noch einen Zug, bevor er den Joint sorgfältig ausdrückte und über die Mauer schnippen ließ. Umständlich rappelte ich mich auf und klopfte mir den Staub vom Po und den Beinen. »Ich danke dir.«

»Nicht dafür!«, sagte er und eilte seinen Gang hinab.

KAPITEL 9

# Eine gewichtige Entscheidung

Beflügelt von der Aussicht auf meine baldige Abreise, eilte ich zu dem Treppenaufgang zurück und manövrierte mich mit Hilfe der Karte in mein Zimmer. Sofort fiel mir auf, dass mein Waschtisch gesäubert und das Bett gerichtet worden war. Meine Müdigkeit war wie verflogen, als ich mich in die Daunen meiner Decke fallen ließ. Jetzt musste ich nur noch abwarten. Kurz überlegte ich, was ich bis zu meiner Flucht tun könnte. Ich entschied mich fürs Erste für meine Körperpflege und frische Kleidung. Danach entschied ich, dass Lesen meine Mission sein sollte, und schlug mein Buch auf. Wie lange hatte ich schon keine Zeit mehr gehabt, einen Roman zu lesen? Das musste schon ewig her sein. Dabei las ich immer gerne. Die Zeit dafür nahm ich mir jedoch viel zu selten. Wenn ich nicht gerade etwas für jemanden tat, nähte oder mich mein Leben auf andere Weise einband, lenkte mich mein Handy ab. Ein Buch wirklich in der Hand zu halten und nicht nur zu kaufen, um es dann in einem Regal abzustellen, war eine Seltenheit. Ich versank in eine Geschichte über ein Mädchen in Amerika. Um 1870 hatte sie viele Schicksalsschläge erlitten. Sie verlor erst ihre Eltern, wurde umgesiedelt, war Intrigen ausgesetzt und lebte in absoluter Armut. Sie verkaufte Zeitungen und beschloss dann, einen eigenen Verlag zu gründen. Eine großartige Geschichte über eine Powerfrau. Wie für mich geschrieben, dachte ich, als ich das Buch nach drei Stunden aus meinen Händen legte, um meine Augen einen Moment zu schonen. Dieses Buch würde ich unter Garantie zu Ende lesen, beschloss ich, bevor mir die Augen zufielen und ich in einen unruhigen Schlaf fiel. Ich träumte davon, wieder bei meinen Eltern einzuziehen, und Henning, der meine Kisten vor der Türe unserer Wohnung stapelte. Schweißgebadet schreckte ich hoch.

Wo sollte ich wohnen? Mein Entschluss stand fest, ich würde mich von Henning trennen. Es war nicht dieser Urlaub, den er mir vielleicht mit guter Absicht hätte gebucht haben können. Es waren seine Worte, die mich so tief gekränkt hatten, dass ich wusste, dass ich sie niemals verzeihen könnte. In der Tat würde ich nun keiner seiner Kolleginnen oder den Frauen seiner Kollegen begegnen können, ohne mich mit ihnen zu vergleichen. Dieses Gefühl und die Unsicherheit, die ich eigentlich schon mein ganzes Leben immer wieder empfunden hatte, waren schrecklich, und unverzeihlich war es, dass dieses Gefühl nun von ihm ausgelöst worden war. Ich kam mir ausgenutzt vor. Irgendwie sogar beschmutzt. Ich war gut genug gewesen, als er selbst noch einige Kilos schwerer war. Nun reichte ich plötzlich nicht mehr aus. Und dies nicht, weil ich mich verändert hatte, sondern weil er einen Wandel durchlaufen hatte. Wir waren gerade erst zusammengezogen. Meine Wohnung war längst vermietet, auch wenn ich die Schlüssel noch nicht übergeben hatte. Ich hatte so viel Kram angehäuft, dass ich immer noch mit dem Transport beschäftigt war. Jedoch stand der neue Mieter in den Startlöchern. Um in genau fünf Tagen selbst einzuziehen. Auf dem heutigen Wohnungsmarkt war dies kein Wunder. Noch verwunderlicher wäre es, wenn ich kurzfristig eine neue Wohnung finden würde.

Bei meinen Eltern einziehen war jedoch auch keine wirklich gute Option. Vielleicht war es meine letzte Lösung, aber ich würde Himmel und Hölle in Bewegung setzen, um dies zu vermeiden.

Es klopfte. Ohne eine Antwort abzuwarten, die ja eh nicht gewünscht war, öffnete Schwester Rita meine Türe. Sie lächelte freundlich und nickte mich einladend an. Mir war klar, dass sie wollte, dass ich ihr folgte. Ich kletterte vom Bett und fand mich einige Minuten später in einer Art Sporthalle wieder. Drei weitere Teilnehmerinnen und Kurt befanden sich ebenfalls dort. Seine Frau war nicht dabei und ich schlussfolgerte daraus, dass sie ein Date mit ihrem Darm hatte. Er nickte mir zu, als ich ihm gegenüberstand. »Das Beste ist ja, dass man in diesen Stunden sprechen kann«, sagte er. »Das ist falsch. Nur ich spreche, damit ihr wisst, was ihr tun sollt!«, sagte eine Frau, die den Raum gerade erst betreten hatte und mit einem enormen Gehtempo an uns vorbeischoss. Sie trug Sportkleidung, wie ich sie bisher ausschließlich in den sozialen Medien und bei Jane Fonda gesehen hatte. »Die 80er rufen an. Sie möchten ihre Klamotten zurück«, flüsterte ich Kurt zu. »Bei Ihrer Leibesfülle würde ich weniger sprechen und mich mehr bewegen!«, schrie mich die Frau an. Ich war so perplex, dass ich nichts entgegnen konnte. Als ich gerade verdaut hatte, was sie gesagt hatte, sprach sie auch schon weiter. »Ich bin Beate Zimmer und bringe Ihnen nun die Kunst der rhythmischen Gymnastik näher«, schrie die kleine und sehr zierliche Frau fast schon und absolvierte einige Übungen, die wir nachahmen sollten und die offensichtlich nur ein Vorgeschmack auf das waren, was auf uns zukommen würde. Ich versuchte bei ihrem Tempo mitzuhalten, musste aber schnell einsehen, dass es mir schwerfiel. Kurt schien ganz eigene Übungen zu machen. Innerlich ärgerte ich mich noch über ihre Aussage und noch viel mehr verärgerte mich, dass ich nicht reagiert hatte. Sollte ich mich jetzt einfach umdrehen und gehen? Auf der einen Seite wollte ich mir das nicht gefallen lassen, aber um ganz ehrlich zu sein, hatte ich mich anfangs auch gegen Yoga gewehrt und hatte dann doch ein schönes Erlebnis gehabt. Ich beschloss ihr eine Chance zu geben und ihre Worte zu ignorieren. »Jetzt mal den Hintern zusammenkneifen und los. Bewegung!«, schrie sie mich an. Meinen Habit hatte ich längst geöffnet, um die nötige Beinfreiheit zu haben. Schweiß lief meinen Körper hinunter. »So, und nun das Ganze mit Musik«, schrie sie wieder und tippte auf einen Ghettoblaster, den sie zusammen mit ihrer Wasserflasche reingetragen hatte. Er passte zu ihrer ganzen Erscheinung. Zwar war er eines dieser modernen Dinger, die weder ein Kassettenfach noch einen CD-Player besaßen, aber sein Retrostyle wurde damit dennoch optimal abgerundet. Sogleich ertönte Musik, die eindeutig einen Rhythmus vorgab, der mir zu schnell war. Vermutlich war ich dazu schon konditionell nicht in der Lage. Die Tatsache, dass ich die Abläufe nicht kannte, warf mich arg zurück. Die anderen Teilnehmer, außer Kurt, schienen schon mehrfach an diesem Kurs teilgenommen zu haben, denn sie bewegten sich synchron mit der Trainerin. So sehr ich mich bemühte, es war mir nicht möglich, dem Tempo beizukommen. Ich schwitzte stärker und atmete immer schwerer und schneller. Kurz überlegte ich, ob ich Kleidung trug, die ich ablegen konnte. Dem war leider nicht so. Aber mein Handy störte mich enorm. Ich zog es aus meinem BH und legte es auf eine Bank, neben einen Stapel Handtücher. Dankbar nahm ich mir eins und wischte mir den Schweiß aus dem Gesicht. Als ich es neben meinem Handy ablegte, tippte ich einmal kurz auf das Display. Eigentlich mehr aus Gewohnheit, als wirklich eine Information zu erwarten. Nach wie vor hatte ich keinen Empfang. Aber eine Meldung ploppte im Bildschirm auf. »Bluetoothverbindung möglich.« Na super. Ein Telefonnetz wäre mir lieber. »Los jetzt. Mach weiter!«, schrie mich Beate an. Folgsam ging ich auf die Position, die ich zuvor besetzt hatte, und versuchte weiterhin mitzuhalten. Ich sollte wirklich gehen, dachte ich immer und immer wieder, brachte aber nicht den Mut auf, mich einfach umzudrehen und den Raum zu verlassen. Zugleich überlegte ich, ob ich mit einer Bluetoothverbindung irgendetwas anfangen konnte. Offensichtlich wollte sich mein Handy mit der Boombox verbinden. Wenn diese zum Beispiel ein Netz hatte, würde ich dann telefonieren können? Konnten sich damit nur Geräte zum Verschicken von Fotos oder Musik verbinden? Ich war mir nicht sicher. »Jetzt beweg deinen fetten Arsch, sonst wirst du ewig vor dich hin wabern!«, schrie die Trainerin erneut. Ich blieb abrupt stehen. Das hatte sie nicht gesagt, oder? Als ich sie ansah, bemerkte ich, dass sie nicht mich, sondern Kurt angesprochen hatte. Das spielte aber auch keine Rolle. Bodyshaming ist Bodyshaming! Sofort blickte ich in Kurts Gesicht. Er verzog keine Miene. Bevor ich auffallen konnte, entschied ich mich erneut, mein Gesicht abzuwischen. Unauffällig nahm ich mein Handy in die Hand und bestätigte die Meldung auf dem Display. Dann ging alles recht schnell. Ein Piep ertönte über den Lautsprecher, gefolgt von einem ganz neuen Rhythmus. Diesmal einer mit Text und einer schrillen Männerstimme: »Immer wenn man irgendwo eingeladen ist, überlegt man, wie sag ich nachher Tschüss«, sang nun Micki Krause über die Box der Trainerin. »Hasta la vista oder ciao, grüß mir deine Frau.« Beate hielt inne und starrte sprachlos auf das Gerät, welches immer lauter wurde. »Sayonara oder Howgh, man weiß es nicht genau.« Fast schon panisch tippte sie auf ihrer Box rum, welche einfach nicht verstummen wollte. »Ich sag ja immer: Finger in Po, Mexiko, Paris, Athen, auf Wiedersehen!« Beate hatte es zwischenzeitlich geschafft, die Lautstärke herunterzudrehen. Zu hören war die Musik jedoch immer noch. Eine Nonne kam angelaufen und suchte offensichtlich nach einem Stecker. Tja, das hätte wohl in den 80ern geklappt. »Willkommen in 2024!«, sagte ich und Kurt prustete laut los. »Finger in Po, Mexiko, Paris, Athen, auf Wiedersehen!«, sang Krause nun wieder lauter. »Komm, wir gehen!«, sagte ich zu Kurt. Gemeinsam verließen wir die Turnhalle und verschwanden im allgemeinen Durcheinander in einem der Gänge des Klosters.

»So, was kann man denn hier machen, wenn man Freizeit hat?«, fragte ich ihn, als unser Lachen verstummt war. »Ich habe keine Ahnung. Ich mache alles mit. Nur keine Darmreinigung.« Wieder lachten wir los. »Ich habe eine Idee!«, sagte ich und führte ihn mit Hilfe meiner Karte auf das Dach. Die Sonne schien und fühlte sich warm auf meinem Gesicht an. »Hier oben war ich noch nie!«, sagte Kurt und setzte sich auf eine der Zinnen. »Wie lange geht denn das Programm dieser Dame?«, fragte ich abfällig. »Ich habe keine Ahnung. 'Ne Stunde oder so.«

»Also haben wir nun einen Moment, um uns zu sonnen!«, stellte ich fest und setzte mich ebenfalls. Aufgrund meiner Höhenangst jedoch lieber auf den Boden als auf eine Mauer. Wir schwiegen und genossen den Moment.

»Was machst du eigentlich beruflich?«, fragte ich. Vielleicht war es meine letzte Chance herauszufinden, ob ich richtig lag. »Ich bin im Management.«

»Für ein Unternehmen?«, unterbrach ich ihn. »Nee. Ich vertrete Musikartisten.«

»Jemanden, den ich kennen sollte?« Jetzt war ich neugierig und überrascht zugleich. »Vielleicht ...« Wir hörten Schritte den Treppenaufgang hinaufkommen und versteckten uns hinter dem Mauervorsprung. Als die Person, die nun ganz in unserer Nähe sein musste, stehen blieb, lugte ich vorsichtig um die Ecke. »Ach, Kai, du bist es!«, sagte ich erleichtert. Kai jedoch fuhr vor Schreck zusammen. »Lieber Himmel! Bist du immer noch hier?«

»Eher schon wieder«, antwortete ich und stellte ihm Kurt vor. »Keine Sorge, er wird nichts sagen«, versprach ich ihm. »Habt ihr keinen Termin?«, fragte Kai. Wir berichteten ihm von der nützlichen Funktion meines Handys, via Bluetooth Musik auf fremden Geräten abspielen zu können. »Die Alte ist aber auch 'ne Hexe! Das hat sie verdient!«, stimmte er in unser Lachen ein. »Ich frage mich aber, weshalb du solche Musik auf deinem Handy hast.« Ich lachte. »Wir haben zur Einweihung unserer Wohnung eine Mallorca-Party geschmissen, Der Song war noch in meiner Playlist.« Der Gedanke an Henning und die Erinnerung an unsere Wohnung, und wie froh wir waren, endlich zusammenzuwohnen, versetzte meinem Herzen einen kurzen Stich. Hatte nur ich mich über diesen Zusammenzug gefreut, fragte ich mich plötzlich, schob den Gedanken dann aber beiseite. Kurt und Kai lachten. Gemeinsam setzten wir uns in die Sonne. »Musst du nicht arbeiten?«, fragte ich. »Nee, ich habe Mittagspause«, antwortete Kai, während er einen Joint drehte. »Möchtet ihr auch?« Er zog an dem selbstgebauten Filter und reichte mir den Glimmstängel. Auch ich zog und reichte ihn an Kurt weiter. »Jetzt noch ein Aperol Spritz dazu, und man könnte es hier fast schon aushalten!«, stellte ich fest. »Ich wäre zwar eher für ein Bier, aber grundsätzlich gebe ich dir recht«, antwortete Kurt. »Hast du was zu essen dabei?«, nutzte Kurt die Gelegenheit. Kai schüttelte den Kopf. »Nee, jetzt nicht. Aber wir können uns hier später noch mal treffen. Ich habe noch 'ne Tüte Chips in meinem Zimmer.« Kurts Augen funkelten. Ich hörte die Glocke am Eingang läuten. »Oh nein. Da kommen die nächsten Opfer!«, lachte ich. Der Gast schien ungeduldig seine Folter antreten zu wollen, denn nun schlug er wie wild gegen die Glocke, bis sie endgültig verstummte. Vermutlich war die Türe des Klosters geöffnet und Eintritt gewährt worden. Noch einmal zog ich an dem Joint, den Kurt an mich zurückreichte. »Ich will jetzt sofort rein!«, schrie eine Frauenstimme herrisch. Überrascht blickten wir uns an. »Was ist denn da los?«, fragte ich, erwartete jedoch keine Antwort. Ich stand auf und schlich vorsichtig zu den Zinnen, um den Eingang zu erspähen. »Wenn Sie mich jetzt nicht reinlassen oder Mara sofort freigeben, rufe ich die Polizei!« Jetzt erkannte ich die Stimme meiner Freundin Steffi und streckte mich über die Zinne. Meine Angst hatte ich ganz vergessen, als ich sie und eine weitere Person unter mir erblickte. Sie hatte Lena mitgebracht. Ihr Auto stand in Sichtweite. Offensichtlich waren sie von der Rückseite des Klosters gekommen. Der Weg, den ich hochgekommen war, wäre ihnen nicht möglich gewesen zu befahren. »Kennst du die?«, fragte Kurt. Kai und er spähten ebenfalls in die Tiefe. Ich grinste übers ganze Gesicht. »Das sind meine besten Freundinnen!« Eine Nonne wollte das Tor schließen, aber Steffi warf sich gegen das schwere Portal, um sie daran zu hindern. »Steffi! Lena!«, rief ich hinunter. Augenblicklich sahen sie zu mir hinauf. Sie blinzelten vermutlich wegen der

Sonne, konnten mich jedoch sehen, denn sie winkten mir zu. »Bleibt genau da. Ich komme!«, schrie ich hinunter. »Jungs, es war mir ein Vergnügen, aber mein Taxi ist da!«, sagte ich, nahm sie in den Arm und lief so schnell ich konnte die Treppe hinab. Ich war so schnell, dass ich die Wegbeschreibung nicht heraussuchen konnte, jedoch lotste mich meine Erinnerung richtig und so dauerte es nur eine kleine Weile, bis ich am Büro von Schwester Nicole vorbei war und kurz darauf den Eingang erkennen konnte. »'schuldigung, das ist für mich!«, keuchte ich und schob mich an den beiden Nonnen vorbei. »Mara! Ich habe mir solche Sorgen gemacht!«, sagte Steffi, die mich fast erdrückte. Auch Lena legte ihre Arme um uns. »Ihr seid jetzt aber echt schnell gewesen«, sagte ich begeistert. »Woher wusstet ihr, wo ich bin?«

»Ich habe Henning angerufen. Er erzählte es mir. War kein Problem. Ich glaube, er wusste nicht, dass du nicht freiwillig hier bist. Und wenn du entführt wirst, bin ich sofort zur Stelle. Nur mit Lösegeld wäre es etwas schwierig geworden«, gestand Steffi. »Wieso entführt?«, fragte ich verwundert. »Wurdest du hier nicht gegen deinen Willen festgehalten?«

»Na, wie man es sieht«, antwortete ich. Nun meldete sich auch Lena zu Wort: »Habe ich doch gleich gesagt. Du hast das falsch verstanden!«

»Die Verbindung war aber auch echt schlecht!«, rechtfertigte sich Steffi. Du hast gesagt, ich muss dich retten, weil du eingesperrt bist.«

»Das Handynetz ist hier eine Katastrophe. Entschuldigt bitte!« Ich drückte die beiden noch einmal ganz fest an mich. Für solche Freundinnen konnte ich nur unendlich dankbar sein. Ein Baby protestierte lautstark. »Phin ist im Auto. Musst du noch was mitnehmen?«, fragte Lena, als Steffi schon zum Wagen eilte, um nach dem Rechten zu sehen. »Nee, das kann alles hierbleiben.« Ich drehte mich zu den Nonnen. »Liebe Grüße an Schwester Nicole. Ich reise jetzt ab!«, sagte ich zu den Ordensschwestern und blickte kurz hoch. Kurt und Kai standen immer noch über uns und beobachteten das Spektakel. Da ich sie nicht verraten wollte, winkte ich zum Abschied nicht, als ich erleichtert ins Auto stieg.

KAPITEL 10

# Höhenflug

»Was ein Freak!«, lautete Steffies Antwort, als ich nach knapp einer Stunde Fahrt die Ereignisse der letzten beiden Tage rekapituliert hatte. »Ich kann es kaum glauben. Henning ist immer so ein Lamm«, entgegnete Lena. »Der hat doch noch nie etwas über deine Figur gesagt, oder?«

»Na ja …«, begann ich meinen Satz und beide Köpfe drehten sich zu mir auf den Rücksitz, den ich mir mit dem schlafenden Baby teilte. »Jetzt hör aber auf!«, antwortete Steffi sofort und versuchte dabei leise zu sprechen, damit Phin nicht aufwacht. »Nichts Schlimmes. Aber was früher Spaß zwischen uns war, klang für mich in den vergangenen Monaten schon ernster als zuvor.«

»Zum Beispiel?«, fragte Lena nach. »Wir waren vor Kurzem einkaufen und ich musste mich an zwei Einkaufswagen vorbeiquetschen. Ich machte einen Scherz über meinen dicken Hintern. Früher hätten wir darüber gelacht oder er hätte draufgeklopft und etwas liebevoll darüber gesagt. Er liebte meinen Hintern und er antwortete bisher immer mit etwas wie: ‚Sprich nicht so über deinen juicy Butt.' Das waren liebevolle Neckereien zwischen uns und ich fand das nie schlimm. Aber diesmal nickte er und verzog das Gesicht. Ich fühlte mich sofort unwohl.« Lena und Steffi sahen sich an, sagten aber kein Wort.

Während ich darüber nachdachte, fielen mir gleich mehrere solcher Situationen ein. »Er findet mich unattraktiv. Und das schon lange!«

»So ein Quatsch«, antwortete Lena sofort und drehte nun auch ihren Oberkörper zu mir herum. »Nein, ist es nicht. Ich habe es gespürt, aber nicht wahrhaben wollen. Wie konnte mir das nur passieren? Ich habe die Augen vor der Realität verschlossen. Ich hatte sogar ein schlechtes Gewissen, weil ich sehen konnte, wie er seine Ziele umsetzte, und ich es einfach nicht schaffte, mich am Riemen zu reißen und auf meine Schokolade oder generell Kohlenhydrate zu verzichten.«

»Ich glaube, ein schlechtes Gewissen ist hier das Schlüsselwort«, entgegnete Steffi. »Niemand sollte sich für seinen Körper schämen oder ein schlechtes Gewissen haben, weil er genießen möchte.« Lena nickte zustimmend. »Lebensumstände verändern sich und Menschen entwickeln sich in verschiedene Richtungen. Er geht einen anderen Weg. Aber das gibt ihm noch lange nicht das Recht, dich so zu verletzen.«

»Vor allem weil ihr schon so lange zusammen seid. Wenn sich Menschen lieben oder einmal geliebt haben, ist es das Mindeste, respektvoll miteinander umzugehen«, ergänzte Lena. »Aber weswegen ist er denn mit mir zusammengezogen? Das hätte er sich doch auch vorher überlegen können.« Da waren sie wieder. Tränen brannten in meinen Augen, und ohne es zu wollen, liefen sie auch schon meine Wangen hinunter. Steffi sah mich durch den Rückspiegel an. Lena nahm meine Hand, als das Auto plötzlich und rasant auf den Seitenstreifen fuhr und stehen blieb. »Du kannst hier nicht anhalten!«, schluchzte ich. »Ich halte, wo ich will!«, entgegnete Steffi, als sie sich ebenfalls zu mir gedreht hatte. »Er ist ein Arsch und wir haben das alle nicht erkannt«, begann sie ihre Rede. »Er verhält sich wie ein Arsch!«, verbesserte sie Lena. »Keine Wortklaubereien jetzt! Ob er sich so verhält oder einer ist, spielt jetzt keine Rolle. Fakt ist, wir müssen jetzt schauen, wie wir dieses Problem lösen.«

»Welches Problem genau?«, fragte ich mit tränenerstickter Stimme. »Dass ich obdachlos bin, oder dass sich die Liebe meines Lebens für mich schämt?«

»Sowohl als auch!«

»Vielleicht habe ich das in meiner Erwartung auf den Heiratsantrag auch übersensibel wahrgenommen«, überlegte ich und schnäutzte so leise wie möglich in eines der Taschentücher aus Steffis Wickeltasche. »Ich bitte dich!«

»Ehrlich jetzt!«, protestierten meine Freundinnen. »In Anbetracht meiner Situation macht es vielleicht Sinn, wenn ich zumindest noch einmal mit ihm darüber rede.« Ich wusste selbst nicht genau, woher mein Sinneswandel kam. Ich war nicht einmal selbst überzeugt von meinen Worten. Jedoch wollte ich mich an diesen Strohhalm klammern. Wenn auch nur, um meine Welt nicht komplett zusammenbrechen zu lassen. »Wofür du dich wirklich schämen musst, ist, wenn du eine dieser Frauen wirst, die bei einem Mann bleibt, weil ihre Komfortzone bedroht ist. Das sind die Frauen, die auch so was sagen wie: Ich trenne mich von ihm, wenn die Kinder groß sind«, fluchte Steffi fast schon. Und Lena stimmte ihr zu. »Das ist alles Mist, aber deswegen bleibst du jetzt nicht mit dem zusammen!«

»Ich bin seit zehn Jahren mit ihm zusammen. Das ist der Mann, den ich bis vor Kurzem noch heiraten wollte. Ich liebe ihn und ihr mögt ihn doch auch. Er kann nicht so schlecht sein.«

Meine Freundinnen sahen sich mit einem dieser Blicke an, die alles sagen, und ich verstand sofort. »Ihr mögt ihn nicht?«

»Mögen ist jetzt auch ein weitgreifendes Wort«, stotterte Steffi. Und auch Lena suchte offenbar nach den passenden Worten. »Ich muss ihn ja auch nicht mögen.« Sprachlos starrte ich die beiden an. Lena konnte die Stille als Erste nicht mehr ertragen: »Er ist halt ein reicher Schnösel, der es hervorragend schafft, von Papas Geld zu leben. Das macht ihn nicht gerade sympathisch.«

»Außerdem hat er eine Art, mit Menschen umzugehen, die seinesgleichen erst noch sucht. Ist dir mal aufgefallen, wie er im Restaurant mit den Kellnern spricht?«, fragte Steffi. »Ihr konntet ihn all die Jahre nicht leiden und habt nie etwas gesagt?«

»Na ja, ich habe ihn nicht zu meinem Geburtstag eingeladen«, erwiderte Steffi. »Und ich unterhalte mich so gut wie nie mit ihm.«

»Aber warum habt ihr denn nichts gesagt?«, fragte ich empört. »Erstens warst du mit ihm schon zusammen, als wir uns kennenlernten, und zweitens hat er ja auch seine Momente«, sagte Steffi und Lena nickte. »Welche Momente denn?« Sie sahen sich an und überlegten. »Nun, weißt du noch damals, als ...« Lena gestikulierte und hoffte offensichtlich, dass Steffie ihr zur Hilfe kommen würde. Aber auch ihr fiel kein Beispiel ein. Als keine Antwort kam, sprach ich weiter: »Ich möchte wenigstens noch einmal mit ihm reden«, versuchte ich mich zu erklären. Meine Freundinnen blickten sich stumm an. Lena fand als Erste Worte. »Also gut. Sprich mit ihm. Aber stehe zu dir! Du bist eine unabhängige Frau. Nur weil ihr lange zusammen wart, ist das kein Grund, Respektlosigkeiten zu akzeptieren.«

»Und er war extrem respektlos dir gegenüber!« Ich wusste, dass die beiden recht hatten, und nickte. Steffi drehte sich wieder nach vorne. Einen Moment schwieg sie und ich dachte erst, sie wolle noch etwas ergänzen. Jedoch tat sie dies nicht. Sie blickte in den Seitenspiegel und gab Vollgas. Mit einem Schlenker waren wir wieder auf der Autobahn. Die restliche Fahrt schwiegen wir oder sprachen belangloses Zeug. Ich wusste, dass sie mich nicht verstanden. Ich verstand mich selbst nicht. Vielleicht lag ich auch falsch. Aber leben wir nicht alle in einer Wegwerfgesellschaft und geben viel zu schnell auf. Das kann man auch auf Partnerschaften beziehen. Meine Eltern waren schon vierzig Jahre verheiratet. Auch wenn ich sie oft streiten gesehen habe, die Koffer hatte nie jemand gepackt. Sie besprachen Dinge und ganz oft flogen dabei die Fetzen. Vielleicht war dies hier einfach eine Situation, bei der wir unter Beweis stellen konnten, wie stark unser Zusammenhalt war. Aber auf der anderen Seite hatte er mich sehr verletzt und ich konnte das so nicht stehen lassen. Wenn er sich wirklich für mich schämen sollte oder mich sogar abstoßend fand – bei dem Gedanken füllten sich meine Augen wieder mit Tränen –, dann gab es für uns keine Zukunft mehr. Aber ich konnte nicht anders, ich musste das von ihm hören. So schmerzhaft es auch sein würde.

»Soll ich dich zu eurer oder deiner Wohnung fahren?«, fragte Steffi nach einer gefühlten Ewigkeit. »Erstmal zu mir«, antwortete ich. Ich wollte zwar mit Henning sprechen, aber darauf wollte ich vorbereitet sein, eine Dusche nehmen und mich vorab erstmal sortieren. »Ich schlafe heute bei mir. Morgen gehe ich dann in unsere Wohnung«, beschloss ich. Lena und Steffi nickten.

»Soll ich heute bei dir schlafen?«, fragte Lena. »Nein, das ist lieb. Aber ich möchte lieber allein sein.«

»Hast du wenigstens Wein im Haus?«, lachte Steffi etwas aufgesetzt. Ich war dankbar für ihren Versuch, Normalität in die Situation zu bringen. »Nee, aber Lillet!«, grinste ich zurück und verspürte in diesem Moment eine unheimlich tiefe Dankbarkeit, zwei so gute Freundinnen zu haben.

KAPITEL 11

# Das Grauen der Realität

Es war ein merkwürdiges Gefühl, allein in meinem Häuschen zu sein. Der sechzig Quadratmeter Anbau einer Villa war seit drei Jahren mein Heim. Als ich die Tür hinter mir schloss, hatte ich jedoch kein Gefühl des Zuhauseseins. Dazu war es zu kalt und zu chaotisch. Überall standen Kisten auf dem Boden. Meine Schritte hallten unnatürlich durch den kleinen Flur und die Wohnküche, als ich auf den Tisch zuging, um meine Post darauf abzulegen. So wie ich es immer tat. Der Tisch sowie einige andere Möbelstücke würden in ein paar Tagen auf den Sperrmüll wandern. Nicht, dass ich sie nicht mehr haben wollte, aber sie fielen den Kompromissen unserer neuen Einrichtung zum Opfer. So musste ich mich schweren Herzens von ihnen trennen. Ich schob die Briefe auseinander. Meine letzte Telefonrechnung, Werbung und ein Schreiben des Bistums Aachen. Was konnten die denn von mir wollen. Der Träger meines Arbeitsplatzes hatte mich noch nie persönlich angeschrieben. Selbst meine Gehaltsabrechnung kam von einem externen Büro. Irritiert nahm ich den Brief und öffnete ihn. Schon im zweiten Satz hatte ich meine Antwort. Dabei reichten mir Schlagwörter wie: Sozialplan, Kündigung und die Danksagung für meine Arbeit. »Die kündigen mir!«, sagte ich laut und setzte mich auf den Boden, da meine Stühle schon in unserer gemeinsamen Wohnung standen.

Sofort zog ich mein Handy hervor. Aber das Display blieb schwarz. »Mist!«, fluchte ich und krabbelte zwei Meter Richtung Tür, um mein Festnetz von der Ladestation zu nehmen. Auch meine Kommode war schon umgezogen und somit befand sich mein Telefon auf gleicher Ebene wie ich. Sofort rief ich Steffi an. Als sie abhob, hörte ich Phin im Hintergrund schreien. »Sorry, er ist gerade aufgewacht. Kann ich dich gleich zurückrufen?«, fragte sie hektisch. »Mir wurde gekündigt!«, sagte ich, ohne auf ihre Frage einzugehen. »Was?«

»Ich kann es kaum glauben. Ich war Freitag noch arbeiten und niemand hat von einer Kündigung gesprochen«, keifte ich fast schon. Ich hörte nun Musik aus meinem Telefonhörer. »Dieses elektronische Spielzeug ist zwar die Hölle, aber Phin steht drauf!«, erklärte Steffi den eher schrillen Sound, der ihren Sohn tatsächlich zu beruhigen schien. »Die haben im Kindergarten gar nichts gesagt?«, fragte sie nach. »Na ja, es wurden mehrere zweigruppige Kindergärten aus den umliegenden Gemeinden geschlossen. Es war die Rede davon, dass das alte Personal kaum gekündigt werden kann. Aber dass jemand von uns gekündigt wird, war kein Thema.«

»Klar, und nach dem Sozialplan bist du Single und kinderlos. Also eine der Ersten, die gehen muss. Wann ist dein letzter Tag?«

»In drei Monaten«, antwortete ich und überlegte gleichzeitig, ob dieser Zeitraum ausreichen würde, eine neue Stelle zu finden. »Das jetzt auch noch!«, schloss Steffi meine Überlegungen ab. »Ich würde mir einen Anwalt für Arbeitsrecht suchen. Vielecht kann man daran ja noch was drehen.«

»Was soll man denn da drehen?«, motzte ich. »Entschuldige. Aber das ist jetzt alles ehrlich etwas viel. Vor allem sehe ich dann meine Kinder nicht mehr.«

»Am besten gehst du morgen erstmal hin und sprichst deine Chefin an. Noch ist hier nichts endgültig.«

»Du hast recht. Henning hatte mir für morgen zwar einen Urlaubstag eintragen lassen, weil ich ja zu mir selbst finden sollte, aber die anderen sind ja da.«

»Genau. Und jetzt gibt es auf die ganze Scheiße erstmal einen Lillet. Möchtest du zu mir kommen?«

»Nee, ich gehe gleich ins Bett.« Meine Müdigkeit war zwar schlagartig verflogen, aber ich wollte jetzt auch keine Gesellschaft mehr. Ich wollte einfach Ruhe und tatsächlich wollte ich gleich zwei Ziele des Schweigeklosters in meiner Wohnung umsetzen: Erstens wollte ich nicht mehr sprechen. Und zweitens musste ich mich sortieren und zu mir selbst zurückfinden. Ich war so durcheinander, in meinem Kopf und auch außerhalb meines Körpers, da musste wieder Struktur rein. Mit meinen Gedanken wollte ich anfangen und hierfür war Ruhe und vermutlich auch eine gute Portion Schlaf nötig. Was meine Wohnung anging, also das Chaos in meinem Außen: Dem würde ich mich morgen widmen. Wenn ich genau wusste, wie mein Leben weitergehen würde.

KAPITEL 12

# Die Rettung im Altkleidersack

Völlig verknautscht wachte ich am nächsten Morgen schon gegen 6 Uhr auf. Eigentlich war ich mir gar nicht sicher, ob ich wirklich geschlafen hatte. Es fühlte sich nicht so an. Aber einige wirre Träume über mein altes Kinderzimmer, in das eine Küchenzeile für mich eingebaut wurde, oder einen Einkaufswagen, in dem ich zukünftig mein Hab und Gut mit mir umherfahren würde, ließen mich schlussfolgern, dass ich doch ab und an in kurze, schlafähnliche Zustände gefallen sein musste. Als ich mich aufsetze, spürte ich Schmerzen in meinem ganzen Körper. Besonders mein Nacken und mein Rücken waren betroffen. Aber auch meine Beine schmerzten, und meine Oberarme schienen heute auch lieber jede unnötige Bewegung vermeiden zu wollen. Konnte man von Yoga Muskelkater bekommen? Oder waren es doch nur die Folgen einer fast schlaflosen Nacht? Sicher war ich nicht. Aber es spielte auch keine Rolle. Bedacht schleppte ich mich ins Bad und freute mich darüber, ein Handtuch vorzufinden. Das letzte in dieser Wohnung. Als Duschgel musste Spülmittel herhalten, weil ich auch hier keine Vorräte mehr griffbereit hatte.

Sauber und nach Zitrone duftend, durchsuchte ich einen Plastiksack, den ich für die Altkleidersammlung gepackt hatte. Viele Kleidungsstücke waren mir zu groß oder zu klein oder entsprachen aus anderen Gründen nicht mehr meinem Geschmack.

Selbst das FBI würden diesen Sack nicht zu mir zurückverfolgen können. Der Inhalt schien vom Stil, aber vor allem von den Kleidergrößen her von einer Großfamilie zu stammen. Er beinhaltete Designs, die zu mindestens fünf Frauen gehören konnten. Tatschlich hatte ich jedoch fast jedes Teil daraus einmal getragen. Sie hatten mich durch jede Form meines Körpers begleitet. Immer dann, wenn ich ein neues Höchstgewicht erreicht hatte und auch dann, wenn ich enorm Gewicht verloren hatte, um mich wieder wohlzufühlen. Aber auch wenn der Jojo-Effekt zuschlug und ich eine ganz neue Form annahm. Mein Körper war ein Fass ohne Boden. Ob es anderen Menschen auch so ging? Oder wanderte nur ich durch sämtliche Stadien des Fettseins? Lena sagte immer, ich sollte so nicht mit mir selbst reden, fiel mir in diesem Moment ein. Ich weiß nicht, ob der akute Schlafmangel meine philosophische Ader anregte oder woher dieser Gedanke kam, aber wer sagt denn, dass das Wort »fett« etwas Negatives ist. Ja, das haben meine Mitschüler so gesehen, wenn sie mich genau mit diesem Wort beleidigt haben. Und auch viele Menschen, denen ich in meinem Leben begegnet bin, hatten dieses Wort benutzt, um sich selbst oder sogar mich zu bewerten. »Iss nicht so viel, sonst wirst du so fett wie ein Walross!«, hatte sogar meine Tante einmal zu mir gesagt. An sich war das Wort »fett« aber nur ein Wort. Eine Bezeichnung für etwas oder eine Beschreibung. Es sollte wertfrei sein. Wie kamen wir darauf, einem Wort eine Bewertung zuzuordnen? Und warum waren manche Wörter so negativ behaftet? Warum war es für manche Menschen ein solch großes Problem, wenn andere dick, fett oder übergewichtig waren? Ging es sie etwas an? Musste ich wirklich Verniedlichungen meiner Figur benutzen, um diese positiver darzustellen.

Korpulent, stämmig und vor allem mollig waren schon immer Begriffe, die ich gehasst habe. Wer hatte sich das wohl einmal einfallen lassen? Und was sollte das alles? Wenn wir das Adjektiv »fett« und auch viele andere Wörter neutraler betrachten würden, wären sie gar kein Problem. Meine Gedanken wirbelten in meinem Kopf wild umher. Ich brauchte definitiv eine Cola. Da ich Kaffee noch nie mochte, waren Cola oder in ganz schlimmen Fällen Energydrinks meine Rettung. So beschloss ich die Welt, durch die richtige Wortwahl, später zu retten und mich erstmal anzuziehen.

Ich war nie so froh einen kalten Sommer zu erleben. Denn das Einzige, was ich in meinem Altkleidersack finden konnte und mit dem ich auch tatsächlich aus dem Haus gehen würde, war ein langer Wollpullover, den ich mit einer Leggings kombinieren konnte. Unterwäsche fand ich glücklicherweise auch. Zwar waren die Slips noch mit Etiketten versehen und zwei Nummern zu eng, aber sie würden gute Dienste leisten, dachte ich und ärgerte mich zwei Minuten später schon über sie, als mir einer vom Hintern rutschte und sich unter meinem Po zusammenrollte. Wie ich so etwas hasste. Mit einer der Gründe, weshalb ich es möglichst vermied, Strumpfhosen zu tragen. Ich versuchte eine gewisse Dankbarkeit zu empfinden, in Anbetracht der Umstände, überhaupt frische Unterwäsche tragen zu können. Auch wenn mein Büstenhalter meine Laune endgültig auf den Nullpunkt brachte. Was ein Elend. Ich weiß gar nicht, wie ich jemals darauf gekommen war, BHs ohne Beratung einfach im Internet zu bestellen. Dieses Teil war zwar hübsch, hatte aber die absolut falsche Größe. Die Cups zu klein, das Unterbrustband zu groß ... Himmel, ich war jetzt schon froh, wenn ich dieses Folterinstrument wieder ausziehen konnte. Er schnitt mir auf den Schultern ein und die Brust quoll unter den Bügeln raus. Dieser Tag konnte nicht gut werden. Da war ich mir am frühen Morgen schon sicher.

Ich nahm meine Schlüssel an der Stelle weg, an der einmal ein kleiner Tisch meinen Flur geziert hatte, und bückte mich hierfür, unter Schmerzen, tief auf den Boden. Wenn ich folgenden Vorfall in einem Geräusch zusammenfassen müsste, wäre es ein saftiges: »Flupp«. Denn genau so fühlte es sich an, als meine Unterhose schon wieder über meinen Hintern fluppte und sich erneut zusammenrollte. »Verdammte Kacke!« Augenblicklich ließ ich meinen Schlüssel fallen und schrie vor Wut auf, als ich mich aufrichtete und die Leggings runterriss. Diese Unterhose musste von meinem Körper runter! Ich verhedderte mich beim Ausziehen in meinen Leggings, was meine Laune nicht gerade steigerte. Um nicht zu kippen, lehnte ich mich an die Wand, ließ meine Ballerinas von den Füssen rutschen, riss die Hose von meinen Beinen und befreite mich von dem schwarzen Spitzenslip. Was eine Erleichterung! Aus Mangel an Alternativen entschied ich mich ohne Unterhose aus dem Haus zu gehen. Natürlich aber mit den Leggings am Körper.

»So, bin ich jetzt einsatzbereit?«, fragte ich mich selbst, als ich wieder angezogen im Flur stand. Ich bückte mich erneut nach meinem Schlüssel und wollte gerade das Haus verlassen, als ich einen Mann vor meinem Häuschen stehen sah. Er lächelte mich durch die Scheibe meiner Eingangstüren an. Es war kurz nach sieben. Wer konnte das sein und vor allem: Wie lange stand der schon da?, fragte ich mich unweigerlich. Ich brauchte einen Moment, um ihn wiederzuerkennen. Es war mein Schornsteinfeger. Den hatte ich ja ganz vergessen. Ich hatte den Abschlusstermin mit ihm extra so gelegt, dass er vor Beginn meiner Arbeitszeit ins Haus konnte. Daran hatte ich ja gar nicht mehr gedacht. So ein Glück für ihn, dass ich aus dem Kloster geflüchtet war. Pech für mich, dass ich meine Unterhosenarie im Flur abgehalten hatte und nun nicht wusste, was und wie viel er gesehen hatte. Wie peinlich! Hier konnte selbst meine Mutter nicht sagen: »Den siehst du nie wieder.« Zwar haben Schornsteinfeger keinen Gebietsschutz mehr, aber ich wusste, dass er ein sehr großes Gebiet abdeckte. Wo auch immer meine Wohnung sein würde, die Wahrscheinlichkeit war groß, dass er meinen Schornstein reinigen würde. Und das war nicht zweideutig gedacht. Sicherlich würde er nun für immer vor Augen haben, wie ich mit meinem Slip kämpfte, wenn wir uns trafen. Ich atmete einmal tief durch, bevor ich bemüht lächelnd die Türe öffnete. »Guten Morgen!«, trällerte ich gespielt fröhlich. Auch er ließ sich zunächst nichts anmerken. Vielleicht hatte er aber auch nichts gesehen. Ich versuchte mich an diesem Gedanken zu klammern. »Sie kommen ohne mich klar?«, fragte ich noch, als ich den Slip schnell vom Boden entfernte und den Mann ins Wohnzimmer lotste. Im Vorbeigehen tippte ich seine Jacke ganz kurz an. So, dass er es nicht merken konnte, ich aber etwas Glück von ihm abbekam. Aberglaube hin oder her, ich wollte diese Chance nicht an mir vorbeiziehen lassen. »Ja, ich kenne mich aus«, lächelte er und zwinkerte mich an. Ich war mir nicht sicher, ob sein Unterton doch eine Anspielung auf das Geschehene war. Warum musste gerade ich einen sexy Schornsteinfeger haben. Die Männer, die ich bei dieser Berufsbezeichnung vor Augen hatte, waren alt und eher unattraktiv.

Sie gingen abends zum Stammtisch, hatten Schwielen an den Händen und waren auch privat total verdreckt. Genau so war sein Chef auch. Aber schon vor einigen Jahren war er angestellt worden und arbeitete nun in meiner Nachbarschaft. Er war Mitte bis Ende dreißig, hatte volles, schwarzes Haar und ein bezauberndes Lächeln. Im Gegensatz zu den vielen Terminen, bei denen man Überstunden abfeiern musste, weil jemand den Strom- oder Wasserzähler ablesen wollte, war der Besuch von meinem Schornsteinfeger immer eine Freude. Heute jedoch nicht. Also versuchte ich mich so schnell wie möglich zu verabschieden und bat ihn die Türe hinter sich zuzuziehen. Sowas funktionierte nur auf dem Land. Daran hatte ich mich zwar erst gewöhnen müssen, als ich aus Krefeld Mitte nach Fischeln gezogen war, empfand es heute aber mehr als positiv. »Ich lege Ihnen den Bericht auf den Tisch«, sagte er, korrigierte sich aber sofort: »Oder auf eine Kiste.« Ich winkte ihm zu und rief noch: »Danke!«, als ich mein Häuschen verließ.

Erleichtert atmete ich durch, als ich in meiner kleinen Gasse stand. »Habe ich alles?«, fragte ich mich selbst. Die Schlüssel hatte ich in meiner Hand und zwei Haargummis waren um mein Handgelenk gebunden. Da ich keinen Spiegel mehr besaß, wollte ich meinen Rückspiegel nutzen um meine Frisur abzuchecken. Mein alter Daihatsu Cuore stand auf seinem Parkplatz und wurde kurzerhand zum Beautysalon umfunktioniert. Meine Haare fühlten sich stumpf an. Spüli war also keine gute Alternative zu Shampoo. Umständlich und so gut es ohne Bürste ging, flocht ich meine Haare zu zwei Zöpfen zusammen. So sollte es erstmal gehen. Eine Handcreme wurde kurzerhand für mein Gesicht zweckentfremdet und eine fast schon ausgetrocknete

Wimperntusche aus meinem Handschuhfach sorgte dafür, dass ich mir zufrieden zunickte, als ich meine Beautyroutine beendet hatte.

Nun war es so weit und ich würde den Tatsachen ins Gesicht blicken müssen und meiner Mission folgen. Station eins für den heutigen Tag: Kindergarten. Ich hatte nicht nur ein flaues Gefühl im Bauch, sondern auch mein Herz war mir schwer. Mein kleines, weißes Auto brachte mich in nur wenigen Minuten zu meinem Kindergarten. Also der, der noch für knapp drei Monate mein Arbeitsplatz sein würde. Ich wusste, dass meine Chefin im Frühdienst sein würde, und hoffte darauf, dass sie schon über meine Kündigung informiert worden war. Um siebenuhrdreiundzwanzig kam ich am Kindergarten an und öffnete die Türe mir den zwei Griffen, die dafür vorgesehen waren. Dieser simple Sicherheitshack hatte sicherlich schon so manches Kind an einer Flucht gehindert. Ich hatte die Türe noch nicht ganz geschlossen, als mir Regina, die Kindergartenleitung entgegenkam. »Mara! Ich dachte, du bist im Urlaub«, sagte sie ein bisschen zu erschrocken. Ich wusste sofort, dass sie Bescheid wusste. »Hast du einen Moment?«, fragte ich sie. »Ja, natürlich. Geh einfach schon mal ins Büro. Ich komme sofort nach.«

KAPITEL 13

# Kellergespräche

Machen wir es kurz: Das Gespräch lief nicht ganz so wie erwartet, denn Regina war durchaus über meine Kündigung informiert, war dem Konflikt mit mir jedoch bewusst aus dem Weg gegangen. Wutschnaubend marschierte ich durch die kleine Gasse, in der sich meine Wohnung befand. Nun ja, genau genommen sollte diese ja nur noch für wenige Tage mein Zuhause sein. Meine Wut hatte mich komplett im Griff. Ich ärgerte mich über meine Chefin, über meinen Arbeitgeber und über den verdammten BH, der schon wieder meinen Busen verrutschen ließ und mittlerweile unerträglich schmerzte. Mein Handy klingelte. Ich blieb stehen und nahm das Gespräch an, bevor ich sehen konnte, wer dran war. »Was?«, keifte ich. Eine leicht eingeschüchterte, zarte Stimme antwortete: »Guten Tag, ich habe Ihre Anzeigen gelesen …«

»Die Wohnung ist schon vergeben!«, antwortete ich und legte auf. Nun ärgerte ich mich auch noch über die vielen Menschen, die in den vergangenen Wochen mein Domizil besichtigt hatten. »Solche Aasgeier!«, fauchte ich und ging weiter. Über Wochen hatte es den Anschein gemacht, als ob sich der halbe Stadtteil um meinen kleinen Anbau stritt. Meine Vermieterinnen hatten eine Anzeige im örtlichen Blättchen aufgegeben und meine Wohnung nach meiner Kündigung inseriert. In einer geistigen

Umnachtung hatte ich vorgeschlagen meine Telefonnummer abdrucken zu lassen, damit ich alle Besichtigungstermine selbst koordinieren konnte. Meine Vermieterinnen, die im Haupthaus lebten, kamen dann zu den Besichtigungen hinzu, um sich ein Bild von den Bewerbenden zu machen. Jedoch hatte ich nicht mit dem enormen Aufkommen an Anfragen gerechnet. Wer liest denn heute noch Zeitung? Offensichtlich hatte ich dieses Medium total unterschätzt. Vom Erscheinungstermin an stand das Telefon für fast drei Wochen nicht mehr still. Ein junger Mann aus der Nachbarschaft war nach langer Suche der passende Nachmieter und steckte nun vermutlich in den gleichen Vorbereitungen wie ich.

Die Entscheidung zu fassen, meine eigene Wohnung aufzugeben, um mit Henning zusammenzuziehen, hatte mich viel Überwindung gekostet. Ich zitterte, als ich die Kündigung im Haupthaus übergab. Hoffentlich würde ich diese Entscheidung nun nicht bereuen. Sobald ich mich beruhigt hatte, würde ich zu Henning fahren und genau dies mit ihm besprechen. Er hatte für die komplette Woche keine Termine vor Gericht und befand sich im Homeoffice. Also musste ich auch nicht warten, bis er heimkam.

Henning war selbst erst vor Kurzem nach Krefeld gezogen, um mir näher zu sein. Fast neun Jahre pendelten wir regelmäßig zwischen Mülheim und Krefeld. Meistens waren wir jedoch bei mir. Als er den Mietvertrag für seine Wohnung unterschrieb, hatte ich schon die Idee, mit einzuziehen. Dass er dies nicht sofort wollte, tat ich als eine seiner Marotten ab. Er war halt manchmal etwas kompliziert und Veränderungen fielen ihm noch nie leicht. Oder wollte er von Anfang an nicht mit mir zusammenleben? Ich blieb einen Moment stehen. Konnte das sein? Langsam ging ich weiter. Der Weg durch meine Gasse kam mir in manchen Situationen besonders lang vor. Zum Beispiel wenn ich wütend war und einfach nur schnell heim wollte oder wenn ich Möbel raustragen musste. Und ganz besonders, wenn mein einziger Wunsch war, hinter mir die Türe zu verschließen, um mir den Büstenhalter vom Körper zu reißen. »Nein, er hätte mich nicht kündigen lassen, wenn er Zweifel gehabt hätte!«, sagte ich laut, vermutlich um mich selbst zu überzeugen. Ich wollte und konnte mich jetzt in nichts reinsteigern, was ich nicht wusste. Alles würde sich innerhalb der nächsten Stunde klären. »Bloß keine Panik!«, beruhigte ich mich selbst. Ich stapfte weiter, zwar noch wütend, aber von meinen Zweifeln eingeholt.

Tränen liefen mir über die Wangen, als ich endlich an meinem Gartenzaun ankam und direkt vor mir eine Frau den Vorgarten verließ. Obwohl ich so versteckt wohnte, fanden mich immer wieder Vertreter, Spendensammler oder die Zeugen Jehovas. Ich war froh, dass sie mich nicht gesehen hatte und ich einem Gespräch mit ihr somit aus dem Weg gehen konnte. Mit verwischtem Blick ließ ich den Schlüssel in das Schloss gleiten. Als ich die Tür öffnete, erschrak ich nicht minder, als es Henning tat, der gerade versuchte sein Hemd in die Hose zu stecken. Selbst im Homeoffice sah er nach Anwalt aus. Dass er meine Kartons weiterpackte, erleichterte mich enorm und gab mir schlagartig wieder Hoffnung. Vielleicht war alles doch nur halb so schlimm, als ich befürchtete. Ich brach schrecklich in Tränen aus. Erleichterung und Wut mischten sich ineinander und brachen nun in vollem Umfang aus mir raus. Er umarmte mich wortlos. Einige

Minuten standen wir einfach so da. Arm in Arm. »Hat Steffie dich tatsächlich abgeholt?«, fragte er leise. Ich nickte. »Das wäre wirklich nicht nötig gewesen. Dein Programm ging noch bis 16 Uhr und ich hätte dich dann gerne selbst geholt.« Ich antwortete nicht, wischte mir aber die Tränen vom Gesicht und huschte ins Bad, um mir Toilettenpapier zu holen. Taschentücher würde ich vergebens suchen. Feste schnäuzte ich mir die Nase und kehrte dann zurück ins Wohnzimmer. Henning nahm mein Gesicht in seine großen Hände, wie er es immer getan hatte, wenn ich Kummer hatte. »Wer wird denn gleich weinen?«, fragte er und strich mir übers Haar. Ich brach wieder in Tränen aus. Die letzten Tage hatten so viele Emotionen in mir angestaut, die sich jetzt alle lösten. Ich heulte so hysterisch, dass mir nur ein klares Wort über die Lippen kam. »... Kinder!«

»Das ändert doch nichts. Wir können welche haben!«, sagte er. Ich schluchzte noch einige Male und blickte ihn dann verwundert an. Offensichtlich hatte er nicht verstanden, worum es hier ging. Wie auch, selbst ich hatte mein verheultes Gejaule nicht verstanden. »Es ist verständlich, dass du jetzt ein paar Tränen verdrückst, aber es muss sich ja nichts ändern!«

»Ich habe meinen Job verloren und du findest mich unattraktiv. Natürlich hat sich was verändert!«

»Ach so, ich dachte, du hast gerade Nina kennen gelernt!« Ich stockte einen Moment. »Welche Nina denn? Und warum verdammt noch mal sollte sie wichtiger sein als mein Job?« Die Unterhaltung verwirrte mich und ich hatte den Eindruck, dass es ihm nicht anders ging. Es dauerte etwas, bis bei mir der Groschen viel. »Hast du geschlafen?«, fragte ich, als ich bemerkte, dass nicht eine Kiste geschlossen oder auch nur verrückt worden war. »Das kann man nicht direkt sagen. Aber ja, ich habe mit Nina geschlafen!« Der Groschen kam ins Rollen. »Mit wem?« Er küsste mich auf die Stirn und antwortete: »Ihr müsst euch vor der Tür begegnet sein.«

»Du hast Sex mit einer von den Zeugen Jehovas?« Natürlich hatte ich verstanden, was er gesagt hatte. Ich war mir schon in diesem Moment sicher, auch verstanden zu haben, was dies bedeutete. Aber irgendwie schienen die folgenden Worte wie in Trance aus mir rauszukommen. Ich dachte gar nicht darüber nach. Das Gespräch geschah einfach, ich kam mir wie ein unbeteiligter Zuschauer vor. Mein Herzschlag setzte einige Male aus, bevor er sich fast überschlug. Oder zumindest fühlte es sich so an. Es war mir egal, ob er Sex mit einer von den Zeugen gehabt hatte oder mit einer Spendensammlerin. Ich konnte nicht glauben, was er da gerade sagte. »Nein, sie ist Rechtanwaltsgehilfin aus meinem Büro und sehr nett. Ich bin mit ihr seit vier Monaten zusammen. Gestern Abend habe ich ihr von dir erzählt und es ist okay für sie.«

»Was ist okay?«, fragte ich überraschend ruhig. »Sie kann mit dir leben. Ich hatte ihr vorgeschlagen weiterhin die gewohnten Tage beizubehalten.«

»Verdammt, kannst du mal klar und deutlich mit mir reden? Welche Tage denn?«

»Dienstags und freitags treffe ich mich immer mit ihr«, sagte er, als ob es ihn überraschte, dass ich das nicht schon längst wüsste. »Ich denke, da bist du bei deinem Nebenjob.« Er brauchte gar nicht antworten, als mir die Antwort schon klar war. Wie konnte ich bloß glauben, dass er einen Nebenjob hat. Immerhin war Papa reich und hatte ihm gerade noch ein neues Auto geschenkt, welches ich viel nötiger gehabt hätte. »Ich arbeite schon seit über einem Jahr nicht mehr im Callcenter und habe meine Zeit anderweitig genutzt.«

»Um dich durch die Weltgeschichte zu vögeln, oder was?«

»Ich würde sagen, ich bin auf der Suche nach mir selbst gewesen. Es tut mir leid, dass du das so schwernimmst. Jedoch sehe ich hier nur zwei Möglichkeiten.« Ich schwieg, nicht aus Spannung, welche Möglichkeiten er für mich oder für uns wohl ins Auge gefasst hatte. Sondern weil ich sprachlos war, und das kam ausgesprochen selten vor. »Wir können das Ganze so weiterlaufen lassen, wie es ist. Ich treffe mich zwei bis drei Mal die Woche mit Nina oder, in Anbetracht deiner zukünftigen Situation könnte ich ihr vorschlagen, mit uns zusammenzuziehen. Das spart dir etwas Geld. Sie hat keine Tiere, raucht nicht und das Beste ist …«, er setzte eine dramatische Pause ein, gerade so, wie er es liebte, wenn er einen für ihn genialen Plan preisgab. »… sie tut, was ich ihr sage!«

»Das kommt gar nicht in Frage!«, fauchte ich wieder bei Sinnen und schob ihn in den Flur. »RAUS!«

»Mara, überleg doch mal. Sie ist die Art Frau, die ich mit zu Geschäftsessen nehmen kann, und du die Frau, mit der ich über all meine Sorgen und Träume reden kann. Das ergänzt sich doch hervorragend.«

»Ich glaub, dir ist dein Proteinpulver ins Gehirn geschossen. Ich will, dass du jetzt gehst!«, sagte ich, schob ihn nun endgültig aus meiner Wohnung und warf ihm seine Jacke, welche über einer Kiste im Flur gelegen hatte, nach. Als ich das Gartentürchen ins Schloss fallen hörte, setzte meine Atmung für einen Moment aus. Ich bekam keine Luft mehr und lehnte mich mit dem Rücken an die Scheibe meiner Haustüre. Die Türe, welche in wenigen Tagen nicht mehr meine Haustüre sein würde. Erst als ich das kalte Glas wahrnahm, konnte ich wieder einatmen. Automatisch griff ich nach dem Telefon.

Steffi und Lena klingelten keine halbe Stunde später an meiner Türe. Lena nahm mich in den Arm und ich brach erneut in Tränen aus. »Der Arsch! Das glaub ich ja nicht!«, fluchte Steffi und fügte hinzu: »Ich bin dafür, dass wir den ab jetzt nur noch ‚Schweinekopp' nennen!« Steffi benannte ihre Feindbilder immer um. So war unsere alte Hauswirtschaftslehrerin zur »Schabracke« geworden und ihr Ex-Freund der »KB«. Auf diese Abkürzung musste ich aus pädagogischen Gründen bestehen. Da das gemeinsame Kind der beiden einmal sprechen lernen und noch viel früher anfangen würde, Worte zu verstehen, ging »Kotzbrocken« auf Dauer nicht. »Wo ist Phin eigentlich?«, fragte ich. Immer noch mit tränenerstickter Stimme. »Bei meiner Mutter«, sagte sie und schob uns ins Wohnzimmer auf meine cremefarbene Couch, die, wie mein Bett, eines der wenigen noch vorhandenen Möbelstücke meiner Wohnung war. »Ich habe uns etwas mitgebracht.« Lena packte eine kleine Dose aus, und wir wussten, was folgen würde. Steffi stöhnte auf. »Aus dem Alter bin ich wirklich raus!«

»Ach was, stell dich nicht so an. Brauchst nicht meinen, dass du jetzt Mamaperfekt sein musst! Ein Sportzigarettchen hat noch keinem geschadet«, motzte Lena und drehte den Joint gekonnt zwischen ihren Fingern. Seitdem sie mit Olli, ihrem neuen Freund, zusammen war, hatte sich ihr Konsum an Gras deutlich gesteigert. Ich machte mir Sorgen um sie. In diesem Moment fühlte ich mich jedoch nicht bereit mich dazu zu äußern. »Du kannst zu mir ziehen«, schlug Steffi vor und schien meine Gedanken zu lesen. Ich musste bald schon aus dieser Wohnung raus. Wo sollte ich nur hin? »Zwischen bekackten Windeln und dem Babygekreisch leben klingt verlockend!«, steuerte Lena bei. »Ich finde, du ziehst in die neue Wohnung und ekelst das Miststück raus!«

»Zum einen ist es sein Mietvertrag und er hat mich immer noch nicht eintragen lassen ...«

»Und jetzt wissen wir auch weshalb!«, warf Steffi ein. »Und zum anderen würde ich mir das nicht antun! Kommt nicht in Frage«, fuhr ich fort, ohne auf ihren Kommentar einzugehen. »Du kannst auch bei mir unterkommen, Süße! Wir suchen dir einen neuen Job und du erholst ich erst mal, bis du dann eine schnuckelige, kleine Wohnung findest!«, bot Lena an. »Hmmm, schön auf der Hanfplantage wohnen. Welch ein Leben!«, neckte Steffi. Für einen kurzen Moment dachte ich drüber nach, dieses Angebot anzunehmen, entschied aber, eine Nacht drüber zu schlafen. »Wie sah die Tussi eigentlich aus?«, fragte Steffi, offensichtlich bemüht, einen passenden Namen für diese Nina zu finden. »Ich habe keine Ahnung«, musste ich zugeben. Ich hatte selbst schon drüber nachgedacht, aber ich konnte mich wirklich nicht erinnern. »Bestimmt ist sie schlank und blond und wunderschön!«, sagte ich und brach erneut in Tränen aus. Auch wenn ich mich nicht erinnern konnte, hatte ich ein klares Bild von ihr vor Augen. Natürlich war sie schöner und schlauer als ich. Wahrscheinlich wurde sie für ihre Arbeit hervorragend bezahlt und tänzelte täglich in einem kurzen Rock und einem roten BH durch die Kanzlei. »Und überhaupt war sie bestimmt repräsentativer als ich«, heulte ich los. »Hat der Schweinekopp das etwa gesagt?«, fauchte Steffi aufgebracht. »Nein, aber ich weiß das!« Ratlos blickten meine Freundinnen sich an. »Na, dann bist du eben ein Mops, was soll's? Du bist eine der schönsten Frauen, die ich kenne. Guck dich doch mal an.« In einer anderen Situation hätte ich mich geschmeichelter gefühlt über dieses Kompliment, aber ich fühlte mich elend und unattraktiv. »Du bist der Mops, der es sich leisten kann!«, ergänzte Lena. »Der es sich leisten kann, genau so zu sein, wie du bist, basta!«

»Der Freak kann froh sein eine Hammerbraut wie dich jemals an seiner Seite gehabt zu haben!«

»Du kriegst einen viel Besseren als ihn!«, wollte Lena diesen Gesprächsteil abschließen. »Genau, für jeden Topf gibt es einen Deckel!«, steuerte Steffi bei. »Du hast doch selbst keinen Deckel!«, sagte ich. »Ja, aber ich will ja auch keinen mehr. Ich bin ein Wok!«

»Und was, wenn ich auch ein Wok bin?« Zwar mochte ich alles gerne essen, was aus in einem Wok zubereitet wurde, aber selbst einer sein, kam nicht in Frage. »Ich werde bald 30 und hatte weder eine schöne Hochzeit noch habe ich ein Kind oder Haus oder einen Apfelbaum gepflanzt!«

»Bei Aldi gibts gerade Apfelbäume. Wir kaufen dir morgen einen und pflanzen ihn in deinen Garten«, beschloss Steffi. Ich musste lachen. Das gute »Silver Hazel« begann zu wirken.

KAPITEL 14

# Aus alt mach neu

Steffi und Lena waren schon weg, als ich aufwachte. Ich hatte Kopfschmerzen, aber die Tatsache, dass ich zukünftig nicht zur Arbeit gehen musste, zumindest nicht bei meinem gewohnten Arbeitgeber, stimmte mich milde. Meine ehemalige Chefin Regina hatte nämlich meine Urlaubstage, Überstunden und ein Geschenk von fünf Tagen Sonderurlaub zusammengefasst und mich mit sofortiger Wirkung aus dem Kindergarten verbannt. Weder von den Kindern noch von den Kollegen durfte ich mich verabschieden. Sie befürchtete, dass meine Kündigung Wellen des Protestes schlagen würde, und wollte vermeiden, dass ich jemandem berichtete, was passiert war. Als ob sie dies verhindern konnte. Eigentlich traf mich die Kündigung nicht all zu arg wegen des Kindergartens, sondern viel mehr weil mir die Kinder so sehr ans Herz gewachsen waren. Und natürlich war die finanzielle Komponente nicht unerheblich. Aber diese würde tatsächlich erst in einigen Wochen greifen. Also bemühte ich mich darüber nicht allzu viel nachzudenken. Ich würde meine Probleme der Reihe nach behandeln.

Mein zweiter Gedanke galt dem »Schweinekopp«. Wie hatte er mich bloß so hintergehen können? Ich fühlte mich gedemütigt. Wie hatte ich das alles so weit kommen lassen können? Erst jetzt fiel mir auf, dass ich eigentlich nicht traurig war wegen des Menschen, den ich verloren hatte. Genau wie bei meiner Arbeitsstelle war dies nebensächlich, eigentlich sogar egal. Ich hatte jedes Mal um mich geweint und über das, was mir passiert war. Über die Respektlosigkeit von dem Menschen, mit dem ich lebte. Ich war verwirrt. Hatte ich ihn gar nicht geliebt? Doch, verliebt war ich einmal in ihn gewesen. Aber die Verliebtheit, die ich einst empfand, war nicht zu Liebe geworden. Konnte es sein, dass ich aus Gewohnheit mit Henning zusammengeblieben war? Vielleicht auch aus Angst, nichts Besseres zu finden? Nein, nicht ganz. Aber sicherlich lag in dieser Erkenntnis ein großes Stück Wahrheit. Dennoch waren wir zumindest Freunde. Und sein Verhalten mir gegenüber war auch in einer Freundschaft ein absolutes No Go.

Diese Gewissheit verblüffte mich selbst. Henning war ein Arsch! Oder wie Lena es sagen würde: Er verhielt sich wie ein Arsch. Und das nicht nur mir gegenüber. Steffi hatte recht. Er war überheblich und anmaßend anderen Menschen gegenüber. Weshalb hatte ich das nicht wahrhaben wollen? Verdammt! Hatte ich so große Angst vor dem Alleinsein gehabt, dass ich meine Augen davor verschlossen hatte und sein Verhalten tolerierte? Dies waren definitiv zu viele Erkenntnisse über meine Psyche am frühen Morgen. Ich ging in die Küche und holte mir eine Flasche Wasser aus dem ansonsten gähnend leeren Kühlschrank.

Mir kam ein Gedanke und schlagartig mischte sich ein weiteres Gefühl in das ganze Wirrwarr an Emotionen, die ich gerade erlebte. Es ekelte mich bei dem Gedanken, dass Henning ungewaschen nach einem Treffen mit dieser Frau zu mir gekommen war. Konnte das sein? Ich versuchte mich zu erinnern, was er tat, wenn er von »der Arbeit« kam. Meist war es so spät, dass ich nicht mitbekam, wenn er eintraf, oder er fuhr gleich zu sich nach Hause. Ob er sich mit seinen Freunden über meine Dummheit totgelacht hatte? Ich atmete schwer. Es fühlte sich an, als ob ein Elefant auf meiner Brust sitzen würde. Ich nahm einen großen Schluck des kalten Wassers und verdrängte den Gedanken. Er würde eh nichts ändern. Ich versuchte mich abzulenken. Dabei fiel mir ein, dass ich mich schnellstmöglich arbeitsuchend melden musste. Ich verschob auch diesen Gedanken wieder, denn zunächst hatte ich offiziell Urlaub. Jedoch musste ich meinen Eltern zeitnah mitteilen, was geschehen war. Dies war wirklich angsteinflößend. »Scheiße!«, ärgerte ich mich und blickte auf mein Handy. Schon am Abend zuvor war ich mit meinen Eltern verabredet gewesen. Das hatte ich total vergessen. Ich rannte in den Flur, zog eine Tunika aus dem Altkleidersack und tauschte sie gegen meinen Pullover. Heute musste ich definitiv dafür sorgen, dass ich an Kleidung kam. Zu meiner Überraschung fand ich eine Hotpants, die ich kurzerhand zur Unterhose umwandelte, und eine Jeans, die mir zwei Nummern zu groß war. Leider musste ich mich erneut in den unmöglichen BH quetschen. Meine Zöpfe konnten bleiben, wie sie waren. So sollte ich erstmal aus dem Haus können. Meine Eltern wohnten nur fünf Minuten Fußweg von mir entfernt, dennoch nahm ich das Auto. Ich hatte noch einiges zu erledigen und vermied eh gerne jede unnötige Anstrengung.

»Was machst du denn hier? Hast du frei?«, fragte mich meine Mutter schon an der Tür. Ich drückte sie, gab aber keine direkte Antwort. »Störe ich?«

»Du störst doch nie.« Mein Vater hatte das Frühstück gerade beendet und las in seiner Zeitung, als ich die Wohnung meiner

Eltern betrat. Auch meine Mutter hatte sich ein Brötchen geschmiert. Auf ihrem Teller lag noch eine Hälfte, die mit Schinken belegt war. »Möchtest du auch etwas essen?«, fragte sie mich. Mein Magen fühlte sich an, als ob ich einen Sack Steine darin lagerte. Essen wollte ich nun wirklich nicht. Deshalb lehnte ich höflich ab. »Ich habe unsere Verabredung gestern vergessen. Es tut mir leid«, sagte ich. Mein Vater ließ die Zeitung sinken. »Dein Pech. Es gab Reibekuchen.« Ich liebte Reibekuchen. Jedoch nur, wenn es diese bei meinen Eltern gab. Mir selbst war es zu viel Arbeit und die ganze Wohnung roch tagelang danach. Mein Vater klappte seine Zeitung wieder um und ignorierte mich. Sie wussten, dass ich ständig unpünktlich war. Diese Reaktion darauf kannte ich schon. Sie hielten es wohl für die einzige Erziehungsmethode, die in meinem fortgeschrittenen Alter noch funktionieren konnte. Natürlich merkte meine Mutter sofort, dass etwas nicht stimmte, und sprach mich auch gleich darauf an. Ich hatte keine Zeit gehabt, mir Gedanken darüber zu machen, wie ich meinen Eltern von den Ereignissen der vergangenen Tage berichten sollte. Klar würde ich es ihnen sagen, denn wir hatten eigentlich keine Geheimnisse voreinander. Doch wusste ich, dass sie sich um ihr einziges Kind immer sorgten, und ich versuchte dies stets zu vermeiden. »Der Schweinekopp hat 'ne andere!«, sprühte es aus mir heraus. Mir ging es schlecht, und ich hatte mich zu wenig auf die Situation vorbereitet, um Rücksicht zu nehmen. Meine Mutter verstand, nehme ich an, aufgrund meines Anblicks, sofort, was los war. Mein Vater brauchte noch etwas Hilfe. »Wer?«

»Henning ist fremdgegangen!«, sagte sie und nahm meine Hand. »Wie kommst du darauf?« Ich berichtete eine gekürzte

Version der umfangreichen Geschichte und konzentrierte mich dabei in erster Linie auf die Frau in meinem Haus. Ich war sehr erleichtert, dass die Tatsache meiner Kündigung in dem Überfluss an Informationen unterging. »Wir müssen dir eine Wohnung suchen!«, beschloss mein Vater, der immer schon sehr ergebnisorientiert gewesen war. Er besprach Probleme nur im äußersten Notfall oder wenn meine Mutter ihn dazu zwang. Eine Lösung für das jeweilige Problem hatte er jedoch immer parat. Ich nickte kurz. »Du kannst auch bei uns im Gästezimmer schlafen«, schlug wiederum meine Mutter vor. »Mama, euer Gästezimmer ist mein altes Kinderzimmer. Da ziehe ich auf keinen Fall ein.« Dieser Satz holte mich endgültig aus meiner Trauer. »Ich lasse mich von dem doch nicht bescheißen und sitze dann am Ende ohne Job in meinem alten Kinderzimmer!«, keifte ich etwas heftiger, als ich wollte, und schlug dabei auf den Tisch. Meine Mutter zuckte zusammen, und mein Vater grinste stolz. »'schuldigung«, schob ich gleich nach und sprang auf. »Das ist mein Mädchen!«, bestärkte mich mein Vater. »Was hast du vor?«

»Ich hole mir meine Wohnung zurück!«, antwortete ich fest entschlossen, als ich zur Wohnungstüre eilte.

Ich sah gar nicht ein, am Ende den Kürzeren zu ziehen. Außerdem konnte ich mir gar keine neue Wohnung leisten. Weder hatte ich Geld für neue Möbel, noch konnte ich mir einen Umzugswagen leisten oder eine Mietkaution hinterlegen. Immerhin hatte ich all dies gerade getan, denn Henning hatte darauf bestanden, dass wir alle Kosten genau teilten. Auch die von ihm schon geleistete Kaution sollte zur Hälfte geteilt werden. Ich bezweifelte, dass ich dieses Geld zurückbekommen würde.

Das Leben gerade in meinem Stadtteil war nicht billig. Nennen wir es beim Namen: Ich war pleite! Das war eine Tatsache. Ich musste jegliche Sonderausgaben verhindern. Ein Umzug war definitiv eine Sonderausgabe, die ich mir nicht leisten konnte.

Schnurstracks marschierte ich über die Straße und bog eine Ecke weiter wieder ein. Zielstrebig betrachtete ich jeden Vorgarten, bis ich das Namensschild »Liebling« entdeckte. Das musste er sein. Meinen Nachmieter hatte das gleiche Schicksal ereilt wie mich. Oder sagen wir, so schlimm, wie es mich nicht treffen sollte. Seine Freundin hatte ihn vor die Türe gesetzt und so war er in den Keller seiner Eltern gezogen, um ein Dach über den Kopf zu haben. Als ich ihn bei unserem Besichtigungstermin kennengelernt hatte, hatte er mir seine Not gleich geschildert. Ich mochte ihn und legte bei meinen Vermieterinnen ein gutes Wort für ihn ein. Es hatte mich gefreut zu erfahren, dass er mein Nachfolger werden sollte. Nun hoffte ich darauf, dass er es nicht werden würde.

Eine Frau mit zauseligem Haar öffnete mir die Türe. »Guten Tag, Sie wünschen?«, fragte sie freundlich. Ihre flusige Kopfbedeckung wippte dabei auf und nieder. »Ich möchte gerne Ihren Sohn sprechen«, antwortete ich etwas außer Atem. Ich war mir nicht sicher, wie er hieß. Namen hatte ich mir immer schon schlecht merken können. Wortlos betrachtete seine Mutter mich nun von Kopf bis Fuß. Mein Anblick war heute in der Tat keine Augenweide. Vielleicht hätte ich vorher shoppen gehen sollen, um nicht wie die Obdachlose zu wirken, die ich womöglich bald sein würde. Sie ließ die Türe offen stehen, ging wortlos zur Kellertreppe und rief: »Sascha, hier ist Besuch für dich!«

Sportlich lässig flog Sascha förmlich die Treppe hinauf. »Ah, wollen Sie mir den Schlüssel schon bringen?«, fragte er gleich, als er mich sah. Mir fiel wieder ein, dass mich doch etwas an ihm gestört hatte. Er siezte mich nämlich schon bei der Besichtigung meiner Wohnung, was ihm doch einen kleinen Minuspunkt einhandelte. Zwar war er gut und gerne 6-8 Jahre jünger als ich, aber das Sie wäre wirklich nicht nötig gewesen. »Eigentlich nicht. Ich bin hier, weil ich mit Ihnen reden wollte.« Ich ignorierte seine Mutter, als sie versuchte, über seine Schulter einen weiteren Blick auf mich zu erhaschen. »Klar, kommen Sie rein«, sagte er und führte mich in seinen Keller. »Lass bitte die Türe auf, Sasi!«, wies seine Mutter ihn an. Der arme Kerl, dachte ich unweigerlich. Definitiv brauchte er schnellstmöglich eine neue Wohnung. Aber eben nicht meine. Sasi – welch blöder Spitzname, ich würde an seiner Stelle verbieten mich so zu nennen – schloss die Tür. »Bin ich froh, wenn ich hier wieder ausziehen kann! Ich liebe meine Eltern, aber die letzten zwei Monate waren die Hölle. Möchten Sie was trinken?«, fragte er und öffnete einen Kühlschrank. Wenn dies sein Kinderzimmer war, dann Holla die Waldfee. Er hatte sich eine ganze Wohnung im Keller seiner Eltern eingerichtet. Typisch Junggeselle zwar, aber immerhin. Eine Kochnische, Wohnzimmer mit Beamer, ein Büro – ich konnte sogar ein Bad mit Eckwanne am anderen Ende des Zimmers erkennen – und eine farbige LED-Beleuchtung an der Decke. Also wenn mein altes Kinderzimmer so aussehen würde, ich würde darüber nachdenken, zumindest vorübergehend wieder bei meinen Eltern einzuziehen. »Es tut mir leid, aber wenn du noch ein Mal ‚Sie' zu mir sagst, muss ich dich hauen!«, sagte ich und nahm die 0,3 l Flasche Cola, die er mir reichte. »Kein Thema.« Wir mussten beide lachen. Ich ergriff die Gelegenheit, um gleich mit dem Anlass meines Besuches rauszurücken. »Du kannst meine Wohnung nicht haben!«

»Oh, bitte tu mir das nicht an. Ich halte es keinen Tag länger mit meiner Mutter unter einem Dach aus!«, flehte er mich an. »Habt ihr euch getrennt?« Ich nickte nur und kämpfte für einen kurzen Moment mit mir und den Tränen. Ich wollte mein Häuschen nicht verlieren. Klar, Sasi hatte den Mietvertrag schon unterschrieben und ich offiziell gekündigt, also rechtlich gesehen hatte ich keine Chance, seinen Ein- und meinen Auszug zu verhindern, hoffte aber auf sein Verständnis. »Ich weiß, das ist total blöd für dich. Aber ich bin sonst obdachlos. Bitte bestehe nicht auf den Vertrag«, flehte ich ihn an. »Ich muss hier ganz dringend raus. Das ist kein Zustand. Außerdem habe ich schon meine Freunde für den Umzug eingespannt und alles für die Einweihungsparty vorbereitet.«

»Ich helfe dir eine andere Wohnung zu finden. Versprochen.« Sascha überlegte einen Moment, nahm einen Schluck aus seiner Flasche und sah mich eindringlich an. »Eventuell würde ich mich auf einen Deal einlassen.«

»Und der wäre?«, fragte ich und hatte Angst, dass er plante eine Bank zu überfallen und mich bitten wollte, das Fluchtauto zu fahren, oder etwas ähnlich Absurdes. »Also ich schlag dir ein Geschäft vor«, sagte er und lächelte dabei verschmitzt. »Ich würde vielleicht auf meinen rechtsgültigen Vertrag verzichten. Aber dafür musst du mir einen Gefallen tun.«

»Ich bin zu fast allem bereit. Was möchtest du?« Wie viel Inhalt hatte wohl ein Tresor? Würde dieser in einen kleinen Cuore passen?,überlegte ich. »Ich möchte deine Freundin kennenlernen. Die mit dem Baby.«

»Steffi? Sie ist viel älter als du«, gab ich zu bedenken. »Alter spielt doch heute keine Rolle mehr. Bei dem Besichtigungtermin habe ich mich mit ihr im Garten unterhalten, als du einem anderen Interessenten die Wohnung zeigtest. Ich mag sie und würde sie gerne näher kennenlernen.«

»Das ist alles, was du willst?«, fragte ich misstrauisch. »Du gibst so einfach die Wohnung wieder her, um dann bei deiner Mutter im Keller wohnen zu bleiben?«, wunderte ich mich. »Quatsch! Ich habe mir noch andere Wohnungen angesehen und kann gleich heute einen anderen Vertrag unterzeichnen, wenn ich will. Ist ehrlich kein Thema. Aber das ändert nichts an meiner Bedingung«, lachte er und ich war froh, dass das Thema Wohnraummangel bei uns im Dorf noch nicht angekommen war. »Also gut. Ich gebe dir weder ihre Nummer, noch werde ich dir ihre Adresse geben. Ich rufe sie an und frage sie, ob sie dich auch kennenlernen möchte. Den Rest macht ihr dann unter euch aus. Okay?« Er nickte und somit waren wir uns einig. Natürlich hatte ich zugestimmt. Ich hätte in fast alles eingewilligt. Selbst gemeinsam eine Bank zu überfallen wäre, sagen wir mal, nicht ganz undenkbar gewesen. Ich nippte zufrieden und vor allem erleichtert an meiner Cola. »Die kleinen Flaschen sind doch die besten!«, stellte ich fest. »Klar, das liegt an der Flaschengärung!«, gab Sascha wieder, und ich musste lachen. Ich mochte ihn und hoffte tatsächlich, dass Steffi ihn auch sympathisch fand. In diesem Moment polterte Saschas Mutter die Kellertreppe hinab. Demonstrativ stellte sie einen Korb mit frischer Wäsche auf sein Sofa und blickte uns erwartungsvoll an. »Ich danke dir«, sagte ich, bevor ich mich verabschiedete und das Haus eigenständig verließ. Ich tanzte durch den Vorgarten, ähnlich wie es Baby in Dirty Dancing tat. Nur dass ich keine Melonen dabei hatte.

Gut gelaunt trudelte ich wieder bei meinen Eltern ein, und ohne meine frohe Kunde zu kommentieren, verkündete mein Vater: »Wir haben uns etwas überlegt!«

Gespannt wartete ich auf diese offenbar grandiose Idee. »Wir beide wissen, wie schwierig das alles für dich sein muss.« Oh Gott, wie ich diese langen Erklärungen hasse, wenn meine Mutter offensichtlich versucht, mir etwas schmackhaft zu machen, dem ich mit neunundneunzigprozentiger Sicherheit nicht zustimmen würde. Also schweiften meine Gedanken ab, und ich überlegte mir, wie ich an meine Sachen in Hennings Wohnung gelangen würde. Auch seine Sachen, die in meiner Wohnung praktischerweise schon in Kisten verpackt waren, wollte ich loswerden. Steffi, Lena und ich könnten im Garten ein Feuerchen damit zünden und laut singend drumrum tanzen. Wäre bestimmt spaßig. Schlauer wäre es aber vermutlich, den Tausch unseres Eigentums anzuregen. »... fünfhundert Euro hast du dafür zur Verfügung.« Immer wenn es um Geld ging, wurde ich aus meinen Gedanken gerissen. »Wofür?«

»Für deinen Urlaub!«, wiederholte mein Vater offensichtlich, und meine Mutter lächelte zufrieden. »Damit du nicht ins Grübeln kommst, haben wir uns gedacht, dass wir dir einen Urlaub spendieren. So kommst du raus und gleichzeitig auf andere Gedanken.«

»Kann ich das Geld auch für etwas anderes verwenden?«, fragte ich. Kapital konnte ich tatsächlich gut gebrauchen, um einige

Dinge, die ich schon bei Kleinanzeigen verkauft hatte oder entsorgt worden waren, wieder anzuschaffen. Zudem war ich mir auch nicht sicher, ob ich meine Sachen, die schon in Hennings Wohnung waren, wiedersehen würde. »Nein!«, antwortete meine Mutter knapp. »Das Geld ist zweckgebunden.«

»Du musst das alles erstmal verdauen. Miete dir eine kleine Ferienwohnung in der Eifel, geh wandern oder was auch immer. Damit kommst du ein paar Tage weg und kannst dir in Ruhe überlegen, was du tun möchtest.« Zwar waren weder die Eifel noch ein Kuraufenthalt in einem Kloster meine erste Wahl, aber auf andere Gedanken zu kommen war durchaus eine wundervolle Idee. »Danke!«, sagte ich und nahm beide gleichzeitig in den Arm.

Ich fuhr in das naheliegende Shoppingcenter und kaufte mir von meinen letzten neunzig Euro neue Unterhosen und drei Tops in Weiß, Schwarz und Pink und einen Cardigan. Im Anschluss fuhr ich zu meinem Stoffladen und suchte mir drei verschiedene Stoffe aus dem Sale aus, um mir neue Tuniken zu nähen. Meine Nähmaschine und zwei Kisten mit Stoffresten waren – Gott sei Dank – noch bei mir im Häuschen. So hatte ich auf jeden Fall eine Möglichkeit, schnell an neue Kleidung zu kommen.

Nachdem ich mit meinen Vermieterinnen gesprochen hatte und diese sich freuten mich als Mieterin behalten zu können, hatte ich Zeit, mir Gedanken über meinen Urlaub zu machen. Ich wollte so schnell wie möglich weg. Ich freute mich darauf, das alles für eine kurze Zeit hinter mir zu lassen. Diesmal ganz freiwillig. Mein Ziel musste jedoch gut überlegt sein. Auf der einen Seite waren fünfhundert Euro eine Menge Geld, auf der anderen wiederum würde der Betrag für nicht allzu lange Zeit ausreichen. Aber egal wohin oder wie lange, es würde großartig werden. Da war ich mir sicher. Allerdings war mir nicht wohl bei dem Gedanken, allein zu reisen. Würde ich das wirklich wollen? War es nicht eher erbärmlich, mit fast 30 nicht nur allein durchs Leben zu schreiten, sondern auch noch ohne Begleitung in den Urlaub zu fliegen?

Steffi hatte keinen Babysitter für den Abend gefunden, war aber von den Urlaubsplänen meiner Eltern begeistert, als ich ihr am Telefon davon berichtete. »Klar machst du das! Einem geschenkten Gaul … du weißt schon.«

»Und was, wenn es ganz schrecklich ist oder …?«

»Jetzt erzähle keinen Quatsch. Was soll denn schrecklicher sein als hier? Entschuldige bitte, aber ist doch wahr!« Ich überlegte einen Moment. Aber sie hatte recht. Warum nicht? Zeugt es nicht von großer Stärke, Dinge auch allein durchziehen zu können? Und wer sagt, dass man mit dreißig einen Partner haben muss? Zwar war dies immer mein Ziel gewesen, aber ich war selbst Herrin meiner Ziele und konnte sie verändern, wie und wann ich wollte. »Ich bin eine taffe, emanzipierte Frau, die das einfach macht!«

»Genauso kenne ich meine Kleine!«, lachte sie, musste das Gespräch aber abrupt beenden, weil Phin anfing zu weinen. Ich konnte mich gar nicht mehr erinnern, wann ich zuletzt mit ihr ein richtiges Gespräch hatte führen können, ohne dass er dazwischenging. Er schaffte sie sehr, und so sah sie leider in letzter Zeit auch aus. Ich nahm mir vor, ihr mehr zu helfen, und sortierte weiter Dinge aus den Kartons nach ihrem Besitzer. Einige

Erinnerungen versetzten mir immer wieder kleine Stiche. Ich hatte beim Ordnen und Wiedereinrichten meines Häuschens total die Zeit vergessen, als Lena eintraf. »Hey, was machst du?«, trällerte sie und drängte sich an mir vorbei. »Sieht gut aus!« Es herrschte zwar noch das Chaos, aber der neue Stil war gut zu erkennen. Da ich kaum noch Möbel besaß, tat ich so, als ob ich einen minimalistischen Einrichtungsstil bevorzugte. Ich stellte Schalen mit Kerzen auf, drapierte auf der anderen Seite aber viele Kissen und Decken auf meiner Couch, und an den Stellen, an denen vor Kurzem noch Bilder an den Wänden gehangen hatten, hingen nun Lichterketten. Zugegeben, bei Tageslicht war es nicht schön anzusehen, am Abend wirkte es jedoch sehr gemütlich. Einige Kisten mussten als provisorische Regale herhalten und alles, für das ich keinen Platz fand, war auf dem Boden verteilt. Ich war froh, dass wir einen Weg auf die Couch fanden.
»Sportziggi?«
»Du musst aufhören damit. Du rauchst in letzter Zeit viel zu viel!«, sagte ich und sah meine Mutter mit erhobenem Finger vor meinem geistigen Auge. Es fiel mir auch im Kindergarten auf, dass ich immer öfter Dinge sagte, die meine Mutter mir früher gesagt hatte. Am schlimmsten jedoch war, dass mich an manchen Tagen im Spiegel meine Mutter ansah. Ich wurde ihr immer ähnlicher, und das noch, bevor ich dreißig wurde. Nicht dass meine Mutter keine schöne Frau war, aber den Gedanken, genau wie sie zu sein, fand ich gruselig. »Ach was. Hast du 'ne bessere Idee?« Ich musste grinsen. Seit Lena einen Nebenjob in einer stadtbekannten Abschlepperdiscothek hatte, war unser Stammgetränk Prosecco-Red-Bull. Genau diese Kombi hatte sie uns mitgebracht. Zusätzlich reichte sie mir eine Tasche, die

alles beinhaltete, was mir momentan in meinem Haushalt fehlte. Zahnpasta, eine Zahnbürste, Shampoo, Wimperntusche, Blush und Puder. Eine Reisepackung Waschmittel, Wasser und zwei Tüten Chips. »Möchtest du etwas essen?«, fragte ich und war froh, als Lena ablehnte. Zwar hatte ich zwei Packungen Tiefkühlfritten, eine Schlangengurke und Tomaten eingekauft, aber ich konnte seit den Geschehnissen des vergangenen Tages nichts mehr essen. Ich hatte einfach keinen Hunger.

Ein Glas von Lenas Gemisch reichte aus, um mich in eine andere Umlaufbahn zu schicken. In einem Anfall von Übermut holte Lena ihr Handy hervor und gemeinsam legten wir mir ein Profil bei Tinder an. Noch nie war ich bei einer solchen App angemeldet gewesen, aber eine neue Erfahrung konnte ja nicht schaden.

Auf meinem Handy suchte sie ein Foto von Henning und schickte es an sich selbst. Lena hatte vor ihrer Ausbildung zur Betriebswirtin einige Semester Grafik studiert, und so war es für sie kein Problem, das Bild gekonnt zu manipulieren. Sie setzte meine Idee, seinen Kopf auf einen nackten Männerkörper zu platzieren, um. Nicht dass dies nicht schon witzig genug gewesen wäre, überlegten wir, wem wir dieses Bild nun schicken konnten. An seine Uni, seinen Vater, an seinen alten Arbeitgeber? Lena setzte einen kleinen Zensurbalken auf sein »bestes Stück«, in Form eines kleinen Bären. Der Schweinekopp hatte ein Faible für Bären und verkleidete sich zu Karneval am liebsten als Disney-Bär. Dann schrieb sie: Winnie und sein kleiner Pooh. Ich hatte schon ewig nicht mehr so gelacht. »Zieh dich an, ich habe eine Idee!«, kreischte Lena plötzlich. Ich gehorchte.

Nur wenige Minuten später standen wir, aufgemotzt wie selten zuvor, am Straßenrand und warteten auf das Taxi, welches uns an einen Ort bringen sollte, den mir Lena einfach nicht verraten wollte. Wir endeten vor einem Lokal namens »Pussi«, und ich war mir sicher, mich nicht mehr innerhalb der Stadt zu befinden. Äußerst schrill gekleidete Damen räkelten sich an der Bar, und eine weitere betrat gerade die Bühne. »Sind wir in einem Burlesque-Schuppen?«

»Besser, warte ab!« Madame René, welche auf der Bühne ihr buntes Programm, bestehend aus Gesang, Tanz und Schauspiel, zum Besten gab, lieferte eine grandiose Show ab. Wir bestellten je einen bunten Überraschungscocktail, der ganz abscheulich süß schmeckte. Dieses Gesöff gab mir den Rest. Ich kann nicht mehr genau sagen, wie viele ich davon getrunken hatte, Lena schien die Barfrau, und auch sämtliche anderen Damen der Gaststätte, zu kennen und so füllte sich mein Glas immer wieder wie von Zauberhand auf.

Am nächsten Morgen erinnerte ich mich nur noch daran, dass mehrere Damen einen Cancan tanzten, Madame René sich am Tresen wie eine Diva aufführte und Lena irgendwann auf die Bühne ging und selbst einen Song sang. Ich war nicht betrunken genug, um zu überhören, dass sie von Dieter Bohlen nicht zum Recall eingeladen worden wäre.

Mir brummte der Schädel und ich war sehr froh, dass wir keine Mail mit dem Bild von Henning verschickt hatten, was ich aber, um sicherzugehen, noch mal kontrollierte. In meinem Mailausgang hatte sich in den letzten Tagen nichts getan. Gut so! Ich konnte mich nicht mal mehr daran erinnern, wie ich heimgekommen war. Mein Schädel dröhnte immer heftiger und mein Rücken schmerzte. Die Couch war zwar recht bequem, aber ich hatte mit meinem Kopf auf einer Kiste geschlafen und versuchte mich nun wieder geradezubiegen, als ich auf dem Tisch einen Zettel bemerkte.

> *Guten Morgen, Süße,*
>
> *ich nehme heute Urlaub und komme nach der Arbeit gleich zu dir. Wir können dann zum Flughafen fahren und unseren Urlaub buchen.*
>
> *Küsschen ... Lena*

»Uhhh, fantastisch!«, freute ich mich bei der Erinnerung daran, dass Lena sich am Abend spontan dazu entschieden hatte, mit mir zusammen in den Urlaub zu fahren. Ich freute mich plötzlich riesig auf den Urlaub und überlegte gleich, was ich alles einpacken würde. Wenn ich keine Lösung finden würde, wie ich an meine Kisten in Hennings Wohnung kam, würde ich in der Tat alles selbst nähen müssen. Ich hatte zwar einen Schlüssel für unsere Wohnung, aber würde ich mich trauen einfach reinzugehen? Sollte ich Henning anrufen und ihn darum bitten, sie holen zu dürfen. Neue Sachen zu kaufen konnte ich mir nicht leisten. Sommersachen jetzt noch in meiner Größe zu bekommen wäre auf die Schnelle wohl auch ein Problem. Ich trug eine gute 54, an schlechten Tagen auch 56. Da konnte ich mir nichts vormachen, schicke Sachen zu finden war nicht einfach und vor allem teuer. Genau deshalb hatte ich mit dem Nähen begonnen. Natürlich konnte ich es nicht professionell, aber immerhin hatte ich mir so schon ein paar aufsehenerregende Kleidungstücke geschneidert und auch einige Komplimente dafür eingeheimst. Für meine Reisebekleidung würde sich eine Lösung finden. Da war ich mir sicher.

KAPITEL 15

# Mir geht ein Licht auf

»Hallo. Wir haben über Kleinanzeigen geschrieben. Ich bin hier, um die Stehlampe abzuholen«, antwortete ich über eine Sprechanlage einer extrem unfreundlichen Stimme. Zwar hatte die andere, ich vermutete weiblich Person bisher nur ein Wort gesagt, aber es reichte mir aus, um mein Urteil zu bilden. Ein genervtes »Was?« klang halt auch nicht so einladend wie ein freundliches »Hallo«.

»Wat für 'ne Lampe?«

»Die, die Sie inseriert haben. Aus weißem Papier, von IKEA.«

»Ein Päckchen?« Ich hatte über Kleinanzeigen noch nie gerne etwas verkauft und auch nicht gerne gekauft. Bei einem eigenen Inserat musste ich ständig unsinnige Fragen beantworten und bei einem Kauf wollte die jeweilige Errungenschaft ja irgendwie abgeholt werden. Ich verfolgte Aktenzeichen XY zwar eher unregelmäßig, war mir aber sicher, dass genau diese Käufe und der zwangsläufig nötige Besuch fremder Wohnung sicherlich schon des Öfteren Thema der Sendung gewesen war. Ich hatte mir ein paar Redflags festgesteckt, bei denen ich einen Verkaufskontakt sofort abbrechen würde. Zum einen würde ich in keinen Keller gehen. Ich schickte eine WhatsApp mit der Adresse, Name und Uhrzeit des Termins, sowie einem Screenshot der Anzeige an Lena oder Steffi und die letzte, aber wichtigste Regel: Sollte ich einen Penis zu Gesicht bekommen, war ich sofort weg. Zwar war mir dies noch nie bei einem Abholungstermin passiert, aber man wusste ja nie. Bilder von den Prachtstücken vieler Nutzer hatte ich schon zugeschickt bekommen. Ich fragte mich ja immer, was Männer mit einem solchen Verhalten bezweckten. Ob es Frauen gab, die Dickpix attraktiv fanden? Ich persönlich muss sagen, dass ich das männliche Geschlechtsteil nie sonderlich attraktiv fand. Also optisch, meine ich. Ich sammelte solche Bilder auch nicht für schlechte Tage, wie ich es mit Katzenvideos tat, um mir selbst in trüben Momenten etwas Niedliches zeigen zu können. »Es geht um eine Lampe! Sind Sie sicher, dass Sie das Inserat aufgegeben haben?«, fragte ich nun auch etwas genervt. »Nein habe ich nicht!«, sagte die Stimme und legte den Hörer zur Sprechanlage lautstark auf.

Na großartig, dachte ich. Mein Auto war zwar schon gut beladen, aber eine Stehlampe hätte ich gerne noch gehabt. Die Bretter zweier Regale, die ich kurz zuvor bei einer kleinen Familie gegen eine Tüte Gummibärchen für die Kids tauschen durfte, ließen noch exakt den Platz, den ich für meine neue Beleuchtung benötigt hätte. Bei einer weiteren Fuhre hatte ich eine Kommode abholen wollen und einen Spiegel dazu geschenkt bekommen. Alles vollkommen kostenlos. Ich nahm mir vor auch einige Dinge kostenlos einzustellen, um etwas zurückzugeben und einem anderen Menschen in Not zu helfen. Meine neuen Möbel waren einfach wundervoll. In der Tat hätte ich sie im Geschäft auch genau so ausgesucht. Kleinanzeigen hatte also auch sein Gutes. »Warten Sie!«, rief eine Stimme hinter mir, als ich gerade in mein Auto steigen wollte. Außer Atem blieb der junge Mann auf halber Strecke zwischen dem Wohnhaus und meinem Auto stehen. Er war Anfang zwanzig, trug eine Glatze und war sehr muskulös. Sein Schalke-Shirt ließ mich vermuten, dass er ein Ultra war. Ein extremer Fußball-Fan also. Allerdings schien es mir noch näher zu liegen, dass er ein Hooligan war, der auch vor Handgreiflichkeiten nicht zurückschreckte. Aber wer war ich, andere Menschen zu beurteilen. Solange seine Hose geschlossen blieb, schaute ich der Stehlampe nicht ins Maul. Oder so. »Entschuldigen Sie, meine Tante weiß nicht, was ich eingestellt habe. Wollen Sie die Lampe noch?« Ich ging ihm entgegen. »Klar!«

»Ich habe sie im Hänger.« Er deutete auf einen Anhänger mit niederländischem Nummernschild und der der Aufschrift: »Je kunt mij huren!« Ich folgte ihm zum Wagen. Vorsichtig zog er die Folie zur Seite und öffnete die Heckklappe. Mehrere dieser Stehlampen kamen zum Vorschein. Es mussten an die dreißig, fertig montierte Lampen sein, die er auf dem Hänger transportiert hatte. »Haben Sie einen Möbelhandel?«

»Ich verkaufe. Aber keine Lampen!«, antwortete er knapp. »Die kostet 130 €«, sagte er und nahm ein Exemplar vom Hänger. »Sie haben geschrieben, dass sie zu verschenken sei«, erwiderte ich. »Ja?«

»Ja, allerdings!« Nicht nur, dass ich so abgebrannt war, dass ich 130 € nicht übrig hatte, ich war für eine kostenlose Lampe angereist und würde schon aus Prinzip keinen Cent dafür bezahlen. »Außerdem kostet die bei Ikea eh nur 25 €.«

»Ach so. Sie wollen nur die Lampe?«, fragte er. »Hören Sie mal, Sie haben sie kostenlos angeboten, wofür ich sehr dankbar bin, aber wenn das ein Lockangebot ist und sie nun Geld rausschlagen möchten, sind Sie bei mir falsch.« Ich drehte mich um und wollte schon gehen, als er sagte: »Alles gut. Nehmen Sie sich eine mit. Die Dinger müssen ja auch weg.« Überrascht von der plötzlichen Wendung drehte ich mich noch einmal um. »Also gut!«, wiederholte ich. Mit einem Satz sprang er in den Hänger und schraubte eine Lampe auseinander. »Das ist gar nicht nötig«, sagte ich schnell. »Ich bekomme sie so ins Auto. Ohne mich weiter zu beachten, drehte er die Lampe um und riss den schwarzen Samt unter der Bodenplatte ab. Ein großes Päckchen mit weißem Inhalt kam zum Vorschein. Er zog es hinaus und steckte es in die Tasche seines Hoodies. Dann zog er die Stangen auseinander. Kleinere Beutel mit grünlich braunem Inhalt fielen heraus. Nach einem Blick durch das Rohr baute er die Lampe wieder zusammen, reichte sie mir und sammelte die Päckchen ein. »Viel Spaß damit!«, sagte er und sprang aus dem Hänger. Was war gerade passiert?, versuchte ich die vergangenen sechzig Sekunden einzusortieren, beschloss aber dann die ganze Aktion nicht weiter in Frage zu stellen. Ich war in keinen Keller gegangen, hatte keinen Penis gesehen und eine Lampe für lau abgestaubt. Der Rest ging mich nichts an.

Ein anstrengender Tag lag hinter mir, als ich gegen 16 Uhr erschöpft auf meinem Wohnzimmerboden saß. Ich hatte zwei Regale und eine Kommode zusammengebaut und endgültig alle Kisten geleert. All mein noch vorhandenes Hab und Gut war ein- beziehungsweise wegsortiert. Bei Steffi hatte ich mir vier Strohkörbe abgeholt, die ich dekorativ in die Regale stellen konnte, um Kleinkram wie Teelichter oder Fotos zu verstauen. Da Phin einen Termin beim Kinderarzt hatte, wechselten wir nicht viele Worte. So schaffte ich es dann aber auch, alle nun leeren Kartons zum Papiermüll zu bringen.

Meine Küche war für den Partykeller meiner Eltern bestimmt gewesen, und ich war nicht nur froh, dass ich sie doch behalten konnte, sondern noch viel mehr darüber, dass wir sie noch nicht abgebaut hatten. Auch wenn sich viel weniger Dinge in meinem Besitz befanden als noch einige Tagen zuvor, vermisste ich nichts. Ganz im Gegenteil, ich fühlte mich befreit, und tatsächlich gab es auch noch einige Gegenstände, die ihren Weg zum Sperrmüll finden sollten.

Ich war sehr überrascht, als meine Mutter unerwartet klingelte. »Ich bleibe nicht lange. Ich wollte dir nur kurz ein paar Dinge vorbeibringen«, trällerte sie, reichte mir zwei Tüten an und wollte schon wieder verschwinden. »Magst du nicht reinkommen?«

»Nee, Papa wartet im Auto.« Dennoch kam sie noch einmal zurück. »Weißt du, ich habe mir überlegt, dass jemand vielleicht mal Hennings Arbeitgeber stecken könnte, was da in deren Kanzlei abgeht. Die sehen solche Sachen sicherlich nicht so gerne.«

»Mama!«, sagte ich und schüttelte abwertend den Kopf. »Ich meine ja nur. Bei so einer Nummer darf man sich auch mal rächen.« Ich schnalzte mit der Zunge und sie zuckte daraufhin mit den Schultern. »War nur eine kleine Anregung. Dir fällt bestimmt noch etwas Besseres ein. Hab dich lieb!« Sie gab mir einen Kuss auf die Wange und war so schnell verschwunden, wie sie gekommen war.

Rache. Auf diese Idee war ich in der Tat noch nicht gekommen. Grund genug hatte ich. Einer, der mir erst am Morgen bewusst geworden war, wurde mir sofort wieder präsent: Henning hatte mich nicht nur angelogen, gedemütigt und betrogen. Er hatte sich mit dieser Frau in meiner Wohnung getroffen! Dies war auch der Grund, weshalb die erste Maschine Wäsche des

Tages meine Bettwäsche und meine Sofadecken beinhaltete. »Ekelhaft!«, sagte ich und schüttelte mich bei dem Gedanken am ganzen Körper. »Ein echt widerlicher Typ!« Lena hatte mir geraten achtsamer mit mir umzugehen. Sie war generell sehr offen für allen möglichen Esoterikkram und ein Achtsamkeitstraining gehörte zu einer ihrer letzten Fortbildungen. Man konnte davon ja halten, was man wollte, aber seitdem ich mich nicht mehr meinen Gedanken und Grübeleien hingab, ging es mir besser. Also entschied ich mich achtsam über die Einzelheiten des Vorfalls in meinem Haus hinwegzusehen und mir keine Gedanken mehr dazu zu machen. Brachte ja eh nix mehr. Ob ich den Drang verspüren würde, mich zu rächen, wollte ich auch später mit mir selbst klären. Im Moment hatte ich Wichtigeres zu tun.

Ich räumte meinen Kühlschrank und auch meinen Apothekerschrank mit all den neuen Vorräten ein und wusch die restliche Wäsche, die ich besaß, in meiner Waschmaschine, deren Anzeige ich kurz zuvor bei Kleinanzeigen gelöscht hatte, da sie nun doch nicht mehr zum Verkauf stand. Rundum zufrieden blickte ich auf mein Werk und freute mich über mein neues, altes Zuhause.

Nähen war der nächste Punkt auf meiner To-Do-Liste. Die Nähmaschine, Schnittmuster, Maßband, Stoffe und alles, was ich benötigte, standen auf meinem Küchentisch bereit. Nur noch ein Stuhl fehlte mir zu meinem Glück. Also eigentlich vier Stühle. Aber um arbeiten zu können, würde mir einer auch erst einmal reichen. Ich zog mein Handy aus der Tasche und durchforstete das Internet nach günstigen, gebrauchten Angeboten. Bevor ich jedoch fündig wurde, klingelte es an meiner Türe. Es war Lena.

»Bist du startklar?«, fragte sie. »Ich denke schon«, sagte ich und schnappte mir meinen Schlüssel. Gemeinsam fuhren wir zum Düsseldorfer Flughafen und suchten nach den Last-Minute-Schaltern. Wir entschieden uns für den buntesten und ließen uns beraten. Zwar hatte Lena auch nicht viel Geld zur Verfügung, aber wir fanden für genau 509 € eine sechstägige Reise nach Paguera auf Mallorca. Wir sollten im Hotel Palmira Beach residieren und freuten uns riesig drüber. Olli musste in der Landschaftsgärtnerei, bei der er seit Kurzem angestellt war, viele Überstunden schieben. So passte es gut für die beiden und somit für uns. Allerdings wollte Lena ihn milde stimmen, da das Ganze ja doch mehr kostete, als sie eingeplant hatte, und wir auch noch etwas Taschengeld benötigen würden. Sie plante ihm sein Lieblingsgericht am Abend zu kochen und verabschiedete sich von mir direkt, als sie mich an meiner Gasse abgesetzt hatte. Bis zu meiner Wohnung sollte ich jedoch nicht kommen. Meine Vermieterinnen fingen mich kurz vor meinem Garten ab und luden mich zu sich ein. »Wir sind so froh, dass Sie bleiben«, sagte Frau Gruhn, die vermutlich ältere der beiden. Sie waren beide jenseits der sechzig. Genau vermochte ich ihr Alter nicht zu schätzen. Ihre Partnerin, Frau Keblein, fügte hinzu: »Man muss die Feste feiern, wie sie fallen!«, und stellte ein Tablett mit drei Sektflöten auf den Tisch im Wintergarten. »Auf eine schöne Zeit!« lautete der Trinkspruch, nachdem sie die Gläser mit Champagner gefüllt hatte. Danach unterhielten wir uns über Gemüseanbau, Regenwürmer und Humus, Männer und die Probleme, welche sie mit sich brachten, und umso gelassener man wird mit steigendem Alter. Die zweite Moët & Chandon folgte im direkten Anschluss. Mehr als nur angeheitert, ich denke, ich kann behaupten, stockbesoffen, taumelte ich zurück in meinen Anbau und hörte schon im Vorgarten das Telefon klingeln. Ich glaube, ich hatte noch nie so viele Ansätze gebraucht, um das Schlüsselloch zu treffen, und war ehrlich gesagt etwas überrascht, als es endlich klappte. Das Telefon läutete immer noch, und ich bugsierte mich etwas ungelenk in die Küche. »Bachmann«, eröffnete ich das Gespräch. »Ist er bei dir?«, fragte eine fast schon hysterische Frauenstimme. »Hä?« Ich war nicht in der Lage, mich höflicher oder auch nur ansatzweise gewählter auszudrücken. »Ich möchte wissen, ob Henning bei dir ist.«

»Also ich dachte, wir hatten uns auf Schweinekopp geeinigt. Wer ist denn da?«

»Hier ist Nina Keule, und ich möchte gerne Henning sprechen.« Schlagartig war ich nüchtern. »Wer ist da bitte?«, fragte ich, um sicherzugehen, mich nicht verhört zu haben. »Ich bin Hennings Freundin und möchte ihn gerne sprechen.« Tatsächlich war sie es. Mein Herz raste, ich lehnte mich an meine Küchentür, um das Gleichgewicht zu halten. »Na, wenn du seine neue Freundin bist, sollte er ja wohl bei dir sein, oder?«

»Ist er nicht. Er hat mich gerade aus England angerufen, sagte er. Sein Flug ist ausgefallen und er kommt nicht mehr rechtzeitig zurück, um mit mir zu dem Polterabend meiner Cousine zu gehen.« Ich zischte durch die Zähne. »Was habe ich damit zu tun?«, fragte ich und merkte Wut in mir aufsteigen. »Ich glaube ihm nicht, dass er in England ist! Er ist doch bei dir oder etwa nicht?« Sofort kam mir die Erinnerung. Erst vor drei Wochen hatte er mich aus England angerufen. Er war mit seinen Kommilitonen auf einem Seminar in London, oder zumindest ließ er mich das glauben. Aufgrund einer Bombendrohung, die im Fernsehen nie erwähnt wurde, war angeblich der Flughafen gesperrt worden, was ihn daran hinderte, zum 50. Geburtstag meines Onkels zu erscheinen. Ich sollte ihn erst am nächsten Morgen am Düsseldorfer Flughafen abholen. Da er die Zeitverschiebung vergaß, war ich eine Stunde zu spät dran. So traf ich auch keinen seiner Freunde. Was mich damals stutzig gemacht hatte, war die Tatsache, dass er keinen Koffer dabeihatte. Aber ich glaubte ihm, als er sagte, dieser sei verloren gegangen und er habe dies schon zur Anzeige gebracht. Warum sollte er bei so etwas lügen? So weit war das nicht wirklich merkwürdig. Diese Dinge passieren eben manchmal. »Oh mein Gott!«, dachte ich laut. »Was?«, keifte die Stimme am anderen Ende der Leitung. Wie hatte ich so blöd sein können. Ich hatte von diesem Vorfall sogar Lena und Steffi berichtet. Aber als beide bestätigten, ihm keinen Seitensprung oder überhaupt eine Lüge dieser Art zuzutrauen, hatte ich den Gedanken eines Betrugs weit von mir weggeschoben. Wie konnte mir so etwas passieren? Nennt man so was Betriebsblindheit? Mir wurde bewusst, dass ich in den letzten Jahren immer mehr auf ihn und seine Bedürfnisse eingegangen war. Ich kümmerte mich um all seine Belange. Von der taffen Frau, die ich vor unserer Beziehung gewesen war, die sich nichts gefallen ließ, war nur noch ein kleines, pummeliges Etwas übrig. Und nun hatte ich die Neue am Telefon. »Was habt ihr vor zwei Wochen Samstag gemacht?«, fragte ich automatisch. »Äh … an dem Wochenende waren wir in Amsterdam!«, antwortete Nina perplex. Ich hatte mich wieder aufgerichtet und merkte, wie mein Gesicht vor Wut anfing zu glühen. »Also, er ist nicht hier, und ich will ihn hier auch nicht mehr haben.«

»Oh, dann gibst du kampflos auf?« Ich musste lachen und antwortete: »Du kannst ihn haben, mit Schleifchen, wenn es sein muss! Ich frage mich aber, warum du den willst.«

»Das ist ja wohl meine Sache!«, bellte sie fast in den Hörer. »Aber wenn du es genau wissen willst …« Ja, das wollte ich. Ich hatte mir in dem kurzen Gespräch schon eine Meinung über diese Frau gebildet, und der leiernde Tonfall, den sie anschlug, ließ mich vermuten, dass sie, sagen wir mal, eher einfach gestrickt war. »Meine Eltern würden mir das Leben zur Hölle machen, wenn ich wieder eine Beziehung versaue!« Ich musste lachen. Da war die Arme nicht nur mit einem Kerl bestraft, der sie nach Strich und Faden belog, sondern hatte auch noch Eltern, die lieber einen notorischen Fremdgänger in der Familie hatten als gar keinen Mann für ihr Kind. Na, fantastisch. »Bist du über 30?«, fragte ich instinktiv. »Vierunddreißig«, antwortete sie, aber ich hörte gar nicht richtig zu. »Deine Eltern haben ihn schon kennengelernt?«

»Die ganze Familie hat ihn vor Wochen getroffen.« Diese Antwort schockierte mich. Vor Wochen! »Meinst du, er ist wirklich in England?«, fragte sie mich wie ein kleines Kind, dem die ersten Zweifel am Osterhasen gekommen waren. »Klar, wenn du lieb bist, bringt er dir vielleicht ein paar bunte Eier mit. Ich wünsche euch ein schönes Leben und ich bin mir sicher, ihr habt euch verdient!«, sagte ich und legte auf. Nein, ich würde nicht weinen. Ich war schockiert über seine Lügen, aber er war mir vollkommen egal. Ich drückte die Wahlwiederholung. Noch bevor ich das erste Klingelzeichen hörte, hob Steffi ab. Ich konnte Phin im Hintergrund kreischen hören. »Ja?«, sagte sie gestresst. »Ich habe gerade mit der Neuen gesprochen!«, sagte ich. »Du

lieber Himmel! Hat sie angerufen?« Ich nickte. Als mir einfiel, dass sie das nicht sehen konnte und ich gerade antworten wollte, sagte sie: »Mein Kind rastet gerade total aus. Kannst du rumkommen?« Natürlich konnte ich kein Auto mehr fahren, aber es war mir egal, ob ich meine letzten zehn Euro für ein Taxi ausgeben würde. Ich brauchte zurzeit ja eh nicht einkaufen. Zum einen hatte ich alles, was ich brauchte,
und zum anderen verspürte ich nach wie vor keinen Appetit. Deshalb konnte ich die Tage bis Monatsende auch locker durchhalten. Also bestellte ich einen Wagen und fuhr ans andere Ende der Stadt. Das Baby hatte endlich Ruhe gegeben. Darum saßen wir flüsternd im gemütlich eingerichteten Ikea-Wohnzimmer der beiden. Kleinfamilienhund Molly hatte sich eingerollt und lag auf meinen angewinkelten Füßen, als Steffi mit zwei Flaschen Alkopop das Zimmer betrat. Ich berichtete ihr so sachlich wie möglich von besagtem Telefonat und wartete auf ihre Reaktion. »Mir fehlen die Worte. Das hätte ich wirklich nicht von ihm gedacht.« Wir schwiegen einen Moment, bis sie weitersprach. »Wenn ich das auch nur geahnt hätte, hätte ich nicht so gegen deine Zweifel bei dieser Flughafengeschichte gesprochen.«

»Da kannst du doch nichts dafür! Mach dir keine Gedanken.«

»Doch, mache ich mir aber. Dass die Trulla den jetzt auch noch behalten will, ist allerdings der Oberknaller!« Es klingelte an der Tür. Phin fing schlagartig an zu brüllen. Während Steffi versuchte ihn zu beruhigen, ging ich an die Sprechanlage. Es war Lena. Sie hatte mich gesucht. Olli hatte auf die geplante Reise ganz entspannt reagiert, und so gesellte sie sich nach dem Abendessen zu uns. Ich berichtete ihr ebenfalls von dem Gespräch mit »der Trulla« – was nun ihr offizieller Name war –, bis Steffi sich ins Wohnzimmer schlich. »Die Keules kenne ich. Das sind die Nachbarn meiner Eltern!« Manchmal hat es Vorteile, im Dorf groß geworden zu sein. Lenas Familie wohnte in einem richtigen Dorf. So eins mit Schützenfest und allem Drum und Dran. Da kannte eben jeder jeden. »Wenn eine schon Keule heißt!«, lachte Steffi so leise wie möglich. »Ich bin mit ihrem Bruder zur Schule gegangen. Und ja, sie sind alle miteinander mehr als nur einfach gestrickt.« Ich war mir nicht sicher, ob sie mir gesagt hätte, wenn diese Keule Miss Universum gewesen wäre, aber dass Lena sie nicht mochte, ließ mich in dieser Nacht gut schlafen.

Am nächsten Morgen nahm ich mir vor, Steffi ein Reisebett oder wenigstens eine aufblasbare Matratze zum Geburtstag zu schenken. Ich hatte wieder einen steifen Nacken und fühlte mich wie gerädert. Wir frühstückten zusammen – Phin kam an die Milchbar, also Steffis Brust. Steffi belegte sich ein Brot mit Käse, und ich hielt mich an ein Glas Saft. Phin und ich spielten in seinem Zimmer den Morgen über. Na, eigentlich entertainte ich den Winzling, damit Steffi ihren Haushalt geregelt bekam, Einkaufen gehen konnte und dann ihren Wunsch des Tages in die Tat umsetzen konnte: endlich mal wieder in Ruhe duschen gehen können. Phin war ein süßes Baby. Er konnte so schön lachen und hatte supersüße Grübchen. Wir würden ihn zu einem tollen Mann erziehen, der den Frauen oder seinem Mann keine Sorgen machen würde. Jedoch war zur Zeit ein Morgen mit ihm stressiger als ein ganzer Tag mit 25 Kindern im Kindergarten. Der arme Kerl bekam gerade seinen ersten Zahn. Er fieberte und der blöde Beißring wollte einfach nicht helfen. Der Zwerg machte auch einiges mit und konnte nicht mal erahnen, dass er im Laufe seines Lebens mit noch größeren Problemen konfrontiert werden würde. Als Steffi alle Arbeiten erledigt hatte und vollkommen relaxt aus dem Bad kam, machte ich mich auf den Heimweg. Ich wollte meine Strandoutfits nähen. Immerhin ging es ja schon in zwei Tagen los, und meine komplette Garderobe sollte bis dahin fertig sein. Da ich nun endgültig nur noch Kleingeld besaß, fuhr ich mit der Straßenbahn und lief das letzte Stück. Es war nur ein Fußmarsch von zehn Minuten, aber ich war schon außer Atem. Ich beschloss regelmäßiger zu laufen. Ich war noch zu jung, um bei ein bisschen Bewegung gleich in Schnappatmung auszubrechen. Als ich gerade an meinem Lieblingsblumengeschäft vorbeikam, vibrierte mein Handy. Eine unterdrückte Nummer rief an, und ohne weiter drüber nachzudenken, hob ich ab. »Ich bin's«, hörte ich die Stimme des Schweinekopps sagen. Verdammte Telefone! Noch vor einigen Jahren konnten Frauen nicht immer und überall von ihren Schweineköppen und deren Trullas angerufen werden. Wurde es damals nicht sogar mit dem Galgen bestraft, wenn ein Eheversprechen nicht eingelöst wurde? Der Gedanke gefiel mir, aber hatte er mir ein Eheversprechen gegeben? Also, er hatte mich nicht gefragt, ob ich ihn heiraten wollte, aber er hatte immer von unserer Zukunft und sogar von Kindern gesprochen. Außerdem hatten wir Sex und das wäre in der damaligen Zeit auf jeden Fall einem Eheversprechen gleichgekommen, vermutete ich. Gut, wenn man die Qualität des Ganzen betrachtet, war es auch wieder nicht der Rede wert. »Was kann ich für dich tun?«, fragte ich gefasst und noch etwas amüsiert von meinem Gedankengang. Eine Frau schob mich an die Seite und legte Bretter auf den Gehweg. »Ich wollte mal nachfragen, ob du dich schon wieder beruhigt hast.« Ich schnalzte mit der Zunge.

Zwei Männer legten einen eingerollten Teppich neben die Bretter. »Bist du doch nicht in England?« Er stutzte einen Moment. Ich hörte, wie er sein Handy vom Kopf wegbewegte. Ich war mir sicher, dass er auf das Display blickte, um sicherzugehen, nicht die falsche Frau angerufen zu haben. »Ich möchte meine Klamotten wiederhaben. Ich stelle gleich deine Kiste vor meine Tür und möchte im Austausch meine dort vorfinden.«

»Jetzt sei doch nicht dumm, Mara. Ich bin ein guter Schnapp…« Ich unterbrach ihn: »Du tauschst heute entweder die Sachen aus, oder du findest sie ausgekippt und mit Adressaten vor deiner Kanzlei wieder!«, sagte ich und legte auf. Die Frau kam erneut aus dem Hauseingang und stellte einen Blumentopf und einen Hocker zu den schon platzierten Teilen. »Ist das Sperrmüll?«, fragte ich interessiert. Sie lächelte und nickte. »Haben Sie zufällig einen Stuhl abzugeben?«

»Ich habe sechs Stühle, die ich entsorgen wollte. Wir haben neue Möbel bekommen und können damit nichts mehr machen. Die sind aber auch schon in die Jahre gekommen und nicht der neueste Schick.«

»Das ist ja der Hammer!«, strahlte ich begeistert über das ganze Gesicht. »Ich muss die Abholung allerdings noch organisieren.«

»Wo wohnst du denn?«

»Odenthalstraße.«

»Das ist doch gleich hier vorne. Wart mal«, wies sie mich an und verschwand im Haus. Einen Moment später kam sie zurück, mit den beiden Männern und vier Bambusstühlen. »Möchtest du sie wirklich haben?«, fragte sie. »Sehr gerne«, antwortete ich und konnte kaum glauben, als sie mir vorschlug die Stühle und mich heimzufahren. Glück muss man haben.

Ich bemerkte nicht, wie die Zeit verging, als ich in einem der bequemen Stühle in der Küche saß und drei Strandkleider und vier sommerliche Oberteile nacheinander entwarf. Mit Zipfeln, Bändern, Schleifen … Ich war wirklich stolz auf mich. Unterbrochen wurde ich nur durch einen Anruf von Steffi und der Gewissheit, dass meine Telefone mein Leben bestimmten. Deswegen entschied ich mich auch, an meinem fast schon nostalgischen Festnetz den Anrufbeantworter so einzustellen, dass ich hören konnte, wer anrief, und ich nur drangehen musste, wenn es wirklich wichtig war. Meine ehemalige Chefin rief an, um sich zu erkundigen, wo sie mein Zeugnis hinschicken sollte, und mehrfach wurde wortlos aufgelegt.

Gegen Abend klingelte es an meiner Türe. Meine Augen brannten von der stundenlangen Konzentration und ich beschloss Feierabend zu machen, während ich zur Türe schlenderte. Durch das Fenster erkannte ich sofort den Schweinekopp. Da er mich schon gesehen hatte, konnte ich mich nun nicht mehr auf den Boden werfen und so tun, als ob ich nicht zu Hause war. Also öffnete ich, wieder hellwach, die Türe, keilte sie mit meinem Fuß aber so ein, dass er nicht eintreten konnte. »Es wäre nicht nötig gewesen zu klingeln. Stell den Karton ab und gut ist!« Er trug zwar keine Kiste bei sich, ich hoffte aber, dass sie sich in seinem Auto befinden würde, um in wenigen Augenblicken wieder in meinen Besitz überzugehen. »Ich möchte mir dir reden!«, sagte er und versuchte sich Zutritt zu meiner Wohnung zu verschaffen, als Frau Gruhn, meine Vermieterin, meinen Vorgarten betrat. »Guten Abend«, wünschte sie freundlich und blickte mich erwartungsvoll an. Seitdem sie in Frührente gegangen war, hatte sie alle Geschehnisse in unserer Gasse im Auge. Eine dorfübliche Gewohnheit, aber in diesem Moment war ich sehr froh darüber. Ich war mir sicher, dass sie, alarmiert von dem Anblick meines Besuchs, zu mir gekommen war. Außer Atem folgte ihre Freundin, die wohl im Spurt versucht hatte, sich eine Jacke überzuziehen. »Alles klar so weit?«, keuchte sie. »Ja, das frage ich mich auch«, sagte ich und blickte diesen Mann, der mir irgendwie fremd vorkam, an. Komisch, wie man die Perspektive wechseln kann. Der Typ, der vor mir stand, hatte nichts Nettes an sich, und ich fragte mich allen Ernstes, wie ich mit diesem Kerl zusammen gewesen sein konnte. »Ich will dich zurück!«, sagte er und wirkte dabei sogar ehrlich. »Das glaub ich wohl«, erwiderte meine Vermieterin und bekam den Ellbogen ihrer Freundin in die Seite. Unbeirrt ging der Schweinekopp auf die Knie. »Eine Frau wie dich finde ich im ganzen Leben nie wieder! Bitte verzeih mir.«

»Ich will, dass du gehst. Sofort!«, sagte ich und wollte die Türe schließen. Ich hätte wissen müssen, dass er nicht damit umgehen konnte, abgelehnt zu werden. Er stellte sich wieder hin und baute sich vor mir auf. »Guck dich doch mal an. Meinst du, du hättest die großen Chancen auf einen anderen Kerl? Hier steht ein angehender Partner einer Rechtsanwaltskanzlei vor dir. Scheiß drauf, was mit der anderen war. Schluck es endlich, oder ich bin weg!«, schrie er nun und packte mich an den Schultern. Ich hatte nie Angst vor ihm gehabt, aber in diesem Moment war ich starr vor Schreck. Ich war gar nicht in der Lage, etwas zu erwidern, und merkte, wie meine Knie zu zittern begannen, als sich meine Vermieterin zwischen uns drängte und sagte: »Vielen Dank für diese beeindruckende Darbietung. Sie dürfen nun gehen.« Energisch drückte sie ihn zum Ausgang. »Schönen Abend noch!«, zwitscherte die andere, als sie das Gartentor hinter ihm verschloss. Beide schoben mich ins Haus und zogen seine Kiste hinter sich her. In Anbetracht der Tatsache, dass ich meine nicht wiederbekommen hatte, hätte seine getrost draußen bleiben können. Wir würden unser Hexenfeuer ja schließlich nicht in meiner Wohnung zünden. »Na, den sind wir los! Ein Gläschen Champus?« Ich lehnte ab. Ich hatte immer noch nichts gegessen, in den letzten Tagen jedoch allabendlich Alkohol genossen und hegte ernste Sorgen, bald noch ganz andere Probleme zu bekommen, wenn ich dies nicht bald ändern würde.

KAPITEL 16

# Einem geschenkten Gaul, schaut nirgendwo hin

Äußerst zufrieden beendete ich die Näharbeiten meines achten Kleidungsstückes, einer mit Pailletten besetzten Abendtunika, gegen Mittag des folgenden Tages. Hennings Besuch hatte mich so aufgewühlt, dass an Schlaf nicht zu denken gewesen war. Ich wurde einfach nicht müde. So nähte ich die ganze Nacht durch und entwarf ein Kleid nach einem Strandrock und drei Tuniken nach einem Flattershirt und eine Bluse nach einem Shirt mit Fledermausärmeln. Ich nähte, bis ich alles an Stoff verbraucht hatte. Glücklich schaute ich auf meine neue Kollektion. Aus den Stoffresten zauberte ich passende Haar- und Armbänder und entsorgte die Abfälle sofort. Viel zu lange hatte ich Dinge aufgehoben, von denen ich geglaubt hatte, sie noch einmal benutzen zu können. Kinokarten, einzelne Socken und Tupperdosen ohne Deckel. Unter anderem befand sich unter meiner Spüle sogar ein Karton mit Zwischenstäben für eine mehrstöckige Hochzeitstorte. Ich hatte sie von einer Freundin bekommen und immer geglaubt, dass ich sie einmal nutzen würde. Dabei konnte ich nicht mal richtig backen, ganz zu schweigen von Buttercreme herstellen. Und selbst wenn ich es gekonnt hätte, zu welchem Anlass sollte ich dies tun? Bei einer Hochzeit werden in der Regel Konditoren beauftragt. Welche Privatperson wollte auch die Verantwortung dafür übernehmen, so ein riesiges Teil herzustellen und vor allem dann auch noch zur Hochzeitslocation zu transportieren? Zu meinem Geburtstag hatte ich mir selbst noch nie eine mehrstöckige Torte gebacken. Ich kannte nicht einmal genug Menschen, die sie essen würden. Auch zu einer Taufe ist ein solches Teil doch etwas übertrieben. Perfekt wäre vielleicht eine Beerdigung gewesen, um mein Talent hinsichtlich des Tortenbaus zu üben. Dem Gastgeber wäre es egal, wenn sie misslingt, und den Gästen würde in ihrer Trauer nicht auffallen, dass eine vierstöckige Torte dem Anlass nicht entsprach. Was wollte ich also mit dem Zeug? Nix! Und genau deshalb landete es, mit vielen anderen Dingen, bei Kleinanzeigen oder im Müll. Acht Anzeigen hatte ich aufgegeben. Alles hatte ich mit »zu verschenken« deklariert. Endlich war ich erschöpft genug und konnte schlafen. Auf dem Weg ins Bett zog ich mich aus und verteilte dabei meine Kleidung in der ganzen Wohnung. Mein Kopf hatte noch nicht ganz das Kissen berührt, da war ich auch schon eingeschlafen.

Keine zwanzig Minuten später wurde ich jäh aus dem Schlaf gerissen. Mein Handy hatte kurz aufeinander mehrere Nachrichten empfangen. Ich zog es an mich ran und blickte mit einem verschlafenen Auge darauf. Gleich fünf Nachrichten waren via Kleinanzeigen eingegangen. Ich öffnete die erste. Sie bezog sich auf mein kostenloses Angebot für eine süße Handtasche, die ich aus Stoffresten genäht hatte. Sie war sehr bunt und hatte Trageriemen aus Kunstpelz. User73812 stellte eine Frage zu diesem Angebot:

»Ich kotze! Ist das etwa echter Pelz?«, schrieb er.

»Nein, es handelt sich um Kunstpelz. Steht auch in der Beschreibung«, antwortete ich. Er war noch in der App und schrieb sofort: »Wissen Sie eigentlich, wie groß der Schaden an der Umwelt ist durch falschen Pelz?«

»Haben Sie Interesse an der Tasche?«, fragte ich ungeduldig.

»Ich möchte, dass Sie die Umwelt nicht unnötig belasten!«

*»Ich kotze! Ist das etwa echter Pelz?«, schrieb er.*

*»Nein, es handelt sich um Kunstpelz. Steht auch in der Beschreibung«, antwortete ich. Er war noch in der App und schrieb sofort: »Wissen Sie eigentlich, wie groß der Schaden an der Umwelt ist durch falschen Pelz?«*

*»Haben Sie Interesse an der Tasche?«, fragte ich ungeduldig.*

*»Ich möchte, dass Sie die Umwelt nicht unnötig belasten!«*

*»Ich glaube, Sie wollen grundsätzlich rummotzen, oder?«*

*»Nein, aber es geht auch nicht, dass die Leute hier verkaufen, was sie wollen.«*

*»Also in der Tat kann ich hier diese Tasche verkaufen, wenn ich es möchte.«*

Damit beendete ich das Gespräch und öffnete eine Nachricht, die wenige Sekunden zuvor eingegangen war. Sie kam von Lulleby_Herzensmensch und bezog sich auf mein Inserat für zwei Blumenvasen und einen Kerzenständer, die zusammengehörten.

*»Hallo und guten Tag. Ich sehe gerade, dass Sie auch aus Königshof kommen.«*

»*Nein, aber aus Fischeln. Das ist ja gleich nebeneinander. Wenn Sie an dem Set interessiert sind, können wir uns heute Abend noch treffen.*«

»*Super. Aber ich würde das sehr gerne etwas abändern. Können wir das so machen, dass Sie mich abholen kommen und mit mir einkaufen fahren?*«

»*Nein, natürlich nicht. Wenn Sie das Set haben wollen, müssen Sie schon selbst vorbeikommen.*«

Ich betrachtete auch dieses Gespräch als beendet und sah mir die nächste Nachricht an. LaraSternchen12 wollte wissen:

»*Hallo, stehen in diesem Kinderbuch auch unangebrachte, gruselige Dinge drin?*« Auch Lara war noch online, als ich antwortete: »*Nein, das ist ein Kinderbuch. Machen Sie sich keine Sorgen. Es ist eine süße Geschichte über eine Ente und einen Frosch am See.*«

»*Das interessiert mich nicht. Ich möchte nur wissen, ob etwas Gruseliges passiert. »Also ob sich zum Beispiel die Ente verletzt und der Frosch sie vor dem Ertrinken retten muss oder so.*«

»*Nein, auf keinen Fall. Das wäre ja schrecklich. Möchten Sie das Buch abholen kommen?*«

»*Ich will, dass den kleinen Kröten das Blut in den Adern gefriert. Haben Sie nicht irgendein furchtbares Kinderbuch?*«

»*Wie sind Sie denn drauf?*«

»*Die nerven mich seit Tagen und ich werde mich ja wohl rächen dürfen.*«

»*Damit möchte ich nichts zu tun haben. Guten Tag.*«

Ich wusste wieder, weshalb ich schon so lange nichts mehr bei Kleinanzeigen verkauft hatte. Ich öffnete noch eine Nachricht und sah zu spät, dass sie wieder von User73812 kam.

*»Du bist so eine Umweltsau. Sicherlich hast du auch ein Auto. Wegen dir werden wir noch alle ersticken!«* Ich antwortete nicht, stellte mein Handy jedoch auf Stumm und schlief wieder ein.

Es war schon dunkel, als ich wieder aufwachte. Ich hatte himmlisch geschlafen und endlich Hunger. Ich ging in die Küche und schnitt mir gleich die ganze Packung Cocktailtomaten, vermengte sie mit einem Mozzarella und einem Esslöffel grünem Pesto. Ich liebte diesen Salat. Als ich satt war, stellte sich endlich wieder eine gewisse Zufriedenheit bei mir ein.

Ich legte mein Reisegepäck zusammen und musste nur noch meine Koffer verschließen, als das Telefon klingelte. »Hey, ich bin's, Sandra.« Sandra war eine alte Kollegin, welche den Untergang unseres Kindergartens schon vor zwei Jahren ahnte. Sie war aus Protest schwanger geworden und hatte ganz zu meiner Freude Zwillinge bekommen. Den Stress hatte ich ihr gegönnt, neckte ich sie. Strafe musste sein, wenn sie mich schon allein ließ. »Hast du Lust rumzukommen? Die Kids sind schon im Bett und Thomas ist beim Pokern«, fragte sie. Kurzentschlossen kehrte ich auf eine Cola Zero und Wraps bei ihr ein. Da sie wieder stundenweise im Kindergarten arbeiten musste, um einen Teil zur Finanzierung ihres Eigenheims beizutragen, hatte sie von meiner Kündigung natürlich gehört und berichtete mir den neuesten Klatsch und Tratsch. »Die Eltern sind außer sich. Denen wurde zunächst gesagt, dass du freiwillig gegangen bist. Das konnte ich natürlich nicht stehen lassen. Nachdem sie die Wahrheit kannten, gab es kein Halten mehr. Die sind total ausgeflippt.«

»Und was ist passiert?«, fragte ich nach. »Nix. Die sind doch alle auf die Kindergartenplätze angewiesen und somit verläuft sich jede Drohung im Sande. Das weiß auch der Träger.« Da hatte sie recht. »Aber sie vermissen dich und sind sehr traurig, dass du gegangen bist.« Ich liebte Sandra für ihre Ehrlichkeit, auch wenn sie oft verletzend war. Sie hatte nie viel vom Schweinekopp gehalten und tat dies auch des Öfteren kund. Der Grund dafür war mir nicht klar, aber ich hatte sie auch nie danach gefragt. »Sei froh, dass es jetzt rausgekommen ist und nicht erst in ein paar Wochen oder gar Jahren. Dann würdest du mit Kind und ohne Wohnung dastehen.« Ich nickte wortlos. Stimmt, da hatte sie recht. »Ich habe ja gar kein Problem damit, dass er weg ist. Ganz im Gegenteil, ich fühle mich sogar erleichtert. Dennoch verstehe ich nicht, wieso er das getan hat«, sinnierte ich. »Vielleicht wollte er mal mit einer Schlanken ins Bett«, überlegte Sandra und traf damit bei mir einen sehr wunden Punkt. Auch wenn ich keinen Bissen von meinem Wrap gegessen hatte und auch in den letzten Tagen kaum etwas zu mir genommen hatte, hatte ich nicht das Gefühl, abgenommen zu haben. Ganz im Gegenteil, ich fühlte mich dicker denn je. Ich bekam Beklemmungen bei dem Gedanken, selbst schuld an meiner Misere zu sein, und musste an die frische Luft. Ich hatte mir all die Kilos angefuttert und nie durchgehalten, wenn es darum ging, sie loszuwerden. Auch wenn ich erst vor Kurzem eine wirklich spannende Doku mit Eckart von Hirschhausen und Nicole Jäger gesehen hatte, bei der sie wissenschaftlich fundiert erklärten, dass genau dies Quatsch sei, konnte ich das Gefühl von Schuld nicht so einfach abschütteln. Ihre Erklärung und auch die Erläuterungen diverser Ärzte leuchteten mir ein. Aber ein Gefühl ist ein Gefühl und lässt sich durch Logik oder Wissenschaft oft nicht so einfach verändern. War mir mein schlechtes Gewissen doch schon als Kind aufgedrängt worden und seitdem kontinuierlich gefördert worden. Ich verabschiedete mich recht schnell und entschied mich, meine Reisevorbereitungen voranzutreiben.

KAPITEL 17

# Wiedersehen macht Freude

Vor meiner Reise wollte ich dem Arbeitsamt, oder wie es sich heute hipp nennt: der Agentur für Arbeit, einen Besuch abstatten. Wie ich telefonisch in Erfahrung gebracht hatte, konnte ich an manchen Tagen dort auch nachmittags antreten. So schlief ich erst einmal aus und startete dann entspannt in den Tag. Mein letzter Besuch bei diesem Amt war in der Schule, am Berufsinformationstag. Heute sollte ich einiges hinzulernen. Meine erste Lektion bestand darin, eine Nummer zu ziehen. Dann stellte ich fest, dass die Dame an dem Schalter mit dem Schild »Information« mir keine Informationen geben konnte, die ich nicht auch selbst von einer Tafel an der Wand hätte ablesen können. Ich wartete erneut im Warteraum der Abteilung, in der sich mein Berufsberater befand. Auch für ihn hatte ich eine Nummer ziehen müssen. Erleichtert wurde diese über eine Anzeige nach knapp sechzig Minuten angezeigt. Innerhalb dieser Zeit hatten sich in meinem direkten Umfeld Szenen abgespielt, die ich im Nachmittagsprogramm von RTL nicht besser hätte erleben können. Wenn ich dem Ganzen einen Titel hätte geben müssen, wäre es: Mittendrin statt nur dabei gewesen. Auch wenn ich mich damit wieder bei einem anderen Sender unbeliebt gemacht hätte. Voller Entsetzen und gleichzeitiger Erleichterung betrat ich den Raum von Herrn Berenz, dem Beamten, der mir in meiner bevorstehenden Arbeitslosigkeit mit Rat und Tat zur Seite stehen sollte. »Was wünschen Sie?«, begrüßte er mich, ohne mich auch nur eines Blickes zu würdigen. »Ich möchte mich arbeitslos und arbeitsuchend melden«, erklärte ich kurz. »Haben Sie das Formular ausgefüllt?«

»Nein, ich habe keins bekommen«, erklärte ich. »Doch, das haben Sie bei der Anmeldung bekommen.«

»Das tut mir leid, ich habe mich nicht angemeldet. Ich wusste nicht, dass ich das muss. Ich habe aber eine Nummer gezogen.«

»Dann gehen Sie jetzt noch mal raus und besorgen sich das Formular.« Weiterhin würdigte er mich keines Blickes und schien etwas zwischen seinen Aktenordnern zu suchen. »Kann ich dann gleich zu Ihnen zurückkommen?«

»Nein, natürlich nicht. Sie kommen erst wieder, wenn Ihre Nummer aufgerufen wird!«, sagte er genervt. Resigniert verließ ich das Büro, zog eine Nummer an der Information, um herauszufinden, wo sich die Anmeldung befand. Dort zog ich wieder eine Nummer, meldete mich an und bekam ein Formular, welches ich ausfüllte, direkt nachdem ich eine Nummer für Herrn Berenz' Büro gezogen hatte. Mit dem Aufruf meiner neuen Nummer hatte ich die letzte Frage des Bogens ausgefüllt und die Richtigkeit meiner Angaben durch eine Unterschrift bestätigt. »Was wünschen Sie?«, begrüßte mich Herr Berenz erneut. »Ich habe das Formular ausgefüllt«, erklärte ich und setzte mich ungefragt auf den Stuhl vor seinem Schreibtisch. Wortlos tippte er meine Angaben in den Computer und reichte mir nach schweigenden fünfzehn Minuten zwei Zettel. »Da können Sie sich bewerben.« Ich blickte erstaunt auf die ausdruckten Adressen mit Stellenbeschreibungen. »Okay. Wie funktioniert das dann mit dem Arbeitslosengeld für den Fall, dass ich so schnell nichts anderes finde?«

»Haben Sie das Formular dafür ausgefüllt?«, fragte er erneut.

»Nein, ich habe keines bekommen.«

»Das bekommen Sie am Anmeldeschalter.«

»Okay, und dann haben Sie doch hier im Haus noch einen Computer, aus dem ich mir auch noch Stellenangebote besorgen kann, oder?«

»Da brauchen Sie nicht gucken.«

»Warum denn nicht?«, fragte ich verwundert. Erst jetzt blickte Herr Berenz zu mir hinauf, und sofort hatte ich das Gefühl, ihm schon einmal begegnet zu sein. Da ich jedoch noch nie einen Berufsberater hatte aufsuchen müssen, musste es in einem anderen Zusammenhang gewesen sein. Mir wollte aber nicht einfallen, wo und wann dies gewesen sein konnte. Ein Vater aus dem Kindergarten war er sicher nicht. Er schnaubte verächtlich durch die Nase und unterbrach damit meinen Gedankengang. »Weil ich Ihnen alles, was für Sie in Frage kommt, gerade ausgedruckt habe.« Nun schnaubte ich. »Ich habe jetzt drei Stunden meines Lebens vergeudet, damit Sie mir etwas ausdrucken, was ich selbst hätte suchen können?«

»Gute Frau ... ich habe Sie nicht darum gebeten, Ihnen was zu suchen«, sagte er mit einer Handbewegung, die arg divenhaft auf mich wirkte. »Nein, aber ich dachte ...« und jetzt erinnerte ich mich, woher ich Herrn Berenz kannte. Diese Handbewegung, sein Gesichtsausdruck. »Madame René?«, fragte ich. Verblüfft blickte er mich einen Moment an. »Und du bist?«, fragte er nun deutlich mehr an mir interessiert als zuvor. »Ich bin die Freundin von Lena.« Er zog eine Augenbraue hoch und kräuselte den Mund. »Also gut. Ich fülle dir den Antrag auf Arbeitslosengeld eben aus. Hast du deinen Perso dabei?« Ich nickte und reichte ihn über den Schreibtisch. Knappe zwanzig Minuten später hatte ich alles erledigt, was zu erledigen war, und verließ zufrieden das Gebäude der Agentur für Arbeit. Alles Weitere würde mir per Post zugestellt werden. Somit konnte ich entspannt in Urlaub fahren.

In der folgenden Nacht um Punkt vier Uhr ging es los. Mit Schweißperlen auf der Nase öffnete ich meine Haustüre. Warum diese blöden Koffer auch immer zu klein sein mussten und zwanzig Kilo im Zweifelsfall meistens zu wenig sind, war mir ein Rätsel. Durch Plattsitzen hatte ich meinen Koffer endlich verschlossen und war startklar für unseren Urlaub. Olli setzte uns am Flughafen ab und verabschiedete sich überschwänglich von Lena. Wir checkten am Schalter ein und warteten im Sicherheitsbereich auf unsere Maschine. Mein Gepäck war gerade so an der Gewichtsgrenze und kam glücklicherweise ohne Zuzahlung an Bord. Lenas Koffer wog gerade zwölf Kilogramm. Ja, sie war eher praktisch veranlagt, und für ihren schmalen Po benötigte es auch nicht viel Stoff wie ich. Einige Herren checkten mit einer Tasche in der Größe meines Handgepäcks ein. Komisch eigentlich, dass Männer drei Wochen mit einem T-Shirt, einer Hose und einem Handtuch überleben können.

Wir landeten am riesigen Flughafen in Palma. Bis zum Gepäckband war ich mir sicher, gute zehn Kilometer gelaufen zu sein. Selbstverständlich hatte ich meine neuen Sommersandalen an, deren Absätze eigentlich als Waffe an den Kontrollen hätten eingezogen werden müssen. Wäre mir bekannt gewesen, dass ich so weit laufen muss, hätte ich mir meine Renner – also Turnschuhe – angezogen. Aber wenn wir schon ins Ausland reisten, wollte ich auch gleich den schlechten Eindruck, den wir Deutsche ja angeblich überall hinterlassen, ausbügeln und meine Pfunde so bezaubernd wie möglich präsentieren. Lena spurtete fast schon durch die endlosen Gänge und ich bemühte mich, Schritt zu halten. Da ging es ums Prinzip!!! Olli und sie hatten mich zu Hause schon gefragt, ob ich mir nicht lieber etwas Bequemes anziehen wollte. Nein, dies lag nicht in meinem Interesse und ich wollte nun auch nicht den Anschein erwecken, als würde ich diese Entscheidung bereuen. Plötzlich sah ich eine Menschenmasse und ich war mir sicher, endlich am Ziel angekommen zu sein. Dem Gepäckband. Wir drängelten uns zum Band durch und warteten. Ein aufgeplatzter Koffer fuhr an uns vorbei und ein paar aufreizende Schlüppies erregten meine Aufmerksamkeit. Wem diese scharfen Feinripphöschen wohl gehören? Wir grinsten uns an und bemerkten, dass niemand den Koffer freiwillig nehmen wollte. Also bei dieser Wäsche hätte ich auch abgestritten, das Gepäck jemals gesehen zu haben. »Du hast keine Kofferbänder um deine Taschen gespannt, oder?«, fragte Lena mich. Ich musste kurz überlegen, dann aber die Frage verneinen. Du lieber Himmel, jeder weiß ja, dass alle Gepäckstücke nur so durch die Gegend geworfen werden. Was, wenn mein Koffer, der eh schon an Überdruck litt, nicht standhalten würde und ich meine Wäsche vom Band fischen müsste? Oh, da war er wieder: Schweiß auf der Nase. »Passiert schon nix! Wir sind im Uuuurlaub!«, sang Lena mehr, als sie es sprach. Mir war gar nicht gut zumute. Der Stress nahm kein Ende, besonders nicht, als ich feststellen musste, dass jeder Zweite so schlau war wie ich und seinen Trolli kurz zuvor bei Aldi erworben hatte. Dies führte zu einigen Verwechslungen und Streitigkeiten unter den Mitreisenden. Meine Anspannung war besonders groß, als mein Koffer einer der letzten war, der das Licht der Gepäckhalle erblickte. Dafür war die Erleichterung umso größer. Bei dem Gedanken, mich vor Ort neu einkleiden zu müssen, war ich kurz vor einer Panik gewesen. Nicht nur, dass ich kein Geld dafür gehabt hätte, ich wusste auch nicht, wo ich Ersatz herbekommen sollte. T-Shirts sollten kein Problem sein, überlegte ich, aber wo sollte ich denn einen Tankini oder Badeanzug herbekommen? Mit Sicherheit nicht an einem dieser Strandläden, in denen ausschließlich sehr schlanke Frauen einkaufen gehen konnten und für die es kein Problem war, ihre A-Körbchen hinter winzigen Dreiecken zu verbergen. Diesem Problem musste ich mich ja gottlob nicht stellen und rollte glücklich meinen Koffer hinter mir her.

Es dauerte zwei Stunden, bis wir endlich alle Mitreisenden abgesetzt hatten, mit Sicherheit jedes Kaff gesehen hatten und in unserem Nobelhotel ankamen. Es war wunderschön, und ich fühlte mich gleich erholt. Wir bezogen unser Zimmer und bummelten zum Pool. Eine Poolbar und ein in mehreren Kreisen eingeteiltes Becken direkt unter Palmen luden uns zu einem Bad ein. Dieses Hotel zu einem so guten Kurs ergattert zu haben, war wirklich Glück. Wir schlenderten über das Deck, um uns zwei freie Liegen zu suchen. Eine Dame, die ihren Mops bei sich trug, stapfte mir auf den Fuß, und ich kreischte auf. »Oh das tut mir leid! Sind Sie verletzt?«, fragte sie mit einer sehr hohen Stimme. »Ich glaube, mein kleiner Zeh ist gebrochen«, jammerte ich und wurde von der Dame auf einen Stuhl gerückt. Sofort eilte ein

Kellner herbei und legte mir einen Beutel Eis auf den schon blau gefärbten Teil des linken Fußes. Behutsam, fast schon zärtlich, legte der schöne Spanier meinen Fuß auf sein Knie und betrachtete die Wunde, welche sogar etwas blutete. »Iste nix schlimme, Senora. Tute no weh?« Ich nicke und strahlte ihn dabei an. Meine Güte, in meinem ganzen Leben hatte ich noch nie solch tief olivgrüne Augen gesehen. »Angel ... venga, venga!«, rief ein älterer Mann hinter der Poolbar. »Halten weiter drauf dann werden besser«, sagte er und eilte an seinen Arbeitsplatz. »Mein lieber Scholli, der war aber 'ne Schnitte!«, staunte die Dame mit Mops. »Der wäre 'ne Sünde wert.«

»Allerdings ...«, erwiderte Lena und ich muss zugeben, einen ähnlichen Gedanken gehabt zu haben. Angel blickte mehrere Male zu uns rüber, bis er mit einigen Liegenauflagen ins Hotelinnere geschickt wurde. »'Nen knackigen Hintern hat er auch!«, lachte die Dame. »Entschuldigen Sie bitte noch einmal, aber Henry war so schlimm um den Tisch gewickelt, dass ich beim Kampf mit der Leine den Überblick verloren habe«, erklärte sie und schwenkte dabei ihren Hund vor mir hin und her. »Schon gut«, sagte ich, war mir aber nicht sicher, ob ich es ehrlich meinte. Mein Fuß war ganz schön geschwollen. Gebrochen war er glücklicherweise nicht. Zumindest konnte ich ihn noch bewegen, und bis auf das Pochen in meinem kleinen Zeh hatte ich nach dem ersten Schreck auch keine Schmerzen mehr. »Schöne Schuhe haben Sie an«, sagte ich und meinte es diesmal ganz ehrlich, auch wenn ihre hohen Absätze für eine Poollandschaft wirklich etwas overdessed waren. »Oh, danke. Wir pummeligen Mädchen müssen doch gucken, dass wir auch am Pool eine gute Figur machen«, zwinkerte sie mir zu. Sie war geschätzte 20 bis

25 Jahre älter als wir und ähnlich viele Kilos schwerer als ich. Ihre knallroten Pumps passten perfekt zu ihrem Sari und dem schwarzen Badeanzug, welcher in Falten gelegt sehr vorteilhaft ihr Dekolleté betonte. Sie war mir gleich sympathisch und erinnerte mich an eine Adelige aus den Klatschzeitschriften, die ich beim Frisör gerne las. Das mochte an der mit Strass besetzten Sonnenbrille oder dem großen Sonnenhut liegen. »Möchten Sie einen Martini mit uns trinken?«, fragte sie, und erst jetzt bemerkte ich ihre Freundin, welche ähnlich auffällig gekleidet am Tisch saß und ebenfalls einen Hund bei sich trug. »Gerne«, sagte Lena und setzte sich. »Nein, lieber nicht. Wenn ich bei der Hitze Alkohol trinke, kippe ich um.«

»Gaston, ein Wasser und einen Erdbeermartini bitte für meine Gäste«, rief die Dame und nur wenige Minuten später servierte Angel die Bestellung. Lena nippte zufrieden an ihrem Getränk. »Das ist meine Freundin Henriette Bühlow und mein Name ist Agnes von Freienheim.« Die Damen waren schon beeindruckende Erscheinungen, musste ich zugeben. Sie hatten wirklich Stil, und das fiel mir nicht erst auf, als sich Agnes eine Zigarette mit einem goldenen Aufsteckfilter anzündete. Lena verzog das Gesicht. Sie hatte den ganzen Tag über keine Zigarette rauchen können, und ich ahnte, wie sehr sie danach schmachtete, aber ihr Gesicht verriet ganz klar, dass sie unter diesem Publikum keine ihrer 0815-Filterzigaretten auspacken würde. »Das ist meine Freundin Leniana Londong und ich bin Mara Bachmann«, stellte ich uns vor. Lena hasste es, wenn sie jemand mit Leniana ansprach. Vor einigen Jahren hatte sie ihre Freunde und Familie unter Androhung eines Hungerstreiks gezwungen, sich für Lena oder Lani zu entscheiden. Ich bemühte mich, sie nicht anzusehen, da ich ihre giftigen Blicke eh schon spürte. Aber in Anbetracht dieser offensichtlich feinen Gesellschaft, klang Leniana einfach nobler. Agnes bot uns das Du an und wir besiegelten dies dann doch mit einem fruchtigen Martini. Als Entschädigung für meinen verletzten Fuß lud sie uns für den folgenden Tag auf ihr »Bötchen« ein, wie sie es nannte. Sie wollte mit uns um einen Teil der Küste schippern und uns die schönsten Badebuchten zeigen. Natürlich stimmten wir zu.

Leider kamen wir nicht mehr dazu, in den Pool zu steigen oder auch nur den Strand zu sehen. Hauptsächlich Agnes, aber auch Henriette waren kaum mehr zu stoppen, wenn sie sich erst mal warmgeredet hatten. Beide waren Witwen, und das nicht nur ein Mal. Agnes hatte schon drei Männer überlebt und ging, so schien es, keiner geregelten Arbeit nach.

»Also wenn du dich gut anstellst, angelst du dir auch einen solventen Herren mit möglichst geringer Lebenserwartung. Dann kannst du mich mitfinanzieren und wir hängen den Rest unseres Lebens entspannt in den schönsten Fünf-Sterne-Hotels der Welt rum«, flüsterte mir Lena zu. »Wenn du allerdings weiter nur dem Kellner schöne Augen machst, wird das nix!« Angel arbeitete an diesem Abend im Restaurant, und bei jeder Gelegenheit lächelte er zu uns rüber. Ich fühlte mich wohl. Mein Fuß machte sich zwar ab und an durch heftiges Pochen bemerkbar, aber die Schwellung ließ langsam nach. Ich hatte Hunger. Das Hotelbuffet bot, was das Herz begehrte. Ich fing klein an und nahm mir eine paar Gambas aus der großen Pfanne, und schnitt mir etwas von dem frisch gebackenen Baguette ab, welches ich mit Aioli bestrich. Ich hatte noch nie so gut gegessen. Am Abend tranken wir noch eine weiße Sangria mit Erdbeeren an der Strandbar und gingen geschafft von den Reisenanstrengungen zu Bett.

Am nächsten Morgen wurden wir direkt nach dem Frühstück – Rührei mit knusprigem Speck zeigte mir, dass ich wieder ganz die Alte war – von einer weißen Limousine abgeholt und zum Bootsanlegeplatz gefahren. Agnes hatte alles gut organisiert. Ich war jedoch sehr überrascht, als sich das »Bötchen«, von dem sie gesprochen hatte, als eine der größten Jachten im Hafen Palmas entpuppte. »Ich glaub's ja nicht!«, flüsterte ich, als wir den Steg hinaufgeführt wurden. »Da seid ihr ja!« Agnes winkte uns zu. Sie saß mit einigen Freundinnen zusammen, deren Namen furchtbar lang waren, und genoss ihren Brunch. Ich befürchtete, sie niemals nüchtern zu erleben, denn wieder stand sie mit einem Glas Sekt oder wahrscheinlich Champagner vor uns. Ich lehnte ab, aber Lena hatte sich schon unter die Damen gemischt und unterhielt sich angeregt mit ihnen. Das beeindruckte mich an ihr immer am meisten. Sie fand mit jedem gleich ein Gesprächsthema und wusste sich jeder Situation anzupassen. Dabei fiel sie nicht einmal auf. Sie wirkte, als ob sie die Ladys schon seit Jahren kannte und sich schon ewig auf dieses Wiedersehen gefreut hatte. »Mädchen, was hast du für eine entzückende Tunika an. Von wem ist sie?«, fragte mich eine braungebrannte Frau. Ich vermutete sie im Alter von Agnes, auch wenn ihr Gesicht viel zu glatt dafür war. Ich stutze einen Moment und überlegte, ob ich etwas Spektakuläres erfinden musste, entschloss mich dann aber doch bei der Wahrheit zu bleiben. »Von mir.«

»Huch, Agnes … du hast uns gar nicht mitgeteilt, dass Senora Bachmann Designerin ist.« Agnes kam mit großen, aber dennoch eleganten Schritten auf uns zu und wedelte dabei gebieterisch mit ihrem Hut. »So etwas würde ich doch nicht unterschlagen, meine Liebe. Hast du den Camembert probiert, der mallorquinische Feigensenf dazu ist ein Gedicht.« Die zu glatte Dame machte sich über die Käseplatte her, als Agnes mich an sich zog. »Bist du?«

»Nein, mein Talent dümpelt noch in meiner finanziellen Beschränktheit«, lachte ich. »War nur Spaß! Sie hat mich nur gefragt, woher ich meine Tunika habe, und da ich sie selber …«

»Senoras!«, sang sie laut und wendete sich ihren Freundinnen herbei. »Mara designt Mode in großen Größen. Ich dachte, ich hätte euch davon berichtet.« Ein Raunen ging durch die Runde. Jede der anwesenden Damen hatte mehr oder weniger Pfunde auf den Hüften. »War die von gestern auch dein Werk?«, flüsterte Agnes. Ich nickte. »Fantastisch … ich kaufe sie dir ab. Sind 350 € okay?« Ich muss sehr überrascht aus der Wäsche geblickt haben, denn Agnes überbot sich noch einmal um 150 Euro. »Sie wird mir doch passen, oder meinst du nicht?«

»Klar, da sind Bänder dran, um es weiter oder enger zu machen«, erklärte ich und schlug in das Geschäft ein. Dieses großzügige Taschengeld konnten wir gut gebrauchen, und ich besaß ja noch einige andere Outfits. »Das ist ja wunderbar, wie nennt sich Ihr Label?«, fragte eine weitere Dame mit riesigen Lippen und lila-weißen Haaren. Agnes hatte mich so spontan in diese Lüge verwickelt, dass ich keine Ahnung hatte, was ich antworten sollte. Henry spielte mit den anderen Hunden, die auf mich alle irgendwie Mops-ähnlich wirkten. »Mops*ich*«, sagte ich spontan. Die Damen schienen nicht sicher zu sein, ob sie mich richtig verstanden hatten. »Nun ja, es gibt so viele Ausdrücke für Frauen mit mehr Kurven. Mollig, pummelig, üppig ... da wollte ich etwas anderes haben. Mops*ich* –Für den Mops, der es sich leisten kann!« Lena lachte laut auf und schlug sich mit den Händen auf die Oberschenkel. Die Damen lächelten erst verlegen und stimmten dann begeistert ein. »Ich bin auch ein Mops, der es sich leisten kann. Wo kann ich Ihre Designs kaufen?«, fragte die Dame rechts von mir, die einen gigantischen Ohrschmuck trug. »Mara und ich wollen in Paguera eine Boutique einrichten. Wenn es so weit ist, erfahrt ihr es selbstverständlich als Erstes!«, sagte Agnes sofort und flüsterte mir dann zu: »Wie viele hast du noch mit?« Ich bedeutete ihr die Anzahl mit den Fingern. »Also für euch, ganz exklusiv, kann ich das Angebot machen, sie im Vorfeld schon zu erwerben. Aber das muss unter uns bleiben. Wir haben schon Vorbestellungen und wir möchten unsere Kundschaft ja nicht verärgern.« Verständnisvolles Nicken ging durch die Runde. Selbst Lena schien die Problematik zu verstehen, und ich war mir nicht sicher, ob sie gut schauspielerte oder ob sie schon zu viel getrunken hatte, als Agnes die Bestellungen notierte.

Wir verbrachten einen fantastischen Tag auf der Jacht. Obwohl ich mich mehrfach eingecremt hatte, hatte ich eine gesunde Farbe bekommen, als wir gut gelaunt zu Enrique, Agnes' Chauffeur, in die Limousine stiegen. »Ich glaub es nicht. Du bist reich!«, freute sich Lena über meine Einnahmen an diesem Tag. Agnes hatte es tatsächlich geschafft, vier meiner angeblichen Designs zu verkaufen. Ich hätte mehr an den Mann, oder viel mehr an die Frau bringen können, wenn ich mehr gehabt hatte. Agnes hatte behauptet, dass aufgrund der Exklusivität und großen Nachfrage es nicht vertretbar wäre, mehr als ein Teil pro Person zu verkaufen, und dies für schlaffe 650 € pro Stück.

KAPITEL 18

# Du Mops, ich Mops ... Mopsich?

Noch vor dem Frühstück klopfte es an unserer Zimmertür. Lena war die Erste, die in der Lage war, sich aus dem Bett zu erheben, und schlich zur Türe. Mein Schädel brummte. Die Hitze, der Champagner ... ich nahm mir vor, mich gesünder zu ernähren. Zum Frühstück sollte es nur Obst geben, war der von mir gefasste Vorsatz, als Agnes vor meinem Bett stand. »Habe ich euch geweckt?« Lena kletterte wieder unter ihre Decke. »Nee, wir sind schon seit Stunden wach!«, brummte sie und rollte sich zusammen, um weiterzuschlafen. Ich rappelte mich langsam auf und setzte mich. »Ich habe eine fantastische Idee! Wir machen das mit dem Laden«, plapperte Agnes los, was für mich in diesem Zustand und zu dieser frühen Morgenstunde eindeutig zu viel war. Ich suchte mein Handy, um die Uhrzeit zu erkennen. Sechsuhrdreiundzwanzig. Viel zu früh, um folgen zu können. »Ich habe dir etwas mitgebracht.« Agnes reichte mir ein Päckchen aus rosa Seidenpapier. Verschlafen zog ich das Papier ab und öffnete die Schachtel. Beige Stoffstücke mit rosa Buchstaben waren ordentlich aufeinandergestapelt. Ich nahm eines der Stücke in die Hand und las: Mops*ich*. Daneben war ein Mops abgebildet. »Das sind die Etiketten für deine Designs!«, strahlte Agnes. »Ich verstehe nicht«, stammelte ich. Lena jedoch schien sehr gut zu verstehen und richtete sich abrupt wieder auf. »Die Idee ist genial. Es gibt eh zu wenige Geschäfte, die tolle Kleidung in großen Größen anbieten. Warum also nicht selbst welche designen? Hier auf Mallorca habe ich noch kein einziges Geschäft gesehen, das jenseits einer zweiundvierzig Kleidung anbietet. Wir können das machen.« Sie wartete wohl auf eine Reaktion, ich war für solche Gedankengänge jedoch noch nicht bereit. »Ich besitze ein kleines Ladenlokal auf dem Boulevard. Schilder, Etiketten, Flyer und Visitenkarten können übermorgen fertig sein. Ich könnte eine Näherei in Andratx beauftragen, nach deinen Vorstellungen, also deinen Vorlagen, innerhalb weniger Tage eine Kollektion zu erstellen. Zwischenzeitlich richten wir den Laden ein und feiern dann gegen Ende der Woche die Eröffnung.«

»Agnes, das ist alles sehr nett von dir, aber ich besitze nichts. Ich habe kein Geld, ich bin froh, eine Wohnung zu haben. Ich kann keinerlei finanzielle Mittel aufbringen, um das durchzuziehen, und wer weiß, ob das ganze überhaupt Profit abwirft?«, versuchte ich diesem Hirngespinst ein Ende zu setzen. »Ach was, ich habe das Geld. Und wenn es nicht klappt, war es mein Sommerhobby. Allerdings bin ich mir ziemlich sicher bei der Sache!«

»Ich weiß nicht.« Mir war unwohl. »Denk einfach drüber nach. Wir treffen uns zum Dinner und werden dann in Ruhe noch einmal darüber reden.«

Agnes hatte unser Zimmer kaum verlassen, als Lena ihr Handy zückte und Steffis Nummer wählte. Wir brauchten dafür drei Anläufe. Einen, um uns daran zu erinnern, dass wir die deutsche Vorwahl eingeben mussten. Den zweiten, um festzustellen, dass sie nicht daheim war. Wir erreichten sie schließlich auf dem Handy. Sie war im Stall und versorgte gerade ihr Pferd. Phin indes befand sich in der Obhut seiner Großeltern und außer der Sorge, ein überzuckertes Kind zurückzubekommen, war sie ganz entspannt, während sie Benny striegelte. »Ihr Mütter! Um diese Uhrzeit schon das Baby versorgt zu haben, es bei Oma und Opa abzusetzen und im Stall zu arbeiten ist der Wahnsinn. Ihr seid einfach Superhelden!«, stellte Lena fest. Dann schilderte sie ihr die Sachlage, musste aber mehrfach unterbrechen, weil Steffi immer wieder begeistert aufkreischte. »Und?«, fragte sie am Ende der Geschichte. »Ich glaube, ich werde es nicht tun. Ich kann das alles gar nicht wirklich, also designen, meine ich«, gab ich zu bedenken. »Was soll's? Es gibt Leute, die können nicht singen und verdienen viel Geld damit. Es gibt Menschen, die sind Kinderbuchautoren und arbeiten in Toppositionen in der Politik. Ich würde mal sagen, lieber ein Blender als gar kein Lichtblick!«

»Wir reden hier von sehr viel Geld. Niemand hat etwas zu verschenken, auch Agnes nicht.«

»Aber wenn sie es doch so gerne möchte!«

Ich hielt die Etiketten, meine Etiketten, in der Hand. »Ich habe ein gutes Gefühl bei ihr und traue ihr nicht zu, dass sie dich über den Tisch ziehen will«, beteuerte Lena. »Das denke ich auch nicht, aber das hört sich einfach zu gut an, um wahr zu sein. Ich denke, da ist ein Haken, den wir nicht sehen.« Steffi sprach nun energischer. »Klar ist ja mal, dass du zu Hause immer jammerst, dass es in der Stadt zu wenige Geschäfte gibt, die schöne Sachen in deiner Größe führen.«

»Und wenn es die Sachen gibt, sind riesige Blumen drauf oder sie sind viel zu lang!«, stimmte Lena zu. »Außerdem gibt es hier in den Geschäften tatsächlich kein Teil, was du anziehen könntest. Entschuldige, aber das ist ja nun mal leider so. Ich bekomme meinen Hintern ja kaum in diese Hosen, die eindeutig nur für sehr schlanke Strandschönheiten gemacht sind.« Ich nickte, da ich wusste, dass sie recht hatte. »Ich denke heute noch mal darüber nach.«

»Genau, und bevor du zusagst, stell böse Dinge mit dem schönen Spanier an!«, lachte Steffi, bevor ich auflegte. »Also ich kann am besten beim Duschen denken«, sagte Lena und verschwand im Bad. Ich ließ mich wieder auf mein Kissen sinken und ging alles noch einmal in Gedanken durch. Es klang wirklich sehr verführerisch und wenn es funktionieren würde, wäre ich alle Sorgen los, die finanziellen zumindest.

Das Frühstück schmeckte ausgezeichnet. Echter Büffel-Mozzarella, gebackene Tomaten und die süßesten Ananas, die ich je verspeist hatte, brachten meine Stimmung auf den Höchstpunkt. Nach dem Anblick des üppigen Angebots an Speisen war der Vorsatz des Obsttages schnell vergessen. Nun gut, ich musste zugeben, dass die Bedienung auch ihren Teil dazu beitrug. Angel war für unseren Tisch zuständig. Natürlich war ich nicht der erste Flirt, mit dem er sich seinen Arbeitstag versüßte, vermutete ich. Aber mein Ego erholte sich unter seiner Aufmerksamkeit von den Demütigungen der vergangenen Zeit.

Lena und ich schlenderten zum Strand, mieteten uns Liegen und einen Sonnenschirm und schnorchelten durch das angenehm kühle Meer. Einige Urlauber hatten Brot dabei, welches sie im Wasser an Fische verfütterten. Die handtellergroßen Tiere waren so verrückt auf diese Backwaren, dass das Wasser um das Brot herum anfing zu brodeln. Es erinnerte mich etwas an die vielen schlimmen Piranhafilme, die ich in den Neunzigern verschlungen hatte. Auch Filme wie »Der weiße Hai« oder »Barrakuda« hatten ihren Teil dazu beigetragen, dass ich doch großen Respekt vor sämtlichen Meeresbewohnern hatte. Also hielt ich mich lieber von den Felsen fern, an denen sich die riesigen Fischschwärme mit Vorliebe aufzuhalten schienen.

Der Morgen verging und die Sonne wanderte langsam um uns herum. Ich freute mich über meine Hautfarbe, die nun immer mehr nach Urlaub aussah. Der Sand wurde immer heißer, bis es fast unmöglich war, barfuß zu laufen. Gegen Mittag hielten wir es nicht mehr aus und schlenderten die Promenade hinunter bis zu einem kleinen Restaurant, in dem nur Einheimische zu sitzen schienen. Wir bestellten eine große Portion Tapas, die wir uns teilten. Es war ein wundervolles Gefühl, Lena einladen zu können, ohne über die Kosten nachdenken zu müssen. Wundervolle Feigen im Speckmantel ließen in mir die Frage aufkommen, weshalb ich einige Tage nichts gegessen hatte. »Essen ist Lebensqualität!«, murmelte ich mit vollem Mund. »Es gibt fast nix Besseres. Allerdings finde ich, du solltest deine neugewonnene Freiheit ausnutzen!«, schlug Lena vor. »Wie meinst du das?«

»Na, dieser Angel ist doch ein leckeres Kerlchen. Klar werdet ihr nicht heiraten, aber wer will das schon?« Ich wollte! Ja, nun nicht gerade Angel, aber generell wollte ich schon. Eine riesige Hochzeit mit allen Freunden und Verwandten. Mit einer Band, einem tollen Kleid und vor allem einem ehrlichen Bräutigam. »Meinst du, ich werde jemals wieder einem Mann vertrauen können?« Während ich diese Frage aussprach, wurde mir klar, dass dies eine berechtigte Sorge war. Es ging nicht nur um die Demütigung, die ich erfahren musste. Um den Mann, der mir das zugemutet hatte, erst recht nicht. Auch meine finanzielle Lage würde ich in den Griff bekommen. Hatte ich mich doch schon öfter aus einer solchen herausgewunden. Immer hatte sich alles wieder dem Guten zugewandt. Aber würde ich jemals wieder glauben können, wenn mir ein Mann sagen würde, er geht auf Geschäftsreise, mit seinen Freunden in die Kneipe an der Ecke oder zum Sport in seinen Verein? Ich wollte keine dieser Frauen werden, die heimlich Handys und Taschen durchsuchten, um etwas zu finden, was gar nicht da war. Oder eine, die so lange suchte, bis sie etwas fand, um ihre Meinung über die bösen Männer dieser Welt zu erhärten. »Jetzt hör mal zu. Um sich über solch schwerwiegende Dinge Gedanken zu machen, ist es eindeutig zu früh. Du wirst einen tollen Mann finden, dem du vertrauen kannst. Da bin ich mir sicher. Aber bis es so weit ist, spricht doch nichts dagegen, etwas Spaß zu haben.«

»Ich weiß, wie du zu der Sache stehst. Für dich ist es einfach, so zu reden. Bei dir ist alles in trockenen Tüchern. Und du hast eh eine ganz andere Einstellung zu den Dingen. Du möchtest nicht heiraten und Kinder haben. Abgesehen davon bist du auch noch jünger als ich!«

»Ja, meine Güte – elf Monate!«

»Ich finde, die Dreißig setzt einen schon ganz schön unter Druck. Auch wenn ich mit klarem Verstand sagen kann, dass es Schwachsinn ist, habe ich einen Lebensplan gehabt, und der hatte eine seiner Zwischenetappen eben mit dreißig!«

»Mach dir keine Sorgen, das Jahr der Dreißig wird genauso lang sein wie alle anderen auch«, schloss sie das Thema ab. »Wie ist denn dein Plan in der Mops*ich*-Sache?«

»Ich habe mich immer noch nicht entschieden.«

Am Abend trafen wir uns mit Agnes in der Waikiki-Bar auf der Promenade. Die viel zu elegant gekleidete Dame fiel zwischen dem jungen Publikum sofort auf. Ich hatte die Strandkleider für ihre Freundinnen dabei und überreichte sie ordentlich zusammengelegt, zusammen mit den Etiketten. »Und, hast du dir meinen Plan durch den Kopf gehen lassen?«

»Natürlich habe ich heute an kaum etwas anderes denken können.« Auch Lena blickte mich gespannt an. Als wir vom Hotel losgegangen waren, hatte ich mich nämlich noch nicht entschlossen und zögerte immer noch. »Ich mach dir einen Vorschlag zur Sicherheit. Übermorgen findet in Santa Ponca eine Modenschau statt. Zwar für diese normal schlanken Models, aber gut.« Unbeirrt sprach sie weiter. »Es ist auf jeden Fall in jedem Jahr eine Riesensache. Die Veranstalterin des Ganzen ist die Tochter einer Freundin. Ich habe schon mit ihr gesprochen und alles geklärt.«

»Was genau hast du geklärt?«, fragte ich. »Wir werden deine Designs auf dem Laufsteg präsentieren und gucken, wie das Publikum reagiert.« Ich zögerte einen Moment. »Dabei hast du wirklich nichts zu verlieren. Wir machen das so! Es kostet nichts und wenn irgendetwas schiefläuft, kannst du dich darauf verlassen, dass du die Menschen dort mit an Sicherheit grenzender Wahrscheinlichkeit nie wieder sehen wirst«, zitierte Lena meine Mutter und ich hatte dem nichts entgegenzusetzen. Agnes freute sich und bestellte eine Flasche Champagner.

Die Sonne war längst untergegangen, aber die Hitze drückte nach wie vor. Gefühlt hatte sich die Temperatur auch am späten Abend nicht verändert. Agnes gab zu, zu viele Cocktails getrunken zu haben, und zog sich in ihr Zimmer zurück. Lena hatte gut mit ihr mithalten können, was das Trinken anging zumindest, und beschloss, ebenfalls ins Bett zu gehen. Ich war zu aufgekratzt, um auch nur an Schlaf zu denken, und entschied mich für einen Spaziergang am Meer. Die Lichter der Promenade und der auf dem Meer schwimmenden Schiffe ließen den Strand nicht besonders dunkel erscheinen. Ich legte mich auf eine Liege und genoss die tolle Aussicht. Plötzlich vibrierte mein Po. Vor meinem Handy hatte ich selbst im Urlaub keine Ruhe. Im Normalfall hätte ich gleich an meine Mutter gedacht. Sie machte sich immer so viele Sorgen um mich und forderte einen täglichen Überlebensbericht. Für heute hatte ich diesen allerdings schon erledigt. »Hey, wie hast du dich entschieden?«, fragte Steffi, als ich das Gespräch entgegennahm. »Wir testen meine Designs übermorgen bei einer Modenschau. Wie albern sich das anhört, oder?«

»Ach was. Irgendwann sitzt du bei Lanz als berühmte Designerin und wirst mit dieser Geschichte das Herz Tausender Menschen höherschlagen lassen. Das ist doch ein Traum, der wahr wird!«

»Jetzt muss es nur noch klappen!«, zweifelte ich und das Kribbeln in der Magengegend machte sich wieder bemerkbar. »Magst du nicht Phin einpacken und mit ihm herkommen. Ich hätte dich gerne dabei.«

»Gerne, Süße, aber ich bin wie immer pleite.«

»Ich habe Geld eingenommen und bezahle euch den Flug. Wir können dann alle zusammen zurückfliegen«, schlug ich vor.

Steffi brauchte nicht lange, denn innerhalb einer halben Stunde hatte sie ein Flugticket nach Palma gebucht und Phin bei Oma und Opa untergebracht. Sie hatte ihn noch nie so lange alleine gelassen, aber da sie ihm die Hitze nicht zumuten wollte, und sie schon seit Wochen nur noch im Notfall, also wenn er sich nicht beruhigen ließ, stillte, war dies eine fantastische Lösung. Zumal sie sich eh kurz vor einer Einweisung in eine geschlossene Anstalt sah, wenn sie nicht bald mal auch nur eine Nacht durchschlafen würde. Außerdem handelte es sich ja auch nur um zwei Tage, und diese Zeit konnte man auch pädagogisch gut vertreten. Unser Hotel war zwar ausgebucht, aber man versicherte mir am Telefon, dass ein Beistellbett kein Problem darstellte. Manchmal ist ein Telefon doch wieder hilfreich, besonders wenn man zu faul ist, die siebenundfünfzig Stufen vom Strand bis zur Rezeption zurückzulegen.

Erleichtert legte ich auf und ging barfuß den Strand entlang. Das Hotel auf dem Felsen direkt über einer kleinen Bucht war wunderschön beleuchtet, der Himmel sternenklar und leise Musik von Melody Gardot schallte in die kleine Bucht. Die Hitze ließ einfach nicht nach. Ich fühlte mich eklig klebrig und blickte mich um. Keine Menschenseele war zu sehen, also zog ich mich aus. Ich wollte schon immer mal nackt im Meer schwimmen und genoss die herrliche Abkühlung. Allerdings traute ich mich nicht allzu weit hinauszuschwimmen. Ich wollte nicht abgetrieben werden und meine Problematik mit den Meeresbewohnern verflog durch die nun mangelnde Sicht nicht. Ab und an testete ich, ob meine Füße den Boden noch berühren konnten, und da passierte es! Ich wollte den Abstand zum Boden ertasten, als ich mit meinem Fuß auf etwas Scharfes trat. Es erwischte genau den Fuß, der vor Kurzem noch verletzt war. Zwar hatte die Schwellung nachgelassen und war eigentlich kaum noch zu sehen, aber der blaue Fleck sah noch brutal aus, und das Pochen kehrte zurück, als ich versuchte, einen Blick auf meinen Fuß zu erhaschen. Die Lichter des Hotels waren zu schwach, als dass ich mich hätte untersuchen können. Ich beschloss aus dem Wasser zu gehen, als ich ein Ziepen an meinem Zeh spürte. Ich schüttelte mein Bein, aber das Ziepen hörte nicht auf. Es kam auch nicht von meinem Fuß selbst, etwas schien an mir zu nagen. Sofort kamen mir sämtliche Bilder von den gruseligsten Filmen, die ich je gesehen hatte, in Erinnerung. Haie, Piranhas, Barrakudas, Kraken. Ich geriet in Panik, kreischte sogar auf und versuchte so schnell es ging dem rettenden Strand entgegenzuwaten, als mich jemand am Arm packte. Ich zuckte vor Schreck zusammen. Trotz des fahlen Lichts konnte ich Angel erkennen. Er stand neben mir im Wasser. Ich krallte mich an ihn. »Die Fische wollen mich auffressen!«, versuchte ich fassungslos, fast schon hysterisch, zu erklären. Tatsächlich war ich so panisch, dass ich kurz davor war, in Tränen auszubrechen. Allerdings wurde mir gleichzeitig klar, wie albern ich mich anhören musste. Ich lachte, und auch Angel tat es mir gleich. »Ich glaube, ich habe mich an einem Felsen geschnitten.«

»Ah, Fische machen Wunde sauber«, erklärte er mir. Erst jetzt wurde mir bewusst, dass ich nackt war. Ich ließ ihn los und bedeckte meinen Busen mit meinen Armen. Ich war froh ausschließlich einer indirekten Beleuchtung ausgesetzt zu sein. »Du mussen nicht verstecken. Du sein wunderschöne Frau.« Mein Scham verflog augenblicklich und ich ließ es geschehen, als er meine Arme von meinem Körper nahm und sie festhielt. Er gab mir ein gutes Gefühl und das war alles, was in diesem Moment zählte. Es war ein Augenblick, der keiner Worte bedurfte. Eine dieser Situationen, die ich bisher nur aus kitschigen Filmen kannte. Ich blickte in seine wunderschönen Augen. Er lächelte sanft und zog mich näher an sich ran. Ich hoffte, er würde etwas sagen, als mein Herz so erbarmungslos laut anfing zu schlagen, dass ich befürchtete, sämtliche Gäste des Strandhotels zu wecken. Ich merkte, wie mein Atmen schwerer wurde und ich beim Ausatmen fast schon stöhnte. Ich traute mich erst nicht zu ertasten, ob Angel ebenfalls nackt war, bis ich es spürte. Sanft nahm er meine Handgelenke und legte sie auf seine Schultern. Seine Arme umschlangen mich, und ich war beeindruckt, wie fest sich sein Oberkörper anfühlte. Ich spürte seinen warmen Atem in meinem Nacken, als er meine Wange, das Ohrläppchen und den Hals küsste. Er wanderte zu meinem Mund. Zunächst küsste er mich sanft dann immer heftiger, bis er mich an den Felsen drückte. Er griff nach meinem Oberschenkel und presste sich immer fester an meinen Körper. Seine Hände schienen überall zu sein und seine Lippen liebkosten jede erreichbare Stelle meines Oberkörpers. Auch ich ertastete seine weiche Haut. Mein ganzer Körper schien zu pulsieren und er stimmte diesem Takt ein, bis er für einen Moment innehielt. Ich sah ihn an und er lächelte liebevoll, als er sanft in mich eindrang. Ich dachte gar nichts mehr. Meine Seele und mein Körper waren eins, als wir uns rhythmisch mit den Wellen bewegten.

KAPITEL 19

# All meine Mängel

Steffi war mit dem ersten Flieger aus Düsseldorf in Palma gelandet und genoss gleich mit uns zusammen das ausgezeichnete Frühstück im Hotel. Als die erste Wiedersehensaufregung verflogen war, fragte Steffi: »Bist du aufgeregt?« Ich schüttelte den Kopf und sah mich um, um zu erspähen, ob jemand in Hörweite zu uns saß. »Was ist los?«, fragte sie nach und ich berichtete von meinem nächtlichen Badeausflug, welcher erst für Sprachlosigkeit sorgte und dann eine rege Diskussion auslöste. »Ihre pralle Brust drückte sich zärtlich gegen seinen muskulösen Oberkörper, als sie seine pulsierende Männlichkeit zwischen ihren Schenkeln spürte. Genauso musst du es schreiben, wenn du eine berühmte Designerin bist und deine Memoiren schreibst!«, kommentierte Lena. »Du bist unglaublich«, sagte Steffi und Lena stimmte ihr zu. »Das ist eine Geschichte wie im Film. War's gut?« Ich grinste verschwörerisch und nickte leicht, sagte jedoch kein Wort, da Angels Chef an unserem Tisch vorbeiging. Dieses Gespräch brauchte mich auch nicht wirklich als Teilnehmerin. »Ich werde ja schon beim Zuhören schwach.« Steffi sah sich nun ebenfalls im Restaurant um. Nur noch zwei weitere Tische waren besetzt. Die anderen Hotelgäste hatten vermutlich schon längst ihre Strandsachen gepackt und genossen die Sonne oder unternahmen einen Ausflug. »Einen Latinlover wollte ich auch immer schon einmal haben. Ob die wirklich so feurig sind, wie man sagt?«, fragte Steffi in die Runde. Lena antwortete: »Du hast die Expertin am Tisch sitzen.« Beide sahen mich erwartungsvoll an. Ich legte meinen Finger auf die Lippen. »Jetzt sprecht doch nicht so laut.«

»Warum? Ist er da? Wie sieht er aus? Wo?«, fragte Steffi und sah sich hektisch um. »Nein, aber es muss ja trotzdem keiner mitbekommen.«

»Warum nicht? Meine Freundin hatte den Sex ihres Lebens. Da wird man ja mal drüber sprechen dürfen.« Lena lachte und stimmte nickend zu. »Diese Latinos. Immer zur Stelle, wenn es hart auf hart kommt.« Steffi machte eine eindeutige Geste, und wir lachten so laut, dass sich die Gäste an den anderen Tischen zu uns umdrehten. »Wie gut war es denn nun?«, drängte Steffi. »Hervorragend!«, antwortete ich. Zeitgleich betrat Angel die Terrasse. Steffi und Lena saßen mit dem Rücken zur Schiebetüre. »Er kommt. Ich erwarte von euch, dass ihr euch benehmt. Keine dreht sich um.« Er setzte eine Kanne Kaffee auf dem Tisch eines Pärchens ab, welches sich verliebt anschmachtete. Dann kam er auf unseren Tisch zu. »Buenos dias, Senorinas«, sagte er und im Augenwinkel konnte ich erkennen, wie sowohl Steffi als auch Lena ihn genau abcheckten. Er zwinkerte mir zu, als er auch bei uns eine Kanne abstellte und eine Cola von seinem Tablett nahm, um sie vor meinem Teller abzustellen. »Danke«, antwortete ich und lächelte verlegen. Ich merkte, wie ich rot wurde. Die ganze Situation war mir sehr unangenehm. »Ihre Wagen wartet vor der Tür«, sagte er. Ich nickte und war froh, als er an den nächsten Tisch ging und ich durchatmen konnte. Steffi und Lena gackerten los wie Teenies, die sich die Doktor-Sommer-Seite in der Bravo durchlasen. »Ist der süß! Also wenn du den nicht vernascht hättest, wäre ich auch echt böse mit dir gewesen«, lachte Steffi. Ich trank einen Schluck des kalten Getränks, als wir uns auch schon auf den Weg machen mussten.

Ein straffer Terminplan war von Agnes für uns an diesem Tag vorgesehen. Erst wollte sie mit uns zu dem Atelier, welche meine Schnitte zukünftig umsetzten würde. Sie plante uns nicht nur die Angestellten und deren Arbeitsplätze zu zeigen, sondern wollte, dass ich mich vor allem im Lager umsah. Ich sollte eine Vorauswahl an Stoffen treffen und durfte gegebenenfalls selbst welche entwerfen, damit bei der eventuellen Erteilung des Auftrages, meine Designs umzusetzen, keine Zeit verloren ging.

Wir fuhren über eine Stunde in ein kleines Dörfchen, dessen Namen ich noch nie zuvor gehört hatte. Ich hatte mir eine Fabrik vorgestellt, welche die Näharbeiten für Mops*ich* übernehmen würde, aber es handelte sich um einen angenehm kühlen Raum mit einem riesigen Fenster, welches in die Berge zeigte und in dem vier Arbeitsplätze für Näherinnen eingerichtet worden waren. Drei davon waren gerade besetzt, als wir die kleine Firma besichtigten. Die vierte Arbeiterin trafen wir an einer Puppe. Sie schien gerade das Musterstück eines Abendkleids zu entwerfen, welches in einem kräftigen Petrol großen Eindruck auf mich machte.

Wir wurden in einen Lagerraum geführt, der besser ausgestattet war als jedes Stoffgeschäft, das ich bisher gesehen hatte. Ich suchte mir sechs Stoffe aus und entwarf einen selbst. Nicht, dass nicht genügend Auswahl da gewesen wäre, ich fand die Möglichkeit nur so faszinierend. Agnes hatte einen Businessplan erstellt und behielt die Kosten stets im Auge, als ich Strass, Pailletten, Spitze und Ornamente aussuchte. Das Designerleben konnte mir gefallen, da war ich mir sicher. Ich kam mir vor wie ein kleines Mädchen, das sich in der Barbie-Abteilung aussuchen darf, was sie möchte. »Wer sind eigentlich die Models, die morgen auf der Bühne stehen werden?«, fragte ich. Über diesen Punkt und auch über die Kleidungsstücke, welche vorgeführt werden würden, hatte ich mir noch gar keine Gedanken gemacht. »Meine Freundinnen haben sich bereit erklärt, deine Designs auf der Bühne zu präsentieren. Um die Zielgruppe so groß wie möglich zu halten, leiht Hilde ihrer Tochter eins, Charlotte ihrer Nichte und du trägst natürlich auch eins, ist doch klar! Außerdem moderierst du die Show.«

»Nein, das kann ich nicht!«, protestierte ich. »Natürlich wirst du. Du bist die Designerin, und keiner kann deine Mode so gut wie du präsentieren.«

»Da hat sie recht«, stimmte Steffi zu. »Wie viele Zuschauer werden denn erwartet?«, fragte ich, während ich überlegte, ob ich dies wirklich tun könnte, ohne auf der Bühne in Ohnmacht zu fallen. »Ungefähr 3.000, ich weiß es nicht genau. Das ist ja eigentlich ein Cityfest und die Modenschau ist dessen Highlight.«

»Was? Auf keinen Fall spreche ich vor so vielen Menschen!«, sagte ich entschieden. Agnes ließ keinen Protest zu und sagte abschließend: »Du schaffst das, Liebchen!« Nachdem wir uns sehr herzlich von den Näherinnen und Maria, der Vorarbeiterin, sowie ihrem Chef verabschiedet hatten, sprangen wir wieder ins Auto. Ich hatte einen sehr guten Eindruck von der Schneiderei und ein noch besseres Gefühl bei der Zusammenarbeit. Nicht nur bei der Arbeit mit dem Unternehmen, sondern auch mit

Agnes. Sie war herzlich, gut organisiert, aber auch eine kalkulierte Unternehmerin.

Im Anschluss wollten wir uns mit Ruben, dem Choreografen, für die Modenschau treffen. Wir fuhren zurück, an Paguera vorbei nach Andratx und betraten ein gläsernes Haus direkt im Hafen. Ein großer, hagerer Mann kam uns entgegen und stieß dabei einen spitzen Schrei aus. »Agnes, meine Engel!« Sie küssten sich dreimal auf die Wangen, und er wiederholte das bei jeder von uns. Dabei lernten wir, dass drei Küsse in seiner Heimat, den Niederlanden, gang und gäbe waren. »Das ist Mara.« Ruben hatte offensichtlich schon von mir gehört und musterte mich genau. Ich kam mir vor wie ein Dokument, das in einem Scanner lag und genau abgecheckt wurde. Ich spürte regelrecht, wie seine missfallenden Blicke meine Beine entlang hoch über meine breiten Hüften, leichte Taille und dem üppigen Busen glitten. Ganz zu schweigen von der Kenntnisnahme jedes Speckpölsterchens. Ich war mir sicher, dass er kein Interesse an Frauen hatte, dennoch ruhte sein Blick für meinen Geschmack einen Moment zu lange auf meiner Oberweite. Ich blickte ihn giftig an, als er mein Gesicht inspizierte, und beschloss, ihn ebenfalls und offensichtlich abzuchecken. Was er zwar stumm ertrug, aber mit enorm hochgezogenen Augenbrauen kommentierte. Schuhe trug er keine. Seine Fußnägel waren pink lackiert und mit Glitzersteinen besetzt. Er trug rosa, eng am Körper anliegende Kleidung, die übersät war mit winzigen pinken Pünktchen. Das Einzige, was dieses Ton-in-Ton-Ensemble unterbrach, war ein mit Strass besetzter Gürtel. Sein Gesicht war mit einer riesigen schnabelförmigen Nase bestückt. Er wirkte auf mich wie ein federloses, pickeliges Huhn ... aufgescheucht und überdimensional! Ich mochte ihn nicht, versuchte dies jedoch zu verbergen. Leider fiel mir so etwas schon immer sehr schwer. Heucheln entsprach nicht meiner Natur, und ich rückte auch selten von meiner Meinung ab, wenn ich einen Menschen einmal in eine Schublade gesteckt hatte. »Wie ist es gelaufen mit meiner Truppe, Liebes?«, fragte Agnes. »Wundderbaaar, mein Schatz! Wunderbar!«, versicherte Ruben. »Ruben ist nicht nur der Choreograf der Show, er wird dich einweisen und beraten«, erklärte Agnes und bugsierte Steffi und Lena gleichzeitig an die Seite. Eine kleine Sitzecke war vor einer Wand mit Spiegeln eingerichtet worden und bot ihnen einen perfekten Überblick durch den ansonsten möbellosen Raum.

»Du bist zu dick, Liebes!«, stellte Ruben tonlos fest, nörgelte aber gleich weiter, sodass er mein schon leicht angezicktes »Ach was?!« nicht hörte oder einfach ignorierte. »Dieser blaue Fleck an deinem Fuß muss weg. Das geht ja gar nicht! Ansonsten hast du die Füße schön pediküürt, auch wenn sie etwas unförmig wirken. Na, immerhin sind sie nicht so groß. Neunundreißig?« Ich nickte und er griff nach einem Karton am Spiegel. »Sehr gut. Deine Beine sind okay, aber hier oben geht es los. Zu breite Hüften und definitiv zu viel Bauch ... immerhin etwas Taille. Der Busen passt zum Rest, ist natürlich auch zu viel. Aber das Dekolleté ist 'ne Wucht, Schatz.« Nun ja, immerhin etwas, dachte ich. Er strich mir kurz durchs Haar, um dann sein Urteil zu fällen. »Gute Fülle und vor allem viel und dick. Das ist prima.« Viel und dick war schon mal positiver als viel zu dick, dachte ich. »Aber weder der Schnitt noch die Farbe gehen! Da werde ich gleich Martinique anrufen, damit wir das unter Kontrolle bringen.« Ich überlegte noch, ob ich etwas Freches antworten sollte, aber um ehrlich zu sein, war ich über diese Fleischbeschau und die schnörkellose Darstellung seiner Meinung so überrascht und vor allem schockiert, dass mir wirklich nichts einfiel, was ich hätte sagen können. »Nun ja, an deiner Figur können wir bis morgen nichts mehr ändern, also reden wir nicht mehr drüber!« Ich hatte gerade tief Luft geholt, um meinen Unmut kundzutun, aber Ruben hob seinen Finger vor meine Lippen und zischte. »Hast du schon mal gemodelt? Kannst du laufen?« Ich musste lachen, denn das fragt man mich in der Regel doch eher selten. Er drückte mir den Karton, den er bis jetzt unter seine langen Armen geklemmt hatte, in die Hände. »Zieh die bitte an, und geh ein Stück für mich.« Ich öffnete die Schachtel und entdeckte schicke Pumps darin. Die Absätze waren schmal und recht hoch. Höher zumindest, als ich sonst meine Ausgehschuhe trug. Sie waren fast schon neon-pink und wären eindeutig nicht in meinem Einkaufskorb gelandet. Sie sahen eigentlich eher danach aus, als ob sie zu Rubens Outfit gehörten. Ich probierte sie jedoch brav an und konnte mich gerade so auf ihnen halten. »Jetzt lauf, Schätzchen«, wies mich Ruben an, als ob er einem Vogel in die Lüfte verhelfen wollte. Hätte ich doch nur ein Mal Heidis Sendung gesehen. Die laufen da die ganze Zeit. Im Grunde tun die nix anderes, glaubte ich. Es könnte einen Grund dafür geben, dass Bruce, Jorge oder wie auch immer diese Leute gerade so hießen, junge Mädchen andauernd hin und her, her und hin laufen ließen. Das scheint also nicht das Laufen zu sein, das ich schon mit zehn Monaten erlernt hatte. »Lauf, Mäuschen, hopp hopp!« Da ich leider auch nicht zum Klumschen Klan gehöre, war mir eine Umbesetzung des Knaben nicht möglich. Also beschloss ich zu schweigen und seinen Anweisungen zu folgen. Ich ging auf Steffi, Lena und Agnes zu, die aufgrund der Größe des Raums wohl nichts von der Begutachtung mitbekommen hatten. Auf dem Weg nach hinten bat Ruben mich meine Bluse auszuziehen. Das Top, was ich drunter trug, saß etwas enger, und ich war mir nicht sicher, ob ich einen Kommentar zu meinem wohlgeformten Po hören wollte, gehorchte aber nach kurzer Überlegung brav. Immerhin hatte ich genug Casting-Sendungen gesehen, um zu wissen, dass man solchen Leuten nicht widerspricht, ohne gecancelt zu werden. Ich marschierte also runter, Drehung, lächeln und zurück. »Was ist mit deinen Zähnen?«, fragte er mich. »Lass sie mich sehen.« Wie ein Pferd, kurz vorm Kauf, musste ich ihm meine Zähne präsentieren. Nun fühlte ich mich endgültig gedemütigt. »Die ist entzückend und schmückt dich ungemein! Ich liebe deine Zahnlücke, Mäuschen.« Da bin ich aber froh, lag es mir auf der Zunge, konnte aber wegen meines weit aufgerissenen Mundes nicht antworten. Eins stand fest: Wenn ich das hier hinter mich gebracht hatte, brauchte ich ein Piccolöchen, wie Agnes sagen würde. Und ich war mir sicher, dass sie mit einem solchen dienen konnte. »Jetzt, wo ich weiß, dass du solch ein bezauberndes Gebiss hast, lauf bitte noch mal, aber diesmal zeig dabei deine Zähne«, wies Ruben mich an. Angestrengt versuchte ich das Ganze noch mal hinter mich zu bringen, ohne zu stürzen. Diese Folterinstrumente, in Form von Schuhen, würden nicht in meine Sammlung wandern. Sie waren unbequem, ziepten, drückten und ich musste befürchten, auch noch eine Blase an der Ferse zu bekommen. Dabei trug ich sie erst ein paar Minuten. Bei der Show würde ich sie auf keinen Fall tragen wollen. Mein »Walk«, wie Ruben meine Lauferei bezeichnete, klappte für mein Gefühl recht gut. »Gut, dann geht es jetzt rüber zu Martinique!«, beschloss er. Lena, Steffi und Agnes wiederum beschlossen, den Hafen zu besichtigen, und ich folgte dem Choreografen schweigend.

Martinique war mir wesentlich sympathischer. Zwar handelte es sich gegen meine Vermutung um einen Mann, der ebenfalls sehr auffällig war, aber er war nett und nahm mir direkt meine Befürchtung, kurzes Haar in Knallrot von ihm verpasst zu bekommen. »Du bist der Barbie-Typ.« Sofort blickte ich durch den Spiegel zu Ruben, der neben uns stand. Ich befürchtete, er würde etwas sagen wie: »Liebes, ich stimme dir zu. Zwar eine explodierte Barbie, aber Barbie auf jeden Fall!« Er schwieg jedoch. »Blond ist und bleibt deine Farbe. Jedoch hellen wir das Ganze etwas auf. Ein warmes Hollywoodblond mit Highlights ist, was du brauchst.« Ich nickte. Damit konnte ich mich anfreunden. »Wir schneiden dein Haar etwas fransiger. Einen angedeuteten Pony werde ich dir schneiden und das Ganze eher asymmetrisch halten.« Damit war ich einverstanden. Zwar glaubte ich nicht, dass es für jemanden von Interesse gewesen wäre, wenn ich Einspruch eingelegt hätte, aber das war ja auch nicht nötig.

Anders als ich es von meinen Frisörbesuchen gewohnt war, unterhielt sich der Stylist nicht mit mir. Seine komplette Aufmerksamkeit lag bei Ruben. Sie redeten über die neuesten Trends, lästerten über Menschen, die ich nicht kannte, aber offensichtlich zur Society der Insel gehörten, und lachten über die Geschehnisse einer Party, die nur wenige Tage zurückliegen konnte. Ich schwieg. Volle drei Stunden sprach ich kein Wort. Stattdessen blätterte ich durch Zeitschriften und schaute TikToks ohne Ton, was dem Ganzen irgendwie den Spaß nahm.

Meine neue Frisur wich für mein Verständnis nur wenig von der alten ab und gefiel mir demnach recht gut. Martinique reichte mich nun weiter an seinen Kollegen. Robert war Make-up-Artist und sollte mich perfektionieren. Gleich packte er eine enorme Palette an Farbtöpfchen aus. Natürlich schminkte ich mich auch gerne, aber wenn ein Profi Hand anlegt, musste es umwerfend werden, da war ich mir sicher. Roberts Erscheinung war nicht so schrill wie die seiner Kollegen. Adonis persönlich könnte man sagen. Nein, noch besser: Der junge Robbie Williams stand vor mir, und ich ärgerte mich, dass Steffi nicht da war. Er hätte glatt ein Kandidat für sie sein können. Dabei fiel mir ein, dass ich mit ihr dringend über Sascha sprechen musste.

Ruben stand die ganze Zeit an meiner Seite und beäugte kritisch Roberts Arbeit. Der gutaussehende Make-up-Artist legte Wert darauf, während des Stylens kleine Tipps zu geben, damit ich sie zu Hause umsetzen konnte. Er lobte meine tolle Haut, die kleinen Poren und meine vollen Wimpern. Ich ließ mich entspannt in meinen Sitz rutschen, um den schönen und vor allem sehr netten Mann seine Arbeit verrichten zu lassen. »Ja, damit deine Schlupflider nicht so auffallen, solltest du eine Schattierung setzen. Und das geht so ...« Ich setzte mich schlagartig auf. An Entspannung war nicht mehr zu denken. Robert schreckte zusammen. Also, ich hatte mir viele Frechheiten an diesem Tag gefallen lassen und wusste von vielen Tatsachen schon vorher. Aber mein Gesicht mochte ich immer gerne, und da konnte ich keinen Widerspruch erlauben. Eigentlich wollte ich ruhig und gelassen fragen: »Schlupflider?« Allerdings hatte ich weder meine

Gesichtszüge noch meine Stimme unter Kontrolle, welche nun zwei Oktaven höher mehr oder weniger kreischte: »SCHLUPFLIDER?« Das war zu viel. Zu dick, unförmig, nix stimmte an mir. Jetzt auch noch Schlupflider. »Ich bin ein Wrack!« Ruben fand als Erster Worte. Er legte seinen Kopf auf meine Schulter, sodass wir beide gleichzeitig in den Spiegel blicken konnten. »Du bist ein schöner Mensch und wir machen dich noch schöner!«

»Du hast doch am schlimmsten an allem rumgenörgelt«, schimpfte ich. »Na, es tut mir leid, wenn ich nicht deiner üblichen Klientel entspreche, aber ich bin, wie ich bin, und das ist auch gut so!« Ruben lächelte zufrieden. »Ja, das ist mehr als nur gut so! Genau das wollte ich hören. Und nun machen wir aus dir den Superstar am Designerhimmel!«

KAPITEL 20

# Herzrasen, Mut und andere Katastrophen

Den restlichen Tag über sah ich niemanden außer Ruben. Wir übten meine Präsentation, er zeigte mir die Choreografie, die er mit meinen Models einstudiert hatte, und wie ich mich zwischen ihnen bewegen konnte, ohne eine Kollision zu verursachen. Ich fand es großartig, eigene, also meine Models zu haben, und musste jedes Mal, wenn er dies aussprach, grinsen. Erst sehr spät traf ich im Hotel ein. Das Zimmer war menschenleer, und so beschloss ich meine Moderation zu schreiben und fiel schließlich hundemüde ins Bett.

Als ich aufwachte, bemerkte ich sofort, dass weder die zweite Hälfte des Doppelbetts noch das Zustellbett benutzt worden waren. Sofort sprang ich unter die Dusche, zog mich an und eilte zum Frühstücksraum. Um kurz nach zehn setzte ich mich allein an einen Tisch. Die meisten Tische waren übersät von Krümeln. Einige Kellner tauschten Tischdecken aus oder trugen benutztes Geschirr in die Küche. Angel kam mir mit einem Brötchenkorb entgegen und strahlte mich an. »Buenos dias, mujer hermosa.«

»Guten Morgen.« Ich war mir nicht ganz sicher, wie wir miteinander umgehen sollten. Waren unsere Abenteuer im Meer eine einmalige Sache und wir ignorierten sie? Oder … ja, was war denn überhaupt die Alternative? Ich hatte im Moment zu viel im Kopf, um mir darüber im Detail Gedanken zu machen, und eine andere Frage brannte mir gerade viel dringender unter den Nägeln. »Hast du meine Freundinnen gesehen?«, fragte ich. »No, heute noche nischt.« Ich hatte meine Tasche bei Enrique im Auto liegen lassen und konnte nicht einmal probieren sie auf ihrem Handy zu erreichen. »Wenn man mal ein Telefon braucht, ist keins da!«, überlegte ich. »Möchtest du?«, fragte Angel und zog sein Handy aus der Tasche. Ich hätte es ja gerne benutzt, wusste aber keine Nummer auswendig. Als Kind hatte ich einige Telefonnummer gekannt. Die von meiner Oma zum Beispiel oder von der Arbeitsstelle meiner Mutter. Selbstverständlich auch die von ein paar Freundinnen. Als ich dann mein erstes Handy bekam, trainierte ich mir diese Fähigkeit offensichtlich ab. Weder Steffis noch Lenas Nummer hatte ich jemals aus der Erinnerung in mein Telefon eingegeben. Lediglich die Vorwahl des Handyanbieters hatte ich mir gemerkt. Na super, so kam ich nicht weiter. »Ische würde disch gerne wiedersehen«, sagte er. Ich blickte ihn an und wir beide mussten lachen. »Isch meine nach der Arbeit.«

»Sehr gerne. Heute habe ich eine Fashionshow und weiß nicht, wie lange diese geht.«

»Ich gehört haben davon. Ich komme vorbei, wenn ist okay.«

»Sehr gerne«, antwortete ich, als er schon wieder davoneilen musste, da sein Chef nach ihm rief. Ich stützte meinen Kopf zwischen meinen Händen ab und überlegte, wie ich nun an mein Handy kommen konnte oder Lena und Steffi fand. Angel kam wieder an meinen Tisch und stellte wortlos frisch gepressten Orangensaft und etwas Gebäck ab. Ich nahm mir ein Croissant mit Schokostreuseln und biss hinein.

Gegen 15 Uhr sollte ich bei der Generalprobe der Modenschau sein, und um 18 Uhr ging die Show dann wirklich los. Aber wann sollte ich wo sein. Wurde ich abgeholt? »Ola Chika!«, rief eine männliche Stimme hinter mir, und ich konnte sie sofort Ruben zuordnen. »Das ist gar nicht gut für dich«, schimpfte er, als er sich neben meinen Tisch stellte und mir das Schokobrötchen aus der Hand nahm. »Ich komme dich abholen, wir haben heute einiges vor.«

»Was tun wir denn?«, fragte ich angesäuert und übersprang dabei absichtlich die Begrüßung. »Wirst du schon sehen, komm mit.« Ich folgte ihm widerwillig, nachdem er mir berichtet hatte, dass die Mädels, damit meinte er Agnes, ihre Freundinnen, Lena und Steffi, schon am Veranstaltungsort waren. Sie würden sich um alles kümmern, damit die Show gut über die Bühne gehen konnte. Außerdem teilte er mir mit, dass ich doch keine Generalprobe hätte. Stattdessen würde ich mich mit ihm und einem Moderator zu einer eigenen Probe treffen. Dort sollte ich die Choreografie und alle rhetorischen Angelegenheiten üben und sie »durch Wiederholung verinnerlichen«, erklärte er mir.

Den Namen des Rhetorikers, der mit mir meine Moderation besprechen sollte, konnte ich weder aussprechen noch in Erinnerung behalten. Nett war er jedoch, und so hatte ich wenigstens jemanden dabei, den ich nicht immer wieder giftig anblicken musste.

Mein Text und die Schrittfolge saßen, zumindest fühlte ich mich ziemlich sicher. Als wir gegen 14 Uhr das Studio verließen, fuhren wir in Agnes' Limousine zu einem Spa, ganz in der Nähe unseres Hotels.

Ayurveda, Therme, Massagen. Herzlich Willkommen im Coconut Spa –wurde auf eine Wand projiziert. Wir wurden an der Tür des Spa-Bereichs von zwei asiatisch anmutenden Damen begrüßt und in einen Ruheraum geleitet, in dem schon aromatischer Tee auf mich wartete. Nach diesem Genuss wurde ich gebeten, mir einen Duft auszusuchen, welcher während der Massage benutzt werden sollte. Die kostbaren Öle rochen hervorragend, und die Entspannung stellte sich sogleich ein. Ich verdrängte den Gedanken, bei der Show stolpern zu können, mich zu versprechen oder mich durch irgendetwas anderes vor sehr vielen Menschen bis auf die Knochen zu blamieren. Ruben hatte mir die Deluxe-Behandlung gebucht. Das hieß, ich sollte in den Genuss einer Ganzkörpermassage kommen und im Anschluss eine Gesichts-Anwendung genießen.

Dies war zwar nicht meine erste Massage, aber die erste Erfahrung mit Einmalunterwäsche, welche mir vorab gereicht wurde. Mit einem Bademantel und dem Höschen bekleidet schlich ich zu meiner Liege. Den Bademantel konnte ich nicht komplett schießen. Aber die Unterhose passte, wenn auch knapp. Meine Masseurin wartete auch schon auf mich und verbeugte sich vor mir. Ich tat es ihr gleich. Das zierliche Mädchen hatte sich mit dem klangvollen Namen »Ari« vorgestellt. Ich legte mich auf meine Liege. Den Bademantel hatte ich ausgezogen und stattdessen ein Handtuch bekommen, welches Ari über meinen Rücken legte. Ich ruhte einen Moment und dann spürte ich, wie sie mein Handtuch hinabzog und meinen Rücken freilegte. Mit einem gekonnten Satz sprang sie zuerst auf meine Liege und dann auf meinen Rücken. Du lieber Himmel, was war das denn? Vor Schreck riss ich die Augen auf. Die Liege hatte ein Loch für den Kopf, damit man frei atmen konnte, und gewährte freien Blick auf den Boden. Unter mir stand eine Schüssel mit exotischen Blüten, die in einer Wasserschale schwammen. Sie sahen sehr hübsch aus und sollten wohl der Entspannung dienen, aber von Entspannung konnte ich in diesem Moment gar nichts spüren. Ich bekam keine Luft mehr, wurde jedoch so fest in die Liege gepresst, dass ich mich nicht bemerkbar machen konnte. Ari tänzelte mit ihrem zierlichen Körper, der sich für mich nach mindestens 1.000 Kilogramm anfühlte, über meinen Rücken. Ich befürchtete, er bräche jeden Augenblick durch. Sie kniete sich daraufhin auf meinen Po und fing an meinen Rücken zu massieren. Natürlich erwischte sie einen schmerzenden Punkt am unteren Rückenbereich. Ich zuckte mehrfach zusammen und hoffte, sie würde sich eine andere Stelle aussuchen, aber sie ließ einfach nicht davon ab. Ich versuchte mich am Riemen zu reißen und nicht aufzuspringen, damit sie nicht herunterfiel. Es gelang mir gerade so, bis sie wieder auf mir Samba tanzte. Sie bemerkte jedoch bald, dass sie mich nicht platt trampeln konnte, und stieg freiwillig ab. Mir kam kurz der Gedanke, dass genau dies Rubens Auftrag an sie gewesen sein könnte. »Trampel sie so platt wie möglich!« Bei Steaks klappte dies ja schließlich auch, und so würde sich für ihn gleichzeitig das Problem meiner extremen Kurven lösen. Zärtlich, aber bestimmt massierte Ari nun meine Füße, die Knöchel, die Beine, bis sie wieder auf dem Rücken angelangt war. Sie erwischte eine neue Stelle, die sich für mich nicht so angenehm anfühlte, und schon hatte sie wieder eine Angriffsfläche. Brutal bohrte sie mir ihre Fingerkuppen in den Rücken, und ich war kurz davor, aufzuschreien oder ihr die Blüten aus dem Wasserbecken unter mir um die Ohren zu schlagen, welche ich mit aufgerissenen Augen anstarrte. Meine Überlegungen kreisten zwischen Abbruch der Massage und vorzeitig zu meiner Veranstaltung zu fahren oder durchhalten und mich noch etwas von dem Ort meines möglichen Untergangs fernzuhalten. Ich entschied mich dafür, durchzuhalten und vielleicht doch noch an den Punkt zu kommen, an dem ich die absolute Entspannung erlangte. Auch wenn es womöglich mein Leben kostete. Ari stand nun vor mir. Ich konnte ihre zierlichen Füße neben der Blumenschale sehen. Gut, sie war es immerhin selbst. Kurzzeitig hatte ich schon überlegt, ob sie ihren Platz mit einem Sumoringer getauscht hatte. Wie konnte diese zierliche Person so schwer sein und vor allem so viel Kraft in den Fingerspitzen haben? In ihrer Ahnenreihe war bestimmt der Betreiber einer Folterkammer, da war ich mir sicher. Ob ihr klar war, dass meine Knochen nur eine begrenzte Elastizität hatten, überlegte ich, während sie meinen Hals zurechtpresste. Sie übte einen weiteren Angriff auf meine Schultern aus, und ich riss erneut vor Schmerz die Augen auf. Als ich gerade aufspringen wollte, bemerkte ich, dass sich ein dichter Nebel um die schönen Blumen in der Schale gelegt hatte. Stand das Haus etwa in Flammen? Hach, was für ein glücklicher Zufall!? Die Bude, also das Coconut Spa, brennt ab und wir müssen diese »entspannende« Massage beenden. Aber Ari schien keine Anstalten zu machen, ein Ende zu finden oder mich auf die anstehende Katastrophe vorzubereiten. Sie musste doch bemerken, dass es brennt, dachte ich. Oder wollte sie mich etwa nicht nur zertrampeln und zerkratzen, sondern jetzt auch noch anzünden? Hatte ich gesehen, wo sie meinen Bademantel hingelegt hatte? Fest stand, dass ich mich auf keinen Fall in dem Papierhöschen evakuieren lassen würde, egal wie gutaussehend der spanische Feuerwehrmann auch sein mochte.

Ich hörte etwas rappeln, zischen und plötzlich ein irrsinnig heißes Gefühl auf meinem Rücken, welches meine Haut wegzuschmoren schien. Fielen schon Stücke des brennenden Hauses auf mich? Entspannung hin oder her, das Nirwana oder die Hölle der Wellness musste warten. Ich schreckte auf. »To hot?«, fragte Aris zarte Stimme. Too hot? Too hot? Ich geb' dir gleich *too hot*, du Biest, dachte ich, nickte aber nur. Von Hot Stone Massage hatte ich natürlich schon gehört, und ich war bisher davon ausgegangen, dass diese Steine warm auf den Rücken gelegt werden und dort liegenbleiben, bis sie abgekühlt sind. Aber genau das ist auch das Problem mit Werbeplakaten, auf denen man diese Bilder sieht. Es sind halt Plakate, keine bewegten Bilder. Wie von Sinnen rubbelte und schrubbte sie mir die Steine über Rücken, Beine, Schultern und Nacken. Innerlich fluchend ließ ich die Prozedur über mich ergehen. Ich biss die Zähne zusammen und zu diesem Zeitpunkt ging es mir nicht mehr um die absolute Entspannung oder ums Durchhalten, sondern ums reine Überleben! Diesen Ehrgeiz entwickelte ich meistens in schwierigen Situationen. Ich wollte Ruben, der sicherlich irgendwo im Spa auf mich wartete, keinen Grund geben, auch noch zu denken, dass die dicke Frau kein Durchhaltevermögen hatte. Verbissen versuchte ich mich an die Worte von Sandra zu erinnern. Sie hatte natürlich ein Buch zum Thema Geburt gelesen, als sie schwanger wurde, und dabei etwas Interessantes über Schmerz gelernt. »Du kannst jeden Schmerz wegatmen!« Und ich atmete, was das Zeug hielt. Schließlich hatte ich von dieser Theorie schon des Öfteren gehört. Da musste also was dran sein. Mein Körper war zwischenzeitlich genug entspannt, befand Ari, und widmete sich nun meinem Kopf. Sie schrubbte mir mit ihren spitzen Fingernägeln förmlich die Kopfhaut ab. Als ich ihr, Ruben und mir endlich eingestehen wollte, dass ich aufgab, strich sie mir über den Kopf. Ich durfte zugedeckt mit lieblicher Hintergrundmusik entspannen.

Wenn das Ziel war, Menschen so fertig zu machen, dass sie in den 15 Minuten Ruhephase froh waren, dass die Folter ein Ende gefunden hatte, dann hatte Ari ihr Ziel erreicht. Nach eineinhalb Stunden war ich fertig mit der Welt, aber hellwach und tatsächlich entspannt.

Ruben saß im Empfangsbereich und trank einen Smoothie. Als ich ihn sah, war die eine Hälfte meiner Entspannung schon wieder dahin. »Bist du bereit für die große Show?« Ich bejahte die Frage zwar, aber in erster Linie nur, um mich nicht weiter mit ihm unterhalten zu müssen. In Wirklichkeit war ich alles andere als bereit. Ich hatte noch nie vor einem Publikum gestanden und erst recht nicht vor einem so großen. Nun ja, abgesehen von meinem ruhmreichen Auftritt beim Krippenspiel in der Grundschule. Damals jedoch hatte ich recht wenig Text, denn ich spielte den Esel. Mit einem simplen »Iiiiiiaaah« wäre ich im heutigen Fall wohl nicht weit gekommen.

Als wir vor der Bühne in Santa Ponca hielten und ich wegen des großen Andrangs kaum durchkam, wurde mir spontan übel. Nicht nur so daher gesagt übel, ich musste tatsächlich würgen. Steffi lief mir entgegen. »Da bist du ja endlich!«, keuchte sie außer Atem und zog mich hinter sich her. Im Backstagebereich herrschte emsiges Treiben. Die Modenschau der schlanken Models schien in vollem Gange zu sein. Einige Mädels halfen ihnen beim Umziehen, reichten Schmuck, oder etwas Puder wurde nachgelegt. Die Hitze war erdrückend. Hinter einem Paravent, von dem aus man einen winzigen Blick auf die Bühne werfen konnte, standen Agnes und ihre Freundinnen. Sie hielten Sektgläser in der Hand und schienen so gar nicht aufgeregt. Sie jubelten, als sie mich sahen. Lena reichte mir ebenfalls ein Glas und strahlte übers ganze Gesicht. »Das wird super!« Mir war zu schlecht, um etwas zu trinken oder auch nur zu antworten. Wie hatte ich mich nur auf diese Sache einlassen können? Martinique und Robert standen mit zwei sehr schrill gestylten Helferinnen bereit, um mich in Windeseile zu schminken und meine Haare in große Locken zu legen. »Pink ist gar nicht meine Farbe«, versuchte ich als Einspruch gegen den Lippenstift anzubringen, wurde aber nicht weiter beachtet. Eine Dame mit Headset stieß zu uns. »In sechs Minuten seid ihr dran«, sagte sie und war auch schon wieder verschwunden. »Du zitterst ja«, bemerkte Lena. Ich nickte nur und folgte dann dem Pulk Frauen, die allesamt meine Kleidung trugen. »Wo kommen die her. Ich hatte doch gar nicht so viele«, stellte ich verwirrt fest. »Unsere Show muss was hermachen. Ich habe noch welche nach deinen Mustern schneidern lassen. Wir haben sogar identische Stoffe gefunden. Du hast zwanzig Models und die werden mit dir zusammen die Bühne rocken!«

»Komm schnell her, wir müssen dich noch umziehen«, flüsterte Ruben und zog mich zurück hinter den Paravent. Ohne dass ich auch nur protestieren konnte, zog er mir mein Shirt über den Kopf und reichte mir ein Stück pinken Stoff, welchen ich offensichtlich anziehen sollte. Ich hatte doch tatsächlich bei der ganzen Aufregung vergessen, was ich anziehen wollte. Gut, dass sich offensichtlich jemand darüber Gedanken gemacht hatte. »Das ist ja gar nicht von mir«, stellte ich fest. »Doch, auch das hat Agnes nachschneidern lassen. Es hat nur einen anderen Stoff. Einer Designerin angemessen. Die Näherinnen haben ganze Arbeit geleistet, du wirst umwerfend aussehen!« Agnes gesellte sich zu uns und nippte an ihrem Getränk. Sie strahlte übers ganze Gesicht. Ich dachte gar nichts, bis Ruben mich vor den Spiegel schob. »Ich hoffe, du bist nicht sauer. Ruben und ich dachten nur, dass du etwas ganz Besonderes anhaben solltest, wenn du zum ersten Mal deine Mode präsentierst«, sagte Agnes und Ruben nickte zustimmend. »Nee, ich bin nicht sauer.« War ich wirklich nicht. Ich war sogar froh, dass sich jemand Gedanken gemacht hatte, was ich wohl anziehen sollte. Mit einem Bademantel aus dem Coconut Spa hätte ich wahrscheinlich keinen neuen Trend gesetzt. Womöglich aber mit dem Papierslip. »Aber Pink ist so gar nicht meine Farbe«, wiederholte ich und zupfte an der auffälligen, mit Strass besetzten Tunika. »Du bist wunderschön!«, sagte Ruben und strich mir durchs Haar. Ich merkte Ärger in mir aufsteigen, als meine Locken aus seinen Fingern glitten und in ihre ursprüngliche Form sprangen. »Jetzt ist aber gut. Erst bin ich zu fett und was weiß ich nicht alles, und nun wunderschön? Na danke, auf solch dummes Gerede kann ich getrost verzichten.« Ruben schien zwar überrascht, ließ sich jedoch nicht beirren. »Du bist eine sehr schöne Frau, und ich persönlich mag euch Mädels lieber, wenn ihr richtig Holz vor der Hütten habt. Finde ich richtig heiß«, lachte er nun. Bisher hatte ich gedacht, er sei schwul, und war etwas verwirrt, was ihm auch aufzufallen schien. Er grinste schelmisch. »Ohne Druck entsteht kein Diamant. Ist jetzt auch nicht so wichtig. Husch!« Die Dame mit dem Headset rauschte an uns vorbei und rief: »Noch eine Minute!«

KAPITEL 21

# Was malt Ruben eigentlich?

Ruben hatte ganze Arbeit geleistet. Agnes' Freundinnen, und deren Töchter, sahen fantastisch auf dem Laufsteg aus. Meine Sommerbekleidung wirkte, als ob sie nicht aus Geldmangel, sondern wirklich für diese Bühne gemacht worden war. Agnes' Erweiterung meiner Kollektion rundete das Ganze ab. Die Choreografie zu einem rockigen Song hatten alle gut einstudiert und setzten sie perfekt um. Ich stand neben der Bühne und beobachtete mit Herzrasen den Tanz der molligen Schönheiten, als mir der Gedanke kam: »Was tust du hier eigentlich?« Doch ein Blick ins Publikum überzeugte mich, dass genau dies das war, was ich zukünftig immer wieder erleben wollte. Die Menschen feuerten meine Models an und jubelten, was das Zeug hielt. Ich hatte noch nie eine so laut kommentierte Fashionshow erlebt. Es war wie bei einem Konzert von Shirin David. Einfach unglaublich. Dennoch war ich wahnsinnig aufgeregt. Unzählige Augen sahen auf die Bühne und würden jeden Moment nur noch auf mich blicken. Vor allem würden sie aber auf jedes Wort achten, welches mir über die gut geschminkten Lippen kam. Ich atmete tief ein und versuchte die Panik zu unterdrücken, die mir gerade die Beine entlang krabbelte und sie zum Zittern brachte. Hätte es eine Möglichkeit gegeben, meinen eigenen Auftritt zu umgehen, ich hätte sie genutzt. Aber jetzt gab es kein Zurück mehr. Ich blickte an mir herab. Vielleicht wäre ein dezenteres Outfit besser gewesen. Ich fühlte mich wie der Pink Panther. Außerdem trug ich eine Leggins. Auch wenn Ruben meine Beine schön fand, was mich sehr verwunderte, war dies ein Kleidungsstück, welches ich mir selbst für einen Bühnenauftritt nicht unbedingt ausgesucht hätte. Für die Couch oder beim Sport, ja. Aber für einen öffentlichen Auftritt wäre sie nicht meine erste Wahl gewesen. Ganz zu schweigen von den Schuhen. Ich hatte mir doch vorgenommen die Übungsschuhe nicht zu tragen. Viel zu hoch, und ein viel zu dünner Absatz würde mich zu Fall bringen. Mein Blick wanderte etwas höher. Glänzte da etwa ein Swarovski-Mops auf meiner Brust? Ich hatte keine Zeit, mir die Anordnung der Steine näher anzusehen. »Nein, ich werde mich nicht versprechen. Ich werde die richtigen Worte finden und ich werde das rocken!«, sagte ich eigentlich zu mir selbst, um mich zu überzeugen, begeisterte aber die umstehenden Menschen im Backstage so sehr, dass sie mir applaudierten. Allen voran Lena, Steffi, Ruben, Martinique, Robert und Agnes.

Der Eröffnungstanz ging seinem Ende zu, der letzte Ton verstummte, das Publikum applaudierte euphorisch und mein Einsatz war gekommen. Die Models standen noch auf der Bühne und formten meine Einflugschneise, genauso wie es Ruben mit mir einstudiert hatte. Nun war keine Zeit mehr für Zweifel, das war klar. Ruben legte mir die Hand auf die Schulter und gab mir das Zeichen, die Bühne zu betreten. Lena, Steffi und Agnes hielten mir ihre gedrückten Daumen entgegen, und von Martinique hörte ich ein leises: »Toi, toi, toi!« Ich atmete tief ein und versuchte meine Angst runterzuschlucken. Äußerlich überraschend selbstbewusst, mit fester Stimme und vor allem ohne dabei zu stolpern, schritt ich tatsächlich an den Models vorbei. »Einen wunderschönen guten Abend und herzlich willkommen hier bei der Strandmodenschau von Santa Ponca«, sagte ich wie selbstverständlich. Etwas musste ich über mich selbst schmunzeln. Ich kam mir vor wie Thomas Gottschalk auf der Wetten-dass-Bühne. Es fehlte nur ein: »Servus. Mein Lieber …« Die Menge tobte, und ich war unglaublich erleichtert. Es dauerte nur wenige Sekunden, bis sich mein Herzschlag beruhigte. Tatsächlich schaffte ich es meinen ausgearbeiteten Text vorzutragen und hatte auch den Eindruck, dass es nicht auswendig gelernt klang. Ich sprach über meine Mode, Nachhaltigkeit in der Produktion, faire Löhne und das Recht jeder Frau, gut gekleidet sein zu dürfen. Am Ende forderte ich die Menge auf, mal eine Reise auf den Boulevard von Paguera zu machen, um eines meiner Designs käuflich zu erwerben. Die Menge applaudierte lautstark und tobte regelrecht, als meine Models ein letztes Mal, mit mir an erster Stelle, über den Laufsteg schritten.

Die Entscheidung war also getroffen, und Agnes jubelte besonders laut, als ich ihr hinter der Bühne sagte, dass wir die Einzelheiten unserer Zusammenarbeit besprechen sollten. Meine persönliche Krönung des Abends war jedoch, als ich mich von Lob überhäuft und zufrieden lächelnd mit einem Prosecco in der Hand auf einem freien Stuhl neben Ruben im Backstagebereich fand. Ich musste zugeben, dass die neuen Schuhe zu diesem Outfit toll aussahen, aber nach dem halbstündigen Bühnenprogramm schmerzten meine Füße sehr. »Ich bin stolz auf dich, Chica!«, sagte er. Wir saßen nebeneinander, sahen uns aber nicht an. Im Augenwinkel nahm ich wahr, dass er ebenso grinste wie ich.

Die After Show Party war grandios. Wir feierten, hatten Spaß, und ich tanzte sogar mit Ruben. Auch Angel war gekommen und amüsierte sich köstlich. Wir tanzten einige Male miteinander und schlürften den ein oder anderen Cocktail.

Früh am Morgen fielen wir ins Bett und erst einige Stunden später bemerkte ich, dass es nicht das Bett in meinem Hotelzimmer war. »Buenos dias, Mara«, hauchte Angel in mein Ohr. Kurz ließ ich die Nacht Revue passieren und blickte an mir hinunter. Ich war erleichtert mich pink schillernd vorzufinden und dies als Zeichen zu nehmen, dass nichts passiert sein konnte. »Haste du gute geschlafen?« Ich nickte und war wieder wie betäubt von seinen Augen. Er beugte sich zu mir hinüber. Ich konnte seinen warmen Atem an meinen Lippen spüren, als plötzlich mein Handy losschrillte. Vor Schreck fuhr ich zusammen. Beim dritten Klingeln lehnte ich mich aus dem Bett und kramte mein Handy aus meiner Korbtasche. »Wo bist du? Unser Flug geht in vierzig Minuten!«, motzte Steffi. »Ich komme!« Ich legte auf und sprang aus dem Bett. »Es tut mir leid, aber ich muss sofort zum Flughafen!« Angel zögerte nicht lange und lotste mich durch das enge Haus, eine Treppe hinunter, an seiner verdutzten Familie vorbei, in einen Hinterhof. Sofort kam mir der Gedanke, dass er bestimmt auch von seiner Freundin verlassen worden war und wieder bei seinen Eltern einziehen musste. Er wurde mir immer sympathischer. Ja, ich mochte ihn wirklich. Auch wenn ich mir sicher war, dass es keine Zukunft für uns geben konnte. Nun gut, wenn ich ein gut laufendes Geschäft in Paguera führen würde und genau deshalb öfter vor Ort sein musste, vielleicht. Ich verwarf den Gedanken und stieg auf seinen hellblauen Roller. In Windeseile rasten wir über viele lange und vor allem staubige

Landstraßen, vorbei an Bauernhöfen und Industriegebieten, bis ich den Flughafen erkennen konnte. Am Check-in empfingen mich Lena und Steffi. Sie zogen mich gleich hinter sich her in den Sicherheitsbereich. Meinen Koffer hatten sie für mich gepackt und auch schon eingecheckt. Ich gab Angel einen Kuss auf die Wange zum Abschied. Er drückte mich fest an sich. Unser Flug wurde aufgerufen, und ich musste mich von ihm lösen. Es fiel mir ehrlich schwer. Er wartete, bis wir durch die Schleuse waren, und blickte uns traurig nach. Ich winkte ihm noch einmal zu, bis wir hinter einer Säule verschwanden. »Wenn wir im Flugzeug sind, wollen wir alles dazu hören!«, lachte Lena außer Atem, als wir das Flugzeug betraten und direkt hinter uns die Türe verschlossen wurde.

Der Flug war anstrengend. Erleichtert atmete ich auf, als ich endlich in meinem Häuschen ankam. Ich ließ mich in mein Bett fallen und schlief sofort ein. Wirre Träume über den Schweinekopf und einem Heiratsantrag, den er seiner Trulla machte, Angel bediente bei deren Hochzeit, und ich war Trauzeugin. Auf dem Weg heim explodierte mein Auto, und mein Haus stürzte bei einem Erdbeben ein. Ich stand in meinem Vorgarten, und das Handy eines Polizisten klingelte permanent, während ich versucht zu erklären, dass ich das Haus durch mein Gewicht nicht zum Einsturz gebracht hatte. Es dauerte lange, bis ich merkte, dass es nicht das Handy des Ordnungshüters, sondern mein Festnetzanschluss war, der versuchte auf sich aufmerksam zu machen. Ich kam gar nicht richtig aus dem Schlaf und tastete blind nach dem Telefon, welches irgendwo neben meinem Bett liegen musste. »Nja?«, nuschelte ich. »Er ist weg!«, heulte eine

Frauenstimme am anderen Ende. Im ersten Moment meinte ich die Stimme der Trulla erkannt zu haben, dann aber hörte ich Lena weinen. »Was ist passiert?« Es dauerte etwas, bis sie sich gefasst hatte. »Ich weiß es nicht. Als ich heimkam, lag ein Zettel auf dem Tisch und mein Auto ist verschwunden.«

»Was steht auf dem Zettel?« Keine Vorwürfe, keine Entschuldigung, nur die simple Tatsache, dass Olli sich auf den Weg nach Berlin machte, um dort als DJ zu arbeiten. Dass er sich in ein paar Monaten melden würde und dass sie sich keine Sorgen machen müsse. Ich verlor keine Zeit, zog mich wieder an und fuhr zu ihr.

Verheult öffnete sie mir die Tür. Ihre Mascara lief ihr über die Wangen, und sie zitterte am ganzen Körper, als ich sie in den Arm nahm. »Wie konnte er mir das nur antun?« Wie gut ich diese Gedanken nachvollziehen konnte. Das Motiv bei solchen Dingen ist doch eher selten nachvollziehbar. Ich habe es immer damit gehalten zu sagen, wenn ich mich in einer Beziehung nicht mehr wohlgefühlt habe. Aber ich hatte ja auch nicht so viele und sprach also aus einem kleinen Horizont aus Erfahrungen. Aber ich hatte gelernt, durch eigene Erfahrungen und die meiner Freundinnen und Bekannten, dass man in manchen Fällen dran arbeiten konnte. Oft war es aber auch besser sich zu trennen. Sich feige aus dem Staub zu machen oder zu betrügen, zeugt von recht wenig sozialer Kompetenz, fand ich. »Ich habe bei ihm auf der Arbeit angerufen.« Jetzt weinte sie so heftig, dass ich sie kaum verstehen konnte. »Er hat dort nie gearbeitet!« Sofort fielen mir die vielen Abende ein, an denen ich zu Besuch war, und er anrief, um mitzuteilen, dass er Überstunden schieben müsse. »Unser Sparbuch ist aufgelöst, mein Konto leer und es fehlt Schmuck. Ich besitze nur noch billigen Modeschmuck. Alles andere ist weg.« Wir saßen schweigend beieinander, bis wir das Licht anstellen mussten. Ich hatte keine Ahnung, wie ich ihr helfen sollte oder was überhaupt zu tun war. Wir kamen zu keinem Schluss, also verfrachtete ich sie gegen eins in ihr Bett und googelte Olli. Nie zuvor war ich auf die Idee gekommen, dies zu tun, aber in Anbetracht der Umstände hielt ich es für angebracht. Zwar fand ich keine Informationen über ihn direkt, fand aber heraus, dass er Geld verdiente, indem er Charaktere von Spielfiguren irgendwelcher Onlinegames verkaufte. Er musste sich den ganzen Tag in virtuellen Welten aufgehalten haben, um seine Figuren zu leveln. Dann konnte er sie an andere Spieler verkaufen und machte damit in der Tat gut Umsatz. Bis zu diesem Zeitpunkt war mir nicht einmal bekannt, dass man für so etwas Geld bekommen konnte. Auch fehlte mir die Kenntnis über solche Spiele. Außerdem fand ich ein Foto auf Facebook. Ein Hochzeitsfoto von einem Mann, der ihm zumindest sehr ähnlich sah und seinen Namen trug, und einer mir unbekannten Frau. Leider war er nur von der Seite abgebildet, und seine Haare waren bedeutend länger, als Olli sie trug, aber er konnte es sein. Ich machte einen Screenshot und beschloss dies vorerst für mich zu behalten. Zumindest bis ich sicher war. In meinem Display wurde ein Anruf von Agnes angezeigt und ich hob ab. »Liebes, bist du gut zu Hause angekommen?«, fragte sie mich. »Ja, aber viel lieber würde ich mit dir am Pool liegen. Da war die Welt noch in Ordnung.«

»Außer mir kenne ich noch jemanden, dem dies lieber wäre. Du hast unserem schönen Kellner ganz doll den Kopf verdreht.« Ich hörte, wie Gläser anstießen. »Ich schlage vor, wir treffen uns in der kommenden Woche und besprechen die Einzelheiten unserer Zusammenarbeit. Ich habe uns ein gemeinsames Firmenkonto eingerichtet und lasse dir alles zukommen, sobald du ein Gewerbe angemeldet hast und die Bank deine Steuernummer eintragen kann. Bitte kümmere dich darum.«

Ich hatte keine Ahnung von diesen Abläufen, stimmte aber zu. »Du solltest dir einen Steuerberater suchen, Liebes. Das ist wichtig, damit du keine Fehler machst.« Ich war dankbar für diesen Tipp und setzte dies gleich auf die Liste der Dinge, die zu erledigen waren. »Ich rufe dich die Tage dann noch mal an, um mit dir zu besprechen, wann und wo wir uns treffen. Indes lasse ich meinen Notar alles Nötige aufsetzen, damit wir es dann gemeinsam klären können.«

»Ich danke dir von Herzen, Agnes«, sagte ich ehrlich. »Sehr gerne, meine Liebe. Du bist mein neues Projekt und ich habe nicht nur riesigen Spaß daran, sondern auch meine Vorteile. Ich freue mich auf unsere Zusammenarbeit.«

»Ich auch. Vielen Dank!«

In den nächsten Tagen hieß es Krisenbewältigung. Olli hatte in der Zeit, in der er mit Lena zusammen war, ziemlich viele Flecken auf seiner bisher weißen Weste angesammelt. Und all diese kamen nun ans Tageslicht. Tatsächlich war er schon einmal verheiratet, war vor einigen Jahren knapp am Gefängnis vorbeigeschlittert, weil er seinen ehemaligen Arbeitgeber betrogen hatte, und obendrein deckte Lena seinen Versuch, einen Kredit auf ihren Namen zu beantragen, auf. Ich war fast genau so froh wie sie, dass dies nicht funktioniert hatte. Je mehr Informationen ich bekam, desto sicherer war ich, dass mein Erlebnis mit dem

Schweinekopp dagegen eine Bagatelle war. Lena wiederum hatte sich recht schnell gefangen, stellte am Tag nach Ollis Verschwinden eine Anzeige bei der Polizei und fing an ihr Leben neu zu sortieren.

Agnes indes richtete unseren Laden auf Mallorca in Windeseile ein. Die Fotos, die sie mir schickte, sahen fantastisch aus. Ich hatte das Gefühl, bei jedem Schritt dabei zu sein, und konnte alles selbst entscheiden. Sie schickte mir zu Möbeln, Farben und sogar Fensterbeschriftungen Fotos von Mustern und ich musste nur noch aussuchen, was ich wollte. Den Rest ließ sie genau so umsetzen, wie ich es mir wünschte. Dennoch bezog ich sie ein und fragte sie oft, was sie favorisierte. In nur zwei Tagen war alles fertig. Es war mir unbegreiflich, wie das sein konnte. Agnes schien sehr gute Kontakte zu haben. Außerdem sagt man ja auch: Mit Geld lässt sich alles regeln. Genau dieses Motto schien sie umzusetzen. Wir entschieden uns, unsere Boutique in Weiß zu halten. Nur eine Wand strahlte in einem kräftigen Pink. Auch wenn ich es auf dem Bild nicht richtig funkeln sehen konnte, war ich am begeistertsten von dem riesigen Mops, der aus edlen Kristallen an der Wand angebracht worden war. Agnes schien wirklich keine Kosten zu scheuen, produzierte Flyer, buchte eine Werbeagentur und tat alles, was nötig war, um Mops*ich* so bekannt wie möglich zu machen.

Sie buchte mein Flugticket für den kommenden Dienstag. Erste Klasse selbstverständlich. Ich war noch nie so luxuriös gereist und freute mich sehr darauf. Sie wollte mit mir nicht nur alle Formalitäten klären. Ich sollte mich selbst von der tadellosen Aufmachung unseres ersten Geschäfts überzeugen, einige

Entwürfe für weitere Strandkleider anfertigen und bei der Eröffnung meine Kunden persönlich begrüßen.

Ich gönnte mir einen ruhigen Tag. Den ersten seit Langem. Natürlich lief nichts im Fernsehen, bei dem ich mich nicht für fremde Menschen schämen musste. So beschloss ich die roten Zeichen auf meinen Apps zu beseitigen. Ich beantwortete Nachrichten und nahm mir vor, Instagram und vor allem auch TikTok für Werbung zu nutzen. Ich wollte so viele Menschen wie möglich erreichen und kurvigen Frauen ermöglichen schöne Kleidung bei mir im Geschäft zu finden. Dabei entschied ich mich auch mit Agnes eine günstigere Linie zu entwickeln. Ich bediente gerne ihre Freundinnen und produzierte selbstverständlich auch mit teureren Materialien. Aber ich selbst hatte mir solche Kleidung nicht leisten können und ich empfand es als unfair, jetzt Kundinnen wie mich selbst auszugrenzen.

Nachdem ich alle sozialen Medien abgearbeitet hatte, sah ich mit Schrecken 58 Benachrichtigungen bei Kleinanzeigen. Ich zögerte einen Moment. Dann öffnete ich doch die App und las die erste Nachricht in meinem Postfach: *Guten Tag. Ich hätte das Kinderbuch sehr gerne für meine Tochter. Ist es noch zu haben?*, fragte ZoraRED und ich antwortete, dass ich es ihr sehr gerne schenke und im Pfarrheim meiner Kirche auf ihren Usernamen hinterlege.

Die Kirche befand sich direkt vor meiner Gasse und war auch für sie leicht zu finden. Ich wollte niemandem auf dieser Plattform meine Adresse geben. Als ich feststellte, dass die nächsten drei Anfragen unverschämt oder mit sexuellem Hintergrund waren, löschte ich alle Anzeigen und beschloss, die von mir angebotenen Sachen komplett bei der Kirche abzugeben und beim nächsten Basar zu verkaufen oder jemandem zu schenken, der sich darüber freute. Mir war nie bewusst gewesen, dass es so schwer war, jemandem etwas Gutes zu tun.

Ich hatte die Tinder-App auf meinem Handy. Wie war das denn passiert? Blass kamen mir Erinnerungen an die Nacht mir Lena. Ich wusste nicht mehr, wo wir mich angemeldet hatten, aber ich konnte mich an so etwas schwach erinnern. 83 Benachrichtigungen. Nee, darauf hatte ich wirklich keine Lust. Heute nicht. In diesem Moment klingelte mein Handy. Lena und Steffi riefen in einem WhatsApp-Videocall an und luden mich zu einem spontanen Mädelsabend ein. Dieser sollte bei mir stattfinden. Die einfache Begründung war, dass Lena ihre Wohnung nicht mehr ertragen konnte und bei Steffi das Chaos herrschte und ihre vier Wände nicht vorzeigbar waren. Sie schlossen aus meinem neuen Hang zum Minimalismus, dass ich wohl kein Chaos haben konnte, welches ich erst noch beseitigen musste, und luden sich kurzerhand selbst ein.

Phin schlief erstmals in meinem Schlafzimmer, und zu unser aller Überraschung klappte dies recht gut. Das mag auch daran gelegen haben, dass wir ihn die letzten drei Stunden vor dem Schlafen gut auf Trapp gehalten hatten. Wir waren mit ihm im Stadtbad planschen und hatten dann eine ausgewogene Mahlzeit zubereitet, von der er zwar nichts essen konnte, aber von uns belustigt wurde, als wir sangen und mit ihm tanzten. Er war so k o., dass er tatsächlich die ganze Nacht durchschlief. Das erste Mal seit seiner Geburt. Steffi war sehr erleichtert, aber wir mussten ihren Vorschlag, diese Prozedur nun allabendlich durchzuführen, ablehnen.

Wir setzten uns mit einer Flasche Rosé und Chips in mein Wohnzimmer. Lena hatte das einzige Überbleibsel von Olli mitgebracht: einen Beamer. Diesen verband sie via Bluetooth mit meinem Handy und öffnete Tinder. Wir betrachteten die vielen Herren und sortierten sie danach, ob sie uns gefielen oder eben nicht. Nach einer halben Stunde hatte ich keine Lust mehr dazu. »Ich finde das irgendwie menschenverachtend.« Meine Freundinnen sahen mich erstaunt an. »Warum?«

»Weil wir hier Menschen anhand eines Fotos beurteilen. Ich möchte das nicht.«

»Aber wo wir drei gleichzeitig Singles sind, könnten wir uns auch gleichzeitig verabreden. Das ist doch lustig«, schlug Lena vor. »Nee, so möchte ich keinen Mann kennenlernen«, beschloss ich. »Und ich bin kein Single«, sagte Steffi und wir sahen sie erstaunt an. »Na, dann jetzt aber schnell raus mit den uns fehlenden Informationen!«

»Ich treffe mich mit Sascha.« Ich grinste, aber Lena hatte keine Ahnung, über wen sie sprach. »Wer ist das?«

»Das wäre mein Nachmieter gewesen«, erklärte ich kurz. »Und du hast mir bis heute nichts von eurer Abmachung gesagt.«

»Ja, tut mir leid. Ich hatte es ganz vergessen. Ich dachte auch, dass er dir vermutlich zu jung ist. Aber wie kam es denn dann doch dazu?«

»Also erstens ist er nicht so jung. Das sind nur sechs Jahre. Außerdem, was Heidi Klum kann, kann ich auch.« Wir lachten. »Ich habe ihn im Rewe getroffen und er sprach mich sofort an. Ich konnte mich natürlich auch noch sehr gut an ihn erinnern. Ich mag ihn. Wir haben uns jetzt drei Mal getroffen. Er kommt mit Phin gut klar und ist ein verdammt guter Küsser!«

»Und was noch?«, fragte Lena nach. »Sonst nichts. Mehr ist noch nicht passiert. Ja, es ist etwas früh darüber zu sprechen, dass ich kein Single bin. Aber ich kann mir sehr gut vorstellen mit ihm zusammen zu sein.«

»Bist du sicher, dass er wirklich so 'ne alte Schachtel wie dich will? Vielleicht will er nur deine Wohnung?«, lachte ich. »Liebes, für jemanden, der gegen Bodyshaming ist, bist du ganz schön altersdiskriminierend«, erwiderte sie und meinte es zwar witzig, aber es brachte mich dennoch zum Nachdenken. In der Tat ist Toleranz keine Einbahnstraße und wir alle sollten unsere Worte etwas sorgfältiger wählen. Dies nahm ich mir zukünftig vor. »Er hat ab nächsten Monat auch eine neue Wohnung. Er zieht ins Haus neben meinem.«

»Wenn das nicht mal praktisch ist«, antwortete ich amüsiert. »Aber du willst doch einen Mann kennenlernen, oder hängt dein Herz an dem Latino?«, fragte Lena. Darüber musste ich kurz nachdenken. »Nein, eigentlich möchte ich keinen Mann kennenlernen. Ich bin mit mir selbst glücklich und brauche niemanden. Ich möchte Mops*ich* vorantreiben und mich selbst besser kennenlernen. Ich habe mich in den vielen Jahren mit Henning total verloren und liebe mein neues Ich. Ich möchte es für mich haben und mit niemandem teilen oder mich verbiegen. Nein, ich bin glücklich, genau so, wie es mit euch und wie es mit mir jetzt in diesem Moment ist.«

»Also ist das jetzt alles für dich erledigt? Mit Henning, meine ich«, fragte Lena. »Na, sagen wir mal so: Ich hätte gerne meine Sachen wieder. Aber es ist mir nicht wert, dafür Kontakt mit ihm aufzunehmen. Außerdem hätte er eine Strafe verdient, wie er sich mir gegenüber verhalten hat. Wer weiß, ob Karma wirklich alles regelt. Eine kleine Rache, um dem Ganzen wenigstens etwas Glitzer zu geben, hätte ich schon toll gefunden. Aber auch hierfür möchte ich keine unnötige Energie mehr aufbringen. Wenn du mich also fragst, ob ich damit durch bin: Ja, für mich ist das erledigt, denn ich bin wichtiger als er«, sagte ich ehrlich und in voller Überzeugung. »Und wenn ich einen Mann kennenlerne oder mich doch weiterhin mit Angel treffe, dann sicherlich nicht mit Hilfe einer App.«

»Wow«, war Lenas knappe Antwort. »Du kannst das natürlich tun. Es ist halt nur nichts für mich«, versuchte ich meine Aussage etwas zu relativieren. »Nein, du hast ja recht. Aber aus einem anderen Grund. Ich kann und will Olli nicht ersetzen. Ich möchte so was nicht wieder erleben und vor allem muss ich mich selbst erst einmal sortieren. Nein, ich möchte das auch nicht«, beschloss sie und schaltete den Beamer aus.

KAPITEL 22

# **Rache ist mopsich!**

Wir hatten einen wundervollen Abend. Es wurde viel gelacht, alte Geschichten erzählt und Pläne für die Zukunft geschmiedet. Das Beste daran: Wir sprachen nicht einmal über einen Mann aus unserer Vergangenheit. Ich war so glückerfüllt zwei so fantastische Freundinnen zu haben. Dem war ich mir sehr bewusst. Zumal es mir im Leben nicht immer so ergangen war. Es gab Zeiten, da wäre ich für einen Menschen, der mir zuhört, sehr dankbar gewesen. Heute hatte ich das ganz große Glück, diese Menschen gefunden zu haben. Besser spät als nie.

So schön der Abend auch war, die Nacht gestaltete sich irrsinnig kurz. Wie viel Platz ein Kleinkind in einem Bett benötigt, war mir bis zu diesem Zeitpunkt nicht klar. Phin hatte alle viere von sich gestreckt, wälzte sich hin und her, robbte quer durchs Bett und weckte mich immer wieder auf. Als ich schon dachte, ich würde gar kein Auge mehr zumachen, polsterte ich die Seiten meines Bettes, damit er nicht hinausfallen konnte, und wanderte auf die Couch. Dort schlief ich für knapp eine Stunde, bis er anfing zu weinen. Steffi war zwar sofort zur Stelle und versuchte ihn zu beruhigen, aber ich war wach. »Soll ich dir einen Tee machen?«, rief ich ins Schlafzimmer. »Das ist lieb. Danke!«, antwortete Steffi, mindestens so verschlafen, wie auch ich mich fühlte. Um fünfuhrdreiundvierzig konnte ich noch nicht frühstücken. Phin sah das anders. Er lutschte an einer Laugenstange ohne Salz und war vollkommen zufrieden mit sich und der Welt.

»Ich muss gleich los. Wir fahren heute zu Ikea und ich möchte noch duschen und uns frische Sachen anziehen«, sagte Steffi und packte ihre beziehungsweise Phins Tasche zusammen. »Wer ist denn ‚wir'?«, fragte ich. »Nur du und Phin?«

»Nee, Sascha, Phin und ich«, gestand sie. »Wusste ich es doch.«

»Er braucht noch ein paar Teile für seine neue Wohnung und fragte, ob ich ihn dabei unterstützen würde.« Ich grinste. »Wusstest du eigentlich, dass Ikea eine Kinderbetreuung hat?«

»Ich weiß. Wenn das klappt, ist es der perfekte Ort für unser Date. Wir könnten dort sogar entspannt essen und Phin wird entertaint. Ich bin mir nur nicht sicher, ob die so kleine Zwerge schon nehmen. Mal sehen. Wenn nicht, darf er sich ein Plüschtier aussuchen und der Einkauf läuft auch ganz entspannt.«

»So oder so klingt es nach einem guten Plan.«

Direkt nachdem ich die Türe hinter den beiden geschlossen hatte, krabbelte ich wieder ins Bett. Ich fühlte mich wie gerädert und musste dringend Schlaf nachholen. Erneut musste ich feststellen, was Steffi alles leistete. Da soll mal einer sagen, dass Frauen im Mutterschutz eine entspannte Zeit haben. Dem würde ich etwas anderes erzählen! Sofort fiel ich in einen tiefen Schlaf.

Ich verschlief den ganzen Tag und wachte am Abend nur einmal kurz auf, trank etwas und kuschelte mich wieder ein. Ich ignorierte das Telefon und jegliche Einflüsse, die außerhalb des Bettes meine Mitmenschen interessierten. Die Dorfler feierten das jährliche Spätsommerfest an unserer Kirche. Es war das erste Jahr, in dem es mir nichts ausmachte, nicht dabei zu sein. Die Kapelle und die Betrunkenen, welche vom Festzelt grölenderweise durch meine Gasse stolperten, tangierten mich nicht. Auch am nächsten Tag beschloss ich im Bett zu bleiben. Ich holte mir Snacks, eine Flasche Wasser, ein Buch und Stifte sowie Zeichenpapier und zeichnete neue Schnittmuster. Auf den Rückseiten der einzelnen Blätter beschrieb ich die Bilder, damit die Schneiderinnen konkret wussten, was ich nicht ganz so professionell aufmalen konnte. Zwischendurch las ich immer wieder ein, zwei Kapitel eines Liebesromans und wenn ich müde war, schlief ich einfach ein.

Es war der Abend des zweiten Tages, als ich jemanden in meinem Vorgarten rufen hörte. »Mara, mach endlich auf. Ich weiß, dass du da bist!« Ich griff nach meinem Handy und sah auf die Uhr: einuhrsiebenundfünfzig. Ich sprang aus dem Bett und eilte zur Tür, um sie aufzureißen. »Was ist passiert?«

»When life is shit, put glitter on it!«, rief sie. »Was?«, fragte ich aufgebracht. »Ich habe dir etwas Glitter mitgebracht!«, sagte sie und umarmte mich, als sie sich an mir vorbei in mein Häuschen drängte. »Zieh dich an. Wir haben was vor!«

»Weißt du eigentlich, wie spät es ist?«

»Ja. Die perfekte Zeit. Oder hast du etwas anderes vor?«

»Und wo ist Phin?«

»Lena babysittet ihn. Mach schon. Zieh dich an. Ich möchte los.«

»Wo wollen wir denn hin?«

»Wirst schon sehen. Beeil dich, ich möchte einen Platz in der ersten Reihe!« Ich fragte nicht weiter nach, da ich sie zu gut kannte und wusste, sie würde mir ihr Geheimnis nicht preisgeben. Ich zog mir eine Jeans über, wechselte das Shirt und warf einen kurzen Blick in den Spiegel. Etwas Puder und Wimperntusche reichten aus, um vor die Türe zu gehen. »Startklar!« Steffi küsste mich auf die Wange, reichte mir meine Jacke und zog mich hinter sich her. Sie parkte direkt vor meiner Gasse. Als wir auf der Autobahn an Duisburg vorbeifuhren, kam die Erinnerung in mir auf. »Diesen Weg bin ich immer zum Schweinekopp gefahren.« Steffi antwortete mir nicht. Sie plauderte jedoch viel über Phin, ihrer Oma, die leider immer mehr Probleme mit ihrem Gedächtnis hatte, und über den Hund, welchen sie sich gerade im Tierheim ausgesucht hatte, damit Molly einen Freund bekam. Erst als wir die Ausfahrt in einen Mühlheimer Stadtteil nahmen, war ich mir sicher. »Fahren wir zu Hennings alter Wohnung?«

»Eigentlich ist es noch seine Wohnung! Er hat sie nie gekündigt und nutzt sie auch noch.«

»Was?«, fragte ich überrascht. »What the fuck! Sprich es ruhig aus«, fügte sie hinzu. »Heute Abend ist er auch dort und das wird er noch bereuen.«

»Ich werde auf keinen Fall mit ihm reden!«

»Sollst du auch nicht, das Reden überlassen wir anderen. Wart ab!« Ich gehorchte, obwohl ich mich etwas beklommen fühlte. Was sollte ich sagen, und wie würde ich reagieren, wenn ich seiner Trulla begegnen würde. Hatte ich ihnen überhaupt etwas zu sagen? »Woher weißt du das denn?«

»Ich weiß es eben!«, sagte sie und fuhr nun entgültig in seine Straße. Viele Parkbuchten waren belegt. Steffi stieg aus und nahm zwei Leitkegel aus einer Parkbucht, direkt Hennings Wohnung gegenüber. »Muss ich jetzt aussteigen?«

»Nein, bleib sitzen.« Steffi lehnte sich auf die Rückbank und zerrte zwei Piccolöchen hervor und gab sie mir. Dann drehte sie sie auf und steckte je einen Strohhalm hinein. »Für mich ist der ohne Alk. Leider!«, beantwortete sie die Frage, welche mir offensichtlich ins Gesicht geschrieben stand. »Auf eine grandiose Nacht mit viel Glitter!« Ich trank die kleine Flasche direkt leer, um genug Mut zu haben, für was auch immer auf mich zukam. »Pass mal auf«, sagte Steffi und blinkte mit ihrem Fernlicht auf. Fünf weitere Autos antworteten durch das gleiche Zeichen, und nun wollte ich Antworten haben. »Ich habe das Internet, also vor allem sämtliche soziale Netzwerke und Partneragenturen, die mir eingefallen sind, durchsucht. Dort fand ich durch sein Profil einige Damen, mit denen er zumindest Kontakt hatte.«

»Was? Auf wie vielen war er denn angemeldet?« Ich war verwirrt. »Ist doch egal. Ich weiß, es ist sicher nicht einfach für dich. Hör einfach zu. Ich erzähle es schonungslos, es hat aber seinen Sinn. Und der ist genial!« Ich nickte, musste zugeben aber etwas Angst zu haben, die Wahrheit nicht ertragen zu können. »Er hat immer wieder irgendwelche Frauen nebenher getroffen. Ist ja jetzt auch egal, denn den wollen wir ja eh nicht mehr.« Ohne dass ich auch nur eine Frage hätte stellen können, sprach sie weiter. »Ich habe Kontakt zu ihnen aufgenommen und einen Plan geschmiedet.« Ein weiteres Auto erschien in der Straße und parkte neben uns auf dem gegenüberliegenden Bürgersteig, nachdem die Beifahrerin ebenfalls zwei Kegel entfernt hatte. Auch wir antworteten diesmal auf das Blinken ihres Fernlichts und wiederholten dies bei zwei weiteren Pkws. »Also, er war nicht mit allen im Bett und hat sich auch nicht mit allen getroffen. Manche hatten nur Mailkontakt mit ihm, aber das ändert nichts an ihrer Frauensolidarität. Wie auch immer, habe ich gestern Nachmittag die Polizei kontaktiert und eine anonyme Anzeige gestellt. Ich habe ihnen gesagt, dass er illegal Videos, Filme und Musik downloadet und sie vertickt. Dann habe ich alle Frauen angeschrieben und sie darum gebeten, dasselbe zu tun. Dies wiederum hat dann dazu geführt, dass heute Nacht eine Razzia durchgeführt werden wird.« Triumphierend strahlte sie mich an. »Woher weißt du davon? Über solch einen Einsatz wird man doch nicht einfach so informiert.«

»Na, ich habe meine Quellen«, sagte sie geheimnisvoll. »Nun gut, ich kenne jemanden bei der Kripo und der brauchte nur besagte Hinweise, um alles in die Wege zu leiten.«

»Wen, um Himmels willen?«, wunderte ich mich. »Um genau zu sein, kennt Sascha ihn. Es ist sein bester Freund.« Ich war sprachlos. »Und wenn du jetzt bitte noch einmal fragen magst?« Ratlos blickte ich sie an: »Was soll ich fragen?«

»Ja, wir haben sensationellen Sex miteinander!« Ich musste lachen. »Danke für die Info.« Ein weiteres Auto fuhr an uns vorbei und blinkte auf. »Wer sind die Leute in den Autos?«, fragte ich. »Das sind die Frauen, die er verarscht hat.«

»Alle, während ich mit ihm zusammen war?« Auch wenn ich es mir anders gewünscht hatte, der Gedanke versetzte meinem Herzen einen Stich. »Spielt doch keine Rolle mehr. Er hat sie angelogen oder ausgenutzt, hingehalten, beleidigt oder sie in irgendeiner anderen Form respektlos behandelt. Keine wusste was von dir oder voneinander.« Ich nickte. »Und sie sind schockiert darüber, was für ein ekelhafter Typ er ist. Sie sind heute für dich hier. Bestimmt auch etwas für sich selbst. Aber in erster Linie halten alle zu dir und zahlen es ihm heute gemeinsam heim!«

Wir warteten nicht lange, bis um Punkt vieruhrdreiundzwanzig zwei Großeinsatzwagen der Polizei und ein regulärer Streifenwagen sowie ein dunkler Kastenwagen vorfuhren. »Es ist so weit!« Sie öffnete die Fenster. »Das musst du im vollen Sound erleben!« Mehr als fünfzehn bewaffnete Polizisten in Schutzwesten ließen von einem mitgebrachten Schlüsseldienst die Haustüre öffnen. Einige kletterten auf seinen Balkon im Erdgeschoss. Steffi klatschte vor Begeisterung in die Hände und freute sich wie ein kleines Kind an seinem Geburtstag. Wir konnten die zerberstende Wohnungstüre hören, eine Glasscheibe ging lautstark zu Bruch und die Stimmen der Polizisten, die irgendetwas schrien, während sie Hennings Wohnung stürmten. Taschenlampen leuchteten immer wieder auf. Poltern und Geschrei waren zu hören, bis der Schweinekopp, mit nur einer Boxershorts bekleidet, aus dem Haus geführt wurde. Lichter in den anderen Wohnungen seines Hauses gingen an, und auch Nachbarn von umliegenden Häusern sammelten sich auf ihren Balkons und auf der Straße. Steffi stieg aus dem Auto, um sofort wieder reinzuspringen. »Jetzt geht es los ... hier kommt dein Glitter, Süße!« Auf unserem Autodach funkelte etwas, und es dauerte einen Moment, bis ich erkannte, dass eine Batterie Silvesterknaller durch die Straße funkelte. Aus allen von Frauen besetzten um uns stehenden Autos kamen Hände mit Wunderkerzen, Fernlichter blinkten auf und beleuchteten Henning, als er unter Protest zum Einsatzwagen geführt wurde. Der folgende Hupchor ließ ihn zusammenzucken, und die Polizisten schoben ihn so schnell als möglich in den Wagen. Die Beamten schienen auf jede Situation vorbereitet zu sein und schwärmten aus. Allerdings blieb es bei Verwarnungen, und ich hatte den Eindruck, dass uns eine

Polizistin solidarisch zuzwinkerte, als wir in einer Kolonne die Straße verließen.

Steffi und ich fuhren zum nächsten McDonalds, schmausten Frühstücksburger und schlemmten Eis. Dass ich locker ein Kilo davon zunehmen würde, war mir egal. Feste muss man feiern, wie sie fallen. »Danke!«, sagte ich endlich. »Kein Thema«, antwortete sie und schob gleich darauf nach: »Agnes hat übrigens versucht dich zu erreichen.«

»Woher weißt du das?«

»Sie hat dich nicht ans Telefon bekommen, und weil sie sich Sorgen machte, hat sie mich angerufen, um mir zu sagen, dass am Sonntag die Eröffnung eures Geschäfts ist. Sie hat dir hier Termine mit einem Unternehmensberater, einem Steuerberater und einem Notar gemacht. So kannst du alles hier schon fertigmachen, damit ihr mit eurem Business durchstarten könnt. Dein morgiger Flug ist deshalb umgebucht. Wir fliegen Samstagmorgen hin und ich am Sonntagabend dann schon wieder zurück. Ich möchte Phin nicht länger allein lassen, und ich muss mich um meine Oma kümmern. Für dich ist noch kein Rückflug gebucht.«

»Kein Problem. Ich freu mich, dass du kommst.«

»Lena kann leider nicht. Sie hat von ihrem letzten Geld ein Ticket nach Berlin gekauft und will Olli suchen.«

»Wir können sie nicht allein gehen lassen!«

»Habe ich ihr auch gesagt, aber sie möchte das ohne uns durchziehen. Seine Mutter fährt wohl mit. Sonst möchte sie niemanden dabeihaben.« Sie fährt morgen früh mit dem Zug und hat mich gebeten es dir gar nicht erst zu sagen, weil sie ihre

Gründe nicht noch mal erklären möchte. Ich finde, wir müssen sie machen lassen. Es geht ihr gut, aber sie will, dass er sich rechtfertigt. Sicherlich holt sie sich dann auch gleich ihr Auto zurück, vermute ich.« Ich nickte. Irgendwie konnte ich sie verstehen. Es gibt Dinge im Leben, die muss man mit sich selbst ausmachen, und selbst die besten Freunde müssen dies akzeptieren.

KAPITEL 23

# Malle ist nicht nur ein Mal in Jahr

Sicherlich den leichtesten und kleinsten Koffer meines Lebens gab ich am Schalter der Fluggesellschaft, die uns nach Palma fliegen sollte, ab. Erste Klasse zu fliegen war der absolute Wahnsinn. Steffi und ich genossen es, umsorgt zu werden, stießen miteinander an und entspannten mit heißen Handtüchern und Aromen.

Auch unsere Ankunft verlief vollkommen relaxed. Diesmal bummelte ich mit Turnschuhen durch den Flughafen bis zum Kofferband. Der Koffer kam direkt unter den ersten dreien auf das Laufband, und Agnes' Fahrer holte uns vor dem Flughafengebäude ab, um uns in unser Hotel zu bringen. Angel strahlte übers ganze Gesicht, als er uns sah, sagte jedoch nichts. Erst als ich mich umgezogen hatte und an den Pool schlendern wollte, fing er mich auf dem Flur ab. Steffi lag schon in der Sonne, und so waren wir ganz allein. Wortlos sah er mich an und drückte mich dann an die Wand. Einen Moment versank ich in seinen Augen. Endlose Sekunden verstrichen, bis ich seine Lippen auf meinen spürte. Mir wurde unsagbar heiß. Mein Herz raste. Sein Kuss war intensiv. Sein Mund wanderte auf meinen Nacken und meine Fingernägel krallten sich durch sein Hemd in seinen Rücken. Er zog mich mit seiner Hand an meiner Hüfte fest an sich und schob mit der anderen die Träger meines Kleides und des Tankinis über meine Schultern. Mein Kleid fiel zu Boden. Seine

Hand wanderte weiter auf meine Brust. Ich schlang ihn mit meinem Bein noch fester an mich und stöhnte auf, als ich seine Erregung spürte. Ich sah ihn an. Sein Blick funkelte, und in diesem Moment war alles andere vergessen. Er presste mich fester an die Wand. Ich fühlte unendliche Hitze zwischen uns und wollte ihn küssen. Er wiederum verfolgte andere Pläne mit seinem Mund. Vorsichtig schob er meinen Tankini hoch und küsste meine Brust. Seine Zunge umkreiste den empfindlichsten Punkt. Ich wollte ihn jetzt, in diesem Moment und hier. Seine Hand fuhr über meine Taille auf meinen Bauch. Er streichelte meine Haut zärtlich, aber bestimmt. Als seine Finger die Naht meines Höschens erreichten, presste er seinen Mund fest auf meinen und fuhr mit seiner Hand unter den Stoff. Er legte seine Finger fest auf meine Mitte und übte leichten Druck darauf aus. Ich wollte ihn spüren, die erlösende Berührung erleben. Sein Kuss war intensiv, als wären diese Sekunden alles, was zählt. Angels Lippen wanderten von meinem Mund wieder zu meinem Nacken und sein warmer Atem ließ mich erschauern. »Warte«, sagte ich. Für einen kurzen Moment wurde mir bewusst, wo wir uns befanden. »Was, wenn uns jemand sieht?«

»Dann sehen sie ein wunderschön Senora, die zo begehrt werden wie verdienen.« Mit diesem Satz beendete er die kurze Unterhaltung und küsste mich erneut, nur diesmal fordernder. Einer seiner Finger glitt an meinen Kitzler. Alles, was ich wollte, war, ihn in mir zu spüren. Ich griff an seinen Gürtel und öffnete ihn, während sich sein Finger immer fester kreisend bewegte. Ich wollte den Knopf seiner Hose öffnen, als er mich am Handgelenk packte und meinen Arm über meinem Kopf an die Wand drückte. Sein Finger drang in mich ein. Doch gerade als ich dachte, mein Körper würde jeden Moment explodieren, hielt er inne. Nun hörte auch ich Schritte. Er ließ augenblicklich von mir ab, hob mein Kleid auf und ging den Flur ein Stück weiter, um Abstand zwischen uns zu bringen. Ich versicherte mich, dass mein Outfit richtig saß, und ging in die andere Richtig zu den Aufzügen. Mein Herz raste, als eine ältere Dame mit ihrem Mann an mir vorbeiging. »Guten Tag«, sagte ich höflich.

Es dauerte nur wenige Sekunden, bis sie in ihrem Zimmer verschwanden. Ich drehte mich zu Angel um, der es mir am Ende des Flures gleichtat. Wir mussten beide lachen. Die Aufzugtüre öffnete sich und schweren Herzens verließ ich meine Etage und diesen Moment mit meinem feurigen Latino.

Steffi und ich verbrachten einen entspannten Tag am Pool. Agnes kam am Abend hinzu. »Deine Entwürfe sind großartig! Ich brenne darauf, die Teile zu tragen«, freute sie sich. »Glaubst du, wir können einen Teil der Kollektion zu günstigen Preisen anbieten?«, fragte ich sie geradeheraus. »Ich wusste, dass du genau dies fragen würdest. Dazu habe ich eine Idee. Wenn wir hierfür eine größere Auflage erstellen, also mehr Teile produzieren, dann wird es automatisch günstiger. Ich würde dann auch auf die Swarovskis verzichten und stattdessen silberne Nieten verwenden. Die billigen Strasssteine lösen sich viel zu schnell und damit ist dann auch keiner happy. Was sagst du dazu?«

»Das ist super. Wie liegen wir dann preislich?«

»Ich denke, eine Tunika wird um die achtzig Euro liegen und die Kleider einhundertzwanzig. Solange wir keine Kaufhäuser beliefern und in richtig großen Dimensionen produzieren, ist es günstiger wirklich nicht umsetzbar«, erklärte sie. »Das ist super,

Agnes. Ich bin total zufrieden damit.« Agnes hatte mir ein mehr als faires Angebot gemacht. Sie finanzierte unser komplettes Unternehmen vor. Sie trug alle Risiken und organisierte alles, was zu planen oder umzusetzen war. Ich sollte designen und Stoffe aussuchen, mich also um den kompletten kreativen Teil kümmern und auch alle Absprachen mit unseren Schneiderinnen treffen. Dafür bekam sie lediglich zwanzig Prozent des Gewinns ab. Die Abrechnungen erfolgten über unseren gemeinsamen Steuerberater, dessen Mitarbeiter auch die komplette Buchhaltung übernahmen. »Morgen früh schicke ich euch Enrique. Ich möchte, dass ihr, bevor wir die Kunden einlassen, alles gesehen habt«, schlug sie vor. »In euren Zimmern befindet sich eine Auswahl an Teilen aus der Kollektion für euch. Es macht Sinn, denke ich, wenn wir alle morgen unsere eigenen Teile tragen. Was genau, ist ja nicht so wichtig. Hauptsache ein echtes Mops*ich*.«

Ich war sehr aufgeregt, als wir uns am Morgen auf den Weg zum Boulevard machten. Agnes wollte uns ihre Limousine schicken, aber wir wollten die kurze Strecke zu Fuß laufen. Eigentlich untypisch für mich, aber die Sonne und der Geruch von Salzwasser und Sonnencreme gefielen mir, und so genoss ich den Marsch. Schon von Weitem konnte ich das pinke Schild mit dem Mops erkennen. Winzige Lichter ließen die Leuchtreklame auch bei Tageslicht so wirken, als ob wir von Strass angefunkelt wurden. Wir betraten das Geschäft, welches auf der Vorderseite nur aus Scheiben bestand.

Die Boutique war perfekt. Der Strassmops, den ich schon auf den Fotos gesehen hatte, war gigantisch und die pinke Wand wirkte edel zu den weißen und gläsernen Möbeln. Selbst unsere

Papiertüten waren mit Steinen besetzt und konnten durch Seidenbändern verschlossen werden. »Wahnsinn, Agnes!«, sagte ich, während ich sie umarmte. »Mir gefällt es auch gut und ich hoffe, dass wir eine grandiose Einweihungsparty feiern werden!« Wie schön sich der Gedanke anfühlte: unser Geschäft. Ein Mann, gefolgt von zwei weiteren, betrat die Räumlichkeiten. Einer der Herren stellte eine Fernsehkamera auf, und ein weiterer begann zu fotografieren. »Hatte ich vergessen zu sagen. Die wollen ein Interview mit dir«, gestand Agnes. Ich war mit der Situation überfordert, ließ mich aber vorstellen, schüttelte Hände und platzierte mich nach Agnes' Anweisungen vor unserer pinken Logowand. Brav beantwortete ich Fragen zu meiner Geschäftsidee, und wie es dazu kam. Agnes verbesserte mich immer wieder, wenn ich von wir oder uns sprach. Sie bestand darauf, in der Öffentlichkeit nichts mit dem Geschäft zu tun zu haben, und überließ mir als Designerin den ganzen Ruhm, was mir zunächst unangenehm war. Sie musste Unmengen Geld in die Boutique gesteckt haben, ganz zu schweigen von der Werbung und der anstehenden Party. »Was sagt Ihr Mann denn zu Ihrem Erfolg in der Modebranche?«, fragte mich der Reporter mit einem spanischen Akzent. »Ich bin nicht verheiratet«, stellte ich klar. »Oh, dann Ihr Lebensgefährte.« Er fragte mit einer solchen Selbstverständlichkeit, dass er mich zunächst verunsicherte. Ja, du meine Güte, waren denn alle von dem Vorurteil besessen, dass eine Frau um die dreißig einen Mann haben musste? »Also ich bin Single, und das ist auch gut so!« Der Reporter stutze, sein Fotograf wiederum grinste. »Wissen Sie, in unserem … in meinem Unternehmen arbeiten zu neunzig Prozent Frauen. Es gibt Witwen, Geschiedene, Singles, alleinerziehende Mütter und auch Frauen, die verheiratet sind oder in einer festen Beziehung leben. Ob, wen oder wie wir lieben, bleibt uns ganz individuell überlassen und ist unabhängig von allen finanziellen Entscheidungen. Wir können das mit, aber vor allem auch ohne Partner oder eine Partnerin!«

»Unabhängige Frauen gehen ihren Weg. Und Sie als Vorreiterin an der Front. Das gibt einen Mordsbericht. Vielen Dank«, sagte der Journalist und verabschiedete sich.

»Sind wir bereit die Türen zu öffnen?«, fragte Agnes um Punkt 18 Uhr. Ich nickte und die ersten Kundinnen betraten die Boutique. Ein Drittel des Raumes konnten sie ohne Weiteres erreichen, der hintere Teil war noch abgesperrt und sollte um 20 Uhr feierlich eröffnet werden. »Was machen wir denn bis dahin?«, fragte ich. »Wir feiern uns selbst und unsere Kundinnen. Komm mit.« Sie führte mich vor unser Ladenlokal und erst jetzt entdeckte ich die pinke Bühne direkt am Strand. Ruben kam auf mich zu. Küsste mich flüchtig auf die Wange und sagte: »Es sind knapp 300 Frauen, die nur wegen dir da sind. Die restlichen sind Touristen. Aber die holst du jetzt auch in unser Geschäft.« Er drückte mir ein mit Strass besetztes Mikrofon in die Hand. »Was soll ich damit?«, fragte ich verwundert. »Du sollst dein Geschäft eröffnen.« Er lotste mich hinter die Bühne und ein Lichterspektakel kündigte den Beginn der Show an. Musik ertönte im Takt dazu und zu ihrem Höhepunkt gab er mir das Startzeichen für meinen Auftritt, nachdem er mir blitzschnell zurief: »Wenn du fertig bist, kündige Musik an. Es wird ein kleines Konzert geben.« Ich nickte. Unter Applaus trat ich in das Scheinwerferlicht und genoss die Aufmerksamkeit und den Applaus des Publikums. »Einen wunderschönen guten Abend, buenas noches. Ich begrüße Sie herzlich zur Eröffnung des Flagshipstores von Mops*ich*.« Wieder jubelte die Menge. »Mops*ich* ist eine Marke für starke Frauen, die zu ihren Kurven stehen und sich nicht mehr verstecken möchten.« Tosender Applaus. »Mir ist es wichtig, an dieser Stelle ein paar Menschen zu erwähnen, die mir ermöglicht haben mich selbst zu finden und dadurch auch meine Marke auf dem Markt zu platzieren. Vielen Dank, Agnes!« Ruben arbeitete im Backstage fantastisch mit und schob sie, unter Protest, auf die Bühne. Das Publikum feierte sie genauso wie Steffi, die sich neben Agnes stellte und mit ihr um die Wette strahlte. Ich bedankte mich bei allen, die unser Projekt unterstützen, und holte ebenfalls Ruben auf die Bühne. »Ich freue mich darauf, zukünftig kurvige Ladys in einem ganz neuen Licht erstrahlen zu sehen. So viele starke Frauen unter dem Label Mops*ich* zu vereinen ist der absolute Wahnsinn. Denn so zu sein, wie wir sind, dies ausleben zu können, ganz unabhängig und mit Liebe zu uns selbst, das nenne ich ganz fettes Glück!«, schloss ich meinen Monolog. Nun gab es kein Halten mehr. Die Menge tobte und applaudierte euphorisch. Augenblicklich ertönte eine mir sehr bekannte Melodie. »Ich bin, was ich bin«, sang eine Männerstimme, die ich sofort erkannte. Konnte das sein? Ich drehte mich zu Agnes um. Sie zuckte mit den Schultern und grinste übers ganze Gesicht. »Komm, schau mich nur an, akzeptier dann, mich ganz persönlich.« Ross Antony betrat die Bühne und trug einen pinken Glitzeranzug mit dem Mops*ich* Hund auf dem weißen Shirt darunter. Gemeinsam tanzten wir zu fünft beim ersten Song auf der Bühne, bis wir Ross seinen Auftritt allein überließen. »Du bist total irre, Agnes!« Ich fiel ihr um den Hals und muss zugeben tatsächlich ein paar Freudentränen vergossen zu haben.

Auch Steffi hatte Tränen in den Augen, musste sich aber auch schon verabschieden, da ihr Flieger ging. Enrique brachte sie zum Flughafen, Agens und ich durchschnitten das goldene Band in unserer Boutique, die keine dreißig Minuten später komplett ausverkauft war.

KAPITEL 24

# Verdammt heiß

Es kamen so viele Menschen zu der Einweihung von Mops*ich*, dass ich teilweise wirklich Sorge hatte, dass das kleine Ladenlokal Schaden nehmen könnte. Wir feierten gemeinsam ausgelassen bis in die frühen Morgenstunden. Die Müllabfuhr fuhr gegen vier Uhr durch die Straßen von Paguera und beendete unsere Party endgültig. Die letzten dreißig Damen schlenderten singend, wenn auch ohne neue Kleidung heim oder in ihr Hotel. Agnes und ich verabredeten uns zum Brunch in meinem Hotel, bevor wir uns voneinander trennten.

Ich entschied mich zu Fuß zum Hotel zu laufen. Ich wollte den Abend auf mich wirken lassen und die frische Luft genießen. Am Ende des Boulevards musste ich eine Treppe erklimmen, um zu meinem Hotel zu gelangen. Diese siebenundfünfzig Stufen schienen unendlich zu sein und ich war froh, am Eingang zur Lobby angekommen zu sein. Barfuß schlenderte ich durch die Drehtüre, drückte den Knopf des Aufzugs und warf einen Blick ins Restaurant. Wann Angel wohl Dienstbeginn hatte. Er war gar nicht bei meiner Party gewesen, stellte ich etwas enttäuscht fest.

Ich bugsierte mich in mein Hotelzimmer. Als ich die Türe öffnete, wehte mir ein kühler Windzug ins Gesicht. Die herbe Küstenluft streifte mir durchs Haar und ließ mich wohlig erschauern.

Jemand hatte meine Terrassentüre offen stehen lassen. War ich das gewesen? Ich konnte mich nicht erinnern. Die durchsichtigen Vorhänge bewegten sich im Wind. Ohne das Licht einzuschalten, schloss ich die Türe hinter mir und ging auf die Terrasse. Ich trat hinaus und blickte aufs Meer. Wie wunderschön der Anblick war. Ich ging zurück in mein Zimmer und ließ mein Kleid einfach fallen. Ein Leben auf Mallorca könnte mir gefallen. Die Wärme, die Leichtigkeit und dieses Hotel waren einfach wundervoll. Erneut ging ein Windzug durch den Raum. Die kühle Meeresbrise streifte meine Haut und fühlte sich befreiend und unglaublich schön an.

Ich hörte ein Geräusch und fuhr zusammen. »Bitte nicht erschrecken, mujer bonita«, hauchte eine Männerstimme. Ich erkannte Angels Stimme sofort. Er stand vor meinem Bett und musste gerade erst aufgestanden sein. Mein Herz überschlug sich, nicht nur vor Schreck. Ich atmete erleichtert aus. »Entschuldigung, isch wollte nicht erschrecken.« Erschrocken war ich, aber nicht böse, dass er sich in mein Zimmer geschlichen hatte. Ich freute mich zu beenden, was wir am Tag zuvor begonnen hatten. »Du warst gar nicht bei meiner Party«, sagte ich und ging auf ihn zu. »Doch. Aber du haben mit viel wichtiger Mensch gesprochen. Ich wollte nix stören.« Ich erkannte nur seine dunkle Silhouette, die langsam auf mich zukam. Sanft legte ich meine Arme um seinen Nacken. »Nein«, sagte er und schob mich ein Stück zurück. »Du sehen wunderschön aus. Ich möchte dir anschauen.« Ich lachte und wusste, er meinte es ernst. Einen Moment stand ich da, unsicher, was ich und ob ich etwas tun sollte. Bevor mich die Unsicherheit übermannte, griff er mich am Handgelenk und zog mich an sich. Nur Millimeter trennten uns voneinander. Seine Hand streichelte meine Wangen und ergriff dann mein Kinn. Sanft zwang er mich ihn anzuschauen. »Isch meine ernst, du sehen indescriptiblemente bonito aus. So wie du sein.« Langsam ließ er seine Hand von meinem Kinn hinab entlang meines Halses gleiten. Wie automatisch legte ich meinen Kopf zur Seite und gewährte ihm besseren Zugang. Ich wollte seine Lippen spüren und wartete darauf, dass er mich endlich küssen würde. Dies tat er aber nicht. Ich spürte seinen warmen Atem und das Verlangen wurde immer größer. Behutsam streift seine Hand weiter meinen Arm hinunter, zu meiner Hüfte und über meine Kurven rauf zu meiner Taille, wo sie ruhen blieb. Ohne es wirklich zu merken, kam er noch näher. So, dass seine Lippen meine streiften. Aber er küsste mich nicht. Ganz nah an meiner Haut fuhren seine Lippen den gleichen Weg entlang wie zuvor seine Hand. Als ich seinen Atem auf meinem Hals spürte, vergaß ich alles um mich herum. Es gab keine Gedanken an die Zukunft oder an die Vergangenheit. Ich war mit ihm. Hier und jetzt und das war alles, was zählte. Augenblicklich schloss ich meine Augen. Ich wollte mich nur noch auf seine Berührungen konzentrieren. Mit einer Hand öffnete er meinen BH und ließ ihn zu Boden fallen.

Endlich kam er mit seinen Lippen nah an meine. Ich hielt es keine Sekunde länger aus und presste meinen Mund auf seinen. Er drückte mich sanft minimal zurück, umschlang mich mit beiden Armen und legte seine Lippen sacht auf meine. Sanft begann er sie zu bewegen, sodass ein Kuss begann, welcher ganz ruhig und intensiv war. Als ob er Angst hätte, dass ich zerbrechen könnte. Ich ließ mich darauf ein, auch wenn es mir schwerfiel, mir nicht alles zu nehmen, was ich in diesem Moment begehrte.

Er vertiefte den Kuss. Kurz streifte seine Zunge meine Unterlippe und bat um Einlass, den ich ihm gewährte.

Der Kuss wurde immer intensiver und seine Hände umwanderten meinen kurvigen Körper. Er begann an meiner Taille, streifte sanft weiter zu meinen Hüften und hielt schließlich an meiner Brust inne. Seine warme Berührung ließ mich schaudern und entlockte mir ein wohliges Stöhnen. Dies schien ihm den Zuspruch zu geben, den er brauchte, um den nächsten Schritt zu wagen. Er begann mit einer Hand sachte meine Brust zu kneten und mit der anderen seine Hose aufzuknöpfen. Berauscht von den intensiven Gefühlen, folgte ich seiner Bewegung, als er mich Richtung Bett drängte. Ich spürte die Matratze an meinen Beinen und zog ihn mit mir hinunter, als ich mich auf die Bettkante setzte. Er ließ von mir und sah auf mich herab, während ich weiter in die Mitte des Bettes rutschte. Seine Hose war geöffnet und ich sah die Wölbung in seinen Boxershorts. Zügig zerrte er sein Hemd aus der Hose, knöpfte sich die zwei obersten Knöpfe auf und zog es sich kopfüber aus. Sein muskulöser, braungebrannter Oberkörper kam zum Vorschein und verriet seine schnelle, tiefe Atmung. Er ließ seine Hose fallen und zog seine Boxershorts aus. Auf allen vieren krabbelte er zu mir aufs Bett. Er küsste meine Beine, wanderte höher, über meine Oberschenkel, küsste meine pulsierenden Hügel und streifte dabei meinen Slip ab. Ich spürte die Wärme seines Atems und das Kribbeln zwischen meinen Beinen. Er küsste meinen Bauch, liebkoste meinen Busen, streifte mein Dekolleté, hauchte über meinen Hals und küsste mich, diesmal heftig und leidenschaftlich.

Mit seiner Hand fuhr er erneut meinen Körper entlang und schob sie sachte zwischen meine Beine, erschrocken atmete ich auf, als er sanft meine Knospe streifte. Lustvoll drückte ich ihm mein Becken entgegen und gewährte ihm mehr Zugang. Er drang behutsam, jedoch mit dem richtigen Druck, mit zwei Fingern in mich ein.

Erst bewegte er sich nur ganz langsam, spielte sich jedoch schnell ein, sodass wir beide uns in einem rhythmischen Tempo bewegten.

Kurz löste sich Angel von mir und griff nach etwas, das auf dem Bett liegen musste. Für einen Moment sah ich ihn verwirrt an. Jedoch verstand ich schnell, als ich eine kleine silberne Verpackung aufglänzen sah. Ohne weitere Abschweifungen stülpte er sich das Kondom über, zog behutsam, aber bestimmt meine Beine auseinander und verharrte kurz vor meiner Öffnung. »Isch will dir endlich spüren lassen, wie bien du bist.« Mit diesen Worten drang er vorsichtig ein und schaute mir tief in die Augen.

Ich konnte nicht sagen, wie viel Zeit vergangen war, als Angel sich von mir löste und unter der Dusche verschwand. Mein Körper war erschöpft, aber mein Kopf war hellwach. Ich lächelte und drehte mich in mein Kissen. War das wirklich passiert?
Ich entschied mich ebenfalls unter die Dusche zu gehen. Angel schien überrascht, zog mich aber sofort unter das warme Wasser und küsste mich. »Isch würde gerne bei dir bleiben, la bellaza. Aber mein Dienst beginnen.« Wehmütig gab ich ihm einen Abschiedskuss und ließ mir die warmen Wasserstrahlen der Regendusche aufs Gesicht regnen.

Steffi schrieb mir, dass sie gut zu Hause angekommen war. Lena konnten wir beide nicht erreichen. Sie hatte jedoch auf meinen

Anrufbeantworter gesprochen, um mitzuteilen, dass es ihr gut ging und sie noch etwas in Berlin bleiben würde. Grund genug, Steffi nicht schriftlich zu antworten, sondern mit ihr zu telefonieren. »Also wenn die mit diesem Olli nach all dem wieder zusammenkommt, werde ich sie mir mal vornehmen!«, stellte sie klar. »Ich auch!«, bestätigte ich. »Was steht heute bei dir an?«

»Ich treffe mich gleich mit Agnes. Sie wollte etwas mit mir besprechen und dann fahren wir ins Atelier, um einen neuen Auftrag aufzugeben. Du glaubst nicht, wie schnell die Sachen weg waren. Unglaublich!«

»Das ist doch super!«

»Dann wollte ich mir ein paar Stifte besorgen und einen Block. Ich habe eine Idee, die über die bekannten Kleidungsstücke hinausgeht«, verriet ich. »Was denn?«

»Ich würde gerne ein sommerliches Abendkleid entwerfen. So was, das man auf einer Jacht bei einer eleganten Party tragen kann.« Ich hatte zwar keine Ahnung, wie das Schnittmuster dazu aussehen sollte, und war sicher, nicht mal ansatzweise etwas Ähnliches auf meiner Nähmaschine herstellen zu können, vertraute aber auf meine mallorquinischen Spezialistinnen. »Das ist super! Mit tiefem Ausschnitt und einem Neckholder?«

»Gute Idee. Mal sehen. Erst wollte ich einen Blick auf die Stoffe werfen und mich davon inspirieren lassen.«

Ich spürte nicht einen Funken Müdigkeit, als ich mich um elf Uhr mit Agnes traf. Angel sah ich nicht. »Ich habe eine Überraschung für dich.«

»Agnes, es hätte mich gewundert, wenn nicht. Du bringst mich immer wieder zum Staunen. Was ist es diesmal?«, lachte ich. »Hast du Melissa McCarthy dazu gebracht Mops*ich* in ihrem nächsten Film zu tragen?« Ich wusste, dass auch dies nicht unmöglich gewesen wäre. Zumindest nicht, wenn Agnes die Angelegenheit in die Hand genommen hätte. »Eine gute Idee. Ich denke drüber nach«, lachte sie nun ebenfalls und legte mir einen Schlüssel auf den Tisch. »Was ist das?«, fragte ich nun doch überrascht. »Dieser hier öffnet deine Wohnung und mit diesem betätigst du die Zündung deines Autos«, erklärte sie, während sie auf die jeweiligen Schlüssel tippte und mich anzwinkerte. »Du hast mir eine Wohnung gemietet?«

»Ich bitte dich. Ich miete nicht. Mir gehört das Haus. Unten ist unsere Boutique und oben wohnst du.« Ich wusste nicht, was ich antworten sollte. »Bevor du Sorge hast, dass ich unser Geld zum Fenster rausschmeiße. Das Haus habe ich schon Anfang des Jahres gekauft, als mein Steuerberater meinte, ich bräuchte ein Abschreibungsobjekt. Du zahlst Miete. Minimal, nur für die Papiere.«

»Ich weiß nicht, was ich sagen soll!«, stellte ich fest. »Danke!«, sagte ich dann doch und umarmte sie. »Dein Auto steht übrigens vor der Tür. Ein pinker SLK. Wenn er in der Sonne steht, glitzert er wie ein Diamant.«

»Ist das Mops*ich* Logo drauf?«

»Selbstverständlich. Werbung ist alles«, lachte sie und freute sich über ihre Idee. »Den mietest du übrigens nicht. Den habe ich dir geschenkt. Als Dankeschön für den Spaß, den ich mit dir und unserem Projekt habe. Ich hatte ehrlich schon lange nicht mehr so eine Freude an etwas.«

»Ich danke dir so sehr, Agnes. Die Einzige, die sich hier aber bedanken muss, bin ich. Für alles, was du für mich tust. Das ist der Wahnsinn.«

»Jaja. Ist gut jetzt. Kein Rumgeheule mehr. Wo ist eigentlich dein schöner Latino?«

Angel sahen wir zwar den ganzen Morgen nicht mehr, aber wir verfolgten unsere Pläne. Die Schneiderinnen im Atelier freuten sich auf die neue Arbeit. Maria nahm sich Zeit, um mit mir die Idee des Abendkleides zu besprechen. Ich zeichnete meine Idee auf und schrieb zusätzlich einige Bemerkungen auf den Bildrand, damit meine Zeichnung eindeutiger wurde. Maria brachte viele tolle Ideen und Details mit ein. So wurden es am Ende zwei Kleider. Das eine aus einem gemusterten Stoff und das andere schlicht und einheitlich weiß, mit vielen funkelnden Steinen.

Im Anschluss brachte Enrique uns zu unserer Boutique, die dank unserer Reinigungskraft aussah, als hätte nie eine Einweihungsparty stattgefunden. Agnes brachte mich, über den Flur im hinteren Bereich, in meine Wohnung. Sie erstreckte sich auf zwei Etagen, die teilweise offen waren. Die Frontseite gab einen Blick aufs Meer preis. Die Panoramascheibe reichte vom Boden bis zur Decke in der zweiten Etage. Vom Wohnzimmer aus konnte ich in die obere Etage blicken und das Schlafzimmer sehen. Agnes hatte die Wohnung komplett möblieren lassen und dabei meinen Geschmack zu einhundert Prozent getroffen. Sie freute sich, dass ich mich freute, und verabschiedete sich dann, weil sie mit ihren Freundinnen noch ins Sommertheater in Palma wollte.

Ich streifte durch meine Wohnung und konnte mein Glück kaum fassen. Jedoch war mir klar, dass ich den Komfort meines Hotels sicherlich vermissen würde. Sogar ein Schreibtisch hatte sie mir eingerichtet. An den Wänden daneben war Kork befestigt, damit ich dort Entwürfe und Ideen sammeln konnte.

Papier, Stifte, alles, was ich brauchte, lag bereit. Sogar mit Musterkarten mit Stoffproben hatte sie mich versorgt. Dosen mit Steinen, Knöpfen und Nieten lagen als Muster in einer Schublade und warteten auf ihren Einsatz. Ich setzte mich an meinen Schreibtisch und genoss die Aussicht auf den Boulevard und das Meer, als mir eine Idee kam. Ich nahm den Block und die neuen, bunten Stifte und brachte sie zu Papier.

Agnes beteuerte vor Ort alles managen zu können und ich beschloss für ein paar Tage heimzufliegen. Ich nahm mir ein Taxi vom Flughafen. Steffi oder meine Eltern wollte ich nicht bemühen. Der Fahrer setzte mich an meiner Gasse ab, und ich schlenderte gut gelaunt in meinen Vorgarten. Einen Koffer hatte ich nicht dabei. Ich hatte alles in meiner Wohnung gelassen, um bei meiner Rückkehr auch ein Gefühl von »Ich wohne hier« zu haben. Das Gartentor stand offen, und ich stutzte einen Moment. Ab und an kam es vor, dass ich das Schloss nicht richtig einrasten ließ, besonders wenn ich es eilig hatte. Vermutlich war genau dies bei meiner Abreise passiert. Licht brannte in meinem Wohnzimmer und nun war ich endgültig misstrauisch. Einen Moment stand ich da wie angeklebt, aber dann schlich ich mit Herzrasen zurück in die Gasse, stieß dabei jedoch gegen das Tor und stolperte. Bevor ich mich wieder aufrappeln konnte, riss jemand meine Wohnungstüre auf. »Wurde auch Zeit, dass du heimkommst!«, sagte eine mir sehr bekannte Stimme. Schon wurde ich auf die Beine gezogen. Ich war so überrascht, das Gesicht von Lena vor mir zu sehen, dass ich kaum reagieren konnte. »Na, die Begrüßung hatte ich mir auch anders vorgestellt, Frau Superdesignerin!«, lachte sie. Ohne Worte fielen wir uns in die Arme. »Wie kommst du in meine Wohnung?«

»Ich weiß doch, wo du deinen Ersatzschlüssel versteckst. Ich habe ihn auch schon wieder zurückgelegt.«

»Ach ja. Stimmt«, fiel mir wieder ein. »Bin ich froh, dass du wieder da bist!«

»Ach, ich hätte auch noch etwas bleiben können! Berlin ist wirklich schön.«

»Das glaube ich dir wohl. Du bist doch nicht etwa wieder mit Olli zusammen?«, fragte ich unsicher. »Nein, um Himmels willen! Das wäre wirklich mein letzter Gedanke gewesen. Aber ich habe mein Auto zurück.« Diese Antwort erleichterte mich enorm. Immerhin war mir klar, dass man, in einem Zustand von geistiger Umnachtung, zu den wildesten Dingen im Stande war. »Ich wollte von ihm wissen, was passiert ist, und wie er mir das antun konnte. Außerdem wollte ich mein Geld zurück!«

»Und, hattest du Glück?«

»Nein, leider nicht. Der hat nix. Er lebt dort in einer Kommune. Eigentlich mehr ein Obdachlosenheim. Ist 'ne arme Sau. Er hatte das Konstrukt von Lügen, das er aufgebaut hatte, nicht mehr aufrechterhalten können, und ist deswegen abgehauen. Jetzt versucht er dort als DJ Karriere zu machen.«

»Freak!«, war meine spontane Reaktion. »Wie geht es dir denn jetzt?«

»Erleichtert. Ich denke zwar schon, dass sich Marko nun ganz schön beweisen muss, um mein Vertrauen zu gewinnen, aber ansonsten gut.«

»Wer ist Marko?«

»Mein neuer Freund«, grinste sie schelmisch. »Ich habe ihn im letzten Jahr bei der Hochzeit einer Kollegin kennengelernt. Wir haben uns zwar gut verstanden, aber da war ich ja auch noch mit Olli zusammen. Am Tag vor meiner Abreise habe ich ihn dann an der Tankstelle wiedergetroffen, und wir verabredeten uns direkt zum Essen.«

Wir quatschten die ganze Nacht durch, bis Lena am nächsten Morgen um sechs, vollkommen übermüdet, mein Häuschen verließ. Den Urlaub, den sie spontan für ihre Berlin-Reise genommen hatte, war nun beendet, und sie eilte an ihren Arbeitsplatz. Ich war zwar froh, nicht vor die Türe zu müssen, aber gleich überkam mich wieder der Gedanke, dass ich mir eine sinnvolle Beschäftigung suchen musste, und so stand ich direkt wieder auf und machte mich auf den Weg in die Stadt. Bevor ich losfuhr, versteckte ich meinen Ersatzschlüssel jedoch an einem neuen Ort. Ich war mir nicht ganz sicher, ob der Schweinekopp wusste, wo ich ihn versteckt hatte, und so ging ich auf Nummer sicher und versenkte ihn in einer kleinen Dose, zusammen mit einem Stein, am Rand meines Gartenteichs.

KAPITEL 25

# **Tapetenwechsel**

In den nächsten Wochen gewöhnte ich mich immer mehr an mein neues Leben und die Umstände und Vorzüge, die es mit sich brachte. Zwar konnte ich meinem Glück noch nicht ganz trauen und befürchtete, dass sich meine Situation jeden Moment verschlechtern würde und ich womöglich wieder alles verlieren könnte, aber dem schien in absehbarer Zukunft nicht so zu sein. Mein Leben schien endlich in geregelten Bahnen zu laufen. Mops*ich* machte gute Umsätze, und Agnes überwies mir meinen Anteil in wöchentlichen Abständen. Ich war sehr froh meinen Antrag auf Arbeitslosengeld schriftlich zurückgezogen zu haben und nicht noch einmal eine Nummer ziehen zu müssen.

Es war ein Montag Morgen, ich lag noch im Bett, als es an der Türe klingelte. Ich öffnete die Türe, in meinem mit Federn besetzten, pinken Bademantel. Zwei Männer, mit Kisten beladen, standen in meinem Vorgarten. »Ja bitte?«

»Wir bringen Ihre Lieferung!«, sagte einer der Herren. »Ich habe aber gar nichts bestellt.«

»Die Lieferung kommt aus Spanien.«

»Mallorca?« Der Zusteller nickte, und ich gewährte ihnen Eintritt. Der Absender war Agnes. Die Anzahl der Kisten war bedeutend umfangreicher, als es im ersten Moment den Anschein hatte. Agnes hatte mir Stoffproben, Pauspapier, Perlen,

Strass, Ornamentstickereien und viele andere Dinge, die ich für die Herstellung neuer Mops*ich*-Entwürfe brauchte, zukommen lassen. In einer Notiz teilte sie mir mit, dass die gleichen Sachen auch in meine Wohnung auf Mallorca geliefert worden waren, damit ich vernünftig arbeiten konnte, egal wo ich mich gerade aufhielt. Die Lieferanten brauchten fast eine halbe Stunde, um all die Kisten in mein Häuschen zu bringen. Ich bemühte mich sie in meiner Küche zu stapeln, gab aber die Organisation irgendwann auf und ließ sie einfach gewähren.

Sogar zwei Absteck-Puppen wurden geliefert und versperrten nun endgültig den Durchgang in meine Küche. Es musste eine Lösung für mein Platzproblem her. Dem war ich mir schon seit Wochen bewusst, hatte jedoch noch keine Lösung gefunden. Ein für mich viel größeres Problem hatte mich in meinen Überlegungen beeinflusst. Ich wünschte mir dringend, ab und an Menschen zu sehen. Lena verbrachte jede freie Minute mit ihrem neuen Freund. Ich brannte zwar darauf, ihn kennenzulernen, gönnte ihnen aber auch ihre Zweisamkeit. Oft fuhr ich zu Steffi und Phin und ging seit Neustem mit Sandra zum Yoga. Aber tagsüber sah ich kaum Menschen. Meine Arbeit war zwischenzeitlich schon zu einer Vollzeitbeschäftigung geworden, denn Agnes hatte konkrete Vorstellungen und platzierte unsere Kollektion auch medial geschickt. So kamen zu meinen Entwürfen auch andere Tätigkeiten hinzu, die mir großen Spaß machen. Pressetermine waren wundervoll und boten mir die Gelegenheit, mich mit unterschiedlichen Menschen zu unterhalten und den Austausch zu bekommen, den ich mir ersehnte. Erst hatte ich dieses Bedürfnis als Luxusproblem abgetan. Was es sicherlich auch war, aber ehrlich zu einer Not in mir führte. Ich wollte und konnte das Alleinesein nicht mehr ertragen.

Die naheliegendste Überlegung war es, jemanden einzustellen. Auf der einen Seite fand ich die Idee großartig, auf der anderen hatte ich Bedenken. Ich konnte ein Arbeitsverhältnis nicht auf der Basis, dass ich Gesellschaft brauchte, aufbauen. So viel Verantwortung konnte man einer einzelnen Person nicht zumuten. Hier musste eine andere Lösung her. Meine Gedanken kreisten seit Tagen nur um dieses eine Thema.

Ich unterschrieb den Lieferschein und die Herren marschierten aus meinem Vorgarten. Jetzt kam auch noch ein massiver Platzmangel hinzu. Mit einem Blick auf mein Chaos schnaubte ich einmal schwer und entschied mich dann für einen Tapetenwechsel, um einen klaren Kopf zu bekommen. Im Moment war ich einfach überfordert und konnte eigenständig keine Lösung finden.

Kurzentschlossen zog ich mich an und fuhr in die Stadt. Ich bummelte durch den letzten Rest der noch bestehenden Fußgängerzone. Es entsetzte mich etwas, dass von der einst so schönen Innenstadt nicht mehr viel übrig war. Ein Kramladen reihte sich an den nächsten. Dazwischen befanden sich lediglich einige Internetcafés und Döner-Buden. Erst im oberen Teil der Stadt konnte ich mich richtig auf meinen Stadtbummel konzentrieren. Ich schlenderte durch mehrere Geschäfte. Mir fiel auf, dass gerade für kurvige Frauen kaum etwas geboten wurde. Wenn es etwas gab, dann nur Einzelteile und diese wurden meist in den hinteren Teilen der Geschäfte, fast schon versteckt, angeboten. Wir sollten eine Mops*ich* Filiale in Krefeld eröffnen, überlegte ich. Ich gönnte mir eine neue Handtasche und ein rotes Portmonee. »Hey, Mara!«, hörte ich eine Stimme hinter mir, als ich die Auslage eines Schmuckgeschäfts betrachtete. Ich drehte mich um und sah Katrin, eine alte Schulfreundin. Ich freute mich sie zu sehen und vor allem auch sie gleich wiedererkannt zu haben. Manche Menschen verändern sich kaum. Wir begrüßten uns überschwänglich. Ich hatte sie seit Jahren nicht gesehen. »Arbeitest du hier?«, fragte ich. »Ja, unser Büro ist hier im Haus, und ich habe gerade Pause. Magst du mit mir einen Kaffee trinken?« Wir kehrten im nächsten Café ein und konnten auch gleich unsere Bestellung aufgeben. »Was treibt dich denn in die Stadt?«, fragte sie interessiert. »Ich weiß es auch nicht genau. Ich musste einfach mal unter Menschen«, sagte ich ehrlich. »Ich habe dich in der Zeitung gesehen. Wahnsinn, was du jetzt machst.« Ich grinste. Agnes' Öffentlichkeitsarbeit zog immer weitere Kreise. Die auf Mallorca entstandenen Fotos und ein vorgefertigter Pressebericht waren zigmal veröffentlicht worden. Viele Nachbarn, Bekannte und sogar Menschen, die ich gar nicht kannte, sprachen mich darauf an. Hinzu kamen die Termine, die ich in Deutschland schon gehabt hatte, und mein neuer Faible für Instagram und TikTok. Regelmäßig nahm ich Menschen mit in meine kleine Welt und ließ sie teilhaben an der Entstehung von meiner Kollektion, die vier Mal im Jahr gelauncht werden sollte. Manchmal hatte ich den Eindruck, die ganze Welt wusste Bescheid, was ich tat. Und das war genau gut so. Der Tenor war stets positiv und ich freute mich über so viel Zuspruch. »Ich brauche dringend soziale Kontakte.« Katrin lachte. »Na, solche Probleme möchte ich haben.«

»Ich weiß, dass sich das blöd anhört. Hätte auch nicht gedacht, dass ich so was mal sagen würde. Ich langweile mich auch nicht wirklich, aber ich bin unzufrieden. Ich arbeite für mich und bin die meiste Zeit allein. Es nervt mich nur noch.«

»Gut, das kann ich nachvollziehen. Wegen meiner Kleinen arbeite ich ja auch nur halbtags, aber seitdem ich den Job habe, fühle ich mich ausgefüllter.«

»Was machst du denn? Warst du nach der Schule nicht in einer Bücherei?«, wunderte ich mich. »Nee, das mache ich schon lange nicht mehr. Ich arbeite jetzt im Sales bei einem Schmuckdesigner.«

»Cool. Ist bestimmt spannend.«

»Ja, sehr sogar.« Katrin stutze einen Moment. »Ich glaube, ich habe eine Idee für dich.« Sie hatte meine volle Aufmerksamkeit. »Er arbeitet in zwei Locations. Eine ist hier im Haus. Allerdings nutzt er diese nicht allein. Wir vom Sales- und Marketingteam arbeiten in einem Workspace.« Ich hatte keine Ahnung, wovon sie sprach. Sie deutete jedoch meinen Gesichtsausdruck richtig und ohne dass ich nachfragen musste, erklärte sie: »Unser Büro besteht eigentlich nur aus zwei Schreibtischen. Diese stehen in einem Loft, hier im Haus. Das ist ein Officesharing Büro.«

»Was ist das denn?«

»Wir haben vier Abteilungen in unserem Loft. Die werden einzeln vermietet. Eben so was wie ein Großraumbüro. Nur mit verschiedenen Parteien.« Das klang in der Tat spannend. »Und das Beste kommt jetzt: Ein Immobilienmakler ist gerade ausgezogen. Also ist ein Space nun frei. Ich glaube, der Vermieter hat sich auch noch nicht um einen Nachfolger gekümmert. Zumindest ist der Platz noch leer. Wenn wir schnell handeln, kannst du ihn vielleicht haben.«

Ein eigenes Büro. Das konnte tatsächlich die Lösung meines Platzproblems sein. Wenn dann auch noch andere Menschen um mich wären, würde ich gleich zwei Fliegen mit einer Klappe schlagen. »Perfekt!«, sagte ich begeistert. »Das ist echt super! Wer ist der Vermieter?« Katrins Café Latte und mein Kakao, natürlich mit Sahne, wurden serviert. »Hoch lebe das Internet!«, lachte sie und suchte mit ihrem Smartphone die Nummer von Herrn Wichmann, dem Eigentümer. Sie rief ihn auch gleich an und verabredete eine Besichtigung. »In einer halben Stunde ist er hier.«

Nachdem wir bezahlt hatten, ging ich, schon vor der Ankunft von Herrn Wichmann, mit Katrin in ihr Büro. Das Loft sah fantastisch aus. Sehr moderne Möbel in einem riesigen Raum, dessen Wände fast ausschließlich aus Glas bestanden. Von jeder der vier Abteilungen in dem Großraumbüro gab es einen Zugang zur Terrasse, auf der Holzmöbel standen. Katrin ging ihrer Arbeit nach, während ich mich umschaute. Das freie Büro, oder vielmehr der freie Workspace, war abgegrenzt durch zwei Glasscheiben, eine grob verputzte Wand, die den Industriestyle fortsetzte, und eine Schiebetür, ebenfalls aus Glas. Betreten konnte man die Büroräume lediglich durch einen Aufzug, für den man einen Schlüssel benötigte, um die oberste Etage des Hauses zu erreichen.

»Sie müssen Frau Bachmann sein!«, sagte ein sehr charismatischer, älterer Herr, als ich gedankenversunken auf die sonnige Terrasse blickte. »Ja, das bin ich!« Wir waren uns auf Anhieb sympathisch und somit verlief meine Bewerbung reibungslos. Herr Wichmann informierte mich über die anderen Mieter, die ganz unterschiedliche Unternehmen von diesem Loft aus führten. Katrins Chef war der Einzige, der eine Angestellte hatte. Die anderen Firmen schienen erfolgreiche Ein-Frau-Unternehmen zu sein. Neben dem Schmuckdesigner waren eine Fotografin und eine Malerin in dem Loft eingemietet. Für mich stand fest, dass ich den freien Platz mieten wollte. Wir waren uns schnell einig und ich wurde stolze Besitzerin eines Büros.

Während meiner Heimfahrt plante ich, wie ich meine ganzen Arbeitsmaterialen in mein neues Büro transportiert bekommen würde. Möbel brauchte ich keine anzuschaffen, da ein Schreibtisch und Regale zur Einrichtung gehörten. Mehr würde ich vermutlich nicht brauchen. Im Zweifel würde ich eine Spedition beauftragen meine Kisten umziehen zu lassen. Eine andere Lösung fiel mir nicht ein, denn mein Auto war definitiv zu klein für einen Umzug dieser Dimension.

Als ich heimkam, blinkte, wie immer, mein Anrufbeantworter wie wild. Mehrfach wurde wortlos aufgelegt. Aber es befand sich auch eine Nachricht meiner Mutter darauf, die sich Sorgen um mich machte, da ich mich schon seit zwei Tagen nicht gemeldet hatte. Zu guter Letzt hatte Agnes sich erkundigen wollen, ob die Lieferung heil bei mir angekommen war. Wie es sich gehörte, rief ich erst meine Mutter zurück und berichtete ihr gleich von meinem neuen Büro. »Oh, da freu ich mich aber. Schön!«, sagte sie. »Es wird dir bestimmt gut tun, wieder regelmäßig unter Menschen zu sein.«

Dann wählte ich Agnes' Nummer. Sie lag gerade auf dem Deck ihrer Jacht und genoss die Abendsonne. »Ach, Herzchen, da bist du ja«, begrüßte sie mich. »Bin gerade zurückgekommen und habe mich an all den Kisten vorbeimanövriert, um das Telefon zu erreichen«, lachte ich. »Ah, du hast alles erhalten.«

»Ja, habe ich. Ich konnte nur noch nicht nachsehen, was alles drin ist.«

»Weil du nicht genug Platz hast?«, erkundigte sich Agnes. »Ja, das auch. Aber ich habe mir jetzt Platz geschaffen.« Ich berichtete auch ihr von meinem anstehenden Einzug in das neue Büro. »Ich hoffe, das Teil ist groß genug, denn ich habe großartige Neuigkeiten«, sang sie in den Hörer. »Ich habe ein Angebot bekommen von zwei Einzelhändlern die Mops*ich*-Filialen eröffnen möchten. Somit sind wir nun Franchisegeber.«

»Was heißt das?«, erkundigte ich mich. »Sie dürfen Geschäfte nach dem typischen Mops*ich*-Design eröffnen und verkaufen ausschließlich deine Designs. Sie werden Teil unserer zukünftig europaweit expandierenden Kette.«

»Wow, das ist ja der Hammer.«

»Ganz genau. Aber jetzt kommt's!«, kündigte sie bedeutungsschwanger an. »Zalando möchte eine eigene Kollektion von uns, die es exklusiv nur dort zu kaufen gibt.« Nach einer kurzen Sprachlosigkeit fragte ich: »Können wir das umsetzen?«

»Wenn dir die Ideen nicht ausgehen, auf jeden Fall. Wir müssen jedoch auch mit unserer Schneiderei expandieren. Die Vorstellungsgespräche laufen schon. Der komplette Betrieb zieht neben unsere Boutique, auf den Boulevard. Morgen ist der Termin beim Notar. Ich habe die beiden Häuser neben unserem gekauft. Die Umbauarbeiten werden in den nächsten Wochen so beginnen, dass die Arbeitsplätze als Erstes eingerichtet werden. Sobald die staubige Umbauphase vorbei ist und nur noch renoviert werden muss, ziehen die Schneiderinnen um und arbeiten von dort aus. Das Lager wird in den hinteren Bereich gelegt. Dort gibt es einen Zugang für Lieferanten, um die Wege kurz zu halten. Das wird super!« Erschlagen von so vielen Informationen schwieg ich. »Mara? Bist du noch da?«

»Ja, ich kann es nur nicht glauben, was hier alles passiert.«

»Ich auch nicht. Aber das ist Frauenpower!«

»Das ist vor allem deine Power«, erwiderte ich. »Ach Quatsch. Ich habe halt Erfahrung als Unternehmerin. Das kommt uns hier zugute. Dafür bist du einfach ein unheimliches Talent. Zusammen sind wir unschlagbar.«

»Gibt es etwas, das ich noch tun muss?«, fragte ich. Agnes erklärte mir noch einige Einzelheiten zu den Verträgen, die teilweise so kompliziert waren, dass ich sehr gerne auf ihre Expertise zurückgriff. »Unser Anwalt ruft dich in den nächsten Tagen an. Du musst dann nur noch unterschreiben und gut ist.«

## KAPITEL 26

# Oh, nein! Oh doch! Oder so!

Ich wollte Agnes in nichts nachstehen und hatte erst Herrn Wichmann den unterschriebenen Mietvertrag per Mail zurückgeschickt und dann in der Tat auch noch geschafft eine Spedition zu finden, die schon um sieben Uhr des nächsten Tages meine Kartons, die Absteck-Puppen und zwei Pflanzen in mein neues Büro transportieren konnte. Katrin hatte mir angeboten die Spediteure zu instruieren und sich darum zu kümmern, dass alles glatt lief. Das war perfekt, denn ich war am nächsten Morgen mit Sandra verabredet und musste meinen Termin somit auch nicht absagen.

Sie lud mich zum Frühstück ein. Bei Sandra angekommen fiel mir gleich auf, wie ruhig es bei ihr war. »Die Kids habe ich bei Oma und Opa geparkt!« Timo, Sandras Mann, grinste mich verdächtig an, als er mir im Flur entgegenkam. »Na? Hübsch siehst du heute aus!« Dies war so gar nicht seine Art. Ich war mir nicht sicher, ob er dies sagte, weil Sandra ihn dazu angehalten hatte, oder was er sonst im Schilde führen könnte. Irgendetwas schien im Busch zu sein. Ich fragte jedoch nicht nach.

Wie es Sandras Stil war, hatte sie den Frühstückstisch pompös gedeckt und mir ein *Accessoire* offensichtlich absichtlich verschwiegen. »Hi, ich bin André«, stellte sich mir ein hagerer, kleiner Mann vor. Ich wusste sofort, woher der Wind wehte, und war entsetzt. Sie wollte mich verkuppeln! Ich war weniger über diese Tatsache entsetzt als darüber, was sie dachte, welcher Typ Mann mir gefallen könnte. Ich blickte sie giftig an, aber sie wich meinem Blick aus und holte frisch gebrühten Kaffee an den Tisch. »Ich nehme an, du hättest lieber Saft, oder?«, fragte sie mich, und ich antwortete nur mit einem zustimmenden »Mmm«.

»Trinkst du keinen Kaffee?«, fragte mich André. »Nein, mag ich nicht.«

»Ich würde ohne Kaffee wohl kaum überleben.« Er bemühte sich ein Gesprächsthema zu finden, und ich tat ihm den Gefallen. »Hast du einen so ermüdenden Job?«, fragte ich deshalb.

»Ich habe eine Agentur in Düsseldorf.« Menschen, die so geheimnisvolle Aussagen machen, konnte ich noch nie leiden. Der Zweck dahinter sollte wohl eine erzwungene Nachfrage sein. So was mochte ich nicht. Aber auch diesen Gefallen tat ich ihm. »Eine Agentur für was?«

»Ich helfe Menschen von der Geschäftsgründung bis zum perfekten Marketing.« Nun hatte er wiederum meine Aufmerksamkeit. Wir plauderten eine Weile über Start-up-Unternehmen und er gab mir ein paar Tipps, wie meine nächsten Schritte aussehen könnten. »Wow, von deinem Label habe ich schon gehört.«

»Ehrlich? Wie und wo denn?« Ich freute mich, war mir aber nicht sicher, ob er sich nicht nur einschmeicheln wollte. »Du bist doch nominiert für das erfolgreichste deutsche Neuunternehmen im Ausland.« Ich stutzte. »Hä?«, machte ich, wenig ladylike. »Warum weißt du denn noch nicht davon? Die Liste ist schon seit Tagen veröffentlicht. Du musst doch Post dazu bekommen haben.« Agnes hatte mir davon nichts gesagt. Oder ging die Nominierung an mich persönlich? Mein Wohnsitz war ja in Deutschland. Da lag vermutlich auch der Hase im Pfeffer begraben. Ich hatte diese Woche noch gar nicht in den Briefkasten gesehen. Keine Post ist gute Post war schon immer mein Motto. Und da ich in der Regel nichts zugeschickt bekam, außer Rechnungen und Werbung, kontrollierte ich meine Post nur einmal in der Woche, um sie dann auch gleich zu bearbeiten, Überweisungen zu tätigen und alles, was nötig war, in die Buchhaltung zu geben.

Es kostete mich Überwindung nicht sofort aufzuspringen, um an meinen Briefkasten zu stürmen. André war eigentlich ein netter Kerl, wenn auch nicht der Typ Mann, den ich mir als potenziellen Partner vorstellen konnte. Das lag schon an Oberflächlichkeiten wie den zehn Zentimetern, die er kleiner war als ich. Aber auch seine Art zu reden, der leicht abfällige Unterton in seiner Stimme, das ständige Räuspern. All dies würde mich auf Dauer verrückt machen. Es war eine nette Begegnung, aber wiedersehen wollte ich ihn nicht, das wusste ich recht schnell. Dennoch verabschiedete ich mich erst gegen Mittag. Ich wollte Sandras Bemühungen und Vorbereitungen wertschätzen und hätte es extrem unhöflich gefunden, nach dem Essen gleich zu verschwinden.

André bestand darauf, mich zum Auto zu bringen, und Sandra zwinkerte mir begeistert zu. Sie kannte mich so viele Jahre. Sie musste doch wissen, dass er kein potenzieller Partner für mich war. Darüber mussten wir definitiv noch mal sprechen.

Ich verabschiedete mich von ihr und Timo und ging mit André die Auffahrt entlang zu meinem Auto. Ich wollte fair sein und überlegte mir kurzerhand passende Worte, bevor er womöglich noch auf die Idee kam, mich umarmen zu wollen oder gar zu küssen. »Hör mal, du bist ein netter Kerl, aber ...«

»Schwul!« Jetzt war ich überrascht, und vor allem nicht sicher, ob ich ihn richtig verstanden hatte. »Bitte?«

»Timo soll nichts davon wissen. Wir spielen zusammen Fußball und im Verein geht das niemanden etwas an. Ist so ein Fußball-Ding«, erklärte er. »Deswegen habe ich dem hier zugesagt.« Er gab mir seine Karte. »Ruf einfach an, wenn du Hilfe mit deiner Firma brauchst!« In diesem Moment hörte ich etwas hinter uns poltern, und wir wirbelten gleichzeitig rum. Sandra und Timo standen am Fester und hatten uns beobachtet. Sandra war vermutlich davon ausgegangen, dass ich die Nummer bekommen hatte, damit wir uns näher kennenlernen konnten, und hatte vor Begeisterung einen Blumentopf, oder Ähnliches, von der Fensterbank gerissen. Na, die würde sich noch wundern.

Als ich den Schlüssel in den Briefkasten schob und umdrehte, klappte er mit Schwung auf, und ein Schwall Briefe fiel mir entgegen. Ich sammelte alles auf und bugsierte mich durch den Vorgarten ins Haus. Sofort genoss ich meine wiedergewonnene Freiheit. Ich ging, ohne mich an Kisten vorbeischlängeln zu müssen, ins Wohnzimmer und setzte mich mit meiner Post auf die Couch.

Zuerst sortierte ich die Werbung aus, dann sah ich mir die Briefe an. Telekomrechnung, KFZ-Steuer, Handyrechnung, GEZ ... »Na, hoffentlich gibt es hier auch die Nominierung. Sonst lohnt sich dieses Elend gar nicht!« Ich entdeckte einen roten Umschlag. Mein Name und Adresse waren mit goldener

Schrift aufgedruckt, und auf der Rückseite war eine Art Siegel angebracht. »Oh mein Gott!« Mit zitternden Händen riss ich den Umschlag auf, hatte mir das Telefon aber schon zwischen Kopf und Schulter geklemmt und ließ es Steffis Nummer wählen. »Steffiiiii ... ich bin nominiert!«, kreischte ich. Auch Steffi jubelte, und ich hörte Phin protestieren. Ich las ihr den ganzen Brief vor. In sechs Wochen fand eine große Gala in Berlin statt, und ich war mit Begleitung dazu eingeladen. »Was ziehen wir an?«, fragte ich sie aufgeregt. Es kam gar nicht erst zu einem Brainstorming, da das Baby eindeutig alle Aufmerksamkeit seiner Mutter benötigte. Wir verabredeten uns für den Abend ohne Kind, um alles genau zu besprechen. Ich legte auf und schmiss mich in die Kissen meines Sofas. Sanft sank ich ein. Dann sprang ich wieder auf und rief Agnes an. Was genau sie dazu sagen wollte, war mir nicht ganz klar. Die schrie kurz auf und dann hörte ich ein Platschen. Da dies mit dem Abriss der Telefonverbindung verbunden war, vermutete ich, dass ihr Handy über Bord gegangen war. Ich rief sie sofort zurück. »Ihr Ansprechpartner ist zurzeit nicht erreichbar ...«, sagte eine digitale Frauenstimme in der Leitung. Ja, sie hatte das Telefon fallen lassen. Ich informierte meine Eltern und Lena, bevor ich mich wieder zurücklehnte.

Zu einem solchen Anlass konnte ich natürlich nichts von meinen Mops*ich*-Stücken tragen. Sie waren zu sommerlich. Selbst das von mir entworfene Abendkleid war zu leicht. Aber auf der anderen Seite konnte ich auch nichts anderes tragen. Wie würde das denn wirken? Außerdem sollte ich zu jeder Gelegenheit für mich selbst Werbung laufen, hatte Agnes mir immer und immer wieder gesagt. Mein Handy klingelte. Eine unbekannte Nummer mit spanischer Vorwahl wurde im Display angezeigt.

»Ich flippe aus!«, hörte ich Agnes kreischen. »Setz dich hin und entwirf ein Abendkleid!«, schien sie meine Gedanken gelesen zu haben. »Wir machen daraus eine ganz neue Linie und du läufst für uns damit Premiere.«

»Was ist mit deinem Handy?«, fragte ich etwas besorgt. »Paperlapapp! Das spielt jetzt keine Rolle!«, antwortete sie knapp. »Dein Kleid muss besonders sein. Etwas, das auffällt, das anders ist als andere. Du weißt doch, was wir Kurvigen gerne sehen wollen!«

»Das kann ich gar nicht«, protestierte ich. »Natürlich kannst du das!« Was ich konnte, war, mir vorzustellen, wie mein Kleid aussehen könnte. Aber gerade bei Abendkleidern mussten Nähte eingefügt werden, die deutlich aufwendiger waren als bei meinen Strandkleidern. Ich würde zum Beispiel auch ein Unterbrustband einsetzen wollen und die Corsage musste, für den optimalen Sitz, mit Stangen verstärkt werden. Auch eine Schnürung am Rücken würde ich gerne haben wollen. So konnte ich in mein Kleid geschnürt werden und gleichzeitig meine Figur optimal in Szene setzen. So etwas war schon sehr aufwendig und ging weit über das hinaus, was ich bisher in der Lage war, selbst zu schneidern. »Du überlegst, was du möchtest, und Maria wird den Rest machen. Zusammen schafft ihr das! Soll mein Büro dir einen Flug buchen?« Sie hatte mich überzeugt. Nicht nur weil Maria in der Tat mein volles Vertrauen genoss. Ich wollte zurück in die mallorquinische Sonne und würde diese Chance nutzen. Gerne würde ich auch Angel wiedersehen. Seit meiner Ankunft hatte ich nicht mehr an ihn gedacht. Dies war zwar ein sicheres Zeichen dafür, dass er nicht der Mann war, mit dem ich meine Zukunft gestalten wollte, aber auf anderer Ebene waren wir uns ja durchaus einig. Ich hoffte, er hätte keine anderen Pläne, und nahm mir vor dies herauszufinden. »So machen wir das!«, beschloss ich.

Berauscht von meinem so ereignisreichen Morgen, fuhr ich in mein Büro. Katrin hatte schon begonnen meine Kisten einzusortieren und überreichte mir meinen Schlüssel, an dem ein pinkes Strassherz baumelte. »Ich dachte, das würde dir gefallen«, sagte sie und lag damit absolut richtig. Sie hatte sich schon um meinen neuen Telefonanschluss gekümmert und online die Anmeldung meiner Geschäftsräume übernommen. »Du bist großartig!«, stellte ich fest. »Wenn du mal einen neuen Job suchst …«

»Ja, suche ich wirklich«, beendete sie meinen Satz. »Ich denk, du hast einen.«

»Ja, aber um ehrlich zu sein, muss ich mit Baby etwas flexibler sein und würde sehr gerne für dich arbeiten.« Ich hatte meine Aussage nicht ganz ernst gemeint, mir gefiel der Gedanke jedoch sehr. Ich konnte durchaus jemanden gebrauchen, der für mich den organisatorischen Teil meiner Arbeit übernahm, dafür sorgte, dass ich alle Termine einhielt, Rechnungen pünktlich überwies und die vielen Kleinigkeiten erledigte, die mich in meiner Kreativität beeinträchtigten. »Was meinst du denn mit flexibel?«, fragte ich nach. »So dass ich vorwiegend am Morgen ins Büro komme, wenn die Kleine bei der Tagesmutter ist. Oder dass ich auch mal im Homeoffice arbeiten kann, wenn Lucy mal krank ist.«

»Das hört sich für mich machbar an«, hörte ich mich laut denken. Ja, der Gedanke gefiel mir. Unsere Umsätze ließen eine Angestellte zu und Katrin würde dafür sorgen, dass ich deutlich produktiver arbeiten konnte. Bei ihrem Gehalt wurden wir uns schnell einig, also sagte ich: »Herzlich willkommen im Team!«

Nicht nur Katrin freute sich. Auch ich war aufgeregt meine persönliche Assistentin eingestellt zu haben. Hätte mir dies jemand noch vor einigen Wochen gesagt, hätte ich es nicht glauben können.

Da Katrin ihre Tochter bei ihrem Mann wusste, bot sie an unser Büro fertig einzuräumen und beim Vermieter einen zweiten Schreibtisch zu bestellen. Das war perfekt, denn so konnte ich auf direktem Wege zu meinen Eltern fahren. Insbesondere meine Mutter war in Alarmbereitschaft, weil ich mich in letzter Zeit so selten bei ihr gemeldet hatte. Wenn ich heute nicht persönlich auftauchen würde, war ich mir sicher, würde sie zusammen mit meinem Vater vor meiner Tür stehen, um meinen Gesundheitszustand zu überprüfen. So hatte ich es seit meiner ersten eigenen Wohnung schon oft erlebt. Böse sein konnte ich ihr deswegen nicht. Ein Einzelkind zu sein hatte viele Vorteile, brachte aber auch zusätzliche Pflichten mit sich, die ich gerne bereit war umzusetzen. Leider ließ dies meine Zeit nicht immer zu. Aber durch meine neue Katrin würde sich dieser Zustand zukünftig ändern.

»Wie geht es dir denn, Spatz?«, fragte meine Mutter besorgt, als ich kurz vor der Dämmerung bei ihr eintraf. »Gut, Mama.«

»Ich denke so oft an dich. Papa macht sich auch Sorgen.«

»Weswegen denn?«, fragte ich. »Diese ganze Modegeschichte ist doch nichts Solides!«

»Ich weiß, was du meinst. Und selbstständig zu sein ist immer mit einem Risiko verbunden. Aber es läuft doch gut.«

»Ja, dieser Preis ist toll. Aber ich mache mir Sorgen, dass das alles nicht funktioniert und du hinterher in Schwierigkeiten steckst.«

»Das ist lieb von dir Mama, aber ich wünsche mir, dass du mir vertraust und mich machen lässt. Dabei fällt mir ein, ich habe ab jetzt ein Büro.« Meine Eltern stammten eben aus einer Generation, die ungerne ein Risiko einging. Eine Festanstellung zu haben war für meine Eltern die sicherste vorstellbare Option. Das konnte ich gut nachvollziehen, war aber das beste Beispiel dafür, dass ungewöhnliche Wege auch nur begangen werden wollten, um Erfolge zu erzielen. »Ein Büro?«, fragte sie beeindruckt. »Soll ich es dir zeigen?«

Wir fuhren in die Innenstadt und von der Tiefgarage mit dem Aufzug direkt in das Loft. »Wahnsinn!«, schwärmte sie, als sich die Aufzugtüre öffnete. »Und das kannst du dir leisten?« Ich nickte stolz. Begeistert stellte ich fest, dass das Telefon und das Internet schon funktionierten. Zumindest ließ dies das freudige Tuten des Hightech-Telefons vermuten. Katrin hatte ganze Arbeit geleistet. Mein Büro sah toll aus und war so eingerichtet, dass ich sofort loslegen konnte mit meiner Arbeit. Sogar ihr Schreibtisch stand schon in Position und war mit allem eingerichtet, was sie zum Arbeiten benötigte.

Etwas beruhigter konnte ich meine Mutter zu Hause absetzen und hetzte heim. Steffi wartete schon vor meiner Türe auf mich. »Da bist du ja endlich!«, maulte sie. »Tut mir leid, ich habe meiner Mum noch das Büro gezeigt.«

»Ich möchte es auch sehen!«, sagte sie und drückte mir einen Kaktus in die Hand. »Zur Einweihung.«

»Du schenkst mir ernsthaft einen Kaktus?«, fragte ich und überlegte, welche Bedeutung diese Pflanze hatte. Es war nichts Positives, aber was genau die Aussage dahinter war, fiel mir nicht ein. »Ja, weil er robust ist und du ja eher den schwarzen Daumen hast«, lachte sie und kramte eine Flasche Sekt aus ihrer riesigen Handtasche. Sie weigerte sich eine Wickeltasche für Phin anzuschaffen und so wuchsen ihre Handtaschen stetig. Da sie darauf bestand, fuhr ich erneut in mein Büro und übernahm eine Führung durch das Loft. Recht schnell nahm Steffi die Musterkarten und legte sie auf dem Boden aus. »Welche Farbe wünschst du dir für dein Kleid zur Preisverleihung?«

»Rot kann ich mir gut vorstellen. Was sagst du?« Sie nickte und legte drei der acht vorhandenen Rottöne auf meinen Teppich und setzte sich daneben. »Die finde ich dafür am besten, oder?« Ich holte die Dosen mit Strass und eine weitere mit Stickerei-Mustern. Wir legten sie zusammen, suchten neue Kombinationen und verwarfen dann wieder alles, um ganz neu anzufangen. Steffi hatte geistesgegenwärtig zwei Pappbecher in ihre Tasche gepackt, die sie hervorzog. »Nicht ganz stilecht, aber sie werden gute Dienste leisten«, sagte sie und öffnete die Flasche Sekt. Es war sehr witzig, beim Trinken mein Kleid zu designen und jede Kleinigkeit auszuprobieren. Agnes hatte nicht nur Musterkarten in den Kisten verpacken lassen. Auch ganze Bahnen Stoff waren dabei. Sodass wir an meiner Ansteckpuppe ausprobieren konnten, wie das fertige Kleid aussehen würde. Ein Profi hätte sich vermutlich die Haare gerauft, wenn er das wilde Wirrwarr an Nadeln im Stoff gesehen hätte, aber für uns zählte nur das Endergebnis.

Als wir fertig waren und uns unser Muster begeisterte, setzten wir uns auf den Teppich und betrachteten das fertige Werk. »Ich brauche definitiv ein Sofa«, beschloss ich. Steffi stand auf und stellte meinen Kaktus auf meinen Schreibtisch. Dann packte sie einige Dekoartikel aus, die sie ebenfalls in ihrer Tasche versteckt hatte, und rundete die Einrichtung meines Büro ab. »Was hast du da bloß alles drin?«, lachte ich. »Alles, was ich so zum Leben brauche.« Sie setzte sich wieder neben mich und leerte die Sektflasche in unsere Becher. »Ich find's zwar schön hier, aber wenn die anderen nicht da sind, ist es ganz schön gruselig.«

»Da hast du recht. Aber die Aussicht bei Nacht ist bestimmt grandios!« Wir gingen auf die Terrasse und betrachteten das Nachtleben von oben. »Jetzt wo ich mal an einem Wochenende kinderfrei bin, könnten wir ja eigentlich feiern gehen!«

»Gute Idee«, stimmte ich zu. »Aber versuch mich nicht zu verkuppeln. Ich glaube, ich habe genug von der Männerwelt.« Steffi sah mich erstaunt an. »Angel würdest du aber nicht von der Bettkannte schubsen.«

»Schubsen nicht. Aber einziehen dürfte er trotzdem nicht«, lachte ich.

Wir schlenderten durch die Stadt und landeten schließlich gegen drei Uhr in einer kleinen Cocktailbar. Während der Happy Hour, die noch bis vier Uhr ging, tranken wir zwei Pina Colada und einen weiteren zum Abschluss dieses schönen Abends. Wir lachten viel und flirteten ab und an etwas. Die meiste Zeit genossen wir jedoch mit uns selbst und unserer Freundschaft. Ein Mann des Typs Schmierlappen gesellte sich an unseren Tisch. »Ich brauche dringend die Telefonnummer deiner Eltern«, sagte er zu Steffi, die ihn überrascht, aber offensichtlich auf Abwehr anblickte. Er hatte eine Arroganz, die wir beide nicht leiden konnten, und seine ganze Körpersprache ließ keinen Zweifel daran, dass er sich für ein Geschenk an die Frauenwelt hielt. Ich lehnte mich zurück und wartete gespannt auf die Pointe seines Sprüchleins. »Sie müssen mir das Rezept für dich verraten. Denn du bist wirklich gut gelungen!« Ich musste lachen, und Steffi zückte ihre Geldbörse, um zwei Geldscheine auf den Tisch fallen zu lassen. »Ich glaub, ich muss brechen«, nuschelte sie und wir stolperten so elegant wie möglich aus der Bar. Glücklicherweise bekamen wir gleich ein Taxi und fuhren auf direktem Wege heim.

KAPITEL 27

## Say yes to the Dress

Am Montag Morgen pünktlich um neun Uhr –ich wollte nicht übertreiben und die Tatsache, dass ich selbstständig war, sollte zumindest den Vorteil haben, dass ich etwas länger schlief, als ich es in meinem Angestelltenverhältnis gekonnt hätte –traf ich im Loft ein. Ich hatte einen Kuchen zur Einweihung für meine »Kollegen« gebacken und freute mich sehr darüber, dass sie mich schon erwarteten. Ein kleiner Strauß Blumen und eine Flasche Sekt standen auf meinem Schreibtisch. Wir stießen miteinander an und ich freute mich sehr, dass alle so nett erschienen. Bertram, der Schmuckdesigner, war viel jünger, als sein Name es vermuten ließ. Er hatte eine wilde Frisur und noch wildere Augenbrauen. Er schmiedete seinen Schmuck in seiner Werkstatt selbst. Bei jedem Stück handelte es sich um ein Unikat. Da er selten im Loft war, hatte er Katrin. Sie übernahm seine Buchhaltung, nahm Anrufe von Kunden entgegen und kümmerte sich um seine Korrespondenz. Seine Frau Martina unterstützte Katrin dabei, designte aber auch selbst. Ulla-Karin, die Fotografin, trug eine aufwendige Frisur, schminkte sich kaum und hatte eine sehr schöne Art zu reden. Ich konnte mir vorstellen, dass sie auch Märchenerzählerin in Kindergärten hätte sein könnte. Wilhelmine, die Malerin, war die Älteste im Bunde. Ich vermutete, sie sei um die sechzig. Dies war jedoch sehr schwer einzuschätzen.

Sie trug offensichtlich sehr teure und exklusive Kleidung. Über Mops*ich* schien sie schon gut informiert zu sein. »Ich liebe diese grüne Tunika mit den Schleifen an den Armen. Einfach entzückend!« waren ihre ersten Worte an mich. »Kann ich die nur auf Mallorca bekommen, oder gibt es für mich noch eine andere Möglichkeit?«, fragte sie und zwinkerte mir zu. Ich versprach ihr, im Lager nachzufragen. Sie war eine kurvige Frau, die mit beiden Beinen im Leben stand. Eine klassische Mops*ich*-Kundin eben. »Hast du einen Katalog?«, erkundigte sie sich. »Nein, leider noch nicht. Aber darüber sollten wir nachdenken.«

»Hast du einen stillen Teilhaber? Oder wer ist mit ,wir' gemeint?«, fragte sie neugierig. »Ja, so was in der Art.«

»Na, wenn ihr dann mal eine gute Fotografin für eure Imagebilder braucht, sitze ich nur zwei Tische weiter«, lachte Ulla-Karin. »Ich habe es mir schon notiert«, bestätigte ich. »Ich habe ja gehört, dass du gleich mit mir in den Krieg ziehen willst«, sagte Bertram, nachdem er sein Glas geleert hatte. Er hatte Katrins Kündigung also schon erhalten. »Jetzt mach ihr keine Angst!« Katrin stieß ihn lachend an. »Keine Sorge, er wird eh nie hier sein. Eigentlich sind wir ein reines Frauenloft.«

»Stimmt. Meine Frau ist hier, ich bin in der Werkstatt«, bestätigte er. Für mein Gefühl entspannte sich die Situation jedoch noch nicht so richtig. »Keine Sorge. Ich finde es zwar schade, dass Katrin zu dir wechselt, aber meine Kundentermine sind halt eher nachmittags. Für eine junge Mutter ist das schwer umzusetzen. Bis wir jemand Neues haben, wird meine Frau Katrins Arbeit übernehmen. Das passt schon«, beteuerte er, aber so richtig erleichterten mich seine Worte nicht. »Wenn du aber für eine Fashionshow mal Schmuck brauchst, liefere ich.« Ich nickte zustimmend. Auch wenn wir uns anlächelten, ich fühlte mich unwohl in seiner Gegenwart. »Sie kann sofort bei dir anfangen«, sagte er bestimmt. »Okay. Vielen Dank«, antwortete ich brav und unbeabsichtigt übertrieben freundlich. Bemüht konzentrierte ich mich auf Ulla-Karin und Wilhelmine.

Wir plauderten noch eine Weile angeregt. Dann eilten alle in ihren Teil des Lofts und gingen ihrer Arbeit nach. Ich gab Katrin die Telefonnummer von Agnes' Assistentin und bat sie Rücksprache zu halten, welche Aufgaben wir in Deutschland übernehmen konnten. Außerdem wies ich sie an, sich zu erkundigen, mit wie vielen Personen wir zu der Preisverleihung nach Berlin reisen durften. Sie machte sich gleich an die Arbeit.

Endlich saß ich an meinem Schreibtisch und fing an, meinen Entwurf für das Galakleid in Einzelheiten zu beschreiben. Ich wollte diese schriftliche Erklärung den Fotos von meinem provisorischen Entwurf auf meiner Puppe hinzufügen. So hatte Maria alles beisammen, um gut arbeiten zu können. Allerdings fand ich nicht den richtigen Dreh. Es landeten Unmengen zerknülltes Papier in meinem Abfalleimer und auf dem Boden. Irgendwann gab ich auf und ging in die Gemeinschaftsküche, um dort meine Mittagspause zu verbringen. Wilhelmine hatte offensichtlich die gleiche Idee und so kamen wir ins Gespräch. »Ist dir ein Farbeimer hingefallen?«, fragte ich bei ihrem Anblick. In der kurzen Zeit, die sie in ihrem Büro war, hatte sie sich vollkommen mit Farbe beschmiert. Ihr Arbeitsbereich schien jedoch sauber, sah ich von unserer kleinen Küche aus. »Komm mit. Ich zeig es dir.« Ich folgte ihr. Zu meiner Überraschung hatte ihr Büro einen Durchgang, der so weit hinter einem Regal lag, dass er nicht gleich zu erkennen gewesen war. Eine Treppe führte hinab und direkt in ein Atelier, in dem sie arbeitete. Dieser Raum bot den absoluten Kontrast zu ihrem Büro. Was oben fast schon steril wirkte und lediglich durch ein abstraktes, buntes Bild darauf hinwies, dass eine Künstlerhin dort arbeitete, war hier ganz anders. Wenn mir jemand gesagt hätte, eine Bombe wäre in einem Farblager explodiert, dann hätte ich mir das Ausmaß an buntem Chaos genau so vorgestellt, wie es mir Wilhelmine gerade darbot. Ich musste lachen. »Verstehe.«

»Künstler brauchen Chaos. Ohne Farben und das Durcheinander kann ich nicht arbeiten. Meine Kunden wiederum erwarten einen klassischen Gallery-Style. Den gebe ich ihnen gerne.«

»Ja, das kann ich nachvollziehen. Hast nur du einen Durchgang?«

»Ja, ich miete auch die komplette untere Etage«, erklärte sie. »Ich mag das Büro aber und deswegen haben wir den Durchbruch gemacht. Ist schon seit vielen Jahren so. Ich mag es, mit Menschen zu sprechen und nicht immer für mich zu sein.«

»Das verstehe ich sehr gut. Deswegen bin ich hier.« Sie nickte. »Wachstum und Kreativität entstehen halt nur im Austausch.«

»Und mit bunten Flecken«, lachte ich, als mir eine Idee kam. »Wilhelmine, du hast mir sehr geholfen!«, sagte ich noch und eilte davon.

Zurück in meinem Büro, kippte ich die Kiste mit den Musterkarten auf dem Boden aus und kniete mich daneben. Vorsichtig löste ich die vielen bunten Stoffstücke von der Klebeauflage ab. »Was machst du da?«, fragte Katrin. Ich hob nur kurz die Hand und bedeute ihr zu warten. Ich hatte keine Zeit zu sprechen, denn ich versuchte eine Idee umzusetzen. Aus einem viereckigen Stück Stoff wollte ich eine Blume falten, was mir nicht so recht gelingen wollte. Nach einigen Versuchen ließ ich davon ab und schnaubte. »Kann ich dir helfen?«, fragte Katrin. »Wenn du weißt, wie ich Blumen nähen kann, dann schon.«

»Also nähen nicht. Aber meine Schwester war Schützenkönigin. Ich habe Hunderte Blumen aus Krepppapier gedreht.«

»Wirklich?«

»Klar. Das ist ganz einfach.« Sie holte sich eine rolle Garn aus einem Korb und kniete sich zu mir auf den Boden. Dann wies sie mich in die Kunst des Rosenfaltens ein. »Das ist gar nicht so schwer! Du faltest das Viereck zu einem Rechteck. Dann raffst du es unten zusammen und bindest es fest. Fertig!« Sie verknotete das Garnende und zeigte mir das Ergebnis. »Es ist in der Tat etwas schwerer als mit Krepp und Draht. Aber es geht. Vermutlich brauchst du die Blumen aber etwas flacher, oder? Soll ich nach einer anderen Anleitung googlen?«, fragte sie. »Nein, ich glaube, das geht gut. Zumindest für mein Muster scheint es perfekt zu sein. Danke.« Zusammen drehten wir Blumen aus allen Stoffstücken, die wir hatten. Als uns die kräftigen Farben ausgingen und wir nur noch gedecktere Töne verwenden konnten, hatte Katrin gleich eine Idee. Wir formten weitere Blumen aus den bunten Papieren ihres Notizblocks. Als der Boden übersät war mit Blüten, sagte sie: »Ich muss los und meine Tochter von der Tagesmutter holen. Sollen wir eben aufräumen und morgen weitermachen?«

»Nee, ich schaffe das jetzt allein. Vielen Dank«, antwortete ich und nahm sie in den Arm. »Ich bin froh mit dir zu arbeiten«, sagte ich ihr ehrlich. Sie lächelte, griff nach ihrer Tasche und eilte aus dem Büro. »Ich auch, und das sehr!«

Ich suchte Anstecknadeln und steckte die vielen Blüten an mein Kleid. Ich fing recht eng am Dekolleté an und ging dann immer lockerer in einer Kurve um meine Puppe herum. Als ich auf der Schleppe endete, waren nur noch vereinzelte Rosen zu finden.

Die restlichen Blumen klebte ich auf einem Stück Papier zusammen und formte eine passende Clutch daraus. Glücklich blickte ich auf mein Werk. Das war ein wundervoller Entwurf und ich würde lieben ihn zu tragen. Sofern er an mir so gut aussehen würde wie auf meiner Puppe. Aber diesem Problem würde ich mich erst annehmen, wenn das Kleid fertiggestellt worden war. Plötzlich stellte ich fest, dass sich niemand anderes mehr im Büro befand. Mir war gar nicht aufgefallen, wie spät es schon war. Aber mir fiel auf, dass Steffi recht hatte. Es war gruselig im Loft ohne andere Menschen. Also entschloss ich mich Feierabend zu machen.

»Hey, alles gut bei dir?«, fragte ich Steffi, als ich in meinem Kuschel-Jumpsuit mit einer Schüssel Ramen auf meiner Couch saß und sie anrief. »Ja, super. Wie war dein erster Tag im Büro?«

»Ich habe unser Kleid fertigentwickelt. Es ist unglaublich schön.«

»Verdammt! Ich ruf dich zurück.« Phin fing im Hintergrund an zu brüllen.

»Was ist los?«

»Er ist total übermüdet. Ich mach ihm jetzt 'ne warme Milch und leg ihn hin. Dann rufe ich dich zurück.« Ich hörte es in der Leitung klicken. Ich verbrühte mir die Lippen an den viel zu heißen Nudeln und stellte die Schüssel auf dem Tisch ab. Frustriert lehnte ich mich zurück und zappte durch das Fernsehprogramm, bis mein Telefon endlich klingelte. Es rutschte mir von der Couch, und so dauerte es etwas, bis ich abheben konnte. »Ja, ich bin dran«, hauchte ich in den Hörer. »Sieh dich vor, meine Liebe!«, lallte eine mir sehr vertraute Stimme, und mein Herz begann augenblicklich zu rasen. »Henning?«

»Ja, wer denn sonst? Ich kann es dir zwar immer noch nicht beweisen, aber ich weiß, dass du mir die Polizei auf den Hals gehetzt hast.« Er war offensichtlich betrunken. Die Schwere seiner Stimme verriet es mir. Er sprach viel langsamer als gewöhnlich und die Endungen entsprachen nicht dem, wie er es bei seinen unzähligen Rhetorikkursen gelernt hatte. »Ich weiß gar nicht, wovon du sprichst«, log ich und bemühte mich ruhig zu bleiben. »Ich behalte dich im Auge, Mara. Und dann werde ich dir einen Strick draus drehen.« Ich antwortete nicht. »Hast du Angst?«

»Henning, ich weiß, dass du dich in deinem kleinen Ego verletzt fühlst, aber wir befinden uns nicht in einem Mafiafilm. Also mach hier keinen auf ›Der Pate‹ und ruf keine Leute an, wenn du betrunken bist.« Mein Herz raste, aber ich wollte mir nichts anmerken lassen. Ich versuchte so lässig wie möglich zu klingen, was mir sehr schwerfiel. »Hast du noch etwas zu sagen, oder war es das schon?«

»Schickes neues Büro hast du übrigens.« Ich antwortete nicht. Woher konnte er das wissen? »Wie läuft es eigentlich mit deinem Latinlover?« Jetzt war ich wirklich sprachlos. »Oder besorgt es dir jetzt ein anderer?« Bemüht, mir meine Verwirrung und vor allem meine Besorgnis nicht anmerken zu lassen, antwortete ich so cool, wie es mir möglich war: »Eifersüchtig? Ich sage es nicht ganz so ungern, wie du es hören wirst: Das geht dich nichts an.

Aber wo ich dich gerade dran habe: Ich möchte meine Möbel haben. Und meine Kisten auch!«

»Du bekommst nichts. Und davon eine ganze Menge. Das Zeug ist schon auf der Deponie!« Genau dies war schon zuvor meine Befürchtung gewesen. Aber der Versuch war es wert. »Dieser Anruf ist eine Warnung. Solltest du mir noch einmal in die Quere kommen, mache ich dich fertig.«

»Rufst du all die Frauen, die du verarschst hast, an, oder ist das mein persönliches Privileg?« Nun schien er seine Stimme erst wiederfinden zu müssen. »Was willst du mir denn schon antun, was du nicht schon hast? Ich habe keine Angst vor dir!«, fuhr ich fort. Auch wenn er betrunken war, woher hatte er diese Informationen? Und vor allem, weshalb rief er an? Warum jetzt? Der Vorfall mit der Polizei lag Wochen zurück. »Nimm diese Warnung ernst.« Bevor ich etwas erwidern konnte, klickte es erneut in der Leitung. Er hatte aufgelegt.

Ungeduldig wartete ich auf Steffis Rückruf. Essen konnte ich nun nicht mehr, denn mir war der Appetit vergangen. Vor allem beschäftigte mich die Frage, woher er von Angel wusste. Wir waren nicht zusammen und wir hatten nie ein Date, bei dem uns jemand hätte sehen können. Woher wusste er von meiner Wohnung und dem Büro? Vielleicht hatte er mich gesehen. »Moment!«, sagte ich laut. »Wohnt der etwa doch noch in Krefeld?« Ich war davon ausgegangen, dass er zurück nach Mühlheim gegangen war. Immerhin war er ausschließlich wegen mir hergekommen und die Wohnung dort existierte ja offensichtlich noch. Ich nahm mein Handy und googelte ihn. Seine Abneigung gegen soziale Medien sorgte dafür, dass ich kaum etwas fand. Lediglich einen Zeitungartikel aus seiner Schulzeit und ein Gruppenbild von ihm und seinen Kommilitonen tauchten als Suchergebnis auf. Keine aktuellen Fotos, kein Posting, keine Ortsangaben, nicht mal eine Markierung. Ungewöhnlich in der heutigen Zeit, dachte ich. Aber es machte ja auch Sinn. Wäre es einfach, Informationen über ihn zu finden, würde es den Betrug an Frauen unnötig erschweren.

Mich beschäftigte der Gedanke zu sehr, um es nun darauf beruhen zu lassen. Also sprang ich auf und stieg in mein Auto. Meine Hände, eigentlich mein ganzer Körper zitterte, als ich langsam die Hauptstraße unseres Stadtteils hinauffuhr. Ich versuchte einen Blick in die hell beleuchteten Fenster besagter Wohnung zu werfen. Ich konnte zwar Schatten erkennen, aber keine Personen erspähen. Ich musste es genau wissen und parkte auf dem Parkplatz des Friedhofes, der einen kurzen Fußmarsch entfernt lag. Leider hatte ich nicht daran gedacht, mich umzuziehen. Ich saß im Geparden-Look meines Plüsch-Onesies und Stoppersocken in meinem Auto und überlegte, ob ich nun aussteigen sollte oder nicht. Unauffällig ging anders. »Verdammt noch mal, jetzt regnet es auch noch!«, fluchte ich, stieg aber doch aus. Mir war kalt. Der frische Wind wehte Blätter über die Straße, die kurz darauf von den dicken Regentropfen auf den Asphalt geklebt wurden. Der Sommer war eindeutig vorbei und der Herbst bestimmte die Wetterlage. Ich schlich über die Straße, an einigen Eigenheimen vorbei, bis ich die Türe des grünen Hauses erkennen konnte. Ich huschte in einen Eingang und verschnaufte einen Moment. Meine Socken waren durchnässt und auch mein Haar hing schlapp und nass an meinem Kopf. Missmutig zog ich die Kapuze über. Genau dies hatte ich vermeiden wollen, denn die großen, aufgenähten Plüschohren bekamen so eine führende Rolle im Gesamteindruck meiner Garderobe. »Als ob es darauf noch ankommt«, kommentierte ich meinen Auftritt und fixierte die Bänder meiner Kopfbedeckung. Mein Herz raste, dennoch kam mir ein klarer Gedanke. »Was tue ich hier eigentlich und warum interessiert es mich überhaupt, ob er wirklich hier wohnt oder nicht?« Es war doch eigentlich egal. Auf der anderen Seite wollte ich wissen, ob er mich beobachtet haben konnte. Ich hoffte, dass ich falsch lag und er, wie ursprünglich vermutet, wieder in die Nähe seines Vaters gezogen war. Ich musste wissen, ob ich mich in meiner Nachbarschaft noch sicher fühlen konnte, oder ob ich befürchten musste, ihm beim Einkaufen oder an der Pommesbude zu begegnen. Es war keine Angst vor ihm als Person. Vielmehr die Befürchtung, er würde mich BH-los in Schlabberklamotten sehen, wie ich schnell beim Discounter einen Liter Milch kaufen würde oder so. Ich blickte an mir herunter. »Mich so beim Spionieren vor seinem Haus zu treffen, ist natürlich bedeutend besser, Mara!«, schimpfte ich. Mein Outfit war für ein Zusammentreffen der Supergau! Wenn wir uns schon begegnen mussten, dann nur top gestylt. Warum interessierte mich überhaupt, was er von mir denken konnte?, fragte ich mich, verschob diese schwerwiegende Ergründung meiner Seele jedoch auf einen späteren Zeitpunkt zu verlegen. Ich überlegte, ob es Sinn machte umzukehren. Die Fenster der Wohnung waren nur noch zwei Eingänge entfernt. Jetzt umzudrehen wäre sicherlich sinnvoll, aber auch nicht befriedigend. Immerhin hatte ich es bis hierher geschafft. Ich konnte nicht anders, ich musste wissen, ob es seine Fenster waren. Also stieg ich den Eingang hinab und schlich weiter. Mein Herz pochte wahnsinnig laut, als ich mich unter dem Lichtkegel besagter Wohnung duckte. Mir wurde schwindelig, aber ich versuchte dennoch einen Blick in das Fenster zu erhaschen. Die Fensterbank war zu hoch und ich konnte nur die Decke der Wohnung sehen. »Mist, verdammter!« Selbst auf Zehenspitzen war es unmöglich, etwas zu erkennen. Stimmen waren zu hören. Ich konnte sie jedoch nicht so gut hören, dass ich sie hätte Henning zuordnen können. So kurz vor dem Ziel konnte ich nicht aufgeben. Also blickte ich mich um, sah aber nichts, was mir helfen würde, an Höhe zu gewinnen. »Was würde ich jetzt für einen Haufen Sperrmüll geben?«, nuschelte ich. Ein alter Stuhl oder eine Kiste hätte mir wirklich weitergeholfen. Dann bemerkte ich einen Vorsprung am Haus, circa auf Kniehöhe. Ich packte die Fensterbank mit beiden Händen und zog mich hoch. Ausschließlich meine Zehenspitzen hatten Platz auf dem kleinen Vorsprung. Ich musste sehr viel Kraft aufwenden, um mich hochzuziehen und vor allem halten zu können. Eine Pflanze stand direkt vor meinen Augen auf der inneren Fensterbank. »War ja klar!«, motzte ich und lehnte mich etwas an die Seite. Niemand war in dem Raum, der offensichtlich mit meinen Möbeln zu einem gemütlichen Wohnzimmer eingerichtet worden war. Aus einem der hinteren Räume, ich wusste, dass es die Küche war, kam ein Mann. Offensichtlich telefonierte er und hielt eine Flasche Wein in der Hand. Mein Atem hatte die Scheibe beschlagen und ich konnte nur die Umrisse erkennen. Ich verkrampfte eine Hand so fest an der Fensterbank, dass ich mich halten und mit der anderen die Scheibe freiwischen konnte. Mein Ärmel quietschte über die Scheibe. In dem Moment, in dem ich Hennig erkannte, rutschte meine Hand von der Fensterbank und ich platschte mit dem Hintern hart auf den Boden. Ich rappelte mich so schnell wie möglich auf und lief los. Ich hielt meine Hände fest an meine Brust gepresst. Eine große Oberweite ist beim Rennen ehrlich nicht förderlich, dachte ich. Als ich in eine Pfütze trat, rutschte ich auf Papier, vielleicht einem Flyer oder Prospekt, aus und schlitterte ein Stück. Ich konnte den Aufprall mit meinen Händen abfangen und etwas mildern, jedoch verletzte ich mich am Knie. Ich hatte keine Zeit, mir meine Wunden anzusehen, und krabbelte in den nächsten Hauseingang. So schnell wie möglich stand ich auf und presste mich an die Wand. Schritte waren zu hören. Sie kamen zügig auf mich zu. Ich bemühte mich so wenig wie möglich zu atmen, denn ich bemerkte nicht nur ein Stechen in meiner Leiste, sondern auch mein lautes Schnauben. Der Hauseingang, der mich verbarg, war Gott sei Dank nicht beleuchtet, und so hatte ich Hoffnung, nicht entdeckt zu werden. Die Schritte wurden lauter, und ich sah die Schatten zweier Personen auf dem Boden. Ein Hund blieb vor dem Eingang stehen, und sein Frauchen kreischte auf bei meinem Anblick. Der Mann bei ihr war jedoch nicht der Schweinekopp. Ich lehnte mich aus dem Eingang und blickte zu Hennings Haus zurück. Ich konnte ihn nirgends entdecken. »'tschuldigung, ich wollte Sie nicht erschrecken«, rief ich und lief weiter, bis ich mein Auto erreicht hatte. Ich schmiss den Motor an und brauste davon.

KAPITEL 28

# Mein Superheld

»Du lieber Himmel. Bist du verletzt?«, erkundigte sich Steffi, als ich vor ihrer Tür stand. »Mein Knie hat geblutet. Ist aber schon getrocknet. Und mein Hintern schmerzt. Wird bestimmt blau.« Ich hatte sie von unterwegs angerufen, weil ich nicht heim wollte. »Ich möchte ja nicht klugscheißen, aber warum hast du denn nicht einfach auf die Klingel geguckt?« Das war eine gute Frage. Dieser Gedanke war mir bislang nicht gekommen. Wir mussten beide lachen. Sie reichte mir ein Shirt und eine Leggings. »Deine Sachen passen mir doch nicht. Doch, das wird passen. Zieh es einfach an.« In der Tat konnte ich mich, zwar mit Gewalt, in ihre Schlabbersachen quetschen, aber die Nähte knirschten verdächtig. Sie holte uns beiden eine Flasche Weißwein aus der Küche, während ich mir ein Handtuch um den Kopf zu einem Turban wickelte. »Warum hast du mich nicht angerufen?«, schimpfte sie. »Du hast doch Phin …«

»Blödsinn!«, unterbrach sie mich. »Du blutest im Gesicht.« Sie griff ein Taschentuch vom Tisch und tupfte meine Wange ab. »Mein Display ist beim Sturz gesprungen. Als ich dich anrief, habe ich mich auch noch geschnitten.«

»Warum denkst du eigentlich an dein Handy, aber nicht daran, eine Jacke anzuziehen.«

»Weil mein Leben vom Telefon bestimmt wird!«, fauchte ich sie an. »Entschuldige. Ich bin etwas durch den Wind.«

»Alles gut. Ich muss dir was gestehen.«
»Was denn?«, fragte ich. »Dass du einen Freund in Spanien hast, habe ich ihm erzählt.«
»Wann?«
»Vor ein paar Tagen. Ich habe ihn an der Haltestelle getroffen. Er arbeitet beim Landgericht und gab mordsmäßig an, wie gut es ihm ginge. Ich habe dann für dich etwas auf die Kacke gehauen. Entschuldige bitte.«
»Du wusstest, dass er hier wohnt?«
»Ich wollte dich nicht beunruhigen und hatte auch nicht die Gelegenheit, es dir in einem passenden Moment zu sagen.«
»Wie passend muss so ein Moment denn sein?«
»Ich weiß auch nicht. Es tut mir leid.«
»Schon gut«, sagte ich. Vermutlich hätte ich es ähnlich gehandhabt. »Warum ist er beim Landgericht und nicht mehr bei seiner Kanzlei?«
»Hat er natürlich nicht gesagt. Meine Mutmaßung ist ja, dass Beziehungen unter Kollegen nicht gerne gesehen werden.«
»Du hast doch nicht ...«, vermutete nun ich. »Nein, habe ich nicht. Ich habe nichts gemacht, von dem du nichts weißt.«
»Meine Mutter hatte so etwas auch schon vorgeschlagen.«
»Meinst du, sie hat es seinem Chef gesagt?«
»Nee, sie weiß nicht mal, in welcher Kanzlei er gearbeitet hat. Das wird Zufall sein oder sie haben sich zu auffällig verhalten.«
»Vielleicht hat seine Trulla die Sache aber auch auffliegen lassen. Wer weiß?«
»Ist auch egal. Hast du was von der Wohnung oder dem Büro gesagt?«

»Dass du auf Mallorca lebst, kann man in jeder Zeitung nachlesen. Vom Büro habe ich nicht gesprochen. Sicherlich hat er dich gesehen. Wer weiß.«

»Stimmt. Ist eigentlich auch egal. Lass uns über was anderes sprechen. Der hat mir meinen Tag schon zur Genüge ruiniert«, beschloss ich. »Ich hatte heute auch keinen schönen Tag. Der KB hat sich gemeldet.«

»Oh Gott, was will der denn?«, wunderte ich mich. Ihr Ex-Freund und Vater von Phin meldete sich nie. »Seinen Sohn sehen. Nicht mehr lange bis Weihnachten, und da sind seine Vatergefühle mit ihm wohl durchgegangen.«

»Und jetzt?«

»Er hat das Jugendamt angerufen und sich seine Rechte erklären lassen. Und jetzt weiß er, dass er ein Recht auf Besucherwochenenden hat. Ich habe natürlich erklärt, dass ich Phin nicht übers Wochenende abgebe, zumal er ihn ja gar nicht kennt. Jetzt treffen wir uns bei mir für zwei Stunden. Irgendwie habe ich Angst.«

»Wann denn?«, fragte ich nach. »Morgen. Ich wollte nicht bis zum Wochenende warten. So etwas macht mich irre.«

»Soll ich dabei sein?«

»Lieb von dir, danke. Aber das muss ich allein machen«, erklärte sie. Ich konnte hören, wie schwer es ihr fiel, mich nicht zu bitten doch zu kommen. »Bist du sicher?« Sie nickte. »Ich schaffe das schon. Wir haben schon andere Ex überlebt. Und im Vergleich zu euren ist er ja human«, lachte sie und ich musste ihr recht geben. »Wir sollten uns was überlegen, wie wir deine Möbel bekommen.«

»Die krieg ich nicht, und um ehrlich zu sein, bin ich über den Punkt hinaus, dass es mich interessiert. Eigentlich ist es egal.«

»Nein, ist es nicht. Es geht ums Prinzip!« Ich hörte Steffi auf den Boden stampfen und gleichzeitig brüllte Phin los. »Dieses Kind ist das Liebste, was ich im Leben habe, aber diese Brüllerei macht mich verrückt.«

»Ich mache mich auf den Heimweg«, beschloss ich. »Schon?«

»Ja, ich möchte duschen und mich auf meine Couch kuscheln.«

»Klar, bis morgen. Schlaf schön«, rief sie mir noch zu, als ich schon an der Tür stand und sie im Kinderzimmer verschwand. »Ich bemühe mich.«

Mir war etwas unwohl, als ich durch meine Gasse ging. Hatte Henning mich erkannt und würde er mir eventuell auflauern, um mich zur Rede zu stellen? Als ich das Gartentor öffnete, kam ich mir vor wie in einem Horrorfilm und rechnete jeden Moment mit einem Jumpscare. Also auf den Moment, in dem Henning blutrünstig aus dem Gebüsch sprang und mich abmurkste. Dies geschah zu meinem Glück nicht und ich konnte vollkommen unbehelligt in meinem Häuschen verschwinden.

Konsequent quälte ich mich am nächsten Morgen aus dem Bett und fuhr um Punkt achtuhrfünfundvierzig Richtung Büro. Meine Tankanzeige leuchtete und so machte ich einen Zwischenstopp an der Tankstelle. Es regnete immer noch. Kurzentschlossen hielt ich vor der Werkstatt und ging zielstrebig hinein. »Guten Morgen!«, sang ich und strahlte den Mechaniker an, der im Gesicht vollkommen ölverschmiert war. Wann hatte er wohl angefangen zu arbeiten, dass er schon so aussah, fragte ich mich. Aber nicht jeder Beruf ist sauber und ich war in meinem Leben für Mechaniker schon so oft unheimlich dankbar, dass mir vollkommen egal war, wie schmutzig oder nicht sie waren. Es gibt ja auch Männer, die dadurch erst unheimlich sexy werden. Bruce Willis war in seinen jungen Jahren so einer. Der Mann sah in »Stirb langsam« unwiderstehlich aus, wenn er blutig und dreckverschmiert im Unterhemd die Welt rettete. Aber auf dem Red Carpet zum Beispiel, im Anzug und Krawatte, war er weniger mein Typ. »Ich glaube, Sie sind der Mann, der mich retten wird«, sagte ich und war mir der Wirkung meiner Worte bewusst. Gerade bei allem, was sich um mein Auto drehte, hatte ich eine unschlagbare Taktik entwickelt, mir helfen zu lassen. Ich konnte und wollte mich nicht um die vielen Dinge rund um mein Vehikel kümmern. Ölstand messen, Reifendruck, alles, zu dem ein Lämpchen blinken konnte, und auch nicht meine Scheibenwischer. Deshalb stellte ich mich immer gerne etwas dümmer, als ich war, und hoffe darauf, dass ich einen Mann finden würde, der sich sein imaginäres Superman-Cape anlegte und mir zur Rettung eilen würde. »Was kann ich denn für Sie tun?«, fragte er und wischte sich seine Hände an einem Lappen ab. Eindeutig erkannte ich, wie er sich den rot-blauen Superheldenanzug schon angelegt hatte. »Ich brauche neue Scheibenwischer. Aber ich weiß nicht, welche Größe.«

»Das ist doch kein Problem!«, sagte er, warf einen Blick auf mein Auto und reichte mir, von einem Drehständer nahe der Kasse, ein paar Scheibenwischer. Lächelnd bezahlte ich, lehnte mich dann verschwörerisch über die Theke und fragte: »Würden Sie sie mir auch noch anbringen? Ich habe keine Ahnung, wie das geht.« Er lächelte verlegen. »Auch das ist kein Thema. Sehr gerne.« Ich folgte ihm. Mit wenigen gekonnten Handgriffen tauschte er meine Scheibenwischer und verabschiedete sich äußerst charmant. Ich fragte mich, weshalb ich nie mit einem handwerklich begabten Mann zusammen gewesen war. Henning hatte mir bei solchen Sachen nie helfen können. Der war mit dem Haushalt, Heimwerken, dem Auto und vielen anderen Dingen vollkommen überfordert. Das Einzige, was er konnte, war, jemanden anrufen, der solche Dinge für ihn erledigte. Wenn mich jemals jemand fragen sollte, was der Nachteil von zu viel Geld ist, dann würde ich Henning als Musterbeispiel anbringen. Auch wenn ich es nicht gerne tat, aber ich hatte mich schon mit meiner Klospülung, meinem Wasserabfluss und durchaus auch mit meinen Scheibenwischern auseinandergesetzt und versucht diese Probleme selbst zu lösen. Schlichtweg weil ich nie das Geld hatte, um dies machen zu lassen. Heute war ich aber dankbar, jemand dazu gebracht zu haben, mir zu helfen. Wir beide hatten eine nette Begegnung und ich konnte endlich auch bei Regen wieder die Straße erkennen.

Langsam rollte ich zu den Tanksäulen und füllte meinen Wagen mit Benzin. Ich steckte die Zapfpistole in den Tank und beobachtete die Straße. Über kurz oder lang musste ich in der Tat über ein neues Auto nachdenken, überlegte ich. Jedoch mochte ich mein Auto und wollte es nicht abgeben. Eine Unzuverlässigkeit in den letzten Monaten würde meine Befürchtung jedoch sicherlich bald zur Realität werden lassen. Schon zu oft hatte irgendein Lämpchen aufgeleuchtet und dann kostspielige Reparaturen mit sich gezogen. Mein Blick wanderte über die Tanksäule und ich fuhr vor Schreck zusammen. »Mist! Der darf kein E10 tanken!« Sofort zog ich den Schlauch aus meinem Wagen. Aber einiges war ja schon drin. Was sollte ich nur tun? Ich wollte doch kein neues Auto. Ob das wirklich schlimm war? War ja nicht so, als ob ich Diesel getankt hatte. E10 ist doch auch Benzin. Oder nicht?, fragte ich mich. Ohne weiter darüber nachzudenken, lief ich zurück in die Werkstatt. Zwei Mechaniker unterhielten sich, als ich dazwischenging. »Ich habe falsch getankt und weiß nicht, ob das schlimm ist!«, sagte ich, offensichtlich aufgebracht. »Was ist denn passiert?«, fragte Thomas, der Mechaniker, den ich schon kannte und dessen Namensschild ich erst jetzt wahrnahm. Ich erklärte meine Misere. Sein Kollege lachte und ging zurück an die Arbeit. »Das ist nicht schlimm. Tanken Sie jetzt einfach Super drauf.«

»Ehrlich?«, fragte ich misstrauisch. Mein Vater hatte mir einmal gesagt, ich solle mit dem Wagen bloß kein E10 tanken. Ich wusste nicht, weshalb ich das nicht sollte, aber es hatte stets einen Grund, wenn er so etwas behauptete. »Ja, E10 hat zwar im Gegensatz zu Super einen höheren Anteil an Ethanol, ist aber für 90 % der Autos unbedenklich. Wenn Sie wollen und sich dann sicherer fühlen, packen Sie einfach Super drauf. Da passiert nichts«, erklärte er. »Aber was, wenn mein Auto eines der 10 % ist?«, fragte ich besorgt. »Das ist der Wagen nicht. Der ist zwar alt, aber nicht alt genug. Bei einem Oldtimer würde ich zum Abpumpen raten. Aber hier ist das ehrlich nicht nötig. Und wenn doch …«, er zog einen Zettel aus der Tasche, auf den er seine Nummer schrieb. »Dann rufen Sie mich an. Gerne auch, wenn es andere Probleme mit dem Auto gibt.« Er reichte mir den Zettel und verschwand zwinkernd wieder in seiner Garage. Hatte er mit mir geflirtet, oder hat er gedacht, ich grabe ihn an, fragte ich mich kurz, als ich zurück zu meinem Auto ging.

Ich tat, was Thomas mir geraten hatte, und tankte Super obendrauf. Souverän bezahlte ich an der Kasse beide Säulen und vermied mich zu rechtfertigen. Mich aus Bequemlichkeit dumm zu stellen war das eine. Aber mich tatsächlich dumm anzustellen, war etwas, mit dem ich nicht all zu gut umgehen konnte.

Vorsichtig ließ ich den Motor an und lauschte auf die Geräusche, die aus meinem Motor kamen, Alles klang ganz normal. Also rollte ich langsam von der Tankstelle auf die Straße. Ich musste endlich ins Büro. Ich fuhr die mir bekannte Strecke, unsicherer als je zuvor. Es schien aber wirklich gut zu gehen, hoffte ich, als es plötzlich blitzte. Erschrocken blickte ich auf den Straßenrand. Ein Polizist sprang aus einem Auto, welches hinter einem Gebüsch stand. Ich zuckte vor Schreck zusammen. Der Wachmann winkte mich an die Seite. »Auch das noch!« Ich zitterte nach wie vor, und ich wollte das Auto nicht anhalten, aus Angst, es nicht wieder zum Laufen zu bekommen. Ich fuhr dennoch ran und war mit den Nerven am Ende, als der Polizist an mein Fenster trat. »Darf ich mal bitte Ihren Führerschein und die Papiere sehen?« Oh Gott, ich hatte weder das eine noch das andere dabei, schoss mir in den Kopf. Beides hatte ich mit ins Loft genommen, als ich meinen Personalausweis für den Mietvertrag benötigte. Seitdem lagen die Sachen in meinem Schreibtisch. Spontan wurde mir übel. Nun war es endgültig vorbei mit meinen Nerven, und ich brach in Tränen aus. Der Polizist, im guten mittleren Alter, brauchte einen Moment, um die Situation zu begreifen, und war dann offensichtlich etwas überfordert. Hinzu kam, dass ich so doll schluchzte, dass er kein Wort verstehen konnte, von dem, was ich versuchte zu sagen. Also musste ich die Geschichte mit dem E10 fünf Mal erzählen, bis er aus dem Geheule schlau wurde. Eine junge Polizistin stand ihm inzwischen zur Seite und blickte ebenfalls ratlos drein. Ich berichtete unbeirrt weiter, dass ich jetzt meinen Wagen kaputt gemacht hatte und ich gar keinen neuen wollte. Die Tränen kullerten weiter. Ich merkte, dass ich wieder unverständlich wurde, als der Staatsdiener meine Hand nahm und sagte: »Jetzt beruhigen wir uns erst mal und holen tief Luft.« Als ich einmal tief eingeatmet hatte, sagte er weiter: »Dem Wagen passiert nichts. E10 ist ein Biokraftstoff auf Pflanzen, Stroh, Holz und so. Ihrem Motor ist nichts passiert.« Ich beruhigte mich etwas, sagte dann aber in einem Anflug von Ehrlichkeit, dass ich weder mich noch das Auto ausweisen konnte und brach wieder in Tränen aus. »Jetzt fahren Sie mal ganz in Ruhe heim, trinken einen schönen Kaffee und dann sieht die Welt schon ganz anders aus. Aber dabei halten Sie sich bitte an die Höchstgeschwindigkeit.«

»Oh, war ich zu schnell?«, fragte ich. »Ich kann mich nicht erinnern. Fahren Sie los, bevor ich es doch tue.« Er zwinkerte mir zu, als die Polizistin ihn vorwurfsvoll anstieß. »Machen Sie sich keine Sorgen, dem Wagen passiert schon nichts! Und packen Sie Ihre Papiere wieder ein.« Ich schluchzte: »Danke!«, und fuhr davon.

Als ich in der Tiefgarage ankam, warf ich einen Blick in den Rückspiegel. Zu meinem Glück tat ich dies, denn meine Mascara war komplett verlaufen. Ich sah aus wie ein Waschbär. Ich angelte mein letztes Taschentuch aus dem Handschuhfach und versuchte zu retten, was zu retten war.

Kurze Zeit später stand ich im Aufzug, drehte den Schlüssel und fuhr ins Loft.

Ich rief ein allgemeines »Hallo« in die Runde und setzte mich an meinen Schreibtisch. Katrin telefonierte, winkte mir jedoch zu. Um nicht noch mehr Zeit zu verlieren, machte auch ich mich gleich an die Arbeit. Ich fotografierte mein Abendkleid von allen Seiten und schickte die Bilder digital an Katrins Mailadresse. Sie mailte die Bilder an Maria und bat sie meine Idee umzusetzen. Dann gab ich ihr mein Handy und bat sie herauszufinden, wo ich es reperieren lassen konnte. Sie war exakt dreißig Minuten damit verschwunden, bis sie mit einem perfekten Display zurückkam. Inzwischen designte ich gleich drei weitere Kleider für Steffi, meine Mama und Agnes, die mich selbstverständlich zur Gala begleiten sollten. Lena konnte leider nicht mit. Ihr neuer Freund, den sie offenbar vor uns zu verstecken schien, hatte ihr einen Wochenendtrip nach Paris geschenkt. Ich versuchte sie gar nicht erst zu überreden mit uns nach Berlin zu fliegen. Sie hatte sich ein Liebeswochenende verdient, und ich wollte sie nicht davon abbringen. Dennoch beunruhigte mich, dass dieser Marko ein solches Mysterium war. Auch Steffi hatte ihn noch nicht kennengelernt. Dieser Sache sollten wir möglichst zeitnah auf den Grund gehen.

Meine Mutter hatte meinen Vater nicht überzeugen können mitzukommen. Dies wunderte mich nicht. Er hatte generell kein Interesse an Events, bei denen eine große Anzahl an Menschen beteiligt war. Selbst Geburtstage waren Ereignisse, für die er stets eine Ausrede suchte, um nicht dabei sein zu müssen. Katrin hätte ich sehr gerne mitgenommen. Ihr Mann war jedoch auf Geschäftsreise und somit fiel auch sie aus, da ihr ein Babysitter fehlte.

Ich dachte über die Gala nach und überlegte, ob ich wohl wieder eine Rede halten müsse, für den Fall, dass ich gewinnen würde. Die Wahrscheinlichkeit war zwar recht gering, aber ich wollte vorbereitet sein, wenn es doch dazu kommen sollte. Ich beschloss mir vorsichtshalber ein paar Worte zurechtzulegen. Sicher ist sicher.

KAPITEL 29

# Paralleluniversum

»Ich war gerade im Atelier. Deine Entwürfe sind der Wahnsinn!«, sagte Agnes ins Handy, noch bevor ich sie begrüßen konnte. »Soll das Kleid für mich tatsächlich auch meinen Namen tragen?«, fragte sie. »Klar! Es bleibt für alle Zeit das Model Agnes.« Ich freute mich mit ihr. »Ich habe die Kleider gerade aus der Schneiderei geholt. In Wirklichkeit sehen sie noch viel schöner aus als auf den Skizzen!«

»Freut mich, dass sie dir gefallen. Wirst du direkt nach Berlin fliegen?« Die Gala war in zwei Wochen, und ich stand eindeutig kurz vor meinem ersten Herzinfarkt. So viel Aufregung war einfach nichts für meine Nerven! »Klar, ich habe uns allen schon gebucht. Zimmer, Stylisten und eine Limousine. Außerdem habe ich uns den Schmuck zu den Kleidern besorgt.«

»Wie jetzt?«, fragte ich verwundert. »Na, keine zu große Begeisterung bitte. Ist nur gemietet, aber es werden mehrere Tausend Euro um deinen Hals hängen.« An Schmuck hatte ich noch gar nicht gedacht. Agnes hatte wie immer alles im Griff und berichtete mir von der Stretchlimousine, die sie uns gemietet hatte, und auch von ihren Pressetexten, die zum Thema schon an sämtliche Medienagenturen rausgeschickt worden waren. Katrin hatte sie als Ansprechpartnerin für deutsche Redaktionen unterstützt und auch selbstständig einige Kontakte angeschrieben.

Ich verbrachte die nächsten Tage sehr viele Stunden im Atelier. Ulla-Karin hatte mich mit einer Sängerin bekannt gemacht, die ab sofort immer ausschließlich meine Mode auf der Bühne trug, was für mich eine tolle Werbung war. Schlager war groß im Kommen und bei ihrem ersten Auftritt bei Florian Silbereisen wusste ich, dass Ulla-Karin das richtige Gespür gehabt hatte. Wilhelmine und ich entwarfen eine gemeinsame Kollektion. Sie malte Bilder, die wir auf Stoffe druckten, die wiederum zu Kleidern wurden. Traumhaft schön. Die Presse berichtete umfangreich darüber. Mittlerweile hatten wir europaweit 86 Franchisepartner, 16 eigene Boutiquen und belieferten neben Zalando noch drei Onlinehändler. Wie Agnes das alles in so kurzer Zeit organisiert hatte, ich wusste es nicht und war zutiefst beeindruckt.

Am Donnerstagmorgen beschloss ich endlich einkaufen zu gehen. Zwar war ich nicht ausgehungert, aber die morgendlichen belegten Brötchen vom Bäcker und die Pizza oder Döner am Abend sorgten dafür, dass ich mich ungesund fühlte. Ich war nie jemand gewesen, der sonderlich gesund gelebt hatte, aber ich wollte endlich mal wieder selbst kochen. So beschloss ich pünktlich zur Öffnung der Geschäfte vor der Türe zu stehen, damit ich wie gewohnt um neun im Atelier sein konnte. Vorher wollte ich auch noch ein paar kleine Weihnachtsgeschenke für meine Mitbewohner im Loft besorgen. Am Abend plante ich einen Weihnachtsbaum für mein Häuschen zu besorgen und auch gleich zu schmücken. Klar war ich damit früh dran, aber ich fand schon immer, dass man diese festliche Zeit nicht früh genug einläuten konnte. Steffi, Phin, Lena und auch Marko wollten vorbeikommen, um mir zu helfen. Steffi und ich waren sehr gespannt auf

Lenas neuen Freund und wollten ihm gleich auf den Zahn fühlen. Schließlich kam es nicht in Frage, dass unsere Freundin mit irgendeinem Typen zusammen war.

Ganz oben auf meiner Einkaufsliste stand Glühwein für den Abend. Auf mich wartete also ein langer Tag, dessen Stress schon früh am Morgen beginnen sollte. Ich weiß ja nicht, welcher weltfremde Mensch einmal behauptet hat, Weihnachten sei eine besinnliche Zeit. Ich persönlich habe jedes Jahr aufs Neue Schwierigkeiten, mich zu besinnen. Auf das Wesentliche, meine ich. Also auf die Nächstenliebe und den Grund, weshalb wir Weihnachten überhaupt feiern. Ich kämpfte wie in jedem Jahr mit meinem Zeitmanagement. Geschenke für meine Eltern, Steffi und Lena brauchte ich auch noch. Ich war froh die Feiertage bei meinen Eltern zu verbringen. So musste ich wenigstens kein Festessen vorbereiten. Am zweiten Feiertag war ich jedoch mit Steffi und Phin zum Frühstück verabredet. Normalerweise trafen wir uns immer zu dritt. Also bevor Phin geboren war, waren wir zu dritt. Lena konnte jedoch in diesem Jahr nicht. Sie sollte an dem Abend Markos Eltern kennenlernen.

Auf dem Weg zum Discounter überlegte ich, wann ich wohl Zeit finden würde, meine Wohnung auf Vordermann zu bringen. Es sah wüst aus, und ich wollte es für die Feiertage gemütlich haben. Besonders für Phin, aber natürlich auch für uns wollte ich ein weihnachtliches Wunderland dekorieren. Innerhalb der Woche, zehn Tage vor dem heiligen Abend, einkaufen zu gehen, schien mir eine gute Lösung. Kurz vor Weihnachten, besonders am späten Nachmittag und abends, belagerten die Menschen sämtliche Geschäfte, als ob am Vorabend in den Nachrichten bekannt gegeben wurde, dass die Lebensmittelindustrie jegliche

Produktion an Essbarem eingestellt hat, und wir demnächst von selbstgeerntetem Gras und Brackwasser leben müssen. Ein ähnliches Konzept hatte ich ja schon kennengelernt. Spätestens seitdem war mir der Appetit darauf vergangen. Auch in diesem Jahr war es also mit der Besinnlichkeit schwierig. Dabei erinnerte ich mich so gerne an meine Kindheit, als ich die Adventszeit vor Vorfreude kaum aushalten konnte. Der Bauch kribbelte vor Aufregung, und ich öffnete jeden Morgen mit Euphorie den Adventskalender und freute mich über die tollen Motive meiner Schokolade.

Kurz vor acht war ich jedoch etwas verwundert, als mir die Zufahrt zum Parkplatz des Discounters verwehrt wurde. Allerdings nicht von einem Rolltor oder einer Schranke. Nein, von Menschen, die sich in Massen auf das Gelände drängten. Verwirrt sah ich auf das Schild neben mir und stellte fest, dass ich tatsächlich den richtigen Parkplatz befahren wollte. Aber was um Himmels willen wollten all die Leute hier? Es ging zwar eher schleppend voran, aber es war mir dann doch möglich, den Parkplatz zu befahren. Ich fand auch einen Parkplatz, wenn auch am hinteren Ende des Grundstücks gelegen. Verwundert stieg ich aus und wanderte zum Eingang des Ladens. Als ich kurz vor der Warteschlange stehen blieb, durfte ich Zeuge eines einzigartigen Naturschauspiels werden. Die Türen wurden geöffnet. Ich vermute, der Angestellte, welcher die Tür öffnen musste, hatte beim Streichholzziehen verloren, und seine Kollegen kringelten sich gerade im Personalraum vor Lachen. Der junge Mann, der sich vor dem nun ins Geschäft stürmenden Mob in Sicherheit bringen musste, sprang sportlich elegant durch die zweite Schiebetür zurück, hinter den Pfandautomaten und harrte dort aus.

Ein Getöse, Geschimpfe, Fluchen, klirrende Einkaufswagen, vor Schmerz aufschreiende Kunden, die einen solchen in die Hacken bekommen hatten, und panische Kleinkinder erzeugten eine Geräuschkulisse, die ihresgleichen suchte. Ich kann mich noch an die Zeit erinnern, in der es noch den Sommerschlussverkauf gab. Ähnliche Bilder wurden im Fernsehen gezeigt. Menschen, die auf der Suche nach Schnäppchen ihren Vordermann niedertrampelten, waren in den TV-Aufnahmen keine Seltenheit. Aber um was wollten sich die Herrschaften hier streiten? Die letzte Dose Thunfisch, Katzenfutter, Zahnbürsten? Ich wusste es nicht. Eine ältere Dame kam auf den Parkplatz und zog eine Einkaufstasche auf Rädern hinter sich her. Ich ließ ihr den Vortritt, musste allerdings feststellen, dass sie eh nicht vorgehabt hatte, mich das Geschäft vor ihr betreten zu lassen, als sie an mir vorbeisauste. Ich folgte ihr, grüßte den verängstigt wirkenden Verkäufer und gesellte mich zu ihm. »Was ist denn hier los?«, fragte ich unbedarft und war überrascht von der Antwort: »Donnerstag.« Gut, das wusste ich, erklärte aber nicht den kriegsähnlichen Zustand, welcher an den Wühltischen ausgebrochen war. »Es gibt heute Kindersachen und Bettwäsche«, erklärte er, was bei mir allerdings weitere Verwirrung auslöste. War in den Nachrichten denn gesagt worden, dass die Bekleidungs- und Bettwäsche-Industrie keine weiteren Produkte herstellen würde? Ist es ein schlechtes Jahr für die Baumwollproduktion gewesen? Dazu musste ich Agnes unbedingt befragen. Oder wurde aufgrund einiger Aktivisten die Globalisierung gestoppt und die Preise für solche Artikel würden demnächst auf das Hundertfache ansteigen? Ich beschloss die Nachrichten intensiver zu verfolgen, als der freundliche Mann feststellte: »Sie waren noch nie an einem Donnerstag, an dem es Kinderbekleidung gab, bei uns einkaufen, oder?« Nein, war ich tatsächlich nicht. »Ich habe weder Kinder noch die Zeit, morgens einkaufen zu gehen, da ich ja zur arbeitenden Bevölkerung gehöre«, erklärte ich. »Na dann herzlich willkommen!«, lachte er und flüchtete in die Lagerräume. Ich begann meinen Rundgang, der von der Brotabteilung über die Süßigkeiten-Regale und dann zur Kühltheke führen sollte. Allerdings musste ich, um zur Kühlung zu gelangen, an den Ausläufern des Kampffeldes vorbei. Ich riskierte einen Blick und war fasziniert. Es war wie ein Unfall: Schrecklich und es löst Angst aus, aber man muss hinsehen. Erwachsene, vorwiegend Frauen, luden ihre Einkaufskörbe mit Thermohosen, Jacken, Bettwäsche und was weiß ich nicht alles voll. Sie zogen den Wagen an die Seite, um die Größen zu sortieren, und warfen die nicht passenden Teile in die tosende Menge zurück, worum sich die nächsten wiederum stritten. Es sind Schimpfwörter gefallen, die ich zuvor nur selten gehört hatte, und ich war erstaunt zu sehen, wie ein Angestellter eine Schlägerei um eine Packung rosa Thermoschlüpfer verhindern konnte. Ich erwachte aus meiner Erstarrung und wollte instinktiv das Weite, also die rettende Kühltheke, aufsuchen. Versehentlich stieß ich mit einem parkenden Einkaufswagen zusammen, der, herrenlos, aber vollgepackt, am Shampooregal abgestellt worden war. Ich musste ihn etwas zur Seite schieben, um vorbeizukommen, als eine aufgebrachte Dame mit zerzaustem Haar laut schreiend auf mich zustürmte. »Das ist meiner. Nehmen Sie Ihre Griffel weg!« Verdutzt sah ich sie einen Moment an, während sie ihren Wagen an sich riss und dabei keine Rücksicht auf das Kind nahm, welches anscheinend zu ihr gehörte. Es hatte sich an ihr festgekrallt und wurde von dem Ruck umgerissen. Ich überlegte, ob ich etwas dazu sagen sollte, denn diese Situation kannte ich schon von den Weihnachtsmärkten, die ich eigentlich immer gerne besuchte. In der Rolle des Kindes befanden sich dort allerdings Hunde. Ich weiß auch nicht, wie ich darauf kam, aber irgendwie schien es mir vergleichbar. Die Hilflosigkeit des kleinen Lebewesens war wahrscheinlich ähnlich. Es war mir immer schon ein Rätsel, weshalb Menschen sich keinen Kopf darum machen, dass es für ihren Hund eventuell nicht so schön sein könnte, als kleine Gestalt durch enge Gänge zwischen Tausenden von Menschen hin und her gedrückt zu werden. Ich würde darauf tippen, dass es dieses Kind auch nicht gerade prickelnd gefunden hat, zwischen einer Horde wahnsinniger Hausfrauen an Mamas Rockzipfel zu hängen und ums Überleben kämpfen zu müssen. Gab es denn zu dieser Familie keine Oma, in deren Obhut das Kind zu diesem Anlass gegeben werden konnte? Oder einen Kindergarten? Ich wollte mich nach dem kleinen Jungen bücken und ihm aufhelfen, als die Mutter ihn am Arm auf die Beine zog und mir einen Blick zuwarf, der sagte: »Wage dich!« Sie stand aufgebracht, fast qualmend vor Wut, mit roten Stressflecken im Gesicht, vor mir. Haarsträhnen, welche vermutlich vor ein paar Minuten noch zu einem ordentlichen Zopf zusammengebunden waren, standen statisch aufgeladen wie Antennen von ihrem Kopf ab. »Ich möchte nur vorbei«, sagte ich mit etwas erhobener Stimme, um die tobenden Damen zu übertönen. »Nee, ist klar!«, brüllte sie zornig. In diesem Moment flog ein größeres Päckchen nur knapp an meinem Kopf vorbei. Aus Reflex versuchte ich es abzuwehren, bekam es zu packen und schaute auf das Etikett. Eine Thermohose in Kleidergröße 72. »Wollen Sie die?«, fragte die Frau und sah mich nun hoffnungsvoll an.

»Auf jeden Fall!«, sagte ich und klemmte mir die Hose so fest unter den Arm, dass sie mir niemand mehr entreißen würde. Ich wünschte ihr ein frohes Weihnachtsfest, während ich mich an ihr vorbeidrängte. Ohne sie eines weiteren Blickes zu würdigen, ging ich erst an ihr vorbei und lud dann, ohne genau hinzusehen, einige Dinge in meinen Wagen. Ich bezahlte und verließ das Geschäft so schnell wie möglich. Nun war ich selbst gestresst, fuhr aber dennoch in die Innenstadt und besorgte von einem Konditor ein riesiges Hexen-Knusperhäuschen aus Schokolade, welches ich in unserer Loft-Küche platzieren wollte, damit jeder daran naschen konnte. Zufällig entdeckte ich im Schaufenster einen schönen Pullover für Steffi und besorgte Musicaltickets für mich und meine Eltern. Für Phin bestellte ich ein Bilderbuch über den Weihnachtsstern und kam mit fünfzehn Minuten Verspätung im Loft an. Ich war sehr stolz auf mich, dass ich das Hexenhäuschen unbeschadet transportiert bekommen hatte, und stellte es auf dem Esstisch ab. »Wow ... das traue ich mich ja gar nicht anzuknabbern!«, sagte Ulla-Karin und machte gleich ein paar Schnappschüsse des kleinen Kunstwerks. »Weihnachten macht mich fertig!«, stellte ich fest. »Frag mich mal ... ich muss bei meinen Schwiegereltern feiern. Das ist die Hölle!«, jammerte Wilhelmine gleich. »Komisch eigentlich. Dabei war es als Kind immer so schön. Meint ihr, unsere Eltern hatten auch so einen Stress?«

»Mein Kind ist der einzige Grund, weshalb ich überhaupt noch feiere! Ist dieses Wochenende nicht die Preisverleihung?«, fragte Ulla-Karin. »Nein, nächste Woche Samstag erst.« Und schon war meine Aufregung zurück. Seit Tagen wurde sie immer schlimmer und ging langsam in Übelkeit über.

Katrin hatte Urlaub und so war ich ganz alleine in meinem Büro. Ich setzte mich an meinen Schreibtisch und malte wahllos einige Entwürfe. Aber schon nach einer Stunde konnte ich mich nicht länger auf meine Zeichnungen konzentrieren. Ich legte sie zur Seite und wischte mich durch TikTok. Ich fühlte mich müde und schlapp. Aber der Abend sollte ja noch ereignisreich werden. Da war keine Zeit für Müdigkeit.

Ich schaffte an diesem Tag alles, was ich mir vorgenommen hatte, und eilte mit dem Tannenbaum auf der Rückbank heim. Schnee fiel und ich hoffte darauf, dass er liegen blieb. Ich liebte es, wenn die Welt verschneit war und auf den Dachfenstern meines Häuschens dicke Schneeflocken lagen. Die Stimmung in meiner Wohnung war dann gleich ganz anders, noch gemütlicher. Wenn ich jemals ein eigenes Haus haben würde, dann wünschte ich mir einen Kamin. Genau der würde das Ganze nämlich noch abrunden. Ein Piepton holte mich aus meinen Gedanken. Im Display konnte ich sehen, dass die Tankanzeige leuchtete. Also beschloss ich, an die Tankstelle zu fahren. Ich tankte den Wagen voll und ging an die Kasse. Das Bargeld war mir ausgegangen, und so musste ich mit Karte bezahlen. »Ihr Konto ist nicht gedeckt«, sagte der Kassierer relativ uncharmant. »Natürlich ist es gedeckt. Probieren Sie es bitte noch mal.« Im Kopf rechnete ich nach, ob ich wirklich noch im Besitz von Geld war. Es konnte nicht sein, dass ich pleite war. Immerhin hatte ich für den Notfall auch noch einen Dispo, den ich auf keinen Fall angebrochen haben konnte. »Nein, tut mir leid.« Ich war sehr erleichtert der einzige Kunde an der Kasse zu sein. »Was machen wir denn jetzt?«

»Wenn Sie Ihren Ausweis dalassen können, könnten Sie zur Bank fahren und anschließend in bar zahlen.«

»Die Banken haben jetzt aber schon geschlossen. Ich kann das frühestens morgen bezahlen.«

»Dann muss ich mal eben meinen Chef rufen«, sagte der junge Typ. Er kam einige Minuten später wieder und brachte Thomas mit. Ich wäre am liebsten vor Scham im Erdboden versunken. »Also um mich wiederzusehen, müssen Sie nicht gleich so ein Spektakel veranstalten«, lachte er. »Es tut mir ehrlich sehr leid. Ich weiß nicht, was da los ist. Aber ich werde es gleich morgen früh klären«, versprach ich. Er nickte seinem Angestellten zu und verabschiedete sich so charmant, wie ich es von ihm kannte.

Mein Anrufbeantworter blinkte, wie es zu erwarten war. Mein Notebook war im Atelier, und ich hatte keine Möglichkeit online zu prüfen, was mit meinem Konto los war. Da ich mir aber sicher war, dass das Gerät der Tankstelle kaputt war oder ein anderer Fehler vorlag, war ich auch nicht weiter beunruhigt und startete den Anrufbeantworter. Wieder einige Aufleger und dann eine Überraschung. »Ola, Chica … ich wollte dich mal fragen, wie es dir geht. Ich bin gerade in Düsseldorf und würde mich freuen, wenn wir uns sehen können. Buenos dias. Dein Ruben.« Auch wenn ich ihn anfangs nicht gemocht hatte, war meine Sympathie für ihn gewachsen. Also packte ich mir ein Herz und wählte die Rückruftaste. Wir verabredeten uns für den nächsten Tag bei mir. Ich hatte den Eindruck, dass er meine Wohnung unter die Lupe nehmen wollte, und dies motivierte mich gründlich aufzuräumen.

Erst gegen sieben trafen Steffi und Phin ein. Lena rief an und entschuldigte sich. Sie sei krank geworden und würde deswegen nicht kommen können. Ich hatte gleich das Gefühl, dass ein anderer Grund hinter dieser Absage steckte. Steffi sprach es letzten Endes aus. »Meinst du, sie will diesen Marko vor uns verstecken?«

»Das habe ich auch gerade gedacht«, flüsterte ich, da Phin auf meiner Couch eingeschlafen war. »Wir müssen gleich eine neue Verabredung mit ihr treffen. Nicht dass mit dem Typ was nicht stimmt.« Wir gingen in die Küche, um den Glühwein aufzusetzen. Ich nahm die Thermohose aus meinem Einkaufskorb und reichte sie ihr. »Bist du des Wahnsinns?«, fragte sie mich. »Bist du ernsthaft heute Morgen beim Aldi gewesen?«

»Woher weißt du das?«, fragte ich verwundert. »Ich habe die in der Werbung gesehen. Ich finde die echt schön, aber da geht man doch nicht hin? Nicht an einem Donnerstag. Normale Menschen gehen Freitag und geben sich mit den Resten zufrieden. Sofern noch welche da sind.«

»Woher weißt du das?«

»So was gehört zur Allgemeinbildung. Das machen nur irre Hausfrauen. Ich wollte mir da mal Babyschlafsäcke holen. Ein Alptraum!« Da konnte ich ihr nur zustimmen. »Das war auch ein Erlebnis, was ich nie wieder haben möchte.«

»Aber dennoch danke, die Größe passt. Du bist die Beste«, lachte sie.

Steffi half mir mein Häuschen zum Blinken zu bringen. Dabei tranken wir Apfelglühwein und aßen Lebkuchen.

KAPITEL 30

## **Auf die Probe gestellt**

Am nächsten Morgen fuhr ich auf direktem Weg zur Sparkasse, um das Problem mit meinem Konto zu lösen. Ein Labyrinth, wie man es eigentlich nur aus Freizeitparks kennt, schlängelte sich durch die ganze Halle. Erst wenn man an seinem Ende angekommen war, konnte man hoffen an einen der Schalter zu gelangen. Leider waren in der Regel von den vier möglichen meistens nur ein bis zwei Schalter geöffnet. Heute waren es zwei. Immerhin. Nach »nur« 35 Minuten hatte ich die Ehre, mit einem Bankangestellten zu sprechen und mein Begehr zu äußern: »Guten Tag, meine Karte funktioniert nicht mehr, und ich würde gerne wissen warum«, sagte ich zu dem freundlichen Schalterbeamten. Wortlos nahm er meine Karte und zog sie durch einen Schlitz in seiner Tastatur, um mir eine knappe Antwort zu geben. »Ihr Konto wurde gesperrt.«

»Ja, das habe ich gemerkt. Aber warum?« Ich versuchte meine Stimme nicht zu erheben, aber die Gleichgültigkeit, mit der dieser Herr vor mir stand, brachte mich in Rage. Die Tatsache, dass mein Konto gesperrt war, erst recht. »Das Finanzamt hat ihr Konto sperren lassen.« Jetzt war ich sprachlos. »Warum?« war das Einzige, was ich noch in der Lage war zu sagen. »Gute Frau, das müssen Sie doch wissen.« Nun wurde ich so laut, dass der Mann am Nachbarschalter zu uns rüberblickte. »Wenn ich das wüsste, würde ich Sie ja nicht fragen! Wie bekomme ich nun Informationen?«

»Da müssen Sie sich wohl an das Finanzamt wenden.« Ich wollte mir meine Karte nehmen und auf direktem Wege das Finanzamt aufsuchen, als er meine Kreditkarte wegzog und sagte: »Die muss ich leider einziehen!«

»Das ist doch nicht Ihr Ernst!?« Ohne ein weiteres Wort drehte sich der Sparkassen-Mitarbeiter um und verwand an einem Schreibtisch. Das Gespräch war also beendet. Wutschnaubend tat ich es ihm gleich und wartete durch den Schnee zu meinem Auto. Das Finanzamt lag am ganz anderen Ende der Stadt. Jede Ampel schien auf Rot zu springen, wenn ich in ihre Nähe kam. Und die anderen Verkehrsteilnehmer waren überfordert angesichts der Wetterlage.

Während ich das Finanzamt betrat, klingelte mein Handy. »Ja?«, fragte ich genervt. »Hey, hier ist Sascha. Alles klar?«

»Wie man's nimmt. Ich habe gerade leider keine Zeit. Was kann ich für dich tun?«

»Oh, okay. Ich wollte dich nur fragen, was du davon hältst, wenn ich Steffi fragen, ob wir zusammenziehen wollen.«

»Ihr seid ja noch nicht so lange zusammen.«

»Aber wenn es doch passt?«

»Warum fragst du mich denn, wenn du dich schon entschieden hast?«

»Ich möchte deinen Segen. Wenn du die Idee gut findest, findet sie sie bestimmt auch gut. Ich möchte nicht, dass sie denkt, ich will sie drängen. Möchte ich wirklich nicht. Aber das würde vieles einfacher machen und ich möchte mehr Zeit mit ihr und dem Kleinen verbringen.«

»Hat das was mit ihrem Ex zu tun?«

»Ja, das auch. Diese Besuchstermine sind für sie immer schlimm. Da wir aber nicht zusammen wohnen, darf ich sie dabei nicht unterstützen. Wenn wir zusammenleben würden, könnte mir das Amt nicht verbieten ihr beizustehen. Der Typ verhält sich unmöglich und droht das Sorgerecht einzuklagen. Ich wette, er würde sich nicht so viel rausnehmen, wenn sie nicht allein wäre.«

»Vermutlich hast du recht. Du bist ja süß!«, sagte ich. »Frag sie. Ich denke schon, dass sie mir dir zusammenleben möchte. Ich unterstütze dich dabei auf jeden Fall.«

»Dankeschön.«

»Gerne«, antwortete ich und legte auf. »So, nun zu Ihnen«, sagte ich zu dem Mann am Empfang des Finanzamtes und lächelte ihn an. »Ich muss mit jemandem über meine Steuern sprechen«, erklärte ich. »Wie ist denn Ihr Name?« Ich stellte mich vor und erklärte ausführlich, weshalb ich da war. Er konnte oder wollte aber nicht verstehen, was ich ihm sagte. Ich war wirklich sehr aufgebracht und versuchte viel Information in möglichst kurzer Zeit unterzubringen. Er verstand mich am Ende doch und schickte mich in die zweite Etage, in Zimmer 286. Schnaubend marschierte ich durch den Flur und endete an einem Paternoster. Vor diesen Dingern hatte ich schon immer Angst. Ich erinnerte mich an ein Erlebnis, das ich mit Steffi in einem solchen Aufzug schon einmal hatte. Wir fuhren hoch, um auszuprobieren, was passiert, wenn man an der letzten Etage vorbeifährt. Klar war uns klar, dass sich der Fahrstuhl oben nicht überschlug, oder etwa doch? Kurz bevor wir die letzte Etage verließen, schrie sie »Nein, spring!« und sprang aus der Gondel. Ich konnte nicht schnell genug reagieren und fuhr mit Herzrasen weiter. Natürlich überschlug ich mich nicht und holte an meiner ersten Station Steffi wieder ab. Sie war von meinem Mut beeindruckt, und ich hatte die Information, dass ich nur nicht schnell genug rausspringen konnte, einfach verschwiegen. Ich wollte dieses Abenteuer nicht wiederholen und stieg rechtzeitig in der zweiten Etage aus. Das Zimmer von Herrn Fuhrmann lag am Ende des Flures. Ich wartete nicht auf seine Aufforderung, sein Büro zu betreten, nachdem ich klopfte. »Hallo«, sagte ich knapp und blickte in das überraschte Gesicht eines älteren Herren. »Guten Tag«, antwortete er. »Ich weiß, Sie persönlich können nichts dafür, und ich entschuldige mich im Vorfeld schon dafür, wenn ich mich im Ton vergreifen sollte. Ich habe feststellen müssen, dass mein Konto vom Finanzamt gesperrt wurde, und ich bin kurz vorm Ausflippen. Ich muss noch Weihnachtsgeschenke besorgen und habe nun kein Geld, zumindest keines, über das ich verfügen kann, und das ärgert mich sehr. Außerdem stehe ich kurz vor einer Anzeige von meiner Tankstelle.«

»Das kann ich verstehen, und wenn Sie sich einen Moment setzen und mir in paar Informationen geben, sage ich Ihnen gerne, wie es zu der Sperrung kam.« Er war sehr nett, und dies ließ mich etwas zur Ruhe kommen. Ich setzte mich also brav und atmete tief ein. »So, dann brauche ich mal Ihren vollständigen Namen und Geburtsdatum. Ich gehe davon aus, dass Sie Ihre Steuernummer nicht dabeihaben?« Ich schüttelte den Kopf, beantwortete alle weiteren Fragen jedoch präzise. Es dauerte ein paar Minuten, bis er meine Daten rausgesucht und gelesen hatte. »Wir haben den Verdacht, dass Sie im Ausland Steuern hinterziehen«, sagte er endlich. »Wie kommen Sie denn da drauf?«

»Führen Sie ein Unternehmen im Ausland?«

»Ich bin nicht die Eigentümerin. Um es genau zu nehmen, habe ich dort ein Angestelltenverhältnis mit Gewinnbeteiligung«, zitierte ich Agnes' Anwalt, der mir vor einigen Wochen ein Schreiben mit einem Vertrag zwischen Agnes und mir zur Unterschrift zugeschickt hatte. »Ich kann Ihnen die Verträge dazu zeigen.« Ich durchsuchte mein Mailfach und folgte dem Link, den ich mit einem Passwort öffnen musste, um an die geschützt verschickten Unterlagen des Anwalts zu gelangen. »Hier ist alles, was Sie brauchen, vermute ich«, sagte ich und legte ihm mein Handy vor. Konzentriert las er sich die Unterlagen durch. »Das Konto, um das es geht, ist Ihr privates Konto, oder? Also es handelt sich dabei nicht um das Geschäftskonto?« Ich schüttelte den Kopf. »Ich sag es mal so, ich denke, hier wurde etwas voreilig gehandelt. Uns wurde ein Tipp gegeben, und ich denke, der Kollege hat aufgrund der Stellung des Tippgebers etwas übereifrig reagiert. Ich werde veranlassen, dass die Pfändung von Ihrem Konto genommen wird. Sie können sich jedoch auf eine Steuerprüfung vorbereiten. Haben Sie einen Steuerberater?«

»Ja, habe ich«, sagte ich und war sehr froh, dass Agnes von Anfang an zu einem Experten zum Thema Steuern geraten hatte. »Ich danke Ihnen. Würden Sie mir noch sagen, woher der Tipp kam?«, fragte ich. »Das darf ich leider nicht. Aber ich kann Ihnen sagen, dass man sich mit der Staatsanwaltschaft besser nicht anlegt.« Ich wunderte mich, weshalb Herr Führmann in Rätseln mit mir sprach, versuchte ihn aber auch nicht weiter zu bedrängen. Ich war ihm sehr dankbar für seine Hilfe und wollte ihn nicht länger belästigen als nötig.

»Ich ruf dich gleich zurück!«, rief Steffi in den Hörer und legte auf. Ich war gerade aus der Dusche gekommen und suchte mir etwas Passendes zum Anziehen für den Abend aus. Mir war die Lust vergangen, ins Atelier zu gehen. Nach meinem Ausflug zum Finanzamt fuhr ich erst zur Sparkasse, um meine Karte zurückzubekommen. Das ging zwar nicht, da mir eine neue zugesandt werden sollte, aber ich bekam Bargeld von meinem Konto, was vorrübergehend auch eine gute Lösung war. Im direkten Anschluss fuhr ich zur Tankstelle, um meine Schuld zu begleichen. Thomas war nicht da, was mich erleichterte. Die ganze Sache war mir so peinlich, dass ich ihm lieber aus dem Weg gehen wollte.

Das alles war genug Aufregung für einen Tag. Vom Zeitaufwand ganz zu schweigen. Also fuhr ich auf direktem Wege heim. Mich beschäftigte die Frage, wer der Tippgeber gewesen war. Aber ich hatte nicht genug Zeit, um darüber in Ruhe nachzudenken. Deshalb verschob ich den Gedanken auf später.

Mein Treffen mit Ruben stand kurz bevor und die Zeit wurde knapp. Ich wollte gut aussehen. Nicht für Ruben als Person. Es ging mir viel mehr darum, der Gefahr zu entgehen, von ihm wieder beleidigt zu werden. Pünktlich klingelte es an meiner Türe. Auf den ersten Blick fragte ich mich, was das für ein Mann war, der da vor mir stand. »Ola, Chica!« Ich erkannte seine Stimme sofort. »Ruben?«, fragte ich dennoch etwas unsicher. »Ja, wer sonst? Oder erwartest du noch mehr Gäste?« Er küsste mich und trat ohne Aufforderung in mein Häuschen. Ja, das war eindeutig Ruben. Ich konnte meinen Blick von ihm nicht abwenden. Er war unrasiert, trug eine schwarze Lederjacke, Jeans und ein lässiges, weißes T-Shirt mit dezentem Druck. Er wirkte stylisch, aber nicht übertrieben. »Na, alles gut?«, sage er und kreischte dabei nicht mal so, wie er es sonst tat. »Ich hätte dich fast nicht erkannt.«

»Ich versuche gerade einen neuen Trend; Back to Basics. Alles ganz im Stil von Patrick Swayze in Dirty Dancing. Gefällt es dir?« Ich war überrascht, dass er mich nach meiner Meinung fragte, und nickte. Der neue und private Ruben gefiel mir viel besser als der alte. Seine Sprache war anders, sein Verhalten nicht so extravagant und er konnte tatsächlich sehr witzig und charmant sein. Zur Begrüßung hatte ich einen Prosecco mit Hibiskus-Blüten vorbereitet. Nicht dass ich so etwas für Steffi, Lena und mich besorgt hatte. Aber bei Ruben hatte ich das Gefühl, es durfte etwas mehr sein. Ich freute mich ehrlich, als er mir berichtete, nun öfter in Düsseldorf zu sein. Er arbeitete mit einigen Designern zusammen, die dort Showrooms hatten. »Showrooms sind die Räumlichkeiten, in denen Modemarken ihre Kollektionen vorstellen, damit Einkäufer von Boutiquen, Modehäusern und Onlineportalen diese ordern können«, hatte mir Agens noch vor einigen Tagen erklärt. Außerdem berichtete sie mir auch, dass wir zu den nächsten Ordertagen im Januar auch einen Showroom bekommen würden. Ich war mir zwar nicht ganz sicher, welche Bedeutung dies für uns hatte, freute mich aber darüber, zu dieser Riege der Modedesigner zu gehören. Auch unsere Models sollte Ruben dort coachen, berichtete er. Generell war er dafür zuständig, Models der verschiedenen Label für diverse Events zu fitten, also einzukleiden und Fashionshows zu choreografieren.

Mit dem Taxi fuhren wir in die Stadt. Gut angeheitert schlenderten wir den Ostwall hinauf, tranken unterwegs den ein oder anderen Cocktail und wollten am nächsten Taxistand zurück zu mir fahren, als wir am Kino vorbeikamen. »Ich habe schon ewig keinen Film mehr gesehen. Hast du Lust?«, fragte er mich. Wir wussten beide nicht genau, was lief, und so entschieden wir uns für die Premiere eines gruseligen Actionfilms. Der Saal war fast ausverkauft. Wir bekamen einen der wenigen Plätze, die eigentlich zu weit unten und viel zu weit an der Seite lagen. Dennoch nahmen wir sie und genossen noch einen weiteren Drink an der hauseigenen Bar. »Du siehst sehr hübsch aus, Mara. Wenn ich nicht lieber Jungs mögen würde, würde ich dich bestimmt mal zum Essen einladen«, sagte er. »Ich kenne da ein gutes italienisches Restaurant«, lachte ich. Er sah mich einen Moment zu lange an, als dass ich ihm glauben konnte, dass er tatsächlich kein Interesse an Frauen hatte. Er kommentierte dies aber nicht. Es war nur ein Gefühl, das ich hatte. Vielleicht war hier der Wunsch der Vater des Gedankens. »Weißt du, was mein schlimmstes Date war?«, fragte er. Ich sah ihn aufmerksam an: »Ein Model, das ich in Mailand bei der Fashionweek kennengelernt hatte. Toller Typ, der absolute Wahnsinn. Aber während der Arbeit kommt so was nicht in Frage. Ich traf ihn einige Wochen später bei einer Party wieder und ergriff meine Chance. Der konnte küssen … ein Traum!«, erzählte er. »Bei dem passte alles. Auch privat hatte er 'nen coolen Style, irgendwie Avantgarde mit dem Hauch Moderne. Er hatte studiert und führte eine Galerie in der Stadt. Bodenständig, nett, redegewandt. Er war perfekt. Wir fuhren zu ihm nach Hause. Eine Villa am Stadtrand. Nettes Teil, sag ich dir. Wir kamen rein und es haute mich fast um. Gut, es stellte sich heraus, dass das Haus seinen Eltern gehörte und er im Poolhaus lebte. Aber auch das war okay. Aber als er die Tür zu seinem

Haus öffnete, traf mich fast der Schlag. Er sammelte Puppen.«

Ich musste lachen. »Also nicht nur Porzellanpuppen.«

»Was ja schon schlimm genug gewesen wäre«, gab ich zu bedenken. »Richtig. Aber es war noch schlimmer. Schaufensterpuppen, alte Zapfpuppen, Barbies, Porzellanfiguren. Einfach schrecklich!«

»Was hast du gemacht? Bist du gegangen?«

»Nee, zuerst versuchte ich darüber hinwegzusehen. Aber da waren so viele Augen, die mich anstarrten, egal wo ich gerade stand oder saß, dass ich mich extrem unwohl fühlte. Irgendwann machte ich einen Scherz darüber, weil ich die Hoffnung hatte, dass es nur dieser eine Raum war und er vielleicht eine Küche hatte oder zumindest im Schlafzimmer keine Horrorgestalten rumstanden.«

»Und?«, fragte ich neugierig. »Der stellte mir einige vor. Zu jedem dieser Dinger gab es eine Geschichte. Und die hatten Namen!«

»Lieber Himmel. Bitte sag mir, dass du gegangen bist.«

»Auf jeden Fall! Ich war sofort weg. Eine Schande drum. Aber das war der absolute Abturner.« Wir amüsierten uns herzlich und berichteten uns von den schlimmsten Dates unseres Lebens. Ich hatte nicht so viel zu berichten wie er, denn in den zehn Jahren mit Henning hatte ich keine Dates mit anderen Männern. Ich war ihm immer treu gewesen. Ruben hatte umso mehr zu erzählen und als der Film begann, war es eine Unterbrechung, auf die ich auch hätte verzichten können, um ihm noch länger zuzuhören. Wir holten uns je eine große Portion Popcorn und dazu Cola Zero, um dann zur Rolltreppe zu schlendern.

Während des Films redeten wir mehr miteinander, als dass wir zusahen. Deshalb konnte ich am nächsten Morgen Steffis

Frage, wie der Blockbuster war, auch nicht beantworten: Sie erzählte mir, dass Sascha mit ihr eine Datenight plante und dabei auch diesen Film sehen wollte. Ich ahnte zwar, worauf dieser Abend hinauslaufen sollte, aber zu dem Streifen hatte ich keine Meinung.

Gegen zwei Uhr war ich von einem wundervollen Abend heimgekommen. Ruben hatte mein Angebot, auf meiner Couch zu schlafen, nicht annehmen wollen und bestellte sich ein Taxi, um zu seinem Hotel in Düsseldorf zu fahren. Er besaß kein eigenes Auto und fuhr immer, egal wo hin, mit einem Mietwagen, einem Taxi oder einem Fahrdienst. Er erzählte, dass Agnes ihn mit seinem Team für die Preisverleihung als Stylist gebucht hatte. Er sollte sich um unser Make-up und unsere Haare kümmern. »Du wirst unbeschreiblich gut aussehen!« waren seine Worte. Ich hatte gar nicht darüber nachgedacht, dass ich selbstverständlich auch einen Visagisten brauchen würde. Auch Ruben hatte ich nicht auf dem Schirm. Insbesondere, weil ich ihn gar nicht in Deutschland vermutet hatte. Aber ich freute mich, nun auch eine vierte Person an meiner Seite zu haben, wenn ich den Preis entgegennahm. »Nur noch etwas über eine Woche. Ich bin so aufgeregt«, gestand ich. »Das wird super. Wir machen uns einen schönen Abend und du wirst die Leute begeistern. Jeder wird ein original Mops*ich* tragen wollen und dir die Hütte einrennen«, sagte er und küsste mich auf die Stirn, bevor er aus meiner Gasse und zu seinem Taxi eilte.

Mein Handy klingelte um 3:46 Uhr. Ich war so müde, dass ich mich nicht einmal abgeschminkt hatte und direkt auf der Couch eingeschlafen war.»Ich habe gerade meine Mails gecheckt«, sagte die Stimme am Ende der Leitung.»Ruben?«, fragte ich.»Hast du schon geschlafen?«

»Etwas«, antwortete ich und wischte mir eine Haarsträhne aus dem Gesicht.»Ich wurde von einem Kunden zu einem Event in einem Freizeitpark eingeladen. Es geht um Amazon Prime. Ich habe die geniale Idee, dich dem CEO vorzustellen. Die machen mega Dokus und könnten mal was über Mops*ich* bringen. Das würde ich dem gerne pitchen. Kommst du mit?«

»Geht das denn so ohne Weiteres?«, fragte ich und schob gleich nach:»Meinst du, das interessiert den überhaupt?«

»Das werden wir sehen. Ein ‚Nein' haben wir, ein ‚Ja!' können wir bekommen. Wir gucken mal, ob sich die Gelegenheit ergibt, das anzubringen, und dann schauen wir auf seine Reaktion. Das ist aber schon übermorgen, in der Nähe von Köln.«

»Okay, ich bin dabei. In welchem Hotel soll ich mein Zimmer buchen?«, fragte ich.»Da bekommst du kein Zimmer mehr. Das ganze Hotel ist für dieses Event gebucht. Aber ich habe eine Suite. Du schläfst einfach bei mir. Ich habe eh zwei Schlafzimmer.« Auch hierbei stimmte ich zu. Welche eigenartige Wendung die Dinge manchmal nehmen können, wunderte ich mich. Ich legte auf und ließ mich auf meine Couch fallen. Ich schlief wie Baby Phin in seinen besten Nächten.

Als ich wieder aufwachte, zeigte mir mein Handy gleich mehrere Anrufe von Steffi an. Ich hatte zwar den Ton ausgeschaltet, aber offensichtlich so tief geschlafen, dass ich das Summen der Vibration nicht gehört hatte. Ich fühlte mich verknautscht und brauchte erstmal ein Glas Wasser. Schwerfällig schleppte ich mich in die Küche und holte mir eine kleine Flasche mit Zitronenzusatz. Auch auf meinem Anrufbeantworter wartete eine Nachricht auf mich. »Hey, ich habe was rausgefunden. Ruf mich zurück, egal wie spät es ist!« Ich rief sie sofort an. »Boah, wenn man dich mal braucht, gehst du nicht ans Handy!«

»Ich habe es nicht gehört, sorry.«

»Jaja. Hör zu! Ich habe meinen Kripomann wieder Erkundigungen anstellen lassen. Ich hatte da so ein Gefühl. Der Schweinekopp arbeitet bei der Krefelder Staatanwaltschaft.«

»Der Idiot!«

»Er hat ganz sicher seine Beziehungen spielen lassen, um dir Ärger beim Finanzamt zu machen.«

»Lieber Himmel. Sein Ego ist viel kleiner, als ich dachte«, antwortete ich. »Wenn ihn das jetzt glücklich gemacht hat, dann gut.«

»Sollen wir was unternehmen?«, fragte Steffi unsicher. »Nee, da muss jetzt Ruhe rein. Ich lasse das so stehen und hoffe, das nun gut ist.«

»Okay. Hoffentlich«, stimmte mir Steffi zu. »Bist du schon aufgeregt wegen der Preisverleihung?«

»Ich habe so eine volle Woche, da habe ich keine Zeit, aufgeregt zu sein. Ruben und ich fahren für zwei Tage geschäftlich ins Phantasialand und im Büro gibt es einiges für den neuen Showroom vorzubereiten. Dazwischen lenke ich mich so gut es geht ab. Ich werde versuchen nicht aufgeregt zu sein.« Dass dies nicht möglich war, wusste ich selbst. Aber ich versuchte gegen das ansteigende Lampenfieber anzukommen, indem ich mir dies einredete. Dabei wusste ich genau, dass dies nicht funktionieren würde.

KAPITEL 31

# Der Überfall

Nur wenige Stunden später stand Steffi plötzlich vor meiner Türe. Überrascht sah ich sie an. Noch bevor ich fragen konnte, sagte sie bestimmt: »Wir müssen über die Situation mit Lena sprechen!« Sie ging an mir vorbei und stellte den schlafenden Phin im Maxi Cosi in meinem Wohnzimmer ab und schob mich in die Küche. Sie packte eine Lasagne aus. »Die ist noch warm«, erklärte sie, während sie sie auf zwei Teller verteilte und mir einen davon in die Hand drückte. Wir setzten uns an meinen Küchentisch. »Geht es dir gut?«, fragte ich besorgt. »Mir schon. Aber bei Lena bin ich mir einfach nicht sicher. Fakt ist, dass mit dem Typen, diesem Marko, was nicht stimmen kann.«

»Das denke ich auch. Aber wie kommst du jetzt darauf?«

»Ich habe gerade mit ihr telefoniert. Wir haben sie ja ewig schon nicht gesehen. Von sich aus meldet sie sich gar nicht mehr, und wenn wir uns verabreden, kann sie nicht oder sagt kurzfristig ab. Ich wollte wissen, ob sie nicht mal rumkommen möchte. Also nur sie. Ich dachte, dann sagt sie eher zu. Das klappte auch. Allerdings rief sie zehn Minuten später zurück und meinte sie könne doch nicht, weil Marko mit ihr essen gehen wolle.«

»Das ist wirklich komisch. Diese Absagen kommen jetzt eindeutig zu oft.«

»Aber was kann da nicht stimmen?«

»Ich weiß es auch nicht. Lass uns ihr noch eine Chance geben. Sie fährt ja nächste Woche nach Paris. Garantiert meldet sie sich danach, wegen der Preisverleihung und so. Dann verabreden wir uns mit ihr allein. Ohne den Typen. Sollte es dazu wieder nicht kommen, fahren wir hin und holen sie ab!«

»Das klingt nach einem guten Plan!«

»Bis dahin gehen wir davon aus, dass alles, was sie sagt, stimmt und sie mit ihrem Marko so hoch auf Wolke sieben schwebt, dass sie dabei die Zeit vergisst.«

»Hoffentlich ist es so«, sagte Steffi und zeigte auf meinen Teller. »Schmeckt es dir nicht?«

»Ich habe einfach keinen Hunger. Aber ich esse es später, okay.«

»Sag nicht, dass du auf Diät bist.«

»Nein, mein Lampenfieber nimmt mir den Appetit. Ganz schrecklich«, gestand ich. »Aber ich habe gestern dennoch etwas sehr Sinnvolles für mich getan. Ich habe meine Waage entsorgt.« Steffie sah mich fragend an. »Ich lasse mich von der Zahl auf dem Display nicht mehr bestimmen«, erklärte ich stolz auf mich selbst. »Gut so!«, bestärkte sie mich. »Egal wie viel es ist, das ist alles erotische Nutzfläche«, lachte ich. »Gibt es jemanden, der sie zur Zeit nutzen darf?«

»Leider nicht. Ich hatte aber auch keine Zeit dran zu arbeiten.« Ich probierte doch einen Bissen von der Lasagne. »Ich habe gestern die Neue vom KB kennengelernt. Sie möchten gemeinsame Besuchstermine. Ich könnt brechen!« Sie ahmte ein Würgegeräusch nach. »Aber dafür kann auch Sascha dabei sein. »Wie ist die denn so?«, fragte ich nach. »So wie ich es erwartet hatte. Eine aus der Liga: hohe Absätze, kurze Hauptsätze. Zumindest ist sie aber lieb zu Phin.«

»Das ist ja schon mal was.«

»Ganz ehrlich; Er hat mich sitzen lassen, als ich schwanger war und hat jetzt eine Frau, mit der er mein Kind haben will. Spinnt der?«, schimpfte Steffi leise, um Phin nicht zu wecken. »Ich habe ständig ein schlechtes Gewissen, dass ich all dem nicht gerecht werde und dass ich finanziell über die Runden komme. Und er taucht einfach auf und will sich da einmischen.«

»Ich verstehe dich. Das ist nicht fair.«

»Ja, ich weiß.« Ich drückte sie fest an mich, als sie anfing zu weinen. »Ich habe aber gehört, dass Sascha dich sehr gut unterstützt«, sagte ich vorsichtig, um nicht aus Versehen eine Überraschung zu ruinieren. »Ja, tut er. Er möchte mit uns zusammenziehen.«

»Und was hast du ihm geantwortet?« Steffi ließ mich los und wischte sich die Tränen aus dem Gesicht. »Ja, ich möchte mit ihm wohnen. Statt einem Ring gab es zwar nur einen Schlüssel, aber das geht schon klar«, lachte sie. »Hat er schon eine Wohnung für euch?«, fragte ich überrascht. »Nee, der Schlüssel war nur symbolisch. Wir ziehen erstmal zusammen bei mir ein und schauen dann, ob wir etwas Größeres finden. Phin braucht ja noch nicht so viel Platz. Deswegen haben wir ja auch etwas Zeit.«

»Aber egal wohin ihr zieht, wir werden uns regelmäßig sehen. Damit das klar ist!«, beschloss ich. »Sagt die Frau mit der Wohnung auf Mallorca«, sagte Steffi und konnte wieder lachen. »Außerdem erleben wir ja gerade, dass man nicht weit weg wohnen muss, um nicht mehr gesehen zu werden. Um nochmal auf Lena zurückzukommen ...«

»Ich habe keine Lust mehr darüber zu sprechen. Wir fahren da jetzt hin und schauen nach, ob es ihr gut geht!«

Wir packten Phin in mein Auto und fuhren zu Lenas Wohnung. Glücklicherweise bekamen wir einen Parkplatz direkt vor der Türe. Aber auch nach dem dritten Klingeln öffnete sie nicht. »Sie scheint nicht da zu sein«, sagte Steffi. »Vielleicht möchte sie nicht öffnen«, überlegte ich. »Meinst du, die feiern 'ne Orgie und wollen uns nicht mit dabei haben, oder was?«

»Na, für eine Orgie hätte ich ja Verständnis. Dabei fällt mir ein, dass ich für Sascha noch ein Weihnachtsgeschenk besorgen muss.« Ich verstand den Wink und lachte. »Das freut mich für dich. Also das mit der Orgie. Wenn ihr da wohnen bleiben möchtet, würde ich mich mit der Lautstärke aber etwas regulieren.«

»Guter Sex ist nur dann so richtig gut, wenn die Nachbarn danach auch eine rauchen.« Ich sah sie mit erhobenen Augenbrauen an. »Quatsch. Phin schläft im Zimmer nebenan. Ich bitte dich.« Sie zückte ihr Handy und rief Lenas Mobiltelefon an. Durch den Lautsprecher konnte ich sie hören; »Was ist passiert?«

»Nichts«, lachte Steffi. »Wir wollten deinen Hengst mal begutachten. Da wir dich gar nicht mehr zu sehen kriegen, sind wir eben als Wohnungsstürmkommando rumgekommen. Also komm aus dem Bett und mach auf!«

»Seid ihr etwa bei mir?«

»Klar, wo bist du denn?«, fragte Steffi überrascht. »Wir sind bei Marko. »Na, dann gib uns mal die Adresse, und wir kommen rum.«

»Äh, das ist aber gerade ungünstig.«

»Blödsinn, was heißt ungünstig? Wir möchten den mal sehen und gucken, ob er gut genug für dich ist!«, versuchte Steffi sie zu überzeugen. Es dauerte etwas, aber dann gab sie uns eine Adresse in Kempen. Wir stiegen wieder ins Auto. Phin schlief einfach weiter und ließ sich von dem Gerüttel an seinem Sitz nicht stören.

Wir klingelten an dem Haus mit der Nummer fünfzehn, und nur wenige Sekunden später summte der Türöffner. Wir sahen uns überrascht an. Bis zu diesem Zeitpunkt hatten wir damit gerechnet, dass Lena einen Grund finden würde, uns doch noch abzusagen. In der zweiten Etage wartete sie im Treppenhaus auf uns. Sie war gekleidet, als ob sie gerade zur Arbeit fahren wollte. Ich musste lachen, als ich sie sah. »Du hättest dich für uns nicht extra hübsch machen müssen. Wir haben dich schon öfter im Schlafanzug gesehen.«

»Ihr seid bekloppte Hühner!«, lachte auch sie. Steffi stolperte über die Fußmatte, die offensichtlich Markos Nachbarn gehörte. »Seid ihr betrunken?«

»Quatsch. Ich brauche keinen Alkohol, um peinlich zu sein. Das schaffe ich auch so!« Ich sah Lena an, dass sie Sorge hatte, ihre Freundinnen könnten sich im falschen Licht zeigen. Also zog ich an Steffis Jacke. Sie verstand sofort und räusperte sich. Eine tiefe Männerstimme begrüßte uns. Der Mann dazu trug eine Stoffhose und ein elegantes Hemd, als er im Türrahmen auftauchte. Auch er wirkte, als ob er ins Büro gehen wollte, nicht, als ob wir ihn gerade von der Couch gelockt hatten. »Hallo«, sagte ich. Er war sehr höflich und bat uns in seine Wohnung. Mein Gefühl, dass mit ihm etwas nicht stimmen konnte, verflog zu meinem Bedauern nicht. Im Flur hingen viele Fotos, die auch ihn zeigten. Er war stets adrett gekleidet. Genau dieses Wort würde meine Mutter benutzen und es passte zu seinem Stil. Kein Mensch hängt in dem Style an einem Sonntag auf der Couch.

Als ich das Wohnzimmer betrat, kam der Schock. Kein Wunder, dass wir ihn nicht kennenlernen sollten. Steffi war genauso sprachlos wie ich. Ich fand als Erstes meine Worte wieder: »Du sammelst Zinnfiguren?«, fragte ich verdutzt und versuchte mir einen Überblick zu verschaffen. Circa fünfzehn gläserne Vitrinen standen an den Wänden des Zimmers und waren gefüllt mit silbrigen Statuen. Ruben hätte sich sofort umgedreht und die Wohnung verlassen, dachte ich. »Das sind Herr-der-Ringe-Repliken!«, verbesserte er mich. Ich sah Steffi ihre Bemühung an, ein Lachen zu unterdrücken. Lena stand ins Gesicht geschrieben, dass wir auf Anhieb herausgefunden hatten, weswegen wir Marko noch nicht kannten. Marko wiederum redete begeistert von seinem Hobby. Darüber, dass er diese Figuren auf Conventions tauschte, verkaufte oder auch weitere kaufte. Und dass sie sehr wertvoll waren. Ich wusste nicht, was ich dazu sagen sollte, und nickte deshalb ausschließlich. Steffi tat es mir gleich. »Möchtet ihr etwas trinken?«, fragte er. Wir entschieden uns für Wasser.

»Hattet ihr etwas vor?«, fragte ich, als Marko in der Küche verschwunden war. »Nein, wir haben Fernsehen geguckt. Ich möchte nicht, dass ihr gemein zu ihm seid!«

»Ach was, wir doch nicht«, sagte Steffi und zog sich die Jacke aus. »Entschuldige, aber er macht praktisch im Anzug die Türe auf und sammelt so komisches Zeug, da darf man von diesem ersten Eindruck doch etwas amüsiert sein, oder nicht?«

»Ja, er ist eigen. Aber ein toller Mann. Bitte gebt ihm eine Chance«, bat uns Lena. Marko kam zurück, und unser Gespräch verstummte. »Arbeitest du bei einer Bank?«, fragte Steffi. Ich hörte Lena leise durch die Zähne zischen. »Nein, ich bin Sachbearbeiter bei einer Behörde.« Erst einige Fragen später wurde mir bewusst, dass wir ihn befragten wie bei einem Bewerbungsgespräch. Ich versuchte Steffi etwas zu bremsen. Die wesentlichen Fragen hatten sich eigentlich auch schon geklärt und ich lehnte mich beruhigt in meinem Stuhl zurück. Er wirkte doch recht sympathisch und mein Misstrauen verflog. Überraschend war nur, dass er vom Typ her gar nicht die Art von Mann war, die Lena bisher bevorzugte. Die Partner, die wir bisher kennengelernt hatten, waren unzuverlässig, ohne Zukunftspläne und irgendwie orientierungslos. Oft hatte ich gedacht, sie suche sich mit Absicht jemanden, den sie bemuttern konnte. Marko schien sich und sein Leben im Griff zu haben. Zumindest äußerlich. Sein innerer Zwang, Spielzeug zu sammeln, war ein anderes Thema. Aber wir haben ja auch alle irgendwo eine Macke. Ich konnte nichts Negatives an ihm finden.

Als Phin aufwachte, verabschiedeten wir uns. Markos Wohnung war offensichtlich nicht kleinkindsicher. Neben den Vitrinen standen Burgen, Felsen und Berge aus Mordor oder so. Nachbauten aus der Ringe-Trilogie und aus den Filmen »Der Hobbit«. Im Grunde alles um den Autor J. R. R. Tolkin, wie ich umfangreich erfuhr. Es war auf jeden Fall kein Ambiente, das bespielbar war, und für ein Kleinkind, das gerade zu krabbeln begonnen hatte.

»Wie findest du Marko?«, fragte Steffi, als wir wieder im Auto saßen. »Nett. Auch wenn mir diese Zinnmännekens suspekt vorkommen.«

»Auf dem Klo waren ganz viel Raumschiffe in durchsichtigen Kästchen. Schätze, das war Spielzeug von Star Wars oder so.«

»Vermutlich Star Track, oder wie heißt die Serie mit Mister Spock?«, fragte ich. »Ist ja auch egal. Na, jedem das Seine. Hoffentlich staubt der das Zeug selbst ab. Ich hätte da keine Lust zu.« »Die vergessen ihre Zeit nicht bei Orgien. Die spielen und vergessen uns dabei«, lachte ich. »Was glaubst du, wie viel das Zeug genau wert ist?"

»Na, sicherlich zu wertvoll, um den Pröll einfach wegzuschmeißen. So oder so, ich bin beruhigt.«

Den restlichen Sonntag verbrachte ich auf der Couch. Mein Backenzahn, der schon längst eine Krone benötigt hätte, schmerzte. Kein Schmerzmittel schien zu helfen, also bewegte ich mich praktisch gar nicht. Ich ignorierte das Telefon. Einzig Lena schrieb ich eine WhatsApp, um sicherzugehen, dass sie wegen unseres Auftritts nicht sauer war. Sie war ganz entspannt, und auch als sie mich nach meiner Meinung fragte und ich kein Blatt vor den Mund nahm, wirkte sie zufrieden. Meiner Mutter teilte ich wie immer mit, dass ich noch lebte, was sie ebenfalls sehr erfreute. Ich sah alte Filme im Fernsehen und schwelgte in Kindheitserinnerungen. Wir gerne hatte ich mit meiner Mama Filme mit Roy Black gesehen, als ich noch ein kleines Mädchen war.

Am Montag Morgen ging es meinem Zahn und mir etwas besser. Ich verwarf den Gedanken, unnötigerweise einen Arzt aufzusuchen. Stattdessen fuhr ich in aller Frühe ins Atelier. Ich schien die Erste vor Ort zu sein und öffnete einige Fenster zum Lüften. Als sich plötzlich etwas hinter mir bewegte, wirbelte ich herum. »Guten Morgen!«, begrüßte mich Ulla-Karin und pellte sich aus ihrem Schlafsack. »Guten Morgen.« Ich half ihr den Reißverschluss aufzuziehen. »Wohnst du hier auch?«

»Ja, vorrübergehend. Ich kann mir eine Wohnung und das Studio nicht leisten. Wenn ich mehr Aufträge habe, suche ich mir wieder eine Wohnung. Bitte verrate mich aber nicht. Im Mietvertrag steht eindeutig, dass wir das Loft nur zu gewerblichen Zwecken nutzen dürfen.«

»Von mir erfährt keiner was!«, versprach ich und machte uns einen warmen Kakao. Ich wollte Agnes eh anrufen und hatte eine Idee. »Vielleicht kannst du ja bald schon den Mops*ich*-Katalog vorbereiten.«

»Das wäre super!«, strahlte Ulla-Karin. »Habt ihr schon Models dafür?«

»Um ehrlich zu sein, habe ich mir da bisher noch keine Gedanken drüber gemacht.«

»Wäre doch super, wenn du das selbst machst. Du entsprichst der Zielgruppe, bist hübsch und das Gesicht von Mops*ich*«, schlug sie vor. »Ich weiß ja nicht so genau.«

»Denk mal drüber nach.« Ich nickte und verschwand in meinem Büro.

Katrin kam kurz darauf ins Büro und ging auch gleich an die Arbeit. Agens hatte ihr den Auftrag gegeben, sich mit der Einrichtung unseres Showrooms auseinanderzusetzen. Sie telefonierte mit vielen Dienstleistern und schien die Angelegenheit gut im Griff zu haben. Sie sollte auch eine Einweihungsparty planen, buchte einen DJ, die nötige Technik und ein Buffet für knapp 80 Personen. Die Getränkelieferung wurde von ihr organisiert und auch die Gläser bestellte sie in einem Zug.

Ich rief Agnes an. Sie war von der Idee, einen Katalog anzufertigen, begeistert und versicherte mir so bald wie möglich alle angefertigten Modelle in mein Büro zu schicken. Sie bestand natürlich darauf, dass ich als Model agieren würde, was mich nicht überraschte. Ich wiederum gab Ulla-Karin Bescheid, dass wir noch im Dezember shooten könnten, und erteilte ihr den Auftrag.

Sicherheitshalber rief ich unseren Steuerberater an. Ich wollte nicht nochmal in Schwierigkeiten geraten. Auch wenn die Kontosperrung von mir nicht verschuldet worden war, wollte ich einen Experten an meiner Seite haben. Ich fühlte mich sicherer mit dem Gedanken, dass da jemand war, der alles unter Kontrolle hatte und sich mit meiner Buchhaltung und meinen Steuern umfangreich auseinandersetzte. Ich hatte nämlich schon festgestellt, dass mein Gehirn einfach nicht verstehen konnte, wie all dies funktionierte.

Ich schilderte seiner Sekretärin die Umstände und sie versprach, dass sie sich gleich damit auseinandersetzen würde. Es dauerte keine halbe Stunde, bis sich Herr Brauer persönlich zurückmeldete. Ich schilderte ihm meine Sorge erneut. Immerhin hörte man immer wieder, dass Menschen wegen Ärger mit dem Finanzamt ins Gefängnis müssen, und das wollte ich natürlich möglichst vermeiden. Zu meinem Glück gab er Entwarnung und versicherte mir, dass ich mir keine Sorgen machen bräuchte. Agnes war anscheinend eine seiner größten Kundinnen und somit war er besonders bemüht alles richtig und schnell zu bearbeiten. Dafür war ich sehr dankbar, denn auch bei diesem Gespräch musste ich wieder feststellen, dass ich zwar hörte, was mir mein Steuerberater sagte, aber kein Wort von dem verstand, was er mir versuchte zu sagen. Das musste ich auch nicht. Er wusste es ja umso besser.

KAPITEL 32

# Steppenhitze

Schon am Montag packte ich meine Tasche, um Ruben am späten Nachmittag in Düsseldorf abzuholen. Er wartete in der Lobby seines Hotels auf mich. »Hallo, schöne Frau.« Wir begrüßten uns mit drei Küssen auf die Wange, luden sein Gepäck ein und fuhren direkt los. Das Event, zu dem er geladen war, beinhaltete auch den Eintritt für den Park, und wir wollten dies ausnutzen und kein Fahrgeschäft auslassen. Also hatte er seine Suite eine Nacht früher gebucht, damit wir am Morgen so früh wie möglich in den Park konnten. »Ich freu mich schon so!«, schwärmte ich. »Und ich mich erst. Ich kann mich gar nicht mehr erinnern, wann ich mich zuletzt mal richtig entspannen konnte. Vor allem ohne all diese Modelhühner!«

»Ich dachte schon, du lebst für deinen Beruf«, lachte ich. »Ich mag ihn auch, aber irgendwann muss mit dieser Oberflächlichkeit Schluss sein. Immer dieses dumme Gerede über die Figur, Designer, Fotografen und Schnitte. Grauenvoll!« So unterhielten wir uns bei der eineinhalbstündigen Fahrt über alles, nur nicht über die Modebranche.

Im Hotel angekommen, bezogen wir seine Suite. Sie bestand aus vier Räumen. Zwei Schlafzimmer, ein großes Bad und ein Wohnzimmer. Sie war wie eine afrikanische Buschhütte gestaltet. Flackernde Laternen hingen in den Zimmern verteilt. Alle

Stoffe wie Vorhänge, Decken und Teppiche zeigten traditionelle Muster und die Wände sahen aus, als ob sie mit Lehm überzogen worden waren. Im Bad hatten wir kein Waschbecken, sondern einen aufgeschlagenen Stein als Waschtisch und eine Wärmelampe sorgte für das passende Klima. Ich fühlte mich in der Tat wie im Urlaub –in den Tiefen Afrikas. Beide Schlafzimmer hatten Himmelbetten und boten ein Panoramafenster auf die Terrasse, mitten in der hoteleigenen Parkanlage. Es war kalt, als ich auf der Terrasse stand. Nicht nur die Pflanzen wirkten auf mich authentisch, sondern auch die Tiergeräusche, die eingespielt wurden. Ich hörte Frösche, Grillen und gelegentlich konnte man sogar einen Tiger seine Beute jagen hören. »Ich habe uns einen Tisch im Restaurant reserviert«, sagte Ruben, als er zu mir auf die Terrasse kam. »Du wirst noch krank. Komm rein oder zieh dich an«, wies er mich an. »Ja, Mama«, antwortete ich und grinste. »Du bekommst in ein paar Tagen den größten Preis deiner bisherigen Karriere. Möchtest du bei deiner Dankesrede husten?«

»Jaja. Außerdem bin ich nur nominiert und nicht die Siegerin«, erwiderte ich und ging zurück in unsere Suite. »Ich gehe stark davon aus, dass du gewinnst.« Er sah auf seine Uhr. »Wir müssen in zwanzig Minuten dort sein.«

»Bin startklar«, strahlte ich ihn an. An diesem beeindruckenden Ort begann unser Kurzurlaub mit einem wunderschönen Candlelight-Dinner im Spezialitätenrestaurant des Hauses. Wir schlemmten so viele verschiedene und außergewöhnliche Dinge, dass wir die Zeit vergaßen und das Restaurant erst verließen, als wir freundlich dazu aufgefordert wurden.

Mehr als satt schlenderten wir zurück ins Zimmer. Ruben nahm eine Flasche Wein aus der Bar mit, und so saßen wir noch lange gemeinsam im Wohnzimmer und zappten durchs Fernsehprogramm.

Unsere Wecker klingelten synchron um acht Uhr. Schon um kurz nach neun saßen wir beim Frühstück und gingen dann, über den Hoteleingang, in den Park. Schon als Kind war ich gerne ins Phantasialand gegangen und das aufgeregte Kribbeln im Bauch war nach wie vor da. Wir liefen durch verschiedene Themenbereiche. Erst durch Afrika, dann durchschlenderten wir Alt Berlin und ließen von da ab keine Attraktion aus. Zwar wollte ich auf jedes Fahrgeschäft, aber kreischen musste ich dennoch. Ruben fand das extrem lustig und lachte, während ich mir die Seele aus dem Leib brüllte. Einige neue Bahnen, die ich noch nie zuvor gesehen hatte, ließen mich zweifeln, ob ich sie befahren sollte. Dennoch fasste ich all meinen Mut zusammen und ließ keines aus. Ich war noch nie sonderlich zimperlich und ging immer schon auf so gut wie jedes Gerät. So ließen wir uns fast fünfzig Meter in die Höhe schießen und wieder hinunterfallen. Natürlich kostete mich das Überwindung, aber alles ging so schnell, dass ich oben noch kreischte, als ich unten schon längst wieder angekommen war. Wir gingen auf einen Launch Coster, bei dem sich die Fahrt anfühlen sollte, als ob man fliegen würde. Ruben bestätigte das Gefühl. Ich konnte es leider nicht, da mir erst während der Fahrt einfiel, dass ich unter Höhenangst litt, und es vielleicht nicht die beste Idee gewesen war, mich liegend in dem Himmel schießen zu lassen. Deshalb hatte ich für die komplette Fahrt die Augen geschlossen und hoffte auf ein baldiges Ende. Nach circa zwei Minuten hatte ich wieder Boden unter den Füßen und war sehr dankbar dafür. Wir gingen auf die Holzachterbahn, für die wir in einer unglaublichen Menschenmasse anstehen mussten, und auch die schnellste Achterbahn, die uns mit 117 Kilometern die Stunde losschoss, wurde von uns bezwungen. Aber bei einer Bahn war ich mir gleich sicher, dass ich sie auf keinen Fall befahren würde. Die Beine ihrer Passagiere baumelten frei herum, und allein dies machte mir Angst. Zusätzlich hatte sie mehrere Loopings, und ich persönlich sah am Ausgang einige Menschen nach ihrer Fahrt, die sie mit grünen Gesichtern und in noch schlimmeren Zuständen verließen. »Kommt gar nicht in Frage!«, protestierte ich, als Ruben versuchte mich zu überreden genau diese Achterbahn doch zu befahren. Ich kaufte ihm nicht wirklich ab, dass er sich trauen würde, und vermutete eher, dass er im Nachhinein sagen wollte: »Ich wollte ja, aber du hast dich ja nicht getraut!« Gerade darum blieb ich bei meiner Meinung und bot ihm an, zu warten. Zu meiner Überraschung ging er tatsächlich. Ich suchte mir einen guten Platz, um das Geschehen überblicken zu können, und dachte bis zum Schluss, dass er kneifen würde. Die Bahn raste mehrere Male so schnell an mir vorbei, dass ich kaum etwas erkennen konnte, außer Füße. Beim bloßen Anblick wurde mir schon schlecht. Plötzlich rasten Designer-Turnschuhe an mir vorbei, die mir sehr bekannt vorkamen. Er hatte es tatsächlich getan! Ich war überrascht, aber auch beeindruckt. In der Tat hatte ich ihn falsch eingeschätzt. »Wahnsinn. Und wie war's?«

»Hammer, wirklich klasse! Komm, wir gehen jetzt zusammen.« Ich schüttelte den Kopf. »Es wird dir gefallen. Ganz ehrlich.« Ich lehnte ab, auch wenn er immer wieder versuchte mich zu überreden. »Der Park schließt gleich. Sollen wir noch in die Wasserbahn?«, schlug ich vor. »Nee, das ist nicht so meins«, sagte Ruben. »Warum denn nicht?«

»Nass werden mag ich nicht.« Ich verzog das Gesicht, nahm seine Hand und zog ihn in den Eingang. »Ist doch egal. Das Hotelzimmer ist gleich nebenan.« Ich zog ihn ein bisschen zu fest, oder er gab zu schnell nach, das konnte ich im Nachhinein nicht mehr sagen. Aber er stieß gegen mich, legte aber blitzschnell seinen Arm um meine Taille und sah mich an. Unsere Blicke trafen sich und ich konnte seinen warmen Atem in meinem Gesicht spüren. Unweigerlich wanderten meine Augen über sein Gesicht und blieben bei seinem Mund stehen. Mist, dachte ich und sah ihm wieder in die Augen. Er wusste, dass ich gerade daran gedacht hatte, ihn zu küssen. Um ihm zuvorzukommen, flüsterte ich: »Trau dich.« Und grinste ihn an. Er kam ein Stück näher und ich schloss meine Augen, in Erwartung, seine Lippen zu fühlen. »Ruben, ich habe dich heute noch gar nicht gesehen!«, rief eine Männerstimme hinter uns. Ruben wirbelte herum. »Philip!«, sagte er und umarmte einen großen, blonden Mann. »Das ist Mara. Sie ist Designerin. Ihr Unternehmen wurde gerade für den deutschen Newcomer-Preis nominiert.«

»Sehr beeindruckend, Mara. Was designst du«, fragte er. »Mode für kurvige Frauen.«

»Das ist in der Tat spannend. Sehe ich heute Abend ein Outfit aus deiner Kollektion?«, fragte er interessiert. »Bestimmt«, antwortete ich knapp. »Nun gut. Dann euch beiden noch viel Spaß. Bis später.« Er winkte uns zu und verschwand dann in einem Eingang des gegenüberliegenden Gebäudes. »Das ist der CEO von Prime Video«, flüsterte Ruben und zog mich nun in den Eingang von Chiapas. Wir folgten den endlos erscheinenden Gängen der Wasserbahn, die eigentlich zum Wartebereich gehörten, aber vollkommen leer waren. »Warte, ich kann nicht so schnell«, bat ich ihn. Er hielt nach wie vor meine Hand. »Ich habe doch so kurze Beine«, japste ich außer Atem. Er zog mich hinter eine der dekorierten Kisten und drückte mich fest an sich. »Die sind vielleicht kurz, aber verdammt sexy!« Überrascht wusste ich gar nicht, wie mir geschah, als er mich küsste. Ich legte meine Arme um seinen Nacken und zog ihn noch fester an mich. Seine Zunge berührte meine und nun bekam ich endgültig keine Luft mehr. Ich musste von ihm lassen, um kurz atmen zu können. »Was war das denn?«, fragte ich. »Ich weiß auch nicht. Aber das will ich schon seit Mallorca tun.« Ich blickte ihn fragend an. Er griff wieder nach meiner Hand und sagte: »Mach schnell mit deinen kurzen Beinchen. Wir machen dich jetzt nass.« Ich lachte und folgte ihm so gut es ging.

Mein Körper fühlte sich taub vor Kälte an, als wir in unserem Zimmer standen. »Ich gehe unter die Dusche«, sagte ich und stellte gleich die Wärmelampe im Bad an, als ich die Tür hinter mir schloss.

Aufgewärmt und in ein Handtuch gewickelt kam ich aus dem Bad. Ruben stand vor der Türe und wollte gleich nach mir unter die Dusche. Nur mit einem Handtuch um die Hüften stand er vor mir. Zum ersten Mal sah ich sein Tattoo, welches über seiner Brust verlief. Ein Kompass und Schwalben verschmolzen zu einem Bild, welches hinter dem Rand seines Handtuchs hinausging. Gedankenversunken sah ich einen Moment zu lange auf das Bild und merkte, wie er mich anlächelte. Wieder fühlte ich mich in meinen Gedanken erwischt und wich zur Seite aus, um in mein Zimmer zu huschen. Mein Herz raste, als ich die Türe hinter mir schloss und mich mit dem Rücken gegen das grobe Holz lehnte. Ich atmete tief durch und beschloss nicht noch mehr Zeit zu verlieren. Das Event begann schon in einer Stunde und wir wollten zur Eröffnung vor Ort sein. Ich föhnte mein Haar gleich in meinem Zimmer. Als ich vor dem Spiegel stand, entschied ich mich für schwarze Unterwäsche, ohne Shapeware. Genau dieser Problematik stand auch Bridget Jones in »Schokolade zum Frühstück« gegenüber. Aber mein Dilemma war noch viel größer. Auf der einen Seite war Ruben zu einem sehr guten Freund geworden und ich wollte unsere Beziehung nicht verkomplizieren. Nach dem heutigen Tag war sie eh schon verwirrend genug. Auf der anderen Seite würde ich auf keinen Fall nein sagen, wenn sich die Gelegenheit ergeben würde mit ihm weiterzugehen. Da war ich mir ganz sicher. Wenn ich nun das schwarze Spitzenhöschen tragen würde und den dazu passenden BH, würde ich mich sexy fühlen und würde keine Sekunde warten ihn zu verführen. Die Wahrscheinlichkeit, dass es überhaupt dazu kommen würde, von Ruben ausgezogen zu werden, würde die hautfarbene Shapeware aber fördern. »Verdammter Mist!«, fluchte ich. »Ist alles gut bei dir?«, hörte ich Ruben. »Ja, alles prima«, log ich und zog meinen Bademantel über, als ich seine Schritte hörte. Ohne anzuklopfen, trat er in mein Zimmer. »Ich könnte nackt hier stehen.«

»Dann würde ich den Anblick genießen!« Er stellte seinen Schminkkoffer ab und zwinkerte mich an. »Soll ich heute Abend dein Make-up machen?« Ich überlegte einen Moment. Ich wusste, ich würde wundervoll aussehen, wenn er dies übernahm, lehnte aber dennoch ab. »Nein, ich mache das selbst.« Es fühlte sich nicht richtig an, mich von ihm zu jemandem machen zu lassen, der ich gar nicht war. Das war für die Bühne, generell für meine Arbeit okay. Aber das war nicht nur ein Arbeitswochenende. Ich wollte ganz ich sein, wenn ich versuchen würde, eine Doku an einen Sender zu bekommen. »Und jetzt gehst du aus meinem Zimmer und klopfst beim nächsten Mal an, bevor du reinkommst.« Er nickte nur und verließ den Raum, samt seiner Tasche. Ich zwirbelte meine Haare zu einer Hochsteckfrisur zusammen und schminkte mich ganz dezent. Meine Augen betonte ich in Brauntönen, ich konturierte mein Gesicht minimal und legte einen zarten Lippenstift auf, der meiner natürlichen Farbe eigentlich nur etwas Glanz verlieh.

Mein Kleid hatte ich in der Tat selbst designt. Es war ein kurzes, schwarzes Kleid, ohne Ärmel. Maria war zwar von dem Schnittmuster begeistert, fluchte aber über den Paillettenstoff, der das ganze Atelier verschmutzt hatte. Ich schlüpfte hinein und versuchte den Reißverschluss am Rücken zu schließen. Es wollte mir nur bis zur Taille gelingen. Egal wie ich mich drehte und bog, es war mir nicht möglich, den Reißverschluss eigenständig hochzuziehen. Ich öffnete meine Türe. Ruben stand im Wohnzimmer und schien auf mich zu warten. Er kam auf mich zu. »Du siehst wunderschön aus.«

»Danke«, sagte ich und merkte, wie ich meinen Blick verlegen abwandte. Mir wurde heiß und mein Gesicht färbte sich rot. Je mehr ich innerlich dagegen ankämpfte, desto heißer wurde mir. »Lass, ich mag das«, sagte er und küsste mich auf die Wange. »Darf ich dir einen Lidstrich ziehen?«, fragte er. Ich musste lachen. »Ruben, wenn das dein Wunsch ist, gerne.« Beabsichtigt oder nicht, er hatte mich aus dieser unangenehmen Situation gerettet, was mich enorm erleichterte. Zu unsicher war ich, wo ich bei ihm dran war. War das ein Spiel?

Ich folgte ihm zu seiner Schminktasche und stellte mich vor ihn. »Augen zu«, wies er mich an. Ich spürte den kühlen Eyeliner auf meiner Haut und seinen Atem auf meiner Schulter. Seine linke Hand lag an meinem Auge, so als ob er ein Blatt Papier beschrieb. Er roch nach einer Mischung aus Vanille, Sandelholz und einer Frische wie Zitrone oder Limette. Als er die Hand von meinem Gesicht nahm, fragte ich: »Kannst du mir den Reißverschluss noch schließen?«, und drehte mich um. Er legte seine Hände in meine Taille. Und zog sich selbst nahe an mich. »Wirklich nur schließen?« Das war ein Spiel. Ich war mir ganz sicher, dass er testen wollte, wie weit er gehen konnte. Er würde nichts tun. Er war schwul. Das hatte er mir selbst gesagt. »Mach schon«, antwortete ich souverän. Er ließ von mir ab und schloss den Reißverschluss deutlich langsamer, als es nötig war. Als er an meinen Schulterblättern angekommen war, stoppte er in der Bewegung. Ich drehte meinen Kopf zur Seite. Plötzlich spürte ich seine Lippen auf meinem Nacken. Ich ließ es einen Moment geschehen, drehte mich dann zu ihm um und zog ihn an mich. Mein Herz raste, als ich ihm in die Augen sah. Ich küsste ihn und genoss es, die Initiative zu übernehmen. Ich hob meinen Arm, um in sein dickes Haar zu greifen. Mein vor Erregung pochender Körper verlangte nach mehr und als er sein Becken vorschob, spürte ich, dass er bereit war mir mehr zu geben. Meine Hüften bewegten sich von selbst. Und meinem geöffneten Mund entfloh ein Wimmern, als er meinen Hintern packte und mich fest an sich presste. Als ich sein Jackett ausziehen wollte, griff er nach meiner Hand und hielt sie fest. »Nein!«, sagte er leise, aber bestimmt. Ich sah ihn überrascht an. »Wir müssen zu diesem Event. Jetzt!« Bevor ich etwas antworten konnte, sprach er weiter. »Wir werden deine Doku pitchen und etwas essen. Energie werden wir brauchen für das, was hier heute Nacht geschehen wird!« Wortlos ließ ich von ihm ab. Er drehte mich um, schloss mein Kleid und küsste mir erneut den Nacken. »Bist du fertig?«

»Leider nicht«, lachte ich und ließ mich von ihm an der Hand zur Türe ziehen. Ich griff nach meiner Clutch, die auf der Kommode, unter dem Spiegel lag. In einem Seitenfach befanden sich Ohrringe, die ich mir ansteckte. Ruben stand hinter mir und beobachtete mich. Ich lächelte ihn an. Wie gut er aussah mit seinem zurückgegelten Haar und dem schwarzen Anzug. Ich biss mir leicht auf die Unterlippe, bei dem Gedanken, dass ich ihn jetzt viel lieber ausziehen würde, um mir sein Tattoo genau anzusehen, als zu dieser Veranstaltung zu gehen. Langsam ließ ich mich nach hinten gleiten und spürte, wie sein Rücken an die Wand gedrückt wurde. Er konnte mir nicht ausweichen. Es war offensichtlich, dass er dies auch nicht wollte. Ich presste meinen Hintern an seinen Unterleib. »Du kannst das Zimmer so gar nicht verlassen.« Ich lächelte ihn wissend im Spiegel an. »Wenn du mir einen Moment gibst, schon«, sagte er und drückte mich nach vorne. Aber da hatte meine Hand seinen Schritt schon gefunden. Er stöhnte auf und schloss die Augen, als ich rhythmisch über die Wölbung seiner Hose rieb. Er ließ mich für eine kurze Zeit gewähren, griff dann nach meinem Handgelenk und verschränkte unsere Finger ineinander. Dann packte er nach meinem anderen Arm und tat das Gleiche. Langsam fuhr er mit unseren Händen über meinen Bauch auf meine Oberschenkel. Er öffnete unsere Finger und fasste nach dem Stoff, um das Kleid bis zu meinen Oberschenkeln hochzuziehen. Im Spiegel sah ich, wie er seinen Mund in meinem Hals vergrub. Ich spürte die enorme Hitze und mein Herz raste. Er nahm meine linke Hand und legte sie auf meine Brust, die wir sanft anfingen zu kneten. Ich versuchte seinem Griff zu entkommen. Ich wollte ihn anfassen, sein Haar greifen oder seinen Körper näher an mich ziehen. Am besten alles gleichzeitig, aber er ließ mir keine Chance. Jede Bewegung, jede Berührung wurde von ihm durch mich ausgeführt. Mein Herz raste, als er meine Hand zwischen meine Beine führte und sanften Druck ausübte. Ich stöhnte laut auf. »Hör nicht auf!« Er löste unsere Finger voneinander, um sie zu einer Faust fest zusammenzudrücken. Meinen Zeigefinger löste er aus dem Knäul und legte seinen darauf. Ohne einen Widerspruch zuzulassen, schob er unsere Hände in mein Höschen und drückte meinen Zeigefinger auf meine pulsierende Klitoris. Ich stöhnte auf. Er löste seine andere Hand und griff in mein Haar, um meinen Kopf zurückzuziehen. Ich nutzte die Gelegenheit, nach hinten zu packen und ihn fester an mir zu spüren. Mein Mund öffnete sich und mein Atem ging schwerer, als unsere Finger immer schneller über meinen empfindlichsten Punkt glitten. Ich krallte mich in sein Bein. Seine freie Hand zog meine Oberschenkel weiter auseinander. Ich sah im Spiegel, wie er auch seine zweite Hand von mir löste und mit zwei Fingern in mich eindrang. Ich hatte das Gefühl, vor Erregung zu zerspringen. Eine fast unerträgliche Wärme stieg in mir auf, als ich das feuchte Geräusch seiner Finger, die immer wieder in mich eindrangen, hörte. Unsere Blicke trafen sich im Spiegel. Er löste sich von mir, schob mich vor und drehte mich um. Tief sah er mir in die Augen. »Damit ist jetzt Schluss!«

»Was?«, fragte ich irritiert. »Wir machen jetzt deine Karriere.« Er zog mein Kleid runter. »Ist das dein Ernst?«, fragte ich erbost. »Das ist der Vorgeschmack. Freu dich auf das, was gleich noch folgt.«

KAPITEL 33

# In den dunklen Ecken

»Mara, ist das eines Ihrer Designs?«, fragte Philip, als er mich sah. Ich war überrascht, dass er sich das überhaupt gemerkt hatte. »In der Tat.«

»Sie sehen wundervoll aus«, sagte er und begrüßte dann Ruben. »Maras Arbeit ist generell sehr spannend. Ihre Basis ist auf Mallorca. Dort befindet sich auch ihr Flagshipstore«, schwärmte Ruben. »Faszinierend. Darüber sollten wir uns einmal in Ruhe unterhalten.«

»Sehr gerne«, antwortete ich. »Entschuldigt mich bitte, ich möchte Bully begrüßen«, sagte er und eilte davon. »Okay, haben wir das erledigt. Können wir wieder gehen?«, fragte ich ungeduldig, aber doch überrascht, dass wir unsere Mission so schnell erfüllt hatten. »Auf keinen Fall. Wer weiß, wen wir hier noch alles treffen.« Ruben zog mich ans Buffet. »Hast du Hunger?«

»Ja, sehr sogar«, gestand ich und nahm mir einen Teller. Ich probierte einige Häppchen und sah mich in der Location um. Viele Gesichter kamen mir bekannt vor, auch wenn ich sie nicht immer zuzuordnen wusste. Ruben begrüßte einige Leute und wanderte von einer Gruppe an Menschen zur nächsten. Ich ließ mich absichtlich zurückfallen. Ich wollte heute nicht mehr reden. Es waren mir eindeutig zu viele Leute und die Musik war mir auch zu laut. Ich hätte nichts gegen einen entspannten Abend gehabt. »Verdammt, ich werde alt!«

»Ich auch!«, sagte eine tiefe Männerstimme neben mir. Ich sah erschrocken zur Seite und konnte meinen Augen kaum trauen. »Kurt?« Ich fiel ihm in die Arme. Ohne die braune Kutte aus dem Kloster hätte ich ihn fast nicht erkannt. »Was machst du denn hier?«

»Ich manage zwei Schauspieler, die in einer neuen Prime-Serie mitspielen.«

»Wie witzig ist das denn? Magst du was essen? Oder bist du auf Darmkur?«, lachte ich und er stimmte mit ein. »Du hast ja eine enorme Karriere gestartet. Wahnsinn, wie das bei dir anläuft.«

»Dankeschön. Ich weiß manchmal auch nicht, wie mir geschieht.«

»Ich habe das beobachtet. Wenn du einen Manager suchst, ruf mich an. Ich habe ein paar geniale Ideen für dich und die passenden Kontakte sind auch kein Problem.«

»Vielen Dank. Das mache ich. Ich melde mich gleich nächste Woche bei dir.«

»Prima. Entschuldige mich bitte. Ich glaube, ich werde am roten Teppich gebraucht«, sagte er und eilte dann an die große Fotowand, vor der sich eine Schar Fotografen versammelt hatte. Er unterhielt sich mit einem jungen Mann, der auch ein Idol einer Boyband hätte sein können. »Du kennst Kurt Braun?«, fragte Ruben. »Ja, die besten Menschen lerne ich offensichtlich im Urlaub kennen«, antwortete ich, ohne meinen Blick vom roten Teppich abzuwenden. »Kennst du ihn auch?«

»Nein, aber er ist für viele Karrieren verantwortlich. Der ist echt gut in dem, was er macht.« Ich spürte Rubens Hand an meinem hinteren Oberschenkel. Langsam glitt sie unter mein Kleid. Erschrocken ging ich einen Schritt vor, sodass er mich nicht mehr erreichen konnte. Er grinste verschwörerisch. »Ich kann dir gleich hier einen Orgasmus besorgen, den du nie wieder vergessen wirst.«

»Auf gar keinen Fall!«, sagte ich entschieden und drehte mich zu ihm um. Bevor ich weitersprechen konnte, wurde mir mein Teller aus der Hand genommen und Kurt sagte: »Komm mit!« Ich folgte ihm zum roten Teppich. Eigentlich dachte ich, er wollte mich seinem Klienten vorstellen, als dieser von den Fotografen verabschiedet wurde. Ich sah ihm nach und wollte ihm folgen, als Kurt mich auf den Teppich schob. »Was soll ich hier?«, fragte ich fast schon panisch. »Nett aussehen und lächeln«, wies er mich an und sprach dann zu den Fotografen: »Ladys and Gentlemen, Mara Bachmann. Der neue Stern am Modehimmel und die Designerin für kurvige Frauen.« Ein Blitzlichtgewitter brach los. Ich war so geblendet, dass ich nichts mehr sehen konnte. Dennoch gab ich mir Mühe, in einer guten Position zu stehen und zu lächeln, bis Kurt dazwischenging und mich vom Teppich zog. »Vielen Dank und einen schönen Abend noch«, sagte er und ich nickte den Fotografen zu. »Was war das denn?«

»Dein Moment im Rampenlicht. So was sollte man sich nie entgehen lassen. Ruf mich nächste Woche an. Wir schauen dann, wo die Bilder abgebildet wurden und wie wir dich und deine Marke noch bekannter machen.«

»Ich danke dir.«

Ich suchte Ruben in der Menge, konnte ihn aber nicht entdecken. Ich holte mir einen Gin Tonic und stellte mich an den

Rand, um die Location zu überschauen. Als ich eine Hand auf meiner Hüfte spürte, wusste ich sofort, dass es Ruben sein musste. Er lächelte und stellte sich wieder hinter mich. »Du machst deinen Weg auch ohne Hilfe. Du hast großartig ausgesehen.« Er streichelte mein Gesicht und fuhr meinen Nacken entlang. »Du siehst jetzt aber noch viel schöner aus.«

»Ich würde dich gerne küssen, aber das werde ich hier öffentlich nicht tun!«, sagte ich bestimmt. »In dir steckt mehr Showbusiness, als ich dachte, Liebes.«

»Meine Damen und Herren ...«, begann ein Moderator seine Rede. »Dreh dich um!« Bevor ich selbst reagieren konnte, hatte Ruben mir einen sanften Schubs gegeben. Ich drehte mich in die gewünschte Richtung, als er mich weiter in die Ecke zog. Wir waren zwischen einer Statue und einem Vorhang kaum noch zu sehen. Seine Hand glitt von hinten unter meinen Rock. Ich sah mich um. Niemand schien auf uns zu achten, denn fast alle Gäste blickten auf die Bühne oder flüsterten sich etwas zu. Uns beachtete niemand. Ruben griff meinen Slip und zog ihn mit beiden Händen runter. »Was machst du da? Hör auf!«, protestierte ich. Er bückte sich und mir blieb nichts anderes übrig, als meine Füße daraus zu befreien. Als er vor mir hochkam, steckte er sich meinen Slip in die Tasche und drückte mich endgültig hinter den Vorhang. Seine Hand rutschte unter meinen Rock und er drang mit zwei Fingern ohne Vorwarnung in mich ein. »Sag, dass ich aufhören soll«, hauchte er mir ins Ohr. Ich legte meine Arme um seinen Nacken. »Auf keinen Fall!«, stöhnte ich. Mit der Nase fuhr er über meinen Hals und seine Bartstoppeln kratzten über meinen hämmernden Puls. Ich versuchte die Gänsehaut zu ignorieren, die sich mit jedem Mal, wenn ich seinen heißen Atem spürte, weiter ausbreitete. Er legte seine Lippen auf meine, während er seine Finger rhythmisch bewegte. Eine Band fing auf der Bühne an zu spielen. Durch eine Lücke zwischen Rubens Körper und der Statue konnte ich erkennen, dass das Publikum anfing zu tanzen. »Du bist so perfekt«, stöhnte er. Ich schob meine Hüfte gegen seine Hand und stöhnte laut auf. Die Musik war so laut, dass mich niemand hören konnte. Ich spürte Hitze in mir aufkommen und versuchte gegen das sich aufbauende Gefühl anzukämpfen, das sich in meinem Zentrum ausbreitete. Ruben packte mein Bein und spreizte es. »Komm für mich«, hauchte er. Er drückte mir die freie Hand auf den Mund, um meine Schreie zu ersticken, als der Orgasmus durch meinen Körper schoss.

Ich zitterte und sank erschöpft gegen seine Brust.

Der Moderator fing wieder an zu sprechen, als Ruben von mir abließ. »Den behalte ich!«, sagte er und holt meinen Slip aus seiner Tasche. »Als Souvenir?« Er grinste verschwörerisch. »Du schuldest mir was.«

»Ist das so?«, fragte ich und sprach, ohne eine Antwort abzuwarten, weiter. »Was möchtest du denn?«

»Einiges werde ich dir gleich noch zeigen. Aber ich möchte auf jeden Fall, dass du morgen mit mir auf die Black Mamba gehst.«

»Die Achterbahn? Auf keinen Fall!«, protestierte ich, musste aber auch lachen. »Komm schon.« Er packte mein Gesicht und sah mir tief in die Augen. »Na gut, aber nur weil du so lieb fragst.«

Wir blieben, bis der DJ die Musik abschaltete, und waren die letzten Gäste, die die Location verließen. Wir schlenderten durch den Hotelpark. An einem Pavillon machten wir Rast und setzten uns auf die Bank. Ruben hatte diesmal eine Flasche Sekt vom Barkeeper mitgenommen. Gläser hatten wir vergessen. Also tranken wir gemeinsam aus der immer wieder überschäumenden Flasche. »Ich dachte, du bist schwul.«

»Ich mag Menschen. Im Großen und Ganzen sind das Männer, aber wenn eine Frau so richtig toll ist wie du ...« Er beendete seinen Satz nicht und dachte offensichtlich nach. »Ich finde nicht, dass man auf alles ein Label draufkleben muss. Auch ich bin, wie ich bin.«

Der nächste Morgen kam schneller als erhofft. Als ich aufwachte, dachte ich im ersten Moment, ein Tiger hätte einen Menschen erlegt. Ich musste aber feststellen, dass der Sound des Hotelparks schon angestellt worden war und die Black Mamba ihre Runden mit kreischenden Besuchern drehte. Die erste Kurve und der darauffolgende Looping führten direkt an unserer Tür vorbei. Mein Schädel brummte. Was für eine Nacht. Ruben befand sich nicht in meinem Zimmer. Aber beim Blick auf mein Handy sah ich, dass er mir eine WhatsApp geschickt hatte. Als ich sie öffnete, konnte ich jedoch nur sehen, dass er sie wieder gelöscht hatte. Warum wohl? Ich kletterte umständlich aus meinem Bett. Definitiv war noch zu viel Alkohol in meinem Blut. Mir war schwindelig und ich schwankte. Ich hatte keinen Hunger und ich wollte in der Tat auch keinen zweiten Tag in den Park. Eigentlich wollte ich nur schlafen. Hatte ich in der vergangenen Nacht mit Ruben geschlafen? Nein, daran würde ich mich erinnern. Da war ich mir sicher.

Ich schrak auf und das Grauen packte mich. Aber ich hatte versprochen auf die Black Mamba zu gehen? Selbst wenn,

Ruben hatte selbst genug getrunken und würde sich bestimmt nicht mehr erinnern. Vorsichtig lugte ich ins Wohnzimmer. Keine Spur von ihm. Ich wickelte mich in eine Decke und wollte mir eine Cola aus der Minibar holen, als er pfeifend aus dem Bad kam. Diesmal trug er nicht mal ein Handtuch. »Und, bist du bereit für die Fahrt deines Lebens?", fragte er, als ich seinen Körper betrachtete. Er war am ganzen Oberkörper und sogar an Teilen seiner Arme tätowiert. »Das ist schon verdammt sexy!«, sagte ich. Er grinste. »Lenk jetzt nicht vom Thema ab.«

»Bitte?«, fragte ich. »Ich meine die Black Mamba. Heute gehen wir zusammen drauf!« Um Gottes willen, das könnte die letzte Fahrt meines Lebens werden, schoss es mir in den Kopf. Dann fiel mir aber etwas ganz anderes ein. »Wie bin ich ins Zimmer gekommen?« Ruben lachte laut auf. »Um ehrlich zu sein, kann ich mich auch nicht mehr so ganz genau erinnern.« Er kam zu mir und küsste mich auf den Mund und zog mich mit sich auf die Couch. »Sollen wir uns das Frühstück ins Zimmer bestellen?«

»Ich liebe die Art, wie du denkst«, antwortete ich erleichtert. Eine halbe Stunde später stand unser Wohnzimmertisch voller afrikanischer Köstlichkeiten. Wir hatten uns in Wolldecken gehüllt und ich lag an seiner Brust. Zusammen schauten wir den Schneeflocken zu, die sich ihren Weg auf die Erde bahnten. »Möchtest du heute wirklich nochmal in den Park?«, fragte ich. »Eigentlich nicht. Das ist mir zu kalt und hier finde ich es viel gemütlicher. Aber ich möchte, dass du dein Versprechen hältst. Wir springen nur eben auf die Black Mamba und hauen dann ab.«

»Muss das wirklich sein?«, sagte ich und ließ meine Hand über seine Brust gleiten. Langsam schob ich die Decke zur Seite. Eine

Schwalbe kan zum Vorschein. Ich küsste sie sanft, während ich den Stoff weiter zur Seite schob. »Ich hätte eine viel bessere Idee, als Achterbahn zu fahren.« Rubens Handy klingelte und ich verdrehte unweigerlich die Augen, als er danach griff. Er sprach auf Französisch mit jemandem. Leider verstand ich kein Wort. Im Gegensatz zu den meisten Menschen empfand ich diese Sprache noch nie als besonders schön. Aber als ich Ruben sprechen hörte, hatte sie etwas, dem ich ewig hätte lauschen können.

»Ich muss los. Leider ist für heute Abend noch ein Termin reingekommen.« »Wie schade«, sagte ich und meinte es ehrlich. »Wir gehen den Eingang vom Hotel aus in den Park und sind dann auch sofort vor der Black Mamba.« Ich schnaubte, gab aber nach. »Also gut!« Wir konnten uns beide nicht lösen und saßen noch eine Stunde beisammen, bis ich mich anzog und wir uns auf den Weg machten. In der Tat war der Eingang zur Achterbahn einen Fußmarsch von drei Minuten entfernt. Als wir ankamen, zeigte jedoch das Display am Eingang: »*Ab hier noch 60 Minuten.*« Ein Stein fiel mir vom Herzen, als Ruben sagte: »Also so lange stelle ich mich da nicht an!« *Halleluja!*, dachte ich, sagte aber: »Das ist schade, ich hatte mich schon so gefreut.«. »Wart mal.« Er kramte mehrere Zettel aus seiner Tasche. »Zum Hotelaufenthalt bekommt man Quickpässe. Damit kann man einen anderen Eingang nehmen. Komm mit.« Mir wurde spontan übel. Wir folgten einem Gang und mussten in der Tat nur wenige Minuten warten, bis wir drankamen. Die Herrschaften vor uns versuchten mich zu beruhigen und meinten, es sähe viel schlimmer aus, als es sei. Überzeugt war ich nicht. Die Information, dass die Fahrt nur fünfundvierzig Sekunden dauern würde, beruhigte mich jedoch ungemein. Die nächste Bahn sollte unsere sein. Wir befanden uns in einer Art Höhle, welche nur spärlich beleuchtet war. Fledermäuse schienen der Geräuschkulisse nach herumzuschwirren.

Es war so weit, die Bahn fuhr ein. Reihe fünf, Platz drei sollte meiner sein. Ich überlegte zwar kurz, ob ich doch noch kneifen sollte, aber der Blick Rubens verriet, dass er meine Gedanken las. »Ich ziehe das durch!«, ergab ich mich meinem Schicksal. Es beruhigte mich etwas, dass das freundliche Fachpersonal in traditionell afrikanisch anmutenden Outfits meinen und auch den Gurt der Mitreisenden kontrollierte. Sie gaben das Okay für unsere Sicherheit. Plötzlich ging das Licht aus und ein gefährlich klingendes Geräusch schallte durch die Gruft. Stromausfall, dachte ich und wollte gerade heucheln, wie bedauerlich dies doch sei, wo wir doch schon so weit gekommen waren. Mit einem Ruck setzte sich die Schlange in Bewegung und fuhr gleich aus der Höhle. Eine Tür schloss sich hinter uns und wir fuhren langsam eine Erhöhung empor. Ich rechnete kurz nach. Als wir am höchsten Punkt waren, hatten wir die ersten 15 Sekunden hinter uns. Also nur noch 30. Das ist doch zu schaffen, dachte ich. Aber selbst wenn nicht, es gab kein Zurück mehr. Wir stürzten in die Tiefe, eine scharfe Kurve –wir mussten gerade an unserem Hotelfenster vorbeigekommen sein –folgte der nächsten. Ich kniff die Augen zusammen. Noch zwanzig Sekunden. Wir fuhren in einen Looping und ich schrie wie am Spieß. Mich nicht mit den Füßen abstützen zu können, war genau so schlimm, wie ich es mir gedacht hatte. Noch ein Looping und noch einer. »Noch zehn Sekunden!«, kreischte ich, und Ruben lachte laut. Nächste Kurve, und die Bahn stoppte im Dunkeln. Die von mir mitgezählte Zeit endete. »Lebst du noch?«, fragte

Ruben. Mir war zwar etwas flau, aber ich antwortete: »Klar, war super.« Dies war nur halb gelogen. Irgendwie war es lustig, aber ich musste kein zweites Mal mitfahren.

Ruben half mir beim Aussteigen, und ich vermutete einen leicht grünlichen Eindruck gemacht zu haben. »Ich bin stolz auf dich«, flüsterte er und küsste mich auf die Wange. Als wir uns unseren Weg aus der Grotte bahnten, sah ich, wie er leicht schlingerte. Ich grinste in mich hinein, verlor aber kein Wort darüber.

Wir aßen noch zu Mittag und gingen dann zurück zum Hotel, um unsere Taschen zu holen. Ruben musste noch einige Dinge zusammenpacken. Ich setzte mich währenddessen auf sein Bett und sah ihm zu. »Hör mal, müssen wir darüber reden, wie das mit uns weitergeht?«, fragte er mich plötzlich. »Meinst du, ob wir uns daten wollen?«, grinste ich. »Ja, so was in der Art.« Seine Unsicherheit überraschte mich. »Um ganz ehrlich zu sein, möchte ich gerade mit niemandem fest zusammen sein, glaube ich. Was ist mit dir?«

»Ich bin so viel unterwegs und hätte zwar gerne jemanden, aber ich bekomme das nicht hin. Etwas Lockeres wäre mir lieber«, gestand er. »Dann passt das doch super. Wir haben einander gegenüber keine Verpflichtungen.«

»So was wie Freunde plus?« Ich antwortete, was mir in diesem Moment durch den Kopf ging. »Warum nicht?« Ruben nahm mein Gesicht in seine Hände und küsste mich.

»Was ist der Unterschied zwischen Freunde Plus und einem Fickfreund?«, fragte mich Steffi. Wir saßen in ihrem Wohnzimmer und flüsterten uns zu, um Phin nicht zu wecken. »Zum einen hört es sich netter an. Und zum anderen glaube ich nicht, dass es nur um Sex geht. Ich mag ihn halt auch.«

»Kommt er mit nach Berlin?« Diese Frage weckte das schlimme Lampenfieber wieder und in meinem Magen fing es an zu kribbeln. »Ja, aber er fliegt dort hin.«

»Schade, in unserer kleinen Kiste hätte ich dem mal so richtig auf den Zahn fühlen können.«

KAPITEL 34

# **Fehlender Antrieb**

Das Wochenende der Preisverleihung rückte immer näher und jeder Gedanke daran war eine Qual. Ich war so enorm aufgeregt, dass ich gar nicht wusste, wie mir geschah. Ich wachte nachts schweißgebadet auf, mein Herz raste kontinuierlich, ich konnte nichts essen und mein Konzentrationsvermögen war schlichtweg abhandengekommen. Somit war es mir auch kaum möglich, mich mit neuen Designs auseinanderzusetzen. Dennoch entschied ich mich ins Büro zu fahren. Dort hatte ich wenigstens Menschen um mich, die mich ab und an zumindest für eine kurze Sequenz ablenkten und mir somit Erleichterung verschafften. Wenn ich allein zu Hause war, dachte ich zu viel über die Gala nach und schon hatte ich das Gefühl, mich übergeben zu müssen. Jeder Versuch, mich abzulenken, war bisher fehlgeschlagen. Dennoch erkannte ich einen Vorteil an meinen Symptomen: Mein Haus war geputzt und um ehrlich zu sein sauberer als je zuvor. Meine Koffer für meine Reise nach Berlin waren längst gepackt und standen abfahrbereit im Flur. Meine Gartenmöbel hatte ich endlich in den Schuppen geräumt, damit sie dort unbeschadet überwintern konnten, und mein Briefkasten war geleert. Ich hatte sogar alle Briefe beantwortet und die Rechnungen beglichen. Die einzige Möglichkeit, mich zu Hause noch zu beschäftigen, wäre die Renovierung meines Häuschens gewesen.

Dies hatte ich zwar ernsthaft in Betracht gezogen, den Plan aber dann doch über Bord geworfen, als ich zitternd im Auto saß, um zum Baumarkt zu fahren.

Da es in der Werbung ja immer so schön heißt: »Fragen Sie Ihren Apotheker«, hatte ich mir diesen Rat in der Tat zu Herzen genommen und mir ein Notfallpaket mit »Hokuspokus«, wie mein Vater es nennen würde, besorgt. Bachblüten in Drageeform und Globuli waren dabei. Auch ein Entspannungsbad hatte ich mitgenommen. Aber das war wirklich zu ruhig für mich und würde meine Symptome nur verschlimmern, hatte ich mich zu Hause umentschieden. Ich lutschte aber in regelmäßigen Abständen die Dragees und nahm auch die kleinen Perlen, die ich unter meine Zunge legen sollte. Ich hatte nicht das Gefühl, dass es mir dadurch besser ging. Aber nach einem Telefonat mit Steffi, die von der Wirkung von Globuli überzeugt war und meinte, dass Phin viel besser zahnen würde, seitdem er sie bekam, entschied ich mich sie weiter zu nehmen. Wir redeten dreißig Minuten darüber, ob uns ein Bach in der Nähe einfiel, an den ich mich legen konnte, und ab wann dort wohl wieder Blüten zu finden sein würden. Diese Lösung erschien mir irgendwie effektiver, jedoch spielte die Jahreszeit nicht mit. In dem Zeitraum unserer Überlegung ging es mir ausgezeichnet, denn ich hatte die Preisverleihung komplett vergessen. Bachblüten hatten also eine Wirkung.

Ich entschied mich ins Büro zu fahren. Nachdem ich mich davon überzeugt hatte, dass ich hierfür kein Taxi brauchte und selbst in der Lage war, ein Vehikel zu führen, setzte ich mich in meinen kleinen Cuore und fuhr los. Unglücklicherweise bog ich genau in dem Moment auf die Kölner Straße ein, als die Straßenbahn an einer Haltestelle hielt. Ich wartete mit ihr zusammen, bis alle Passagiere ein- oder ausgestiegen waren, und fuhr dann langsam hinterher. Da ich keine Eile hatte, genoss ich die gemächliche Fahrt und hörte dabei Gute-Laune-Musik. Lautstark sang ich mit und beobachtete die Schüler, die auch an der nächsten Haltestelle aus der Bahn eilten, um pünktlich auf dem Schulhof anzukommen. Ein Fahrradfahrer hatte die Gefahr nicht kommen sehen und wurde fast umgelaufen. Er konnte sich gerade noch retten, als er an einer Reklame für den Krefelder Weihnachtszirkus Halt fand. Im Zirkus war ich schon lange nicht mehr, fiel mir auf und beschloss Steffi zu fragen, ob wir uns die Show nicht mit Phin ansehen wollten. Die Straßenbahn fuhr weiter, aber ich wurde von der roten Ampel abgefangen. Eine Frau mit Hund überquerte die Straße und ein weiterer Radfahrer fuhr, ungeachtet der Verkehrsregeln, über den Bordstein und sparte sich somit die Wartezeit. Die Ampel wurde Grün, und ich wollte gerade anfahren, als ich vom Pedal rutschte und den Wagen abwürgte. »Mist!«, fluchte ich und zündete neu. Nichts geschah. Ich versuchte Gas zu geben, aber mein kleiner Daihatsu sprang einfach nicht an. Sofort stellte ich die Musik ab und lauschte auf den Motor. Ich konnte ihn gar nicht hören. Stattdessen vernahm ich lediglich ein Klicken. »Verdammte Kacke!«, fluchte ich. In meinem Rückspiegel konnte ich erkennen, wie sich hinter mir ein Stau bildete. Ich schnaubte, stellte die Warnblinkanlage an und stieg aus. Mit einer Handbewegung entschuldigte ich mich bei den Fahrern hinter mir und versuchte mein Auto auf den Parkstreifen zu schieben.

Mit einer Hand am Lenkrad und geöffnetem Fenster war dies leichter möglich als gedacht. Schweißperlen bildeten sich auf meiner Nase, als mir eine Idee kam. Ich kramte in einer Handtasche nach meinem Portemonnaie und klappte es auf. Auf Anhieb fand ich den Zettel von dem Mechaniker meiner Tankstelle. Ich wählte die Nummer und war erleichtert ein Freizeichen zu hören. Schnell sah ich noch einmal nach. »Thomas«, sagte ich laut, um mir seinen Namen zu merken. »Hallo?«, fragte eine Männerstimme und ein Poltern war im Hintergrund zu hören. Er war eindeutig schon in der Werkstatt. »Hallo, hier ist Mara. Ich brauche Hilfe mit meinem Auto.« Ich konnte Schritte hören. »Ich verstehe leider nichts. Einen Moment«, sagte er. Die Hintergrundgeräusche wurden leiser. »So, jetzt. Wer ist da?«

»Ich möchte Ihr Angebot annehmen. Mein Auto streikt«, sagte ich, so charmant es mir möglich war. Nun hörte ich ihn lachen. »Der weiße Cuore?«, fragte er nach. »Ja, er ist einfach stehen geblieben.« Nun konnte ich eine Autotür zuschlagen hören und wie ein Zündschlüssel gedreht wurde. »Wo bist du?«, fragte er. »Kölner Straße, fast am Hochhaus. Richtung Stadt.«

»Ich bin unterwegs.«

Nur wenige Minuten später parkte ein schwarzer Mercedes hinter mir. Thomas sprang aus einer Art Geländewagen und kam auf mich zu. Mein kleines Auto wirkte gegen seines, als ob es zu heiß gewaschen worden war. »Was ist passiert?«, fragte er und setzte sich sofort auf den Fahrersitz, um ihn selbst zu starten. Als ihm dies nicht gelang, stieg er wieder aus und öffnete die Motorhaube. »Setz dich mal rein und dreh den Schlüssel.« Ich tat wie geheißen. Als er mir ein Handzeichen gab, stieg ich wieder aus und stellte mich neben ihn, an den Kopf meines Autos. Seine Hände waren voller Öl, auch seine blaue Latzhose war beschmiert. »Deine Lichtmaschine hat den Geist aufgegeben«, diagnostizierte er. »Kann man das schnell reparieren?«, fragte ich. »Also bei dem Auto würde ich es gar nicht reparieren«, antwortete er. »Es fährt halt nicht jeder einen Mercedes!«, fauchte ich. »Ich meine, dass das Auto viel zu alt ist, als dass sich die Reparatur lohnt. Vermutlich wird das Ganze teurer, als der Wagen noch wert ist.«

»Oh nein!«, sagte ich. Mir wurde bewusst, dass der Moment gekommen war, dass ich von meinem kleinen Flitzer endgültig Abschied nehmen musste. Ich hatte es so lange rausgezögert, aber jetzt schien es so weit zu sein. »Ganz sicher?«, fragte ich mit Tränen in den Augen. Thomas atmete tief durch. »Pass auf. Wir fahren jetzt in meine Werkstatt und schauen uns das mal genauer an. Dann wissen wir mehr.«

Eine halbe Stunde später stand mein kleines Auto in der Werkstatt auf der Hebebühne und wurde nicht nur von Thomas, sondern auch von Erik, einem weiteren Mechaniker, begutachtet. »Der ist hin!«, sagte Erik emotionslos. »Aber da kann man doch sicher noch was machen?«, fragte ich traurig. »Der Boden ist durchgerostet, der Querlenker ausgeschlagen und die Antriebswelle gehört auf den Schrott. Und die Lichtmaschine kommt auch noch obendrauf. Du kannst dir drei neue kaufen für das, was die Reparatur kosten würde.« Thomas nickte und sah mich mitfühlend an. »Das besprechen wir in Ruhe. Hast du Zeit?«, fragte er mich. »Ja, eigentlich schon.«

»Steig ein. Ich habe eine Idee.« Ich stieg in sein Auto.

Wir fuhren auf die Autobahn und über die Grenze, in die Niederlande. »Was machen wir?«, fragte ich. »Ich muss was abholen und gleichzeitig gucken wir, ob wir was für dein Auto finden.«

»Ersatzteile, meinst du?« Er nickte. »Vielen Dank«, sagte ich. So viel Einsatz hatte ich in meiner Werkstatt nie erlebt. »Gerne. Was machst du eigentlich beruflich?«

»Ich arbeite in der Modebranche«, sagte ich. »Und was machst du genau?«

»Ich designe Mode für kurvige Frauen.« Erstaunt blickte er mich an. »Ja, das passt zu dir. Du kannst uns ja mal neue Arbeitskleidung designen«, lachte er. »Vielleicht würde Waschen erstmal reichen«, grinste ich frech und war erleichtert, als er lachte. »Das bringt nix mehr. Den Dreck kriegt man nicht raus.« Er hob seine rechte Hand über die Armatur. »Die sauber zu bekommen ist schon schwer genug.« Er hatte riesige Hände, die übersät waren mit Dreck, Schwielen und kleinen Verletzungen. »Du solltest da Pflaster drüberkleben.«

»Warum?«, fragte er. »Weil der Dreck in die Wunden kommt und du eine Blutvergiftung bekommen kannst.«

»Nonsens, das ist noch nie passiert!« Nach knapp 30 Minuten parkten wir auf einem Schrottplatz. »Komm hinter mir her. Pass aber auf, wo du hintrittst«, wies er mich an und ich folgte ihm. Es dauerte nicht lange, und wir fanden einen blauen Daihatsu Cuore, der meinem bis auf die Farbe zum Verwechseln ähnlich sah. Thomas öffnete die Motorhaube, kramte Werkzeug aus den vielen Taschen seiner Arbeitshose und nahm das Auto professionell auseinander. Er gab mir zu verstehen, dass ich ihm nicht helfen konnte, also schaute ich mich um. Viele Wagen, die einst wirklich toll ausgesehen haben mussten, fristeten hier ein trauriges Dasein. Bei manchen waren große Schäden, von Autounfällen zum Beispiel, zu erkennen und ich fragte mich unweigerlich, was wohl geschehen war. Ein Volkswagen war auf der Seite so eingedrückt und insgesamt so verzogen, dass ich mich fragte, ob die Insassen den Aufprall überlebt haben konnten. Ich war erleichtert kein Blut im Inneren zu finden. Andere Autos standen da, als ob sie fahrbereit wären. Lediglich das Fehlen von Radios, Airbags und anderen Teilen aus der Armatur wiesen darauf hin, dass sie ausgedient hatten. Mein Handy vibrierte. »Alles gut, Mama?«, fragte ich, als ich abhob. »Ja, eigentlich schon«, japste sie. »Ich bin total verschnupft und kann nicht mit nach Berlin kommen.«

»Oh nein«, sagte ich ehrlich traurig. Ich hätte meiner Mutter nicht nur gerne ein solches Event gegönnt, ich hätte sie mir bei all der Aufregung an meiner Seite gewünscht. »Tut mir leid, mein Schatz.«

»Schon gut, Mama. Ich rufe dich danach gleich an und erzähle dir alles. Erhole dich gut.«


»Kommst du?«, rief Thomas und winkte mit einer Art Stange. Ich strahlte ihn an. »Was ist das?«

»Wenn alles gut geht, deine neue Antriebswelle.« Dann drückte er mir einen Klotz in die Hand. »Halt mal.«

»Und das ist?«

»Deine neue Lichtmaschine.«


Im Büro des Schrottplatzes holten wir noch eine Kiste ab, die Thomas dort schon bestellt hatte und die Ersatzteile für andere Kunden beinhaltete. Im Anschluss fuhren wir wieder zurück.

»Meinst du, mein Auto kann morgen nach Berlin fahren?«, fragte ich vorsichtig. »Wenn du dort auch ankommen möchtest, denke ich eher nicht. Aber ich habe eine Idee.« Ich sah ihn interessiert an, als er vor meiner Gasse parkte. »Ich hole dich um sieben zum Essen ab und dann erzähle ich dir davon. Klingt das für dich vorstellbar?«

»Fragst du mich nach einem Date?«

»Nein, ich setze dich unter Druck, damit du mit mir ausgehst«, lachte er. »Ich glaube, so einen Scherz kann man sich heutzutage gar nicht erlauben. Sorry. Nein, ich frage dich nach einem Date«, sagte er und nun musste ich lächeln. »Geht klar. Wir treffen uns hier um Punkt sieben Uhr!«

Eigentlich hatte ich geplant früh ins Bett zu gehen, um am nächsten Morgen ausgeruht nach Berlin fahren zu können. Thomas und mein Auto hatten mich jedoch so gut abgelenkt, dass ich überhaupt kein Lampenfieber mehr hatte. Zumindest nicht, wenn ich nicht drüber nachdachte. Deshalb war mir die Entscheidung, die Einladung zum Essen anzunehmen, auch besonders leichtgefallen. Selbstverständlich lag es auch an der Aussicht auf ein leckeres Essen und an Thomas, den ich wirklich witzig und charmant fand.

Um kurz nach sieben kam ich aus meiner Gasse und sah schon seinen Geländewagen auf mich warten. Ein Mann lehnte an dem Wagen. Als er mich sah, richtete er sich auf und kam auf mich zu. Ich lachte, denn er hatte mich wieder überrascht. Selbstverständlich hatte ich ihn nicht in seiner Arbeitskleidung erwartet, aber es hätte mich auch nicht überrascht, wenn er mit mir ölverschmiert in eine Frittenbude gefahren wäre. Er trug eine dunkle Jeans mit einem dezenten, schwarzen Gürtel und ein weißes Hemd. Dazu unauffällige Lederschuhe. Er überreichte mir eine einzelne rosa Rose. »Danke schön«, sagte ich. »Ich bin mir bei der Bedeutung der Farbe nicht sicher. Aber als ich die Farbe gesehen habe, musste ich an dich denken. Deswegen muss es die richtige sein.«

Er führte mich zum Auto und öffnete die Türe. Für Menschen mit kurzen Beinen ist es eine Herausforderung, in ein solches Vehikel zu steigen. Das war mir zuvor auch schon aufgefallen. Da stand er aber nicht direkt hinter mir und konnte sich das Schauspiel auch nicht aus nächster Nähe anschauen. »Soll ich dir für die nächste Fahrt einen Tritthocker besorgen?«, lachte er. »Hauptsache, du schiebst nicht nach!« Ich hoffte in der Tat, dass er dies nicht tun würde. Denn zugetraut hätte ich es ihm.

Als er die Tür hinter mir geschlossen hatte und ebenfalls im Auto saß, fragte ich: »Wohin gehen wir denn?«

»Wir fahren in ein Steakhaus. Ist das was für dich? Oder lieber zum Griechen?«

»Nein, Steakhaus ist prima.« Er ließ den Wagen an und fuhr los. »Also beim Essen bist du ganz pflegeleicht?«

»Ich bin grundsätzlich pflegeleicht Und da man mit dir im gewaschenen Zustand offensichtlich auch überall hin kann, bringe ich eine gewisse Flexibilität mit.«

Wir fuhren in ein Restaurant in Düsseldorf. Thomas bestellte sich ein Steak mit Bratkartoffeln und Erbspüree. Ich nahm eine kleinere Fleischportion und eine Ofenkartoffel mit Kräutercreme. Seit neun Jahren gehörte ihm die Werkstatt, die er von seinem Ausbilder übernommen hatte, als dieser in Rente ging.

Er hatte sie modernisiert und mittlerweile drei Angestellte. Als die Tankstelle ebenfalls zum Verkauf stand, hatte er auch diese übernommen und lebte in dem Haus dahinter. Um ehrlich zu sein, war mir nie aufgefallen, dass sich dort ein Haus befand. Er war ein bodenständiger Typ, der früh gelernt hatte Verantwortung zu übernehmen, was sich heute auszahlte. Er war ganz anders als die Männer, die ich kannte. Er schmeichelte sich nicht ein und seine spitzen Bemerkungen schwangen immer zwischen der Wahrheit und einer guten Portion Humor. Ich konnte ebenfalls gut austeilen und so hatten wir einen witzigen Abend. »Welche Idee hast du denn wegen Berlin?«, fragte ich. »Ich leihe dir mein Auto.« Ich lachte. »Nein, das meine ich ernst. Du kannst es übers Wochenende haben. Aber bau bitte keinen Unfall. Berliner Straßen sind die Hölle für ein Mädchen vom Lande.« Er zwinkerte mir zu und schob mir seinen Schlüssel zu. »Das kann ich nicht annehmen.«

»Weshalb denn nicht?«

»Weil wir uns kaum kennen und du mir einen 100.000 Euro Wagen anvertrauen willst.«

»Ach, guck an. Die feine Dame kennt sich doch mit Autos aus«, lachte er und ließ sich gegen die Lehne hinter sich fallen. »War nur grob geraten. Du weißt, was ich meine.«

»Ich mag dich und bin mir sicher dir vertrauen zu können. Ich liege bei so was selten falsch. Außerdem habe ich dein Auto ja als Pfand«, lachte er und schob nach: »Wenn du nicht zurückkommst, verkaufe ich den und werde Privatier.«

»Nein, ehrlich jetzt, das geht nicht. Ich buche uns morgen einfach Flüge.«

»Würdest du dich besser fühlen, wenn ich euch fahre?«

»Du kannst doch nicht einfach mit nach Berlin kommen. Das sind sechs Stunden Autofahrt.«

»Doch, kann ich schon. Ich fahre euch Ladys, mache mir einen schönen Abend vor Ort und bringe euch dann sicher wieder heim.«

»Das würdest du tun?«, fragte ich noch einmal nach, obwohl ich von dieser Idee schon begeistert war. Er nickte und grinste dabei verschwörerisch. »Hast du noch Lust auf einen Nachtisch?«, fragte ich. »Mmmh, was kommt jetzt.« Diesmal musste ich lachen. »Nicht, was du denkst. So dankbar bin ich dann auch wieder nicht.« Er zog die Augenbrauen gespielt empört hoch und lachte dann laut auf. »Sondern?«

»Es gibt einen Bubbletee-Laden in der Nähe. Da gibt es echt leckere Sachen.«

»So was habe ich noch nie getrunken und ich stehe eigentlich auch nicht so auf Tee.«

»Du wirst es lieben. Es ist quasi Kuchen zum trinken.«

Einen Bubbletee mit Kokos und Mango schlürfend, fuhren wir zurück nach Krefeld. Ich war nicht müde und hatte das Gefühl, der Abend endete viel zu früh. Wir saßen noch fast eine halbe Stunde in seinem Auto und redeten, als ich vorschlug zu mir zu gehen. »Da ist es warm, ich habe Snacks und etwas zu trinken. Also sollte nichts dagegensprechen.« Thomas willigte ein. Wir saßen gefühlt erst eine halbe Stunde auf der Couch, als sein Handy klingelte. »Ich komme«, sagte er und sprang auf. »Ich hole dich gleich ab. Mach schon mal alles abfahrbereit.«

»Ist was passiert?«, fragte ich besorgt. »Nein, der Kollege mit dem Schlüssel ist krank. Ich muss meinen Angestellten nur eben den Ersatzschlüssel reichen. Ich packe dann meine Tasche und wir können deine Freundin abholen.« Ich warf einen Blick auf mein Handy. Es war schon sechs Uhr. »Oh, ich hatte gar nicht gedacht, dass es schon so spät oder vielmehr früh ist.«

»Die Zeit mit dir vergeht halt wie im Flug«, sagte er und nahm mich in den Arm. »Bis gleich.«

KAPITEL 35

# Wie Cleopatra

Eine Stunde später klingelte es an meiner Tür. »Fertig?« Ich hielt meinen Koffer schon in der Hand und strahlte ihn an. »Kann losgehen.« Ganz der Gentlemen, den ich immer wieder in Kleinigkeiten bei ihm entdeckte, wie das Türaufhalten und Blumenmitbringen, nahm er mir mein Gepäck ab und hievte es in den Kofferraum. »Ich kann leider doch nicht mit«, sagte er traurig. »Warum nicht?«, fragte ich. »Es fallen heute zwei Kollegen aus und wir haben Aufträge auf Terminierung, die rechtzeitig fertig werden müssen. Es tut mir sehr leid.«

»Wie schade!«, sagte ich ehrlich. »Jetzt kommt deine Prüfung. Du fährst mich zur Werkstatt. Wenn wir lebend ankommen, kannst du mein Auto für die Tour haben.«

»Das ist ehrlich zu viel.« Ich fühlte mich nicht nur unwohl dabei, ein so großes Auto zu fahren. In erster Linie ging es darum, dass es doch sehr ungewöhnlich war, überhaupt das Auto von jemandem zu leihen. »Du musst nach Berlin und mein Auto ist die bequemste Lösung. Komm, zeig, was du kannst.« Er warf mir seinen Schlüssel zu und stieg auf der Beifahrerseite ein.

Umständlich hievte ich mich auf den Fahrersitz. Er sagte nichts, reichte mir jedoch eine Plastikstufe. Sie war weiß mit blauen Noppen auf der Trittfläche. Im Kindergarten verwendeten wir sie für die ganz kleinen Zwerge, die beim Zähneputzen nicht richtig ans Waschbecken kamen. Ich musste so sehr lachen, dass ich einen zweiten Anlauf brauchte, dann aber auch ohne Hilfe auf meinem Sitz Platz nahm. »Vielen Dank, ist nicht nötig«, sagte ich, gespielt eingeschnappt.

Ein Auto in dieser Größe zu fahren war schon ein ganz anderes Gefühl, als mit dem kleinen Cuore rumzuflitzen. Aber ich gewöhnte mich schnell daran. Ich hoffte nur, dass ich mit diesem Vehikel nicht einparken musste, denn ob ich das hinkriegen würde, da war ich mir nicht sicher.

Sicher und ohne weitere Vorkommnisse fuhr ich Thomas zur Tankstelle. »Passt gut auf euch auf und fahr vorsichtig«, sagte er. Ich hatte mich zu ihm gelehnt, weil ich ihn umarmen wollte, als er mein Gesicht griff und mich küsste. Einen Moment länger, als es Freunde taten, aber auch einen Augenblick zu kurz, um ihn wirklich deuten zu können. Ich lächelte ihn an und er tat es mir gleich. »Bis Montag«, sagte er und sprang aus dem Wagen.

Ich winkte ihm zum Abschied, konzentrierte mich dann aber vollkommen auf die Straße.

Als ich bei Steffi ankam, stand sie schon vor der Tür. Ich musste sie anhupen, damit sie mich wahrnahm. Irritiert öffnete sie den Kofferraum und packte ihren Tasche ein. Als sie die Türe öffnete, fragte sie: »Woher kommt denn dieses schnittige Gefährt?«

Ich erzählte ihr die ganze Geschichte, was einen guten Teil unserer Fahrt schon in Anspruch nahm. »Ich dachte, du hast was mit Ruben am Laufen.«

»Nein, wir sind Freunde mit einem kleinen Plus.«

»Das hörte sich für mich eher nach einem großen Plus an«, stellte sie ihre Empfindung klar. »Thomas ist irgendwie anders. Er ist ein solider Typ«, versuchte ich zu erklären. »Ruben ist doch auch solide. Und Angel ... ach, der war ja meine stille Hoffnung.«

»Ich plane mit niemandem eine Zukunft. Ich bin mir selbst genug. Aber wer weiß, wo die Reise noch hinführt. Ich glaube, das Leben ist viel komplexer als diese ganzen Verliebt-verlobt-verheiratet-Geschichten, die auch nur Ideen von Hollywood-Regisseuren sind.«

»Das wiederum finde ich traurig. So sollst du nicht sprechen.«

»Ja, aber was, wenn wir nur an so was glauben, weil es uns in Filmen immer wieder gezeigt wird. Was wenn es das Ganze gar nicht gibt? Vielleicht ist unsere Vorstellung von der großen Liebe nur eine Illusion und es ist besser, großartigen Sex zu haben, wenn es sich gerade ergibt.«

»Hast du mit Thomas geschlafen?«, fragte Steffi provozierend.

»Nein, habe ich nicht.«

»Warum nicht?«, fragte sie nach. »Weil es sich nicht ergeben hat.«

»Quatsch. Du hast gestrahlt, als du von dem Kuss gesprochen hast. Du magst ihn.«

»Ja, tue ich.«

»Und du hast es nicht versucht, weil du ihn magst und schauen willst, wohin es dich führt.« Wir schwiegen einen Moment. »Der Mann hat dir seinen Schlitten geborgt. Wie cool kann man bitte sein?«

»Vielleicht will der nur befreundet sein«, gab ich zu bedenken. »Ich bitte dich. Der will dich wiedersehen.«

»Wie läuft es eigentlich bei euch?«, versuchte ich vom Thema abzulenken. Steffi strahlte plötzlich übers ganze Gesicht. »Sascha möchte ein Haus kaufen. Es hat einen Anbau, in dem meine Mutter wohnen könnte, und sogar eine Einliegerwohnung für meine Oma.«

»Mega! Das ist echt der Hammer. Wie wollt ihr das bezahlen oder kauft er alleine?«

»Wir würden das Haus zusammen kaufen und meine Mum und meine Oma zahlen Miete. So bekommen wir auch die Finanzierung bei der Bank durchgesetzt.«

»Das hast du aber schon alles gut durchdacht. Hattet ihr schon einen Termin bei der Bank?«

»Ja, schon.« Da ich mich versuchte auf die Autobahn zu konzentrieren, konnte ich ihr nur einen kurzen vorwurfsvollen Blick zuwerfen. »Heiratet ihr etwa?«

»Nein, das nicht. Zumindest noch nicht. Aber ein Haus zu kaufen ist ja sehr ähnlich. Er ist der Richtige.« Ich freute mich für sie. »Das ist wundervoll. Das hat auf jeden Fall einen Hauch von Hollywood.«

»Warten wir mal ab. Es hat ja auch einen Grund, weshalb Blockbuster immer mit der Hochzeit enden.«

»Na, wer von uns beiden ist jetzt der Pessimist?«

»Hast du dir eine Rede überlegt?« Nun versuchte sie vom Thema abzulenken. »Ich hatte mir was überlegt, aber längst wieder über den Haufen geworfen. Ich gewinne doch im Leben nicht.«

»Und wenn doch, stammelst du blöde vor dich hin, oder was? Mach dir mal ein paar Gedanken. Ich möchte ja nicht, dass du mich da oben blamierst. Das kommt doch bestimmt auch im Fernsehen, oder?« Ich musste ehrlich zugeben keine Ahnung zu haben. Überhaupt wurde mir klar, dass ich mir viel zu wenig Gedanken um diese Verleihung gemacht hatte. Klar, hatte ich eigentlich in den letzten Wochen an nichts Weiteres mehr gedacht, aber offensichtlich die wesentlichen Dinge ausgeblendet. »Meinst du, ich muss wie in Amerika auch Gott danken?«, lachte ich. »Keine Ahnung. Hauptsache, mein Name wird genannt. Ich wollte schon immer mal von einer solchen Bühne gegrüßt werden.« Ich entschied mich, Gott und das ganze Christentum aus dem Spiel zu lassen und mich rein auf die Menschen meiner nächsten Umgebung zu konzentrieren. Ich hielt mich an den ursprünglichen Plan und würde für den Fall der Fälle eine kleine Anekdote über das Zusammentreffen von Agnes und mir erzählen und berichten, wie sehr mich meine Freundinnen und Eltern unterstützt hatten. Das musste reichen.

Wir parkten direkt vor dem Hotel. Agnes hatte unsere Zimmer gebucht und auch die restliche Organisation übernommen. Aufgeregt wartete sie in der Hotellobby auf uns. Zu meiner Überraschung stand Ruben neben ihr. Als ich ihn sah, wurde mir warm, und ich merkte, wie mir die Röte ins Gesicht stieg. Steffi stieß mich an. Auch wenn ich sie nicht ansah, wusste ich, dass sie grinste. Agnes schien es nicht zu merken. Ich nahm sie in dem Arm und freute mich ehrlich sie zu wiederzusehen. »Schön, dass ihr da seid!« Sie küsste mich auf die Wange. Ruben tat es ihr gleich, zog mich aber etwas fester an sich, als es nötig gewesen wäre, und flüsterte mir ins Ohr: »Ich habe heute Nacht viel mit dir vor!« Sein heißer Atem kroch an meinem Ohr den Nacken hinunter. Ein angenehmer Schauer lief mir über den Rücken. Jetzt glühte nicht nur mein Gesicht. Mein ganzer Körper war augenblicklich erhitzt. Süße Erinnerungen ließen mich lächeln, aber ich presste die Lippen fest aufeinander, um ihm nicht zu offensichtlich zu zeigen, was ich dachte. »Lieber Himmel. Nehmt euch ein Zimmer!«, sagte Steffi. Da Agnes ihre Aussage offensichtlich für einen Scherz hielt, lachte sie laut auf. Ich warf Steffi einen erbosten Blick zu. Ich wollte nicht, dass Agnes merkte, dass hier irgendetwas vor sich ging. Was auch immer es war. »Das Stylingteam habe ich schon auf eure Zimmer verteilt. Ich würde sagen, wir fangen gleich an«, schlug Ruben vor. »Wie viele Stunden soll denn an uns gearbeitet werden?« Ruben ignorierte meine Aussage und reichte Steffi einen Schlüssel. »Das ist dein Zimmer. Du beginnst mit einer Massage. In Agnes' Zimmer werden wir schminken und die Haare stylen.« Agnes hielt ihren Schlüssel schon in der Hand »Die Zimmer liegen alle auf dem gleichen Flur«, sagte ein Hotelangestellter und trug Steffis Tasche zum Aufzug. Agnes folgte ihnen. »Und was ist mit mir?«, fragte ich. »Das werde ich dir persönlich zeigen.« Ruben nahm meinen Koffer und meine Hand. Wir folgten den anderen. Da noch weitere Gäste am Aufzug warteten, entschieden wir beide uns dazu, erst bei der nächsten Fahrt einzusteigen. Steffi grinste verschwörerisch, als sich die Tür schloss und wir getrennt wurden.

Die Türe des zweiten Aufzuges öffnete sich. Ruben zog mich hinein. Ich lehnte mich an die kalte, verspiegelte Rückwand, als sich die Tür wieder zuschob. Meine Arme ruhten auf dem Geländer, ich war froh, diese Last los zu sein. Sechs Stunden Fahrt hatten ihre Spuren hinterlassen und mein Körper fühlte sich schwer und müde an. Ruben drückte den Knopf links vom Eingang und ich konnte sehen, dass die Fahrt in die vierte Etage gehen sollte. Er wandte mir den Rücken zu, und ich nutzte die Gelegenheit, ihn unter die Lupe zu nehmen. Er drehte sich zu mir um, und wieder hatte ich das bestimmte Gefühl, dass er genau wusste, was ich dachte. Unsere Blicke trafen sich. Er kam auf mich zu, und ohne seinen Blick abzuwenden, nahm er mir meinen Schlüssel aus den Händen, und ließ ihn lautlos in seine Tasche gleiten. Einen unendlichen Moment schien die Welt still zu stehen, und wir sahen uns einfach nur an. Er drückte mich gegen die Wand und küsste mich. Ich konnte nicht anders und umschlang ihn. Durch sein dünnes Hemd konnte ich jeden einzelnen Muskel seines Oberkörpers spüren. Meine Hände glitten über seinen Rücken, und ich zog das Hemd aus seiner Hose. Er küsste meinen Hals. Ich war zu keinem klaren Gedanken mehr in der Lage. Seine Hände glitten über meinen Hintern und mit einem zärtlichen Ruck setzte er mich auf das Geländer. Meine Beine umschlugen ihn, als er mit einer Hand unter mein Shirt glitt. Die Aufzugtüre öffnete sich. Wir nahmen dies jedoch erst wahr, als sich jemand hinter uns räusperte. Ein Mann hatte den Aufzug betreten, hielt jedoch per Knopfdruck die Türe auf. »Vierte Etage. Möchten Sie aussteigen?«, fragte er. Ruben beantwortete seine Frage mit einem knappen »Ja«. Er griff nach meinem Koffer und wir huschten, wie zwei Teenies, die beim Knutschen erwischt wurden, aus dem Aufzug. Ruben zog mich hinter sich her, bis wir vor Zimmer 457 angekommen waren. Er drückte die Karte gegen den Türknauf und zog mich ins Zimmer. Noch bevor ich die Türe hinter uns verschließen konnte, hörte ich Agnes. »Liebes, hier ist dein Kleid«, sagte sie und reichte mir einen Kleidersack. Ich riss die Türe wieder auf und nahm ihn entgegen. »Ich danke dir. Bis gleich.« Ich schloss die Türe hinter mir. Ruben blickte mich erwartungsvoll an. »Ich kann jetzt nicht. Lass uns bitte jetzt alles für das Event fertig machen.«

»Ist das Lampenfieber wieder da?«, fragte er besorgt. »Etwas«, gab ich zu. »Okay, wir tun dir jetzt etwas Gutes.« Ich zog die Augenbrauen hoch. »Nicht, wie du jetzt meinst.« Er verschwand im Bad. Ich hörte Wasser rauschen, als ich tiefer ins Zimmer ging. Mitten im Raum stellte ich meinen Koffer ab und setzte mich erschöpft aufs Bett. Ich ließ mich einfach nach hinten fallen und drehte meinen Kopf zur Seite. Die Glasfront zeigte einen wundervollen Ausblick auf den geschwungenen Vorgarten des Hotels. Hauptsächlich sah ich in dieser Position jedoch den Himmel. Er war überraschend blau für einen so kalten Wintertag.

Ich musste feststellen, dass Agnes und Ruben die Zeiteinteilung des Tages durchaus realistisch eingeplant hatten. Alles begann mit einem heißen Bad. Ein Zusatz aus Milch, Honig und Parfum sorgte dafür, dass ich mich wie Cleopatra höchstpersönlich fühlte. Ich genoss die sanften Klänge und die Ruhe in der Eckbadewanne meines Hotelzimmers. Whirlpooldüsen waren darin angebracht, die ich jedoch nicht nutzte. Ich schloss einfach die Augen, genoss den sanften Badezusatz auf meiner Haut und lauschte der Stille. Dreißig Minuten konnte ich vor mich hinträumen, bis mich Ruben sanft durch einen Kuss auf die Stirn weckte. Ich war tief eingeschlafen. Er legte mir Handtücher bereit und ich stieg langsam aus der Badewanne.

Eine Liege war im Gang zu meinem Bett aufgebaut worden. »Ich möchte nicht wieder massiert werden. Das ist nicht so mein Ding«, gab ich zu. »Keine Sorge, die Entspannung ist nun vorbei. Ute kümmert sich jetzt um dich und deine äußere Schönheit. Ich schaue so lange nach Agnes und Steffi.« Ich lächelte die Frau an, die mir gegenüberstand. »Hallo«, sagte sie knapp, aber freundlich. Als Ruben den Raum verlassen hatte, entdeckte ich ein Stövchen mit einer gelartigen Flüssigkeit neben der Liege. Erstaunt blickte ich Ute an. »Das ist Wachs!«, erklärte sie. »Du lieber Himmel! Sie wollen mir die Beine enthaaren?«, fragte ich entsetzt. Ich wusste, wie weh das tun kann, aus diversen Videos von TikTok. Viele Männer waren unter Schmerzen zusammengebrochen, als sie genau dieses Wachs für ihre Brustbehaarung nutzen wollten. Gewachst hatte ich meine Beine zwar noch nie, aber ich hatte mir mal einen Epilierer gekauft. Damals hatten mir alle gesagt, dass es nur die ersten paar Male etwas schmerzt. Nach drei bis fünf Enthaarungen sollte der Schmerz verschwunden sein. Ich hatte mir extra ein Model eines namenhaften Anbieters ausgesucht. Nicht zuletzt, weil dieser eine Kammer mit Gel hatte, welches die Haut kühlen sollte, bevor das Haar gezupft wird. Es war die Hölle! Und das Gel unterdrückte den Schmerz in keinster Weise. Ich hielt dennoch durch. Beim siebten Mal hatte ich nach wie vor solch große Schmerzen, dass ich vermutete, es wäre weniger schmerzhaft, das Bein gleich abzuhacken. Ich stieg wieder auf den guten, alten Rasierer um, was sich seither nicht geändert hatte. »Ich mache es ganz schnell. Angenehm ist es zwar nicht, aber Sie werden sehr schöne, glatte und gepflegte Beine haben!«, versprach Ute. Ich legte mich ohne Wiederstand auf die Liege. Wo sie schon mal da war, konnten wir es ja mal versuchen. Die Schmerzen, die mir Ute bereitete, spotteten jeder Beschreibung. Aber ich hielt durch. In der Tat stellte ich auch fest, dass das Wachsen nicht so schlimm war wie meine Erinnerung an das Epiliergerät. Insbesondere, weil die Schmerzen nicht so lange anhielten. Ute kühlte die enthaarten Stellen direkt nach dem brutalen Ausriss meiner Primärbehaarung. Also eigentlich unterkühlte sie die Stelle so stark, dass der Schmerz sofort verschwunden war. Sie enthaarte meine Unterschenkel, die Oberschenkel und auch die Bikinizone. Die Achseln waren für mich am schlimmsten. »Sind wir fertig?«, fragte sie. Ich wiederum blickte sie überrascht an. »Das müssen Sie doch wissen.«

»Ich wollte damit eigentlich fragen, ob wir auch gleich den Intimbereich mitmachen sollen.« Irgendwie empfand ich die Frage als unseriös. Gleichzeitig fragte ich mich, wie schmerzhaft dies sei und wie es hinterher sein würde. Selbstverständlich rasierte ich mich auch hier regelmäßig, aber ich war mir sicher, dass es nicht glatter sein konnte als nach einem Wachsing.

»Ruben gefällt es bestimmt«, bemerkte sie und zwinkerte mir zu. »Er ist schon ein scharfer Typ. Glückwunsch.« Ich musste schmunzeln. »Also läuft da wirklich etwas zwischen euch?«, fragte mich Ute nun recht distanzlos und ich wusste, dass ich in die Falle gegangen war. Ich war so perplex, dass ich nicht gleich antworten konnte. »Ich kenne ein paar Errungenschaften von ihm. Das waren schon ziemlich scharfe Typen. Wenn mal eine Frau dabei war, dann war sie …« Ute stockte, aber ich verstand gleich. »Sie waren schlank?«, beendete ich ihren Satz. »Entschuldigung, das hätte ich nicht sagen sollen. Das geht mich ja auch nichts an. Auf jeden Fall ist er ein guter Fang!«

»Ja, er weiß, was schön ist. Und im Vergleich macht er sich nicht schlecht!« Grinsend über diese dreiste Lüge, legte ich mich wieder hin und ließ die nun sprachlose Ute ihre Arbeit beenden.

Ruben schien also kein Kind von Traurigkeit zu sein. Eigentlich hatte ich auch nichts anderes erwartet. Nach der Behandlung hatte ich eine halbe Stunde zum Entspannen. Vor allem aber dauerte es so lange, bis die Rötungen auf meinem Körper verschwunden waren. Ute hatte mich in Tücher gewickelt, die in eine Flüssigkeit getränkt waren. Sie waren feucht und fühlten sich sehr angenehm auf meiner geschundenen Haut an.

Ruben holte mich zu meinem nächsten Termin ab. Ich sollte zum Visagisten, der in Agnes' Zimmer stationiert war. Ich huschte im Bademantel, darunter aber vorsichtshalber mit Unterwäsche, über den Flur. Dabei konnte ich einen Blick auf Steffi erhaschen. Die Tür zu ihrem Zimmer stand offen. Als Erstes sah ich ihre Füße, die über ihre Liege ragten. Sie war noch in die Tücher der Kosmetikerin gehüllt, als ich mich neben sie kniete. »Gott, hast du mich erschreckt!«, fluchte sie, als ich sie ansprach. »Tut mir leid, aber ich muss dir was erzählen.«

»Jetzt sag mir nicht, du hast den geilen Typen schon vernascht.«

»Nein, aber es geht um ihn.« Ich berichtete ihr von den Informationen, die ich durch Ute erhalten hatte. »Was soll's? Interessiert das jemanden?«, fragte Steffi. »Nein, eben noch nicht mal mich. Total verrückt. Ich wundere mich über mich selbst. Oder sollte es mich interessieren?«

»Jetzt vergrüble doch nicht immer alles. Du kannst auch mal Sex wie ein Kerl haben. Du nimmst ihn heute Abend schön mit in dein Bett, hinter 'nen Vorhang, in den Aufzug, oder wo auch immer hin. Dann geht es rund!« Sie nickte so energisch, dass ihre Augenpads verrutschten. »Viel Spaß dabei, morgen will ich wissen, wie es war!« Sex wie ein Kerl. Ja, das konnte ich. Und es war großartig! »Jetzt geh, ich möchte noch etwas entspannen, wenn ich schon mal ohne Kind bin.«

Ich verließ Steffis Zimmer und landete direkt vor Agnes' Suite. Auch ihre Türe stand offen und ich trat ein. Agens war ebenfalls in einen Bademantel gewickelt, war jedoch schon geschminkt. Sie sah wundervoll aus. Eine Frau, die sich als Sue vorstellte, legte ihr Haar gerade in Locken. Robert strahlte mich an. »Ich freue mich so, dich wiederzusehen!« und begrüßte mich überschwänglich. »Ich mich auch! Guck mal, ich bin immer noch Hollywood-blond!«, präsentierte ich mein noch feuchtes Haar. »So muss es auch sein, mein Schatz!« Ein großer, beleuchteter Spiegel stand im Raum, und ein riesiger Koffer mit allerlei Pudern und Lippenstiften lag auf dem Bett. Ich nahm vor dem Spiegel Platz. Robert toupierte mein Haar wild auf, legte es in Locken und mogelte einige künstliche Haarsträhnen darunter. Dann steckte er sie doch wieder zusammen. Zwischenzeitlich hatte ich keine Idee, was für eine Art Frisur ihm vorschwebte. Es endete mit einer riesigen Lockenmähne à la Mariah Carey.

Es folgte ein Make-up, das man normalerweise nur bei Superstars zu sehen bekam. Ich hätte mich fast selbst nicht wiedererkannt. Agnes, die während meiner Verwandlung verschwunden war, betrat ihr Zimmer. Sie erstrahlte divenhaft, mit tollem Make-up und dem von mir entworfenen Kleid. Sie war ein Gesamtkunstwerk. »Einfach toll!« waren die wenigen Worte, die ich für diesen Anblick fand. »Du musst erst mal dein Kleid sehen!« Bevor ich auch nur ein weiteres Wort mit Robert wechseln konnte, zog mich Agnes hinter sich her. Die Zeit drängte. Also folgte ich ihr zurück in mein Zimmer. Die Kosmetikerin war verschwunden, aber Ruben wartete auf mich. Mein Herz machte einen Sprung, als ich ihn sah. Warum, konnte ich nicht sagen. War es doch mehr, was ich für ihn empfand? »Nun zeig unserer Kleinen mal ihr Kleid!«, befahl Agnes. An der Wand neben meinem Bett stand eine Garderobe, an der sich ein weißer Kleidersack befand. Ruben zog den Reißverschluss auf. Darunter kam mein Kleid zum Vorschein. Das Rot war intensiv und die vielen Blüten umrankten es in den schönsten Farben. Agnes und Maria hatten es dezent, aber wirkungsvoll mit Straß und Pailletten besetzen lassen. »Wahnsinn!« war das Einzige, was ich hervorbringen konnte. »Das ist nicht der Wahnsinn. Du wirst wahnsinnig toll aussehen. Und selbst wenn du den Preis nicht gewinnst, wirst du die Frau sein, die einen bleibenden Eindruck hinterlassen hat«, war sich Agnes sicher. »Rein in das gute Stück!« Sie zog an meinem Bademantel. Ich hielt ihn jedoch fest. »Na, mal nicht so schüchtern. Ruben guckt dir bestimmt nichts weg. Wenn du ein knackiger Mittzwanziger wärst, sähe die Sache anders aus!«, scherzte sie. Mein Blick traf auf den von Ruben und er verdrehte die Augen. Wenn sie wüsste. Agnes zog nun energisch an dem Bademantel, aber Ruben hielt ihre Hand fest. »Bitte nimm dir nicht die Freude. Schau es dir im vollen Glanze an, wenn sie fertig ist. Wir treffen uns in fünfzehn Minuten in der Lobby.« Agnes willigte ein und verließ das Zimmer.

»Danke«, sagte ich erleichtert. »Schon gut. Ich liebe sie, aber manchmal passt ihre Euphorie nicht ganz ins Konzept.« Er griff nach dem Kragen meines Bademantels und wollte ihn abstreifen. Ich hatte Hemmungen. Er führte Beziehungen mit Models, die deutlich jünger waren als ich. Und vor allem schlank. Ich überlegte schlagartig, wie viel er von mir schon gesehen hatte. »Möchtest du dich vor mir nicht mehr ausziehen?«, fragte er. Ich drehte mich zu ihm um und sah ihn an, ohne ein Wort zu sagen. Was empfand ich für diesen Mann? »Küssen werde ich dich jetzt nicht. Vergiss es!« Er kam meinen Lippen jedoch ganz nahe. Ich bildete mir ein, einen Hauch seiner Unterlippe zu spüren. Ich öffnete leicht meinen Mund. »Wir ruinieren auf keinen Fall dein Make-up! Nach der Show habe ich dabei keine Hemmungen«, hauchte er und zog mir den Bademantel von den Schultern und ließ ihn zu Boden fallen. Sein Zeigefinger wanderte von meinem Hals über meine Schulter ganz leicht über den trägerlosen BH und zog sich dann zurück. »Warum willst du dich mir nicht zeigen?« So oft hatte ich schon gedacht, dass er meine Gedanken lesen konnte. Ich antwortete nicht. Er ging hinter mich und zog mich an sich. Seine Hand ruhte auf meinem Bauch. »Ich habe jede deiner Liebesfalten ertastet, jede einzelne! Meinst du, ich bin jetzt überrascht, sie zu sehen? Oder denkst du, wenn ich dich mit all deine wunderschönen Kurven sehe, glaube ich, du verwandelst dich beim Ausziehen in eine Kleidergröße 34?« Seine Lippen berührten meinen Nacken. Er küsste mich, bis er an meinen Schultern ankam. Ich schloss die Augen und drückte mich gegen ihn. Seine Hände glitten über meinen Körper. »Ich möchte nie wieder erleben, dass du auch nur einen Moment an dir oder deinem Körper zweifelst. Hörst du?« Ich nickte und er ließ mich los.

Gekonnt half mir Ruben in mein Kleid zu schlüpfen und zurrte die Schnürung fest zusammen. Der Spiegel in meinem Zimmer war zu klein, um alles sehen zu können, aber den Teil des Kleides, den ich sehen konnte, fand ich einzigartig. Ruben holte einige Schachteln aus einem Koffer. Darin befanden sich Juwelen. Es glitzerte nur so vor sich hin, und ich war fast schon hypnotisiert von dem Anblick der Kostbarkeiten. »Sind die echt?«

»Klar sind sie das! Die Klunker sind aber nur geliehen, hat Agnes gesagt. Wenn man dich klauen wollen würde, dann am besten heute!« Er legte mir eine Kette, ein Armband und Ohrringe an und begleitete mich dann zum Aufzug. Erst jetzt fiel mir auf, dass er einen schwarzen Smoking trug. »Ich fühle mich geschmeichelt, dich heute begleiten zu dürfen«, sagte er. Sein Einstecktuch passte zu meinem Kleid. Ebenso passend war sein Hemd. »Agnes und Kurt haben sich ausgetauscht. Sie meinten, wir sollen zusammen auf den roten Teppich gehen.«

»Mein Kurt?« Ruben nickte. »Ich glaube, deine Katrin hat sie miteinander connectet und Agnes ist gleich mit ihm ins Geschäft gekommen«, erklärte er und mir fiel ein, dass ich einen Termin für einen Call mit Kurt in meinem Kalender eingetragen und Katrin gebeten hatte, sich zu erkundigen, was er genau macht. Ich wollte für das Gespräch optimal vorbereitet sein. Vermutlich hatte sie wie immer weitergedacht und die Notwendigkeit für ein sofortiges Handeln gesehen. Immerhin war der heutige Abend einer der wichtigsten für Mops*ich*. »So ist das mit den großen Promis. Die Assistenten klären alles untereinander und du setzt es nur noch um«, lächelte Ruben und mir wurde erneut bewusst, wie glücklich ich mich schätzen konnte für die viele Unterstützung so wundervoller Menschen um mich. Die Aufzugtür öffnete sich und wir stiegen ein. »Kurt meinte, es sähe besser aus, wenn du in Begleitung wärst. Und Agens wollte sich die Option sichern, auch Herrenbekleidung mit in den Vertrieb zu nehmen«, erklärte er. »Aber du musst das am Ende natürlich entscheiden. Ich bin auch gerne einfach nur dein Tischnachbar.« Ruben drückte den Knopf zum Erdgeschoss.

»Nein, ich gehe gerne mit dir über den roten Teppich«, sagte ich ehrlich. Er hatte schon viel mehr Events dieser Art erlebt und würde wissen, wie man sich gekonnt in Szene setzt. Die Aufzugtür schloss sich. »Sie hatte schon überlegt, den Spanier einfliegen zu lassen«, sagte er nun mit einem leicht abfälligen Ton. »Er heißt Angel!«, erwiderte ich energisch. »Kein Grund, sich aufzuregen!« Ruben drückte mich gegen die Wand des Aufzugs, als dieser sich in Bewegung setzte. »Das war nicht wertend gemeint. Ist ein süßer Kerl. Ich muss es wissen.« Er lächelte verschmitzt. »Bist du eifersüchtig?«, fragte ich und sah ihm an, dass ich diesmal seine Gedanken gelesen hatte. »Ja, schon etwas.« Er ließ von mir ab, was ich sehr schade fand. Ich mochte die Spannung zwischen uns. »Weißt du, weshalb sie sich dann doch gegen ihn entschieden hat?«

»Weshalb?«, fragte ich neugierig. »Sie hat Angst, dass sich die Beziehung zu ihm kompliziert gestalten könnte.«

»Das hat sie gesagt?«, fragte ich nach. »Ja, sie sagte aber auch, dass sie sich nicht einmischen möchte. Sie mag ihn und würde euch gerne zusammen sehen.« Ich schwieg. »Allerdings weiß sie gar nicht, in welche Gefahr sie dich mit mir bringt.« Ich sah ihn an. Er unterbrach unseren Augenkontakt nicht. Ich mochte seine Dominanz, seine starken Arme und dieses Gefühl, das er mir gab. Dass er dafür sorgte, dass ich mich wertvoll fühlte. Ein »Pling« verkündete unsere Ankunft im Erdgeschoss. »Sie meinte, es wäre eine Liebesgeschichte wie im Bilderbuch.« Sein Unterton war spöttisch, als er sich aufrichtete, seinen Blick aber nicht abwandte. »Eifersucht steht dir nicht«, sagte ich ernst. »Entschuldige. Ich kenne mich so gar nicht.« Die Türe öffnete sich. »Wow! Schau sie dir an. Mein Mädchen«, kreischte Agens und lief auf mich zu. Auch Steffi strahlte mich begeistert an. »Du siehst gigantisch aus in deinem Kleid«, sagte ich zu ihr. Das Grün stand ihr zu ihren roten Haaren so gut, wie ich es mir vorgestellt hatte. »Das Team hat großartige Arbeit geleistet!«, sagte Agnes und umarmte Ruben herzlich.

Verwirrt blickte ich auf die Herren, die ebenfalls bei uns standen und wohl die Begleiter von Agnes und Steffi sein sollten. »Das sind Bodyguards!«, erklärte Agnes. Jemand muss auf den Schmuck aufpassen, und wo sie schon mal da sind, können wir sie auch gut als unsere Begleiter nutzen!«, lachte sie und ging voran.

KAPITEL 36

# Etwas zu viel

Eine schwarze Limousine fuhr uns quer durch Berlin und brachte uns schließlich zu einem prunkvollen Gebäude, das von roten Lichtern angestrahlte wurde. Ruben nahm meine Hand. Es schien, als ob er bemerkt hatte, wie sehr mein Herz plötzlich anfing zu pochen. Ich war so aufgeregt, dass ich nicht einmal mehr Übelkeit verspürte. Mir war nur noch zum Weinen. Die Aufregung hatte mich fest im Griff. »Du schaffst das!«, bestärkte er mich. Auch Agens und Steffie redeten nicht mehr miteinander. Sie saßen dicht bei mir und hielten gemeinschaftlich meine freie Hand. »Das wird super.« Oder »Du wirst das rocken« hörte ich sie immer wieder sagen. Wer wie genau versuchte mir Mut zuzureden, konnte ich nicht sagen. Denn ich fühlte mich wie in einem Tunnel. Sie riefen hinein, um mich rauszulocken, aber ihre Stimmen hallten von den Wänden wider und wurden durch ein Vielfaches verstärkt, sodass ich kaum etwas verstehen konnte.

Die vielen Menschen, die sich um den roten Teppich tummelten, verunsicherten mich, und wieder wurde mir bewusst, dass ich mich gerade in einer Welt befand, in die ich gar nicht gehörte. Unser Fahrer öffnete die Türe, und die Rufe der Fotografen wurden lauter. Sie wiesen die anwesende Prominenz an, vor der Sponsorenwand zu posen. »Können wir nicht hintenrum reingehen?«, fragte ich. »Warum denn das?« Agnes war entsetzt.

»Das ist dein großer Auftritt, Mäuschen. Den kostest du jetzt in vollen Zügen aus!«

»Aber die Fotografen wollen doch eh kein Bild von mir. Die kennen mich nicht mal. Warum sollten wir uns also den Stress antun?«

»Ich möchte schon sehr bitten. Ich habe alles gegeben, dass jeder weiß, wer du bist«, protestierte Kurt und lachte dabei. »Und die, die es nicht mitbekommen haben, wirst du heute Abend wissen lassen, weshalb sie sich deinen Namen merken sollten.«

»Letzten Endes sorgen sie nur dafür, dass du hinterher schöne Erinnerungen an diesen Moment hast. So, als ob dein Vater bei deinem Geburtstag fotografiert«, sagte Steffi und sah mich eindringlich an. »Soll ich bei dir bleiben?« Ich schüttelte den Kopf. »Meine Mutter sagt immer, halte den Kopf hoch, auch wenn der Hals schmutzig ist. Ich weiß nicht, was das genau bedeutet, aber du wirst das hoch erhobenen Hauptes durchziehen.« Ich war nicht imstande zu sprechen. Deshalb nickte ich nur. »Ich weiß ja nicht, wie ihr das seht, aber so etwas werde ich wahrscheinlich nur einmal im Leben mitmachen dürfen. Deshalb werde ich jetzt wie ein Superstar über diesen Teppich laufen, die Fotografen knipsen lassen, was das Zeug hält, und mich hinterher darüber amüsieren, dass sie rätseln, wer ich überhaupt bin«, sagte Steffi. Sie küsste mich auf die Wange, atmete einmal tief ein und stieg aus. Ihr Bodyguard folgte ihr. »Kommt jemand mit?«, rief sie ins Auto. »Ich natürlich!«, lachte Agnes. Ihr Begleiter war schneller und reichte ihr die Hand zum Ausstieg. »Ich glaube an dich«, sagte sie, bevor sie unter Blitzlichtgewitter die Limousine verließ. Kurt rutschte zu mir und legte seine Hand auf meine Schulter. »Lampenfieber ist nichts anderes als Respekt vorm

Publikum.« Er lächelte mich so einfühlsam an, dass ich mich in der Tat etwas besser fühlte. »Ich warte auf dich am Ende des Catwalks und will dir zusehen, wie du das rockst!« waren seine letzten Worte, als er ausstieg und mit Agnes und ihrem Begleiter zusammen über den roten Teppich schritt. Ruben sah mich fragend an. »Gib mir einen Moment«, bat ich. Ich atmete einige Male tief ein und aus. Dabei beobachtete ich die Show, welche Agnes und Steffi vor der Sponsorenwand zum Besten gaben. So mancher Prominente hätte sich von den beiden eine Scheibe abschneiden können, dachte ich und musste lachen. Ruben stieg aus und reichte mir die Hand. Für einen kurzen Moment schloss ich die Augen, atmete tief ein und griff nach ihm. Nicht nur mit den hohen Schuhen, die ich trug, und dem sehr ausladenden Kleid war er mir eine große Hilfe. Seine bloße Anwesenheit und die Ruhe, die er ausstrahlte, nahmen mir zumindest etwas meine Unsicherheit. Hand in Hand schritten wir über den Teppich, und ich merkte, wie meine Aufregung bei jedem Schritt schwand. Dennoch wäre ich am liebsten einfach an den Fotografen vorbeimarschiert und hätte mich schnellstmöglich auf meinen Platz gesetzt. Ruben brachte mich jedoch direkt vor den Fotografen zum Stoppen. Einige Auslöser wurden gedrückt. Er löste seinen Griff und ging an die Seite. »Meine Herren, das ist Mara Bachmann, Inhaberin von Mops*ich*. Nominiert für …«, verkündete Kurt feierlich, kam jedoch nicht mehr dazu, seinen Satz zu beenden, als ich nur noch Rufe hörte wie: »Mara, einmal bitte hierher lächeln«, »Ist das Kleid von Ihnen?«, »Einmal bitte noch zu mir drehen«. Meine Aufregung war verschwunden. Ich versuchte alle Fotowünsche zu erfüllen, bis mich Ruben wieder an den Arm nahm und mich aus dem Blitzlicht führte. Meine

Augen waren etwas geblendet, aber ich sah Steffi und Agnes begeistert klatschen. »Das war super!«, freute sich Agnes und Kurt nickte mir begeistert zu.

Eine Hostess begleitete uns an unseren Tisch. Ich hatte mir eine Art Kinosaal vorgestellt, aber damit lag ich falsch. Wir befanden uns in einem riesigen Festsaal, der mit unzähligen runden Tischen versehen war. Weiße Tischdecken und Stuhl-Hussen veredelten das Ambiente. In der Mitte unseres Tisches stand ein fünfarmiger, silberner Kerzenständer, an dem sich Blumenranken ihren Weg nach unten bahnten. Unsere Plätze waren mit Porzellan und Silberbesteck eingedeckt. Sofort kamen Kellner und füllten unsere Gläser. Ich entschied mich für einen Weißwein, und wir stießen an. Eine Dame im Hosenanzug kam auf mich zu. »Guten Abend, Frau Bachmann, darf ich Sie kurz entführen?« Kurt nickte mir zu und wir folgten ihr. »Unser Pressedienst wünscht sich ein exklusives Interview mit Ihnen. Ich bringe Sie in unseren Pressebereich.« Kurt folgte und bot mir seinen Arm an, um mich einzuhaken. Dieses Angebot nahm ich gerne an.

Wir verließen den Festsaal und gingen einen langen, eher steril wirkenden Gang entlang. Hinter einer Glastüre wartete eine junge Frau auf mich. »Hallo«, sagte ich etwas unsicher. »Guten Tag, Frau Bachmann. Ich freue mich so, Sie kennenzulernen. Es ist mir eine Ehre.« Ich setzte mich zu ihr, in ein vorbereitetes Set, welches optimal ausgeleuchtet zu sein schien. Ich kam mir vor wie ein Hollywoodstar, Genau solche Kulissen kannte ich ausschließlich von Interviews zu ganz großen Blockbustern. Filmkameras und zwei Fotografen standen drumherum und hielten Momente dieses Interviews fest. »Wie sind Sie darauf gekommen, die Marktlücke zu schließen und Frauen europaweit mit Ihrer Mode zu begeistern?« war ihre erste Frage. Ich erzählte von meinem Zusammentreffen mit Agnes und den vielen Jahren, in denen ich selbst keine schöne Kleidung für mich finden konnte, und beantwortete jede der folgenden Fragen ehrlich.

»Wenn Sie den Frauen da draußen etwas mit auf den Weg geben könnten, was wäre das?«

»Wissen Sie, wir alle sind so voller Selbstzweifel und kommen leider immer wieder an den Punkt, an dem wir überlegen, ob wir ausreichen. Das ist schrecklich. Insbesondere, weil wir dabei das Gefühl haben, allein zu sein. Aber das sind wir nicht. Ich habe immer gedacht, ich brauche nur die richtige Kleidung, genug Geld oder einen Mann an meiner Seite, um mich in mir selbst wohlfühlen zu können. Das ist ein Irrglaube. Besonders das, was Menschen zu dir sagen, kann dich aufbauen, aber auch runterziehen. Worte haben eine große Macht. Sie können Waffen sein, sie können aber auch Heilung bringen. Jedoch funktioniert das alles nicht, wenn du nicht bereit bist dich selbst anzunehmen. Da hilft dir auch kein Kleid von Mops*ich*. Aber was ich mit Bestimmtheit sagen kann, ist, dass wenn du bereit bist, zu dir selbst zu stehen und dich anzunehmen, wie du bist, in dem Bewusstsein, dass du wundervoll bist, wirst du erkennen: Das Schönste an dir bist du.«

Die Journalistin schwieg einen Moment und sagte dann: »Das war wundervoll. Vielen Dank.« Ich bedankte mich bei ihr und wurde wieder aus dem Raum zurück in den Flur geführt.

»Du warst großartig. Bessere Worte hätte auch ich nicht finden können«, bestätigte Kurt und brachte mich zurück zu unserem Tisch.

»Alles gut?«, fragte Ruben. Ich nickte. Die Eröffnungsmelodie des Events ertönte und sofort verstummte das aufgeregte Tuscheln im Publikum. Auch ich drehte mich um und applaudierte, als Torsten Sträter die Bühne betrat. Insgesamt wurden acht Preise vergeben. Meine Kategorie sollte die letzte sein. Ich versuchte den Abend zu genießen, der Comedy, Musik und Freudentränen beinhaltete. Mehrfach war ich selbst enorm gerührt, wenn ein Preisträger auf der Bühne nur mit zitternder Stimme seine Dankesworte verkünden konnte, und ich freute mich mit jedem einzelnen von ihnen.

Ich sah mich im Publikum um. Viele prominente Gäste waren anwesend. Ich entdeckte Evelyn Burdecki, Vera Int Veen, Thomas Rath, Jorge Gonzales und Sonja Zietlow. Kaum eine kurvige Frau war zu sehen. Nicht einmal unter den unbekannten Zuschauern. Selbst Barbara Schöneberger, die direkt vor mir saß, war nicht kurvig. Sie wirkte geradezu zierlich in ihrem spektakulären Kleid. Auch recht wenige mehrgewichtige Männer konnte ich ausmachen. Woran mochte das liegen? Waren Menschen mit mehr Gewicht einfach unterpräsentiert, weil Medien gerne auf kaum erreichbare Ideale setzten? Oder trauten sie sich vielleicht nicht so sehr in den Vordergrund? Sicherlich konnte man gerade meine zweite Überlegung so nicht pauschalisieren. Aber ähnlich war es mir ja auch gegangen. Dabei würde es doch so vielen Menschen Mut machen, auch im Fernsehen und anderen Medien Personen zu sehen, die ihnen selbst ähnlich sind. Im echten Leben sahen die Leute nicht so aus wie die hier Anwesenden. Nicht einmal mich sah man an der Kasse vom EDEKA so stehen, wie ich gerade aussah. Und das lag nicht an meinem Kleid. »Jetzt kommt deine

Kategorie!«, raunte Agnes. Ich war so tief in Gedanken versunken, dass ich gar nicht mitbekommen hatte, wie schnell die Zeit vergangen war. Ein Mann in einem schwarzen Frack stand auf der Bühne und hielt einen goldenen Umschlag in den Händen. Offensichtlich hatte ich die Benennung der Nominierten verpasst. Dabei hatte mich doch so sehr interessiert, für was genau der oder die Gewinnerin ausgezeichnet wurde. »Und der Gewinner der Kategorie Bestes deutsches Start-up international ist ... Mara Bachmann!« Eine ewige Sekunde schien die Welt still zu stehen. Ich war mir nicht sicher, ob ich wirklich meinen Namen gehört hatte. Dann aber ging alles ganz schnell. Agnes und Steffi sprangen applaudierend von ihren Stühlen, Ruben zog mich ebenfalls auf die Beine, ein Mann im Anzug stand plötzlich hinter mir und bat mich auf die Bühne, und ich ging wie in Trance los. Langsam nahm ich auch die Lautstärke wieder wahr. Der ganze Saal schien zu toben. Ich ging auf eine mit rotem Teppich bezogene Treppe zu. Kurt stand am Rand und applaudierte ebenfalls. Ich stieg die fünf Stufen zur Bühne empor und ging auf den Mann mit dem Umschlag zu. Er hielt eine gläserne Statue in den Händen, die er mir mit zwei Küssen, je auf eine Wange, überreichte. Seine Stimme war das Erste, was ich wieder richtig wahrnahm. »Herzlichen Glückwunsch!« Ich lächelte ihn an und stand plötzlich vor einem Mikrophon. Wo hatte ich denn meine Notizen gelassen?, überlegte ich. Ich war mir sicher, sie nicht einmal mit aus dem Hotel genommen zu haben. Sie mussten in meinem Zimmer liegen. Was sollte ich nur sagen? Eine Fernsehkamera fuhr auf Schienen an der Bühne vorbei. Eine wurde über mir von Seilen gehalten. Langsam wurde es ruhiger im Saal. Dies war eindeutig die Aufforderung für mich, nun etwas zu sagen. »Ich möchte mich ganz herzlich bei meiner Teilhaberin Agnes bedanken. Danke für deine Unterstützung und dass du an mich geglaubt hast, als ich selbst nicht mehr an mich glauben konnte. Ich danke auch meinen besten Freundinnen Steffi und Lena. So vielen Menschen habe ich zu verdanken, dass ich heute hier stehen darf, dass ich sie gar nicht alle aufzählen kann. Ich bin so froh, dass ich euch habe. Aber ich möchte auch unseren Kundinnen danken.« Ich blickte fest in die Kamera vor mir. »Ohne euch wäre dies nicht machbar gewesen. Wir müssen entgegen allen medialen Schönheitsidealen wieder lernen zusammenzuhalten und der Welt zeigen, dass wir schön sind. Nicht trotz oder wegen unserer Kurven. Einfach und ganz selbstverständlich, weil wir es sind! Ich bin sehr dankbar einen kleinen Teil dazu beitragen zu dürfen. Das ist mein ganz fettes Glück!«

Diese Worte flossen mir einfach so aus dem Mund, und sie kamen von Herzen. Ja, das war, was ich wollte. Frauen mit Kurven helfen, ihr Selbstbewusstsein zu stärken. Meines war wieder da, wenn auch mit kleinen oder größeren Komplexen. Aber ich war wieder ich selbst, und das wurde mir in diesem Moment bewusst.

»Du warst fantastisch!«, jubelte Agnes. Steffi versicherte mir mehrfach, wie stolz sie auf mich war. Ruben umarmte mich sekundenlang und küsste mich auf die Wange. Ich war in einem fantastischen Rausch der Glücksgefühle. Ich rief gleich meine Mutter an. Ihre Stimme klang sehr verschnupft. Ich war mir nicht sicher, ob sie weinte oder ob dies von ihrer Erkältung kam. Aber auch sie freute sich für mich. Lena antwortete auf meine WhatsApp mit einem *»JUHUUUUUU! Du hast es verdient«*.

Bei der Aftershowparty tanzten Ruben und ich ausgelassen. Steffi konnte auf ihren Schuhen nicht mehr stehen und nippte zufrieden an einem Cocktail auf einem Hocker an der Bar. Kurt kam immer wieder zu mir und stellte mich unterschiedlichen Menschen vor, um kurz darauf wieder zu verschwinden und weiter zu networken. Agnes unterhielt sich intensiv mit einem Herrn am Buffet. »Der ist schon alt und scheint gut betucht zu sein. Also ganz ihr Beuteschema!«, lachte Ruben.

Es war schon früh am Morgen, als ich eine Pause brauchte und mich zu Steffi gesellte. Ruben unterhielt sich mit einigen Leuten, die er kannte. Ich sah mir die Menschen an, die ebenfalls noch feierten, und entdeckte plötzlich ein vertrautes Gesicht. Thomas bahnte sich seinen Weg durch die nun nicht mehr allzu dichte Menschenmenge. »Herzlichen Glückwunsch!«, sagte er und strahlte mich an. »Was machst du hier?«, fragte ich überrascht. Ich konnte kaum glauben, dass er vor mir stand. »Ich wollte mir deinen Sieg doch nicht entgehen lassen. Deshalb habe ich mich nach der Arbeit in den Zug gesetzt und bin hergefahren.«

»Das ist unglaublich!«, sagte ich etwas verlegen, umarmte ihn aber dankbar. »Du siehst sehr hübsch aus in diesem Kleid. Aber eigentlich auch sonst immer.«

»Danke. Du aber auch.« Er trug einen Anzug und eine rote Fliege auf seinem weißen Hemd. Plötzlich fing er an zu lachen und streckte mir seine Hände entgegen. »Die sind sogar sauber.« Nun lachte auch ich. Ruben kam zu uns an die Theke und ich stellte sie einander vor. Auch Steffi fiel mir wieder ein und sie zwinkerte mich an, als ich ihr verriet, wer Thomas war. »Wie bist du hier reingekommen?«, fragte ich interessiert. »Ich habe die Typen an der Tür bestochen.« Erst jetzt fiel mir auf, dass ein Mann mit Headset hinter ihm stand. »Ich darf auch nur kurz rein, um dir zu gratulieren.«

»Nein, dann komme ich mit. Ich lasse dich jetzt doch nicht gehen.«

»Auf keinen Fall. Ich bin müde und fahre jetzt in mein Hotel. Sollen wir später gemeinsam zu Mittag essen und eine Sightseeing-Tour durch Berlin machen, bevor wir heimfahren? Also sofern ich bei dir mitfahren darf.« Ich verzog das Gesicht und tat so, als ob ich überlegen müsse. Dann nahm ich mein Handy und schickte ihm mein Hotel und die Zimmernummer. »Bis morgen. Schlaf gut.«

»Das wünsche ich dir auch«, sagte ich und küsste ihn auf die Wange. Ich sah ihm nach und drehte mich dann zu Steffi um. Ruben warf mir einen missbilligenden Blick zu und verschwand dann wortlos.

Steffi, ihr Bodyguard und ich fuhren mit der Limousine zurück ins Hotel. Ruben hatten wir nicht mehr gefunden und Agnes wollte mit ihrem Kavalier noch einen Champagner trinken. Kurt war in ein Gespräch tief eingebunden und so entschieden wir uns allein zu fahren.

Meine Clutch, Schuhe und meinen Award hielt ich in der Hand, als ich mich endlich auf den Sitz fallen lassen konnte. »Meinst du, Ruben ist sauer?« Steffi zuckte mit den Schultern. »Ich würde sagen, du hast ein Problem.«

»Wie meinst du das?«, fragte ich verwundert. »Da ist mehr zwischen dir und Ruben als nur Freunde Plus. Und jetzt taucht plötzlich dieser Thomas auf der Bildfläche auf. Was ist denn mit dem?«, fragte sie interessiert. »Nichts«, antwortete ich knapp. »Ach, ich bitte dich. Der leiht dir sein Auto und kommt die ganze Strecke nach Berlin gefahren, nur um dich zu sehen.« Ich nickte. »Was ist da los? Kannst du dir mit einem von denen was vorstellen? Also mehr als Freunde Plus?«

»Kacke! Ich habe ein Problem.« Steffie nickte. »Ganz genau so ist es. Immer was Neues mit dir«, lachte sie nun. »Da dein Date ja erst zu Mittag ist, würde ich über diese Frage mal entspannt schlafen. Wir reden dann beim Frühstück.«

Steffis Bodyguard nahm uns in unseren Zimmern den kostbaren Schmuck wieder ab, und ich musste mir eingestehen, dass ich etwas traurig darüber war. Ich streifte mir meine Schuhe von den Füßen. Endlich allein! Ich ließ mich auf einen Sessel fallen und betrachtete meinen Award. Eigentlich handelte es sich um eine Art Vase, die wunderbar geschliffen war. Behutsam stellte ich sie auf dem Schreibtisch ab und versuchte mich aus meinem Kleid zu befreien. Die Schnürung auf dem Rücken war so ungünstig angebracht, dass es fast unmöglich war, sie eigenständig zu lösen. Aber nach einigen Verrenkungen gelang es mir letzten Endes doch, mich zu befreien.

Ich ging ins Bad und drehte den Wasserhahn auf. Rauschend füllte sich die Badewanne, als ich die Flasche mit dem Schaumbad vom Morgen entdeckte. Einen Teil davon gab ich in die Wanne und genoss den milden Geruch. Ich zog mich komplett aus und wickelte mich in ein Handtuch, um zurück in mein Zimmer zu gehen und die Vorhänge zu schließen. Kurz zappte ich durchs Fühstücksfernsehen, um das Gerät in den Radiomodus zu bringen. Es war schon kurz vor sechs, als ich den richtigen

Sender fand. Leise ließ ich sanfte Klavierklänge spielen. Schnell huschte ich wieder ins Bad und stieg sofort in die nun mit Wasser und sehr viel Schaum gefüllte Eckwanne. Ich lehnte mich zurück und genoss den Augenblick. Es fiel mir schwer nicht einzuschlafen. Aber ich war auch noch nicht bereit wieder aus dem warmen Wasser zu steigen. Ich hörte ein Geräusch und öffnete erschrocken die Augen. »Ola Chica!« Ruben lächelte mich verschmitzt an. Ich sah an mir runter und schob instinktiv Schaum vor meinen Körper. »Ich habe auf dich gewartet.« Er war offensichtlich schon länger als wir zurück im Hotel. Zumindest hatte er schon Zeit gefunden, sich umzuziehen. Er stand mit einer engen Jeans und einem weißen T-Shirt bekleidet barfuß auf den Fliesen des Hotelbads und sah wahnsinnig gut aus. Noch vor zwei Stunden hätte ich keine Sekunde gezögert und getan, was auch immer er mit mir tun wollte. Aber die Situation hatte sich geändert. »Wie bist du denn hier reingekommen?«, fragte ich. »Agnes hat mir heute Mittag eine deiner Schlüsselkarten gegeben, damit ich die Kleider hier reintransportieren konnte«, erklärte er und zog sich das Shirt aus. Er ließ es neben sich auf den Boden fallen. »Soll ich lieber gehen?«, fragte er. Ich konnte und wollte seine Frage nicht beantworten. Ich hatte keine Antwort darauf. Frech, wie er es nur konnte, grinste er mich an und sah mir dabei fest in die Augen. Er hatte einen absolut durchtrainierten Oberkörper, und ich konnte nicht anders als seine Tattoos anzusehen. Mein Körper wollte ihn, aber mein Herz war unentschlossen, ob es sich darauf einlassen wollte. Er öffnete seine Gürtelschnalle und dann den Knopf seiner Jeans. »Ruben, ich bin müde und …«

»Keine Sorge, ich bekomme dich schon wieder wach«, grinste er. »Darum geht es nicht.«

»Ich weiß, um was es geht. Wer auch immer dieser Typ war, er ist der Grund.« Er öffnete den Reißverschluss seiner Hose und ließ diese langsam seine Beine runtergleiten. »Ich muss zugeben, dass ich allein bei dem Gedanken an diesen Spanier schon eifersüchtig geworden bin. Aber als ich dich mit dem Kerl heute gesehen habe, hat es meinem Herz einen Stich versetzt. Ich will mehr als eine Freundschaft Plus. Ich habe einen Fehler gemacht, als ich es dir vorgeschlagen habe.« Er stand nun in engen Boxershorts vor mir. Seine Hände glitten an den Bund der Shorts. Mein Herz raste. Ich war hin- und hergerissen. Ich hörte meine innere Stimme schreien: »Du hast niemandem gegenüber eine Verpflichtung und kannst tun, was du willst.« Ruben kam auf mich zu. Ich hatte jetzt sehr wohl eine Verpflichtung. Schon alleine Ruben gegenüber. Ich richtete mich auf. Irgendwie musste ich einen Moment finden, in dem ich nachdenken konnte. »Meine Güte, jetzt hör aber auf!« Er sah mich verwundert an. »Womit?«

»Du siehst aus wie ein Chippendale. Ich kann keinen klaren Gedanken fassen!«

»Na, dann will ich es dir einfach machen«, sagte er und stieg zu mir in die Badewanne. Wasser und Schaum liefen über und ergossen sich auf dem Boden. Mit einer Hand zog er seine Boxershorts aus und ließ sie ebenfalls auf den Boden fallen. Er tastete nach meinen Beinen und drückte sie auseinander. Vorsichtig legte er sich dazwischen und küsste mich auf den Mund. Dabei drückte er mich sanft zurück. Mein Kopf lag nun auf dem Wannenrand, und ich hörte den Schaum in meinen Ohren knistern. Ich hätte ewig so liegen können. Aber ich wäre nicht besser als Henning, wenn ich nun wirklich den Wünschen meines Körpers nachgeben würde. Sanft drückte ich ihn zurück. Ich wollte

Ruben nicht vor den Kopf stoßen, aber ich musste mich befreien. »Es tut mir leid, aber ich möchte das nicht.« Er sah mich einen Moment fassungslos an. »Was?«

»Es tut mir wirklich leid, aber ich mag Thomas und war nicht darauf vorbereitet, dass du deine Meinung änderst. Ich muss mir in Ruhe klar darüber werden, was ich möchte. Kannst du das verstehen?« Er schien es nicht zu verstehen und sprang auf. Wortlos stieg er aus der Wanne. Ohne sich anzuziehen, ging er ins Hotelzimmer. Ich sprang ebenfalls aus dem Wasser, griff mir ein Handtuch und folgte ihm. »Sag doch bitte was«, bat ich ihn, den Tränen nahe. »Ich kann dich verstehen, aber erwarte nicht, dass ich Freudensprünge mache«, sagte er, ohne mich anzusehen, und öffnete die Zimmertür. Sein Zimmer lag direkt gegenüber, und so waren es für ihn nur wenige Schritte, bis er seine Türe öffnen konnte. Ich sah ihm nach. Neben mir bewegte sich etwas und sah hinüber. »Thomas!« Ich schluckte schwer. Mir war sofort bewusst, wie die Situation auf ihn wirken musste. Er reichte mir eine rote Rose. »Ich wollte dir eigentlich nur eine Blume vor die Türe legen«, sagte er. Er drehte sich um, und ging den Flur entlang. An der Rose hing eine Karte mit einer Adresse eines Restaurants. Ich hatte keine Zeit, sie zu lesen, vermutete aber, dass dies unser Treffpunkt am Mittag sein sollte. Rubens Blick traf meinen. Auch er war erschrocken. Ich folgte Thomas. »Das ist nicht so, wie es jetzt aussieht!«, versuchte ich zu erklären. »Ich weiß, dass dieser Satz abgedroschen ist, aber es ist wirklich nicht so, wie du jetzt glaubst.«

»Schon gut. Wir sind nicht zusammen und du kannst machen, was du möchtest. Mach dir keinen Kopf.« Unbeirrt ging er weiter. »Lass es mich doch bitte erklären.« Er antwortete mir nicht mehr und verschwand im Treppenflur.

Langsam ging ich zurück in mein Zimmer. Meine Augen füllten sich mit Tränen. Es war vorbei und mir war eine Entscheidung abgenommen worden, die ich noch gar nicht bereit gewesen war zu treffen. Ruben stand nach wie vor in der Türe zu seinem Zimmer. »Und? Hat er mit dir geredet?« Ich schüttelte den Kopf und schloss die Türe hinter mir. Einen Moment blieb ich stehen. Ich merkte einige Wassertropfen an meinem Körper hinunterlaufen, aber ich wollte mich nicht abtrocknen. Langsam ging ich zu meinem Bett, ließ mich darauf fallen und weinte. Mein Handy vibrierte. Ich tastete nach meiner Clutch und zog es raus. »Soll ich rüberkommen?«, fragte Ruben. »Nein!«, sagte ich mit zitternder Stimme und legte wieder auf. Ich rollte mich zusammen. Mir war kalt, aber ich hatte nicht die Kraft, nach meiner Decke zu greifen. Ich hörte ein Geräusch an der Tür und dann, wie sie ins Schloss fiel. Ruben stand vor meinem Bett. »Bitte lass mich bei dir sein!«, bat er mich. Ich antwortete nicht. Langsam legte er sich zu mir ins Bett. Er trug nur eine Boxershorts, aber sein Oberkörper fühlte sich warm an. Ich drückte mich fest an ihn. »Du zitterst ja am ganzen Körper!« Er deckte mich zu und blieb schweigend neben mir liegen.

KAPITEL 37

# Es kommt oft anders

Ich merkte, wie Ruben am frühen Morgen aus dem Bett stieg und leise mein Zimmer verließ. Ich war so erschöpft, dass ich nicht reagieren konnte. Um ehrlich zu sein, dachte ich auch, er würde nur duschen oder frühstücken gehen. Auf jeden Fall ging ich aber davon aus, dass er zurückkommen würde, was er nicht tat. Als ich wieder aufwachte, fand ich ein Zettel auf dem Bett.

> Guten Morgen, Mara,
>
> ich musste abreisen.
> Herzlichen Glückwunsch noch mal zu deinem Preis. Du hast ihn mehr als verdient.
> Ich habe dich lieb.
>
> Ruben

»Mehr hat er nicht geschrieben?«, wunderte Steffi sich, als wir uns zum Frühstück trafen. »Nein, nichts.«

»Gott, wie entzückend er ist«, schwärmte sie. »Weil er einfach weg ist?«

»Nein, weil er für dich da war, nachdem du ihm mehr oder weniger einen Korb gegeben hast.«

»Ich habe ihm keinen Korb gegeben. Ich wollte nur in Ruhe über die Situation nachdenken. Wer konnte denn ahnen, dass er seine Meinung ändert. Das hatte ich gar nicht in Betracht gezogen.«

»Aber du magst ihn«, fragte Steffi nach und ich nickte. »Hast du ihn mal angerufen?«

»Ja, aber sein Handy ist aus. Das von Thomas auch.«

»Ja, was machen wir denn nun mit ihm. Der ist auch so süß. Einfach anzureisen, um dich zu sehen. So viele Stunden im Zug, ohne zu wissen, in welchem Hotel wir sind, und ohne Ticket für das Event.«

»Kannst du mal bitte aufhören von den beiden zu schwärmen?«, motzte ich sie an. »Entschuldige bitte, aber welche Frau hat gleich zwei so tolle Typen am Start.«

»Ich enttäusche dich ja nur ungerne, aber es sieht so aus, als ob ich gar keinen am Start habe«, stellte ich entschieden fest. »Das wollte ich ja auch nie!«

»Ja, aber was willst du denn?« Ich zuckte mit den Schultern. »Keine Ahnung.« Wir schwiegen einen Moment. »Es ist nicht so, dass ich mich frage, wie ich mich entscheiden soll. Ich weiß einfach nicht, was mein Herz sagt. Aber ich bin mir auch ziemlich sicher, dass sich diese Frage eh erübrigt hat.«

»Was tun wir denn jetzt. Also ich meine keine schwerwiegenden Überlegungen zu deiner Zukunft. Ich meine jetzt im Moment.«

»Thomas wollte mit uns zurückfahren und ich weiß nicht, wie ich ihn finden soll, wenn er nicht ans Handy geht.«

»Wenn der so früh in unserem Hotel ist, dann wohnt er bestimmt auch hier. Der ist ja nicht extra hierhergefahren, um dir eine Rose zu bringen.« Steffi geriet wieder ins Schwärmen. »Und wenn doch, dann ist er einfach nur der Traumprinz aus dem Märchen. Was ein Mann!«

»Kannst du jetzt bitte aufhören!« Drei weitere Versuche, Thomas zu erreichen, endeten erfolglos. Resigniert legte ich das Handy nieder. »Und jetzt?«

»Kennst du seinen Nachnamen?« Ich schüttelte den Kopf. »Ich habe versucht ihn zu googlen. Leider hat weder seine Tankstelle noch die Werkstatt eine Homepage. Also konnte ich auch kein Impressum finden. Rein gar nichts habe ich über ihn gefunden.«

»Wart mal. Ich komme gleich wieder«, sagte sie und verließ den Frühstücksraum. Es saßen nur noch sehr wenige Menschen an den Tischen. Ein Paar hatte ich bei dem Event am Vortag gesehen. »Guten Morgen, Liebes.« Agnes strahlte mich an. Sie wirkte ausgeschlafen und frisch. »Woher kommt denn deine gute Laune?«, fragte ich. Entweder war sie einer der beneidenswerten Menschen, die mit nur wenigen Stunden Schlaf am Tag auskamen, oder sie war noch so aufgeputscht vom Abend, dass sie einfach durchgemacht hatte. »Ich habe nach diesem wundervollen Abend jemanden kennengelernt«, sagte sie verschwörerisch. »Ja, das habe ich gesehen. Sieht sehr nett aus«, antwortete ich. »Ist er auch. Seine Fima baut Motoren für Boote. Meins hat tatsächlich auch einen aus seinem Unternehmen. Wie klein die Welt doch ist.«

»Ist er geschieden?«

»Witwer. Also freie Bahn für mich!«, lachte sie. »Wo ist Ruben?«, fragte Agnes unvermittelt. »Wieso?«

»Steffi habe ich schon gesehen. Ich hatte ihn bei euch vermutet. Oder viel mehr bei dir.« Ich sah sie überrascht an. »Hältst du mich für so naiv? Was auch immer da bei euch abgeht, dass er verliebt ist, ist doch offensichtlich.«

»Thomas war Gast hier im Hotel. Er hat gegen acht ausgecheckt und ist abgereist«, berichtete Steffie atemlos, als sie zurück an unseren Tisch kam. »Guten Morgen, Agnes.«

»Morgen. Wer ist Thomas?«, fragte sie neugierig. »Ein Typ, der für Mara extra aus Krefeld angereist ist«, schwärmte Steffi. »Der mit dem Auto?« Steffi nickte. »Und jetzt ist er wieder weg? Das macht doch keinen Sinn.«

»Ruben und er –sagen wir so –es war eine eher unglückliche Situation«, versuchte sie in wenigen Worten zu erklären. »Und jetzt sind beide weg?« Agnes schnaubte verächtlich durch die Nase. »Ich schlage vor, wir fahren heim. Ich vermute, er möchte nicht mit uns fahren, und nimmt den Zug. Also werde ich versuchen ihn zu Hause abzufangen. Dort kann er nicht so gut flüchten wie hier«, entschied ich.

Agnes verlängerte ihren Aufenthalt in Deutschland kurzerhand um einen Tag. Sie wollte sich mit Rüdiger, dem Unternehmer von der Aftershowparty, zum Dinner treffen und dann entscheiden, wie lang genau sie in Berlin bleiben würde. Steffi und ich ließen unser Gepäck ins Auto laden und checkten aus.

Tief in Gedanken versunken fuhren wir heim. Komisch, wie kurz eine Fahrt sein kann, wenn man sich auf etwas freut. Aber wie lang die gleiche Strecke ist, wenn man weiß, dass man zu Hause einer äußerst unangenehmen Situation gegenüberstehen wird.

Als wir endlich die Ausfahrt Fischeln nahmen, fragte Steffi: »Soll ich gleich mit zur Tankstelle kommen?«

»Nee, da muss ich alleine durch«, antwortete ich entschieden. Ich hatte etwas Angst vor dem Moment, in dem ich Thomas begegnen würde. »Vielleicht ist er ja noch gar nicht zurück«, überlegte sie. »Kann auch sein. Aber das fänd ich richtig blöd.«

»Du kannst den Schlüssel einfach an der Kasse abgeben. Er ist ja der Chef. Das geht bestimmt klar.«

»Nein, das finde ich nicht richtig. Ich möchte außerdem die Chance bekommen, mich zu erklären, und will unbedingt mit ihm sprechen. Auch wenn es unangenehm wird.«

Ich setzte Steffi zu Hause ab und lud mein Gepäck in den Flur meines Häuschens, bevor ich an die Tankstelle fuhr. Den großen Wagen parkte ich jedoch hinter dem Gebäude und bemerkte erstmals das Einfamilienhaus, was umringt von einem großen Garten fast schon wie eine Oase wirkte. Ich entschied mich zu klingeln. Sicherlich war er auf direktem Wege heimgegangen und würde heute nicht mehr arbeiten, schlussfolgerte ich. Ich klingelte zwei Mal, aber niemand öffnete die Tür. Auch Licht war keins zu sehen, außer dem Bewegungsmelder an der Türe, der auf mich reagierte. Erneut rief ich ihn an. Aber nach wie vor beantwortete seine Mailbox meinen Anruf. »Hallo Thomas. Ich stehe vor deinem Haus und möchte dir dein Auto wiedergeben. Komm doch bitte kurz raus« war die Nachricht, die ich hinterließ. Ich wartete einige Minuten. Als aber nichts geschah, ging ich rüber zur Tankstelle, um doch Steffis Rat zu folgen und seinen Schlüssel an der Kasse abzugeben.

»Hallo«, grüßte ich die Aushilfe, die gerade Zigaretten auffüllte. »Welche Säule hatten Sie?«, fragte der junge Mann, der sich mit einem Job vermutlich das Studium finanzierte. »Keine. Ich möchte eigentlich nur einen Schlüssel abgeben.« Ich reichte ihm den Schlüsselbund und sagte: »Bitte geben sie ihn Ihrem Chef.«

»Den könnten Sie ihm auch selbst geben«, sagte er und verschwand im hinteren Bereich, der für Kunden unzugänglich war. Mein Herz machte einen Sprung. Damit hatte ich nicht gerechnet und es erst recht nicht erhofft. Selbstverständlich wollte ich mit Thomas sprechen, aber nicht vor seinem Angestellten und erst recht nicht im Ladenlokal, welches permanent von Kunden betreten wurde.

Es dauerte einen Moment, bis er vorkam. Vermutlich hatte er in seinem Büro gearbeitet. Er sah müde aus. »Hey«, sagte ich etwas unsicher. »Hey«, antwortete er. »Ich wollte dir deinen Schlüssel bringen.«

»Das ist nett. Komm mit«, wies er mich an und ich folgte ihm. Er führte mich an zwei Büros vorbei durch eine Tür, die in seine Werkstatt führte. Ich erkannte den Ort erst, als er das Licht angestellt hatte. Wir waren ganz alleine und der schwere Geruch von Motorenöl lag in der Luft. »Ich möchte dir gerne erklären, was du gesehen hast«, sagte ich und hielt ihn am Arm fest. »Du musst mir nichts erklären«, antwortete er augenblicklich und machte sich los. »Aber ich möchte es gerne.«

»Mara, ich bin nicht bereit für komplizierte Geschichten. Ich möchte sie nicht hören und ich möchte auch kein Teil davon sein. Ich mag dich. Aber ich mag mich mehr. Das kommt nicht in Frage.« Er zog ein Tuch von einem Wagen. Mein Daihatsu stand frisch poliert vor mir. »Ist das wirklich meiner?«, fragte ich ungläubig. »Ja, wir haben alles repariert, was defekt war, haben noch einen Ölwechsel gemacht und ihn aufpolieren lassen. Hier ist dein Schlüssel.« Ohne meine Reaktion abzuwarten, nahm er meine Hand und legte den abgenutzten Zündschlüssel hinein. »Ich danke dir von Herzen!«, sagte ich. Eigentlich hätte ich ihn gerne in den Arm genommen, aber es war offensichtlich, dass er dies nicht wollte. »Das ist mein Geschenk an dich. Ich hoffe, er wird dir noch gute Dienste erweisen.«

»Thomas, verdammt. Jetzt sei doch nicht so zu mir. Lass uns bitte in Ruhe reden«, bat ich ihn. »Ich bin dir nicht böse. Es ist alles gut«, sagte er und drehte sich um. »Du kannst vorne rum rausfahren. Das Tor ist offen.« Er ließ mich stehen und verschwand in seinem Büro.

KAPITEL 38

# Mandeleis statt Dubaischokolade

Heiligabend verbrachte ich bei meinen Eltern. Wir aßen gut und viel zu viel, überreichten uns Geschenke und sahen einen Weihnachtsfilm. Alles schien wie immer.

In der Nacht ging ich, ganz entgegen meiner Gewohnheit, zu Fuß heim. Frost hatte sich auf der Straße und den Gehwegen niedergeschlagen und ich musste mich vorsehen nicht auszurutschen. Die kühle Luft fühlte sich frisch in meinem Gesicht an. Viele Häuser waren weihnachtlich geschmückt. Kaum ein Auto fuhr an mir vorbei und ich genoss die Stille der Nacht. Was Ruben wohl gerade tat? Ich dachte oft an ihn und es machte mich nicht nur traurig, dass er keinen Anruf von mir annahm und auch meine WhatsApp ignorierte. Mein Herz schmerzte regelrecht. Manchmal so schlimm, dass ich mir eine Beschäftigung suchen musste, damit ich auf andere Gedanken kam. Es fühlte sich dann an, als wolle mein Herz zerspringen, weil all die Erinnerungen, Emotionen und Gefühle keinen Platz fanden, um sich auszubreiten. Thomas war ich aus dem Weg gegangen. Bisher hatte ich nur ein Mal tanken müssen und mich einfach für eine andere Tankstelle entschieden.

Ich zog mir den Schal vom Hals und legte den Schlüssel auf meinen Tisch. Meine Nähmaschine stand seit Wochen unberührt in meiner Küche. Ich setzte mich vor sie und starrte sie einen Moment an. Dann stand ich auf und holte mir eine Bahn Stoff. Der halb transparente Organza schillerte in der Basis lindgrün und wies abstrakte Muster in Pink, Gelb und Orange auf. Sorgfältig zog ich einen Umschlag mit dem Schnittmuster meiner liebsten Tunika hervor und legte es auf den Stoff.

Bis circa zwei Uhr hatte ich ein wundervolles Oberteil genäht. Es war nur für mich. Ich wollte es nicht an Maria weitergeben oder einer neuen Kollektion zuweisen. Diese Tunika gehörte einzig mir.

Ich verspürte Sehnsucht nach dem Meer und wollte plötzlich zurück nach Mallorca.

Kurzerhand schnappte ich mir mein Handy und suchte nach dem nächsten Flug. Schon in vier Stunden sollte einer nach Palma gehen. Ich zögerte einen Moment, dann schrieb ich Steffi eine WhatsApp. Sie antwortete nicht. Sie rief an. »Was ist los? Warum bist du noch wach?«, fragte sie erschrocken. »Nichts. Ich konnte nur nicht schlafen«, erklärte ich. »Ich weiß, wir sind heute Abend verabredet, aber fändest du es okay, wenn ich nach Mallorca fliege und wir das ausfallen lassen?«

»Was möchtest du denn da?«, fragte sie besorgt. »Ich möchte hier raus und auf andere Gedanken kommen. Ich glaube, ein Tapetenwechsel tut mir gut.«

»Klar, mach. Ich kann das verstehen.«

»Ist das wirklich okay?«, fragte ich nach. »Ja, wir werden den Abend dann mit Sascha allein verbringen. Wie eine richtige, kleine Familie. Passt schon, auch wenn ich dich vermissen werde.«

Als ich auflegte, buchte ich den Flug, packte eine kleine Tasche und eilte zu meinem Auto. Ich musste Frost von meiner Scheibe kratzen, bevor ich losfahren konnte.

Selbst im Flughafen waren nur wenige Leute unterwegs. Ich konnte ohne Warteschlange einchecken und direkt durch zu meinem Gate gehen. An einem Buchladen besorgte ich mir eine Zeitung und schmökerte darin, bis ich in mein Flugzeug steigen konnte.

In Palma nahm ich mir ein Taxi und ließ mich geradewegs zu meiner Wohnung fahren. Die Sonne war längst aufgegangen, als ich mich an meinen Schreibtisch setzte und das Meer beobachtete. In meiner Küche kochte ich mir einen Kakao, zog mir einen Cardigan über und ging runter an den Strand. Die Temperatur war angenehm. Nicht wie im Sommer, aber sie lag deutlich höher als in Deutschland. Der Strand war vollkommen freigeräumt. Keine Liegen, keine Menschen, nicht einmal ein Sonnenschirm oder Sandspielzeug waren zu sehen. Ich setzte mich in den Sand und blickte auf die flachen Wellen, die immer wieder anrollten, um sich dann zurückzuziehen, und lauschte dem Rauschen. Ganz langsam fiel die Last der letzten Wochen von mir ab. Ich liebte meine Arbeit, und meine Selbstständigkeit brachte viele Vorteile mit sich. Aber ich arbeitete auch sehr viele Stunden. Deutlich mehr, als ich es im Kindergarten getan hatte. Ich hatte gar nicht gemerkt, wie mich das auslaugte, und deshalb auch nicht dafür gesorgt, dass ich einen Ausgleich finden konnte. Was war das für ein verrücktes Jahr gewesen. Es neigte sich dem Ende und ich war ehrlich stolz auf mich und alles, was ich erreicht hatte.

»Liebes, du bist ja hier!« Agnes rauschte am Nachmittag in meine Wohnung. Ich hatte meine Sachen schon eingeräumt und es mir auf meiner Couch mit einem Buch gemütlich gemacht. »Frohe Weihnachten, mein Schatz«, sang sie und nahm mich in den Arm. Ich überreichte mein Weihnachtsgeschenk feierlich. Es war eine mit Strass besetzte Mops-Lampe, die ich im Internet entdeckt hatte. Der Kopf des Hundes versteckte sich unter dem Lampenschirm und der Schwanz war der An- und Ausschalter. Ich wusste, dass sie genau diese Art Kitsch liebte und dass er im vollkommenen Kontrast zu ihrer Einrichtung stand. Aber genau diese unkonventionellen Deko-Elemente liebte sie. »Ist die entzückend!«, jubelte Agnes und umarmte mich. »Wie lange bleibst du?«, fragte sie. »Ich weiß noch nicht. Ein paar Tage oder Wochen. Vielleicht auch länger.« Sie blickte mich kurz nachdenklich an, sagte dann aber: »Fantastisch. Ich schmeiß eine Silvesterparty auf meinem Boot. Du kommst doch?«

»Sehr gern«, antwortete ich. »Übrigens, Rüdiger wird auch da sein.« Sie zwinkerte mir zu. »Dann kannst du ihn gleich mal kennenlernen. Sollen wir frühstücken gehen?« »Nein, lieber nicht«, antwortete ich schnell. Ich wollte mit ihr auf keinen Fall ins Hotel. Mich auch noch mit Angel beschäftigen zu müssen, wäre mir definitiv zu viel. »Nun gut. Aber das neue Atelier besichtigen wir, oder?«

»Gerne. Aber darf ich heute einfach mal für mich sein«, fragte ich. »Klar, Liebes.« Sie küsste mich auf die Stirn. »Nimm dir die Zeit, die du brauchst. Und wenn dir langweilig wird, rufst du mich an. Ich finde etwas, das wir tun können.«

Ich verbrachte den kompletten Abend in meiner Wohnung und sortierte einige Dinge um und richtete es so ein, wie ich mich zu Hause fühlen konnte. Agnes hatte in der Tat an alles gedacht und zu meinem Bedauern musste ich feststellen, dass ich nicht einmal shoppen gehen konnte, denn ich hatte alles. Bevor ich mir Gedanken darüber machen konnte, was ich essen sollte, hatte Agnes mir ihren Fahrer vorbeigeschickt, der einen Auflauf, Salat und Kuchen brachte. Noch am Flughafen hatte ich Schokonikoläuse gekauft. Ich schenkte Enrique drei Stück für seine Kinder und schmälerte mein schlechtes Gewissen, dass er an einem Feiertag wegen mir arbeiten musste, enorm. Am zweiten Feiertag entschied ich mich nach Palma zu fahren und mir die Stadt anzusehen. Die Kathedrale hatte ich schon einmal vor vielen Jahren besichtigt. Ich stieg jedoch in einen der roten Sightseeing-Busse und fuhr mit ihm alle Punkte an, die für Touristen spannend waren. Der Doppeldecker war gut besucht. Immer wieder stiegen Menschen ein und auch wieder aus, so wie es ihre individuelle Tour verlangte.

In der Stadt holte ich mir ein Mandeleis. Dies war so unheimlich lecker, dass ich ernsthaft überlegen musste, ob ich jemals etwas Vergleichbares gekostet hatte.

Zurück fuhr ich mit dem Taxi. Mir schmerzten die Füße und ich wollte nicht so lange mit dem Bus unterwegs sein.

KAPITEL 39

# Kleine Träume, groß gedacht

»Guten Morgen. Hast du heute oder morgen Zeit, die neue Schneiderei mit mir zu besichtigen?«, fragte ich Agnes am Telefon. Ich freute mich, als sie mir mitteilte, dass sie sich sofort auf den Weg machen würde.

Wir gingen durch die untere Etage meines Hauses. Insgesamt zwölf Näherinnen arbeiteten nun unter Marias Anleitung. Die modern und hell eingerichteten Arbeitsplätze gefielen mir sehr gut. Agnes hatte auch in der Küche daran gedacht, dass es den Frauen an nichts fehlte. So hatten sie Kühlschränke mit Snacks und diversen Getränken zur freien Verfügung. Es gab einen Zuschnitt-Tisch, der ergonomisch designt war, für jede der Frauen einen rückenschonenden Stuhl und moderne Nähmaschinen.

Im hinteren Bereich befand sich, wie von Agnes angekündigt, das Lager. Jedoch hatte ich mir die Dimension ganz anders vorgestellt. Wir besaßen Stoffe, die ich in der Masse in noch keinem Stoffgeschäft gesehen hatte. Auch Borten, Bänder, Fäden, Scheren und alles, was man braucht, war ordentlich in Regalen sortiert und lagen bei Bedarf griffbereit. Ein großes Tor auf der Rückseite sorgte dafür, dass die Anlieferung unkompliziert vonstattengehen konnte. »Für den Sommer, wenn hier Hochsaison ist, würde ich gerne drei Fashionshows planen. Wir machen einen Sektempfang und zeigen die Sommer- und Herbstkollektion in gleichen Maßen. Was sagst du dazu?«

»Das klingt super«, bestätigte ich ihre Idee. »Vielleicht sollten wir unsere internationalen Partner dazu einladen. Sie können dann gleich hier ordern und wir haben die Möglichkeit, eine persönliche Beziehung zu ihnen aufzubauen.«

»Das ist eine großartige Idee. Machen wir.« Agnes sah mich einen Moment zu lange an und ich wusste sofort, dass ihr etwas auf dem Herzen lag. »Was ist los?«, fragte ich. »Ich möchte, dass Ruben die Choreo macht. Ist das okay für dich?«

»Selbstverständlich! Hast du ihn schon gefragt?«

»Nein, noch nicht. Ich war mir unsicher, was du davon hältst.«

»Aber ist er nun nicht hauptsächlich in Düsseldorf? Bestimmt kann er das gar nicht übernehmen«, wunderte ich mich. »Nein, er pendelt. Gerade so, wie er es braucht.«

»Bitte frage ihn unbedingt«, bestätigte ich meinen Wunsch noch einmal. Mein Herz machte vor Freude einen Sprung. Allein seinen Namen zu hören war wundervoll. Ich würde ihn also spätestens im Sommer wiedersehen. Bis dahin hatten sich die Wogen sicherlich geglättet und wir konnten zumindest einigermaßen normal miteinander umgehen. Das war immerhin etwas Positives. Mir wäre zwar lieber gewesen ihn sofort um mich zu haben, aber das war besser als nichts. »Prima, dann haben wir das auch geklärt«, sagte sie begeistert und ich sah ihr die Erleichterung an. »Ich habe heute Abend übrigens ein Dinner. Magst du mich begleiten?«, fragte sie und ich sagte gerne zu.

Gegen sieben holte sie mich an meiner Wohnung ab. Wieder einmal musste ich feststellen, welch unsagbarer Luxus es war,

Zugriff auf so viel Kleidung zu haben. Ich hole mir eines unserer Abendkleider in der passenden Größe aus unserem Geschäft, legte mein Haar in Locken und schminkte mich dezent. Agnes hatte ein Geschäftsessen mit potenziellen Kunden, die auf dem spanischen Festland gleich sechs Mops*ich*-Filialen eröffnen wollten. »Das sind sehr erfolgreiche Unternehmer«, berichtete Agnes. »Deren Strategie liegt darin, erfolgreiche Franchiseunternehmen als Partner zu nehmen und deren Filialen ausschließlich in Malls zu eröffnen. Dort ist grundsätzlich viel Publikumsverkehr und die Umsätze stimmen von Anfang an. Die Ladenlokale sind schon gemietet. Heute Abend entscheidet sich, ob Mops*ich* dort einzieht oder ob sie dort Brillengeschäfte eröffnen.«

»Verstehe. Dann ist ja gut, dass ich auch da bin. Sag mir einfach, wie ich dich unterstützen kann«, schlug ich vor. »Da habe ich keinen speziellen Wunsch. Es reicht mir, dass du da bist und einfach du bist. Der Rest ergibt sich von ganz allein.«

Wir waren in ein Hotel am Rande von Palma eingeladen worden. Das noble Ambiente fand sich schon am Eingang wieder. Ein Portier holte uns am Wagen ab und brachte uns durch die Lobby in den eigens für uns angemieteten Dinner-Saal. Die Wände waren schwarz und mit goldenen Säulen veredelt. Pompöse Pflanzen und Marmorstatuen ließen keinen Zweifel mehr daran, dass die Brüder da Silver erfolgreich waren. In der Mitte war der lange Tisch schon eingedeckt worden. Einige Gäste befanden sich an ihren Plätzen oder unterhielten sich, mit einem Glas Sekt oder Orangensaft in der Hand. Agnes wurde von zwei Herren überschwänglich begrüßt. »Ich freue mich, Ihnen heute auch unsere Designerin, Mara Bachmann, vorstellen zu dürfen«, sagte sie. »Buenas noches, Senora Bachmann«, begrüßte mich ein gutaussehender Mann Mitte vierzig und sein nicht minder attraktiver Teilhaber. Etwas hinter ihnen wirbelte ein Mann rum und es traf mich wie ein Blitzschlag. Ruben! »Es ist uns eine Ehre, Sie endlich persönlich kennenzulernen«, sagte der Herr, der sich mir als Leo da Silver vorstellte. »Ich freue mich auch sehr«, antwortete ich und lächelte, so charmant es mir möglich war, nach dem Schreck. Es stellte sich heraus, dass sein Bruder Luca und er das Unternehmen gemeinsam führten und erstmals in dem Bereich Mode einsteigen wollten. Da ihre Mutter eine kurvige Frau war, waren sie begeistert, genau dieses Thema aufgreifen zu können. Ob sie es jedoch wirklich taten, ließen sie noch offen. Der Brillenhersteller aus Dänemark war ebenfalls angereist und Gast des Dinners. Als die Brüder ihre Gäste aufforderten sich zu setzen, bemerkte ich, dass die Plätze namentlich zugeordnet waren. Ich saß neben Agens, stellte ich zufrieden fest. Der Däne und seine Begleitung hatten Plätze gegenüber von Agnes. Die Brüder da Silver saßen jeweils in der Mitte des Tisches. Dennoch versuchte ich immer wieder unauffällig Ruben im Auge zu behalten. Aber bei den knapp dreißig Gästen war dies gar nicht so einfach. Ich las den Zettel neben mir. Sein Name stand nicht auf dem Schild, was mich beruhigte. Ich hatte das Gefühl, dass etwas Abstand nicht schlecht war. Jedoch hätte ich auch gerne mit ihm gesprochen. Wenn wir nebeneinander gesessen hätten, hätte sich dies vermutlich automatisch ergeben. Ich erspähte ihn in der Menge. Er kam auf den Tisch zu und zog den Stuhl gegenüber von mir weg. Ich wollte Augenkontakt suchen und ihn anlächeln, als sich eine wunderschöne Frau auf selbigem Platz niederließ. Er nickte mir zu und setzte sich neben sie. Ich konnte nicht anders als sie genau unter die Lupe zu nehmen. Ich schätzte sie Anfang zwanzig. Ihr sehr langes, braunes Haar war glatt zu einem Seitenzopf zusammengebunden worden. Schlank, groß, mit leicht gebräunter Haut und trug das klassische, kleine Schwarze, was ihr sehr gut stand. Ich musste mir selbst, wenn auch ungerne, eingestehen, sie war wunderschön. Das Gefühl von Eifersucht stieg in mir auf, auch wenn ich mich bemühte dieses zu unterdrücken. Nicht auf ihr makelloses Aussehen. Vielmehr darauf, dass Ruben ihr seine volle Aufmerksamkeit schenkte.

Die Vorspeise wurde serviert. Eine bunte Auswahl Tapas war elegant auf einem Teller zusammengetragen worden. Ich hatte keinen Hunger mehr, als ich sah, wie diese Frau eine Dattel im Speckmantel über ihre perfekten Lippen gleiten ließ und in den Mund steckte. Ruben flüsterte ihr etwas zu und sie lachten gemeinsam. Agnes stieß mich an. Ich drehte meinen Kopf zu ihr. »Leo fragte gerade, was die Farben des Sommers sein werden«, wiederholte sie offensichtlich. »Im kommenden Jahr setzen wir auf zartere Farben. Lindgrün, ein blasses Gelb und Rose werden die Kollektion dominieren«, sagte ich selbstsicher. »Wir setzen auf die bekannten und vor allem beliebten Schnitte, ergänzen unsere Kollektion jedoch mit einigen weiteren Designs, die noch etwas gewagter sind.«

»Was meinen Sie mit gewagt, Mara«, fragte Luca nach. »Viele Frauen bevorzugen weite, lässige Schnitte im Sommer. Um aber gerade auch das junge Publikum anzusprechen, haben wir eine Linie produziert, die etwas enger und kürzer ist. Sie betont die Kurven und kann mit unseren neuen Statement-Shirts kombiniert werden.«

»Was kann ich mir darunter vorstellen?«, fragte er weiter nach. »Dabei handelt es sich um Shirts, statt wie gewöhnlich Tops, die wir kombinieren, die aber auch unabhängig von unseren Blusen und Tuniken getragen werden können. Sie haben Aufdrucke wie ‚Superwomen' oder ‚Be-autyfull' mit Bindestrich als Wortspiel.«

»Das klingt fantastisch!«, bestätigte Leo. »Wir starten damit einen Testballon. Sollte dieser steigen, werden wir im nächsten Jahr für jedes Land individuelle Shirts produzieren lassen.« Ich piekte mit meiner Gabel in ein Hackbällchen auf meinem Teller und sah zu Ruben rüber. Er schien mir aufmerksam zugehört zu haben. Als sich unsere Blicke trafen, stieß ihn seine Begleiterin an und ließ ihn etwas von ihrem Teller probieren, indem sie es ihm an die Lippen reichte. Er nahm es an und sah ihr in die Augen.

Ich hoffte nur noch, dass dieses Dinner ein Ende nehmen würde. Es war mir unerträglich, Ruben so nahe zu sein. Wenn wir wenigstens noch Freunde gewesen wären, hätte es mir vielleicht schon gereicht. Aber von ihm ignoriert zu werden schmerzte mich sehr. Die Vertrautheit, die er mit dieser Frau hatte, vermisste ich zwischen uns. Ich vermisste ihn und das wurde mir in diesem Moment schmerzlich bewusst.

Agnes übernahm einen Großteil des Gesprächs. Ab und an bemerkte ich, wie angriffslustig sie war, wenn sie dem dänischen Geschäftsmann eine provokante Frage stellte. Sie schien gut über sein Unternehmen informiert zu sein und fragte zum Beispiel ganz gezielt nach der Nachhaltigkeit seiner Produkte und dem Produktionsort. Als er zugeben musste, dass er in China produzierte, und Agnes fragte, ob sein Unternehmen dort auch zertifiziert den Arbeitsschutz einhält, dachte ich für einen kurzen Moment, er würde sie nun anschreien. Er tat es nicht, aber dies war vermutlich reine Körperbeherrschung.

Es kostete mich genauso viel Überwindung, nicht zu Ruben rüberzusehen. Nachdem seine Begleitung auf mich einen immer angeheiterteren Eindruck machte und auch mehr Körperkontakt zu ihm suchte, konzentrierte ich mich ausschließlich auf das Gespräch mit den Spaniern. Ich fragte mich, weshalb Ruben überhaupt da war und vor allem was diese Frau hier zu suchen hatte. Konnte sie ein Model von dem Brillenfabrikant sein? Eines meiner Models war sie definitiv nicht.

Zum Nachtisch wurde eine Mousse au chocolat serviert. Ich sah genau in dem Augenblick zu den beiden rüber, als sie ihn damit füttern wollte. Ich verdrehte die Augen. Da Ruben wohl nicht damit gerechnet hatte, gefüttert zu werden, drehte er seinen Kopf zu schnell. Sie verschmierte die Mousse in seinem Gesicht. Sie gackerte wie ein Huhn und wischte die Schokolade von der Wange, um sich dann den Finger abzulecken. Das war zu viel für mich. Ich rutschte so abrupt mit meinem Stuhl nach hinten, dass sich nicht nur Ruben erschreckte. Auch Agnes und die Spanier blickten mich erstaunt an. »Entschuldigen Sie bitte, ich bin gleich wieder da«, sagte ich und verließ den Tisch. Da ich meine Flucht nicht geplant hatte, landete ich in der Lobby. »Hervorragend!«, dachte ich, unterdrückte jedoch den Impuls, das Hotel zu verlassen. Ich konnte Agnes nicht zurücklassen und vor allem konnte ich nicht gehen, ohne mich von den Spaniern zu verabschieden. Ich schloss die Augen und atmete tief ein und wieder aus. Ich hatte einmal von einer Notfallübung gehört, bei der man durch Atmen eine Panikattacke verhindern konnte. Zwar stand eine solche bei mir nicht an, aber wenn mein Puls etwas runtergehen würde, wäre mir schon geholfen. »Ich atme meinen Ärger weg«, sagte ich mir selbst, als jemand seine Hand auf meine Schulter legte. Ich wirbelte vor Schreck rum. »Geht es dir gut?« Ich konnte es kaum glauben. Ruben stand vor mir und sah mich besorgt an. »Ja, ich denke schon«, log ich eiskalt. »Von welchem Ärger sprichst du?«, fragte er und schmunzelte. »Ich finde diesen Brillentyp auch etwas schräg.«

»Warum gehst du nicht ans Telefon, wenn ich dich anrufe?«, brach es aus mir heraus. »Weil ...«, er dachte offenbar über seine Wortwahl nach, »... ich von dir nicht nochmal so verletzt werden möchte.«

»Das war nicht meine Absicht.« Erst jetzt nahm er die Hand von meiner Schulter. »Ich bin nicht die zweite Wahl. Du kannst dir nicht so 'nen soliden ‚Mamasliebling' angeln und wenn es nicht klappt, darauf hoffen, dass ich da bin.«

»Das habe ich gar nicht. Du hast mir an dem Abend erst gesagt, was du empfindest. Ich dachte, du möchtest nur was Lockeres. Und da hatte ich Thomas schon kennengelernt. Ich habe auch nicht gesagt, dass er meine erste Wahl ist. Ich musste deine Information erstmal verarbeiten, um mir zu überlegen, wie ich niemanden verletze.«

»Das hat ja großartig funktioniert«, erwiderte er. »Das war ein Gemeinschaftswerk.«

»Du bist zweigleisig gefahren und willst es jetzt nicht zugeben.«

»Nein, du wolltest etwas Lockeres ohne Verpflichtungen und ich habe mich genau daran gehalten. Aber wie ich sehe, hast du binnen ein paar Tage ein heißes Model am Start. Da stellt sich mir doch die Frage, ob du ehrlich den moralischen Zeigefinger ...«

»Könntet ihr das bitte in einem privaten Kreis klären?« Agnes kam wutschnaubend auf uns zu. So hatte ich sie noch nie erlebt.

»Das Dinner geht zu Ende und ich will einen optimalen Abschluss. Reißt euch mal zusammen«, wies sie uns zurecht.

Ruben und ich taten wie geheißen, würdigten uns aber keines weiteren Blickes. Nach dem Dinner verabschiedeten Agnes und ich uns recht schnell und erhielten die Zusage für unsere Partnerschaft.

KAPITEL 40

# Lambertzkekse

Mit unseren neuen Kunden wurde es zum Jahresende plötzlich wieder geschäftig in unserem Atelier. Die Näherinnen legten Sonderschichten ein, um diesen Großauftrag bewältigen zu können. Agnes und ich versprachen ihnen zusätzliche Urlaubstage und einen Zuschlag zu ihrem Gehalt, damit sie aus den Ferien zurückkamen und uns halfen den Auftrag umzusetzen. Nur so war es möglich, rechtzeitig ausliefern zu können. Es war unglaublich zu sehen, wie sehr sich jede Einzelne mit unserem Unternehmen identifizierte und bemüht war, in nur wenigen Tagen das Unmögliche zu schaffen. Es war am Silvestermorgen, als auch die letzte Nähmaschine aufhörte zu surren, die restlichen Kleidungsstücke eingepackt wurden und das finale Paket verklebt war, um dem Lieferanten übergeben zu werden. Wir feierten uns für diese Meisterleistung und hatten uns einen Urlaub ehrlich verdient. Wir stießen miteinander an und lagen uns in den Armen. Agnes und ich überreichten unseren Frauen noch ein Neujahrsgeschenk. Es war ein Paket mit traditionell aachender Gebäck und einer Flasche Champagner. Im Anschluss entließen wir sie in den wohlverdienten Urlaub und lehnten uns in meiner Wohnung zurück. »Eine gemütliche Couch hast du mir ausgesucht«, lachte ich. »Ja, das ist die gleiche wie auf meiner Jacht.«

»Hast du eigentlich irgendwo ein Haus oder so?«, fragte ich neugierig. »Möchtest du wissen, ob ich einen festen Wohnsitz habe?« Ich nickte. »Ich habe ein Haus in Deutschland und mehrere Apartments auf Ibiza, Zypern und dem griechischen Festland. Aber Mallorca ist mein Zuhause.«

»Warum kaufst du dir hier nicht ein Haus oder eine Wohnung? Wäre das nicht doch irgendwie zuhausener?«

»Interessantes Wort«, lachte sie. »Nein, ich liebe das Hotel. Mein zweiter Mann und ich haben dort unsere Flitterwochen verbracht. Es erinnert mich an schöne Zeiten, für die ich sehr dankbar bin.«

»Würdest du wieder heiraten?«, fragte ich. »Ich liebe es, verliebt zu sein, und liebe es, noch mehr zu lieben. Ausschließen würde ich es nicht. Aber Männer sind ja auch anstrengend und ich muss zugeben, dass ich meine Unabhängigkeit brauche. Wenn, dann nur einen Mann, der mich frei sein lässt. Männer meiner Generation haben das oft noch anders gelernt und wollen eher, dass eine Frau sich anpasst. Das werde ich auf keinen Fall.«

»Ist Rüdiger einer von den Guten?«, interessierte mich ehrlich. »Das finde ich gerade raus. Bisher macht er aber einen positiven Eindruck«, lachte sie. »Das klingt doch erstmal gut. Wenn du noch mal heiraten solltest, entwerfe ich aber dein Kleid!«

»Das klingt nach einem guten Plan«, antwortete sie. »Hast du nach dem Dinner noch mal mit Ruben gesprochen?« Ich schüttelte den Kopf. »Ach, Kinder. Nicht zu reden, bringt euch auch nicht weiter.« Dass sie recht hatte, wusste ich. Ich wollte ihn jedoch nicht noch mal anrufen. Ich hatte es so oft probiert und konnte ihn schließlich nicht zwingen mit mir zu sprechen. Eigentlich wurde das Wesentlich ja auch schon im Hotel gesagt.

Den Rest hatte ich mit eigenen Augen gesehen. »Es ist kompliziert«, antwortete ich. »Ja, das kenne ich«, antwortete sie knapp und setzte sich auf. »Denk aber mal drüber nach. Zumindest sollte das Ganze einen guten Abschluss finden. Nicht nur für euch, sondern auch, weil ihr weiterhin Berührungspunkte habt und miteinander arbeiten werdet.« Ich nickte. »Ich muss jetzt los. Kommst du mit deinem pinken Flitzer oder soll Enrique dich holen kommen?«

»Ich habe den Wagen immer noch nicht gefahren. Das ist mein Vorsatz für das kommende Jahr. Wenn Enrique mich holen könnte, wäre das großartig.«

Die Gedanken an Ruben ließen mich nicht los. Sicherlich würde er zu Agnes' Party kommen. Ich traute mich aber nicht sie zu fragen, denn das würde zu weiteren Fragen führen. Auch wenn sie einiges ahnte, wollte und konnte ich ihr nicht erzählen, was passiert war. Jeder Gedanke an ihn schmerzte mich sehr. Mir wurde bewusst, dass ich mich im Kino schon längst in ihn verliebt hatte, es aber versuchte zu verdrängen. Da dachte ich ja auch noch, er hätte kein Interesse an Frauen. An der Wasserbahn war es dann eigentlich so klar, dass ich es selbst nicht hätte übersehen dürfen. Aber ich wollte cool sein, Sex wie ein Mann haben. Wie hatte ich das überhaupt in Betracht ziehen können? Und was sagte es aus. Nicht jeder Mann ist ein emotionsloses Wesen wie Henning. »Ich bin verliebt!«, sagte ich laut. Dieses Gefühl hatte ich so lange nicht mehr gehabt, dass ich es nicht erkannt hatte. Und jetzt war es zu spät.

Tief in meinen Überlegungen versunken, kam mir wieder ein ganz anderer Gedanke. »Wo kommt eigentlich diese Frau so plötzlich her?« Ich hatte recht mit dem, was ich im Hotel gesagt hatte. Die standen sich schon so nahe, das kann nicht in so wenigen Tagen passiert sein. Oder doch? Wo lernt man zwei Tage vor Weihnachten jemanden kennen, mit dem man gleich nach den Feiertagen so innig ist? »Das geht gar nicht!«, sagte ich laut und setzte mich auf. Da musste professionelle Meinung ran, also nahm ich das Handy und rief Steffi an.

»Möglich ist es ja schon. Auf dem Weihnachtsmarkt, beim Einkaufen ... die Möglichkeiten sind unendlich«, versuchte sie mich zu beschwichtigen. »Ich bitte dich. Wie unwahrscheinlich ist das denn? Der hat die schon vorher gekannt und erzählt mir jetzt, ich bin an allem schuld, weil ich aus ihm die zweite Wahl gemacht habe. Dabei hatte er sie schon in der Hinterhand. Vielleicht hat er diese ganze ‚Ich will mit dir zusammen sein'-Nummer auch nur erfunden, damit ich mit ihm in die Kiste gehe.«

»Jetzt warte mal. Wenn er nichts für dich empfinden würde, dann wäre er nicht zu dir ins Zimmer zurückgegangen. Es war ja nicht so, als ob sich an dem Abend nicht genug für ihn angeboten hat.«

»Wie meinst du das?«, fragte ich erstaunt. »Sowohl Männer wie Frauen haben bei der Preisverleihung mit ihm auf Teufel komm raus geflirtet. Aber er hat da überhaupt nicht mitgemacht.«

»Woher weißt du das?«

»Von der Bar aus sieht man halt viel. Ich hatte das voll im Blick.«

»Warum habe ich das nicht mitbekommen?«, wunderte ich mich. »Weil du ständig mit irgendwelchen Leuten beschäftigt warst. Entweder kam Kurt und stellte dir jemanden vor, Leute gratulierten dir, oder du hast ein Interview gegeben.« Ich nickte, auch wenn Steffi dies nicht sehen konnte. »Ruben hat immer schön am Rand gestanden und dich glänzen lassen. Er hat sich mit einigen Leuten unterhalten. Es schien mir, als ob er ein paar auch schon kannte. Aber er ist auf nichts eingegangen. Er hatte dich immer im Blick und gleich wenn du fertig warst, hat er dich abgepasst und wieder mit zurück zur Tanzfläche gezogen.«

»Okay, das habe ich nicht bemerkt«, stellte ich fest. »Wie denn auch? Das war dein Abend. Und er hat ihn dir gelassen.«

»Dennoch stellt sich die Frage, wo dieses Weib herkommt.«

»Ich weiß es nicht. Ich sag ja auch nicht, dass er ein Heiliger ist.« Als ich nicht antwortete, sprach sie weiter: »Was, wenn er gar nicht zurückgekommen ist, um dich zu trösten, sondern um sich zu verabschieden.«

»Jetzt mache aus ihm bitte auch keinen Heiligen, der einen theatralischen Abschied brauchte und so. Was auch immer war, wie auch immer er gefühlt hat und sagte, was er sagte, seine Gefühle können nicht so tief gewesen sein, wenn er sofort eine Neue klarmacht. Und erst recht nicht, wenn er die schon vorher hatte.«

»Ja, das stimmt. Dir bleibt wohl nichts anderes übrig, als mit ihm zu sprechen, wenn du das herausfinden möchtest«, stellte sie fest. »Das will ich gar nicht. Ich will keinen weiteren Herzschmerz und Drama. Im Grunde hat Thomas es sehr gut auf den Punkt gebracht und ist genau so was damit aus dem Weg gegangen. Ich will das auch nicht.«

»Dann sollten wir auch nicht weiter darüber sprechen und nach vorne blicken!«, beschloss Steffi und ich wusste, dass sie meine Meinung nicht teilte.

KAPITEL 41

# **Blutige Sünden**

Enrique holte mich pünktlich ab und fuhr mich zum Hafen Port d'Andratx. Agnes' Jacht war bunt beleuchtet und die Liveband spielte auf dem obersten Deck Popmusik. Ich balancierte mich über den Steg und begrüßte ein paar meiner Kundinnen, die nicht nur geschäftliche Kontakte zu Agnes pflegten, sondern auch zu ihrem Freundeskreis zählten. »Möchten Sie einen Champagner, Señora?«, fragte mich eine Stimme. Ich drehte mich zu ihr um. Angel hatte ein Tablett, gefüllt mit Champagnerflöten, in der einen Hand und reichte mir ein Glas mit der anderen. »Hallo Angel. Geht es dir gut?«, fragte ich. Er nickte und antwortete: »Jetzte wo isch dich sehe, sehr gut.« Und grinste verschwörerisch, als ich ihm das Glas abnahm und sich unsere Hände berührten. Ich musste lachen, als ich bemerkte, wie er absichtlich seine Hand so drehte, dass ich sie berühren musste. »Vielen Dank«, sagte ich und ging weiter. Dass Agnes ausgerechnet Angel als Kellner buchen musste, war ja typisch für sie, dachte ich.

Ich drängelte mich an einigen Menschen vorbei, bis ich auf der anderen Seite Agnes fand. »Da ist sie ja. Meine Damen und Herren, ich möchte euch Mara Bachmann vorstellen«, jubelte sie und nahm mich in den Arm. Einige Köpfe drehen sich zu uns um und mich überkam der Eindruck, dass Agnes aus tatsächlich allem ein Geschäft machte. Viele der anwesenden Gäste schienen mir nicht zu ihrem Freundeskreis zu gehören, sondern Geschäftsbekanntschaften zu sein. »Du bist eine unglaubliche Geschäftsfrau!«, flüsterte ich ihr ins Ohr. »Man ist selbst und ständig!«, antwortete sie leise und ich wusste, dass sie meinte, ein erfolgreiches Privatleben fordert seine Tribute. »Das ist Rüdiger«, stellte sie mir den adretten Herrn zu ihrer Rechten vor. »Ich habe schon viel von Ihnen gehört«, sagte ich, als er mir die Hand reichte. Seit Corona kam es mir immer komisch vor, wenn mich jemand mit Handschlag begrüßte. So auch jetzt. Ob dies jemals wieder zur Normalität gehören wird? »Ich von Ihnen auch, liebe Mara. Ihr gemeinsames Unternehmen ist äußerst beeindruckend.«

»Ich danke Ihnen.« Eine Glocke ertönte und unsere Jacht legte ab. Ich wollte mir einen Halt suchen, um nicht zu stolpern, aber Rüdiger bot mir hilfsbereit seinen Arm an. »Wir Seemänner sind standfest!«, lachte er und ich hoffte, dass diese Aussage nicht zweideutig gemeint war. »Aber was ich eigentlich sagen wollte: Wenn zwei solche Powerfrauen zusammenkommen, ist es auch nicht anders zu erwarten, als dass sie Erfolg haben«, ergänzte er seine Lobeshymne. Es war nicht zu übersehen, dass er Agnes gefallen wollte. Er setzte dies sehr charmant um und ich mochte ihn auf Anhieb. Sie passten gut zusammen und würden sicherlich ein schönes Team abgeben, dachte ich. »Liebe Mara«, sprach mich eine Frau an. »Ich würde mir ja so sehr wünschen, dass Sie auch Weitschaftstiefel in Ihre nächste Winterkollektion mit aufnehmen.«

»Das ist in der Tat eine schöne Idee«, sagte ich. »Wissen Sie, wir haben uns damit in der Tat schon auseinandergesetzt. Genauso wie mit dem Thema Hüte. Deshalb sind wir auf der Suche nach passenden Vertriebspartnern aus dem Bereich.«

»Also darf ich hoffen?«, freute sie sich. »Auf jeden Fall«, antwortete ich und ergänzte: »Ich kann nicht garantieren, dass es im kommenden Jahr schon so weit ist, aber wir arbeiten dran und wer weiß.«

»Also bei einem Hutmacher kann ich durchaus helfen«, sagte sie. »Er ist hier. Soll ich ihn Ihnen vorstellen?«

»Das wäre wundervoll!«, antwortete ich begeistert und bemerkte selbst, dass ich auf dem besten Wege war, in Agnes' Fußstapfen zu treten. Auch sie schien dies zu bemerken und nickte mir begeistert zu. »Ich glaube, er tanzt oben, bei der Band. Kommen Sie doch mal eben mit.« Ich folgte ihr auf das obere Deck. Die Tanzfläche war professionell ausgeleuchtet und neben der Band war ein DJ, der sich für seinen Part bereitzumachen schien. Einige Gäste tanzten und genossen den lauen Winterabend. Wir gingen am Rande des Decks entlang und ich bemühte mich, nicht über den Rand zu blicken. Das Wasser war so dunkel, ich spürte sofort, wie sich meine Höhenangst bemerkbar machte. Wissend, dass ich im schlimmsten Fall nur ins kalte Wasser fallen würde, also nicht auf Beton klatschte, war zwar beruhigend, aber zu ahnen, dass eine unendliche Tiefe unter mir liegen würde und wer weiß was in der schwarzen Brühe schwimmen konnte, versetzte mich dann doch in Unruhe. Also beschloss ich möglichst nicht zu stürzen und aufzupassen, wohin ich lief. Ich balancierte mich an den Technikern, die offensichtlich Ton und Licht bedienten, vorbei, bis wir auf der anderen Seite der Tanzfläche angekommen waren. »Er war gerade noch hier. Einen Moment«, sagte die Frau. Ich hatte leider den Moment verpasst, sie nach ihrem Namen zu fragen. Wir hatten uns schon so lange unterhalten, dass ich es als extrem unhöflich ansah zu fragen: »Wie heißt du eigentlich?« Also ließ ich es und beschloss mich den Abend über entweder an ihrem Namen vorbeizumanövrieren oder mich bei Agens zu erkundigen. Sie suchte die Tanzenden mit den Augen ab, schien ihren Hutmacher jedoch nicht zu entdecken. Ich tat es ihr gleich, auch wenn ich ihn nicht kannte oder erkennen würde. Dafür erkannte ich jemand anderen. »Ruben!«, sagte ich, ohne es bewusst zu wollen. »Bitte?«, fragte die Frau. »Ach, nichts. Ich habe gerade nur laut gedacht.« Hätte ich ihn doch nur ein paar Minuten früher gesehen. Dann hätte ich wenigstens die Chance gehabt, das Boot zu verlassen. Ich blickte über das Meer. Der Hafen war definitiv schon zu weit weg. Schwimmen würde ich eh nicht, aber ich wollte alle Möglichkeiten in Betracht ziehen. Ich war also gefangen. Unweigerlich schaute ich auf mein Handy. 21:12 Uhr. Mist, Mitternacht dauerte noch ewig. »Wann legt das Boot eigentlich wieder im Hafen an?«, fragte ich. »Das weiß ich nicht. Aber ich habe ihn gefunden.« Sie nahm mich an die Hand und zog mich in eine Gruppe Männer, die sich unterhielt. »Mark, das ist Mara Bachmann.«

»Oh, die Designerin. Ich freue mich Sie kennenzulernen«, sagte er und nickte mir zu. »Ich freue mich auch. Besonders weil mir erzählt wurde, dass Sie Hutmacher sind.«

»Ich sehe, ihr kommt gleich auf den Punkt. Dann lasse ich euch sprechen. Bis später mal«, verabschiedete sich die für mich namenlose Dame. »Vielen Dank«, rief ich ihr noch nach, bevor ich mich wieder zu Mark drehte. »Ich würde gerne zwei, drei Hutdesigns in unsere Kollektion mit aufnehmen und brauche dazu jemanden, der sich auskennt und uns unterstützen würde.«

»Was genau stellen Sie sich vor?«, fragte er. Bevor ich antworten konnte, sagte er: »Ruben, ihr kennt euch doch auch, oder?«

Auch das noch! Ich schnaubte innerlich. War dieser Hutmacher ausgerechnet Teil seines Freundeskreises? Das konnte doch alles nicht wahr sein. »Ja, stimmt. Guten Abend, Mara«, sagte er kühl und nickte mir zu. »Hallo«, antwortete ich knapp. Die Situation war uns beiden offensichtlich unangenehm. »Ich wollte mir gerade etwas zu trinken holen gehen. Soll ich euch etwas mitbringen?«, fragte er. »Nein, danke«, antwortete ich direkt. Auch Mark wollte nichts. Die anderen Herren entschieden, sich Ruben anzuschließen und verschwanden von Deck. »Also, was kann ich für Sie tun?«, hakte Mark nach. Ich würde gerne meine Designs in den Hüten mit einbauen. Vielleicht als Band um den Hut oder als Krempe mit unseren Stoffen«, versuchte ich zu erklären. »So genau weiß ich es noch nicht. Ich wünsche mir jemanden, der mit mir die Möglichkeiten bespricht, und diese gegebenenfalls umsetzen kann.«

»Das hört sich auf jeden Fall spannend an. Was sagen Sie dazu, wenn ich nächste Woche einfach mal bei Ihnen im Atelier vorbeikomme und ein paar Muster mitbringe. Wir können dann anhand bestehender Modelle mal schauen, ob das Ihren Vorstellungen entspricht«, schlug er vor. »Das klingt großartig«, schloss ich das Gespräch schnell ab, nachdem ich ihm meine Karte reichte, weil ich Ruben nicht nochmal über den Weg laufen wollte. Ich huschte die Treppe hinunter und eilte zurück zu Agnes. Diese war jedoch tief in Gesprächen versunken. Ich stand etwas abseits, als Angel mir diesmal ein Canapé anbot. Mir blieb heute aber auch nichts erspart, dachte ich. Ich lächelte ihn jedoch an und nahm mir eins mit Frischkäse und Lachs. »Warum biste du nischt im Hotel, Mara«, fragte er. »Ich habe eine Wohnung auf dem Boulevard«, antwortete ich. »Verstehe. Iste schön?«

»Ja, sehr«, antwortete ich. »Aber keiner bringen dir Schokobrötchen?« Ich lachte. »Nein, das muss ich selbst machen.« Er nickte und ging weiter. Wenn wir einen Motorschaden erleiden würden und zufällig auch noch Thomas hier auftauchen würde, gehe ich über Bord, beschloss ich.

Ich versuchte Kontakt zu einem der vielen Menschen aufzunehmen und gab mein Bestes, immer wieder jemanden zu finden, mit dem ich mich über einen längeren Zeitraum unterhalten konnte. Aber irgendwie waren keine Menschen dabei, denen ich wirklich etwas zu sagen hatte oder die mir so spannend erschienen, dass ich ihnen über einen längeren Zeitraum zuhören wollte. Die Suche nach einem Gesprächspartner artete für mich schon fast in Arbeit aus. Ruben sah ich dabei jedoch nicht mehr und ich war mir sicher, dass er mir auch aus dem Weg ging. Gemeinsam würden wir es vielleicht sogar schaffen, kein weiteres Wort miteinander wechseln zu müssen, hoffte ich.

Da ich ihn weiterhin oben vermutete, mied ich das Tanzdeck und wanderte unten umher. Ich brauchte einen Drink, entschied ich. Wenn das hier alles schon so eine Katastrophe war, dann wollte ich mir dieses Event zumindest schön trinken. »Wo ist eigentlich die Bar?«, fragte ich mich und entschied mich sie zu suchen. Ich ging das Deck entlang, bis ich wieder am Pool angekommen war. Das Wasser qualmte. Offensichtlich hatte Agnes einen beheizbaren Pool, der auch im Winter genutzt werden konnte. Ein paar Leute hatten die Gelegenheit genutzt und tummelten sich in dem warmen Wasser. Die meisten jedoch standen in kleinen Gruppen drumherum und unterhielten sich.

Ich ging an die Bar und bestellte mir einen Gin Tonic, den ich auch sofort gemixt bekam. Da ich an der Bar nicht ganz so verloren aussah, oder mich zumindest nicht so fühlte, blieb ich dort stehen und sah mich um. Das Land war jetzt in so weiter Ferne, dass sich nur noch ganz schwach einige Lichter erahnen ließen. Ich fragte mich, ob wir von Land aus gut zu erkennen waren. Das Boot war übersät mit Lampions, die Tanzfläche und der Pool waren hell erleuchtet. Vermutlich wirkten wir wie ein riesiges Glühwürmchen auf hoher See. Angel kam an die Bar. Offensichtlich sah er mich nicht, denn er hatte ausschließlich Augen für die schöne Barkeeperin. Ich lächelte, als er mich ansah. Und er tat es mir gleich.

Der DJ hatte seinen Dienst übernommen und ich konnte erkennen, dass viele Menschen auf der oberen Etage tanzten. Vor mir sah ich die Umrisse einer Frau, die durch den Pool schwamm. Einer Meerjungfrau gleich, glitt sie durchs Wasser und zog sich dann an der Treppe hoch, um aus dem Pool zu steigen. Sie griff nach einem Handtuch von einer Liege und trocknete sich das Haar. Als sie sich zu mir drehte, erkannte ich sie sofort. Das war das Weib, das im Hotel mit Ruben gegessen hatte. In diesem Moment sah ich auch ihn. Er stieg ebenfalls aus dem Wasser und griff nach einem Handtuch. Wassertropfen perlten von seinem Oberkörper und liefen über die Schwalben auf seiner Brust, um kurz danach zu Boden zu platschen. Seine Begleitung sagte irgendetwas zu ihm und beide lachten. Sie erschienen mir unheimlich vertraut und dies versetzte mir einen Stich, der so fest durch meinen Körper ging, dass ich daran hätte ersticken können. Als er nach einem Handtuch griff, um es ihr um die Schulter zu legen, konnte ich den Anblick nicht mehr ertragen. Ich wirbelte herum, stieß dabei gegen einen Mast und geriet ins Taumeln. Mein Glas fiel mir aus der Hand und landete laut klirrend auf dem Boden. Eine Frau neben mir kreischte auf und ich sah sie erschrocken an. Erst als ich ihrem Blick folgte, bemerkte ich, dass meine Hand heftig blutete. Bei dem Aufprall musste das Glas schon in meiner Hand gebrochen sein. Eine große Scherbe steckte noch darin und das Blut troff regelrecht von meiner Hand, über meinen Arm und klatschte dann auf den Boden. Angel lief mit einem Tuch auf mich zu und wickelte es um meine Hand. Sofort tränkte es sich mit meinem Blut und mir wurde schwindelig. »Du musst dich setzen«, hörte ich Rubens Stimme. »Mara, kannst du mich hören?«, fragte er. Ich sah ihn kurz an, aber dann wurde es schwarz um mich rum.

Als ich wieder zu mir kam, lag ich auf einer cremefarbenen Couch. Ich musste im unteren Teil der Jacht sein, schlussfolgerte ich. Ich blickte auf meine Hand und wollte sofort aufspringen, aber mir wurde schlagartig wieder so schwindelig, dass ich gezwungen war liegenzubleiben. »Ich versaue die Couch«, lallte ich mehr, als dass ich es sagte. »Die ist nicht so wichtig. Hauptsache, dir geht es gut«, hörte ich Agnes sagen. Ein Mann kniete vor mir. »Das ist Dieter Gerhardts. Er ist Arzt und wird dir die Scherbe ziehen«, sagte Agnes. »Liebes, ich glaube, ihr schafft das allein. Ich besorge mal 'nen Schnaps oder so. So viel Blut ist nichts für meine Nerven.« Ich nickte und bemerkte erst jetzt, dass jemand meine andere Hand hielt. Es war Ruben. »Drück meine Hand ganz feste, wenn es weh tut«, sagte er. »Nun setzte ich mich doch auf. »Moment. Macht es nicht mehr Sinn, das erst im Krankenhaus zu entfernen?«, fragte ich. »Wir schaffen das. Bis wir im

Krankenhaus sind, vergehen zwei Stunden«, stellte Doktor Gerhardts fest. »Das geht ganz schnell. Die Scherbe ist nicht so groß, als dass sie einen so großen Schaden angerichtet haben könnte.« Ich merkte, wie ich zitterte. Der Arzt hatte meine Hand auf sein Knie gelegt. »Wenn ich es sage, holen Sie einmal tief Luft, dann ist es schon vorbei«, wies er mich an. Er trug weiße Handschuhe. Mit einer Hand hielt er mein Handgelenk, mit der anderen eine Pinzette. »Okay«, sagte ich und drehte mich zu Ruben. Ich legte meinen Kopf auf seine Schulter und spürte, wie er den Arm um mich legte und mich festhielt. »Jetzt!«, sagte der Arzt und ich merkte augenblicklich einen Druck in meiner Hand. Ich biss die Zähne zusammen und drückte mich so fest es ging an den nackten Oberkörper von Ruben. »Schon geschafft«, sagte er, hatte aber gelogen. Denn er sprühte eine Flüssigkeit auf meine Hand, die sofort anfing, unerträglich zu brennen. Ich versuchte meine Hand wegzuziehen, was er verhinderte. »Das ist gleich vorbei!«, sagte er, während ich mich vor Schmerzen wand. Ruben drückte mich mit aller Kraft an sich, bis es vorbei war. Doktor Gerhardts verband meine Hand und entließ mich dann seinem Griff. Ich atmete erleichtert auf. »Das war schrecklich«, weinte ich. Ruben streichelte über meinen Kopf. »Sie sollten damit morgen auf jeden Fall mal bei mir in der Praxis vorbeischauen. Agnes gibt Ihnen meine Nummer«, sagte er und verließ Agnes' Wohnzimmer. »Ist dir noch schwindelig?«, fragte mich Ruben, als ich ihn losließ und mich wieder aufsetzte. »Nein, ich glaube nicht.«

»Soll ich dir irgendwas holen?« Ich schüttelte den Kopf. »Du kannst ruhig gehen. Ich schaffe das schon.«

»Ich möchte gar nicht gehen«, antwortete er und sah mich aufgebracht an. »Aber du wirst draußen doch von deiner

Freundin erwartet«, sagte ich provozierend. Eigentlich hatte ich nicht die Kraft, mich zu streiten. Aber ich war so wütend und enttäuscht, dass ich nicht anders konnte. »Lisa?«, fragte er. »Wie auch immer die heißt. Schönes Mädchen. Sie passt zu dir.« Mir fiel schwer mir dies einzugestehen. Aber sie waren wirklich ein schönes Paar. Das war nicht zu übersehen. »Warum bist du jetzt eifersüchtig?«

»Ich bin nicht …« Ich unterbrach diese Lüge selbst. »Ich bin einfach verletzt. Und ich meine nicht nur an meiner Hand.«

»Im Herzen?«, fragte er und ich nickte. »Ich aber auch.«

»Weswegen denn?«

»Weil ich nur die zweite Wahl bin«, sagte er und ich konnte die Traurigkeit in seinen Augen erkennen. »Du warst nie die zweite Wahl. Ich habe mich in dich verliebt, als wir im Kino saßen, und wollte es mir nicht eingestehen, weil ich dachte, ich hätte keine Chance. Du hast behauptet schwul zu sein und ich wollte mich schützen. Ich hätte doch nie gedacht, dass du anders empfindest. Später habe ich dieser ganzen Freunde Plus Sache nur zugestimmt, weil ich mir selbst meine Gefühle nicht eingestehen wollte. Vielleicht war es auch, um dich zumindest so eng wie möglich in meinem Leben zu haben.«

»Du bist aber diesem Typen nachgelaufen. Nicht mir.«

»Das stimmt. Er war aus Krefeld gekommen und hatte mir sein Auto geliehen. Das war unheimlich lieb von ihm und es tat mir leid, dass er so enttäuscht war. Ich hätte das lieber anders geklärt. Aber das habe ich dir schon im Bad versucht zu erklären. Du hast mir nicht zugehört.« Ruben blickte auf den Boden und schwieg. Die Stille war unerträglich. Ich hatte mich vollkommen offenbart. Es war raus. Alles, was in mir vor sich ging. Eine unendliche Stille setzte ein. Nicht nur zwischen uns, auch in mir.

»Ich habe mich in dich verliebt, als ich dich das erste Mal gesehen habe«, sagte er schließlich. »Das stimmt nicht. Du hast mich beleidigt, als wir uns kennenlernten«, erwiderte ich. »Ja, weil ich wollte, dass du mich möglichst so richtig kacke findest. Ich hatte gerade eine echt schlimme Beziehung hinter mir. Ich hatte nicht vor jemanden kennenzulernen. Und ich dachte, wenn du mich nicht magst, kann ich dir aus dem Weg gehen.« Er wischte sich übers Gesicht. »Aber versuche mal jemandem aus dem Weg zu gehen, an den du den ganzen Tag denken musst. Als wir bei Amazon waren, habe ich dir noch in der Nacht eine WhatsApp geschrieben und dir geschrieben, wie sehr ich mich in dich verliebt habe.« Ich erinnerte mich sofort. »Warum hast du die gelöscht?«, fragte ich. »Weil man betrunken nichts verschicken soll und ich Angst vor deiner Reaktion hatte. Ich wollte nicht in Panik neben dem Handy sitzen und darauf warten, dass du aufwachst und mir antwortest.« Er atmete einmal tief und sprach dann weiter. »Das mit den Freunden Plus ist mir rausgerutscht und ich habe es im gleichen Moment bereut, aber ich hatte Angst, dass unsere Freundschaft zerbricht.« Nun sahen wir uns an und schwiegen. »Ruben, ich wurde auch verletzt und ich kann Lügen gar nicht ertragen. Davon hatte ich in den letzten Jahren zu viel. Diese Frau kam nicht danach erst in dein Leben! Dafür seid ihr viel zu vertraut.«

»Nein, Lisa kenne ich deutlich länger. Das ist richtig«, gab er zu. »Und da haben wir genau den Punkt. Du arbeitest mit so vielen schönen Menschen zusammen. Ich werde nie die Garantie haben, dass du dir nicht so ein Mäuschen oder einen netten Kerl mit heimnimmst.«

»Es gibt keine Garantie fürs Leben«, sagte er. »Aber was ich dir garantieren kann, ist, dass ich dich sehe«, sagte er und nahm meine Hand. »Mara, ich sehe dich und du bist viel mehr als nur ein schöner Mensch. Ich hätte mich auch mit geschlossenen Augen in dich verliebt«, sagte er und mein Herz machte einen Sprung. »Ich kenne deine Narben, auch ohne dass du sie benennen musst. Aber alles an dir ist schön. Auch das, was man nicht sieht.« Die Tür ging auf und Agnes kam rein. »Ist bei euch alles gut?«, fragte sie. »Ja«, antwortete ich, wandte meinen Blick jedoch nicht von Ruben ab. »Ihr geht es gut«, bestätigte Ruben. Eine zweite Person betrat den Raum. Es war Lisa. »Es ist gleich null Uhr. Kommt ihr zum Anstoßen hoch?«, fragte sie. »Nein, wir bleiben hier!«, sagte Ruben entschieden. »Wir gehen lieber.« Agnes schob Lisa aus dem Raum und schloss die Türe. »Ich kenne Lisa schon ihr ganzes Leben«, grinste er nun. »Sie ist meine kleine Schwester«, fügte er hinzu. »Wirklich?«, fragte ich überrascht. »Sie studiert in England und wollte mich über Neujahr besuchen.« Ich schlug mir die Hände vors Gesicht und spürte augenblicklich den Schmerz in meiner Hand. Ruben nahm sie und küsste den Verband. Auf Deck wurde ein Countdown runtergezählt. »Zehn, Neun …«

»Es tut mir leid, dass ich so dumm war«, sagte ich. »… Sechs, Fünf …«

»Wir haben beide nicht gerade durch soziale Intelligenz geglänzt«, erwiderte Ruben. »… Zwei, Eins …« Wir sahen uns nur an. Mir fiel eine enorme Last von meinem Herzen, meiner Seele und ich fühlte mich befreit. So viel Glück in einem Moment wahrzunehmen war überwältigend. Ich lächelte, als er mich an sich zog, und bevor er mich küsste, flüsterte ich: »Ich wünsche uns für dieses Jahr das ganz fette Glück!«

Liebe Leserin, lieber Leser,

ich danke dir, dass du Mara ein Stück in ihrem Leben begleitet hast und hoffe sehr, dich begeistertzu haben auch etwas zufriedener mit deinem Körper zu werden.

Es ist immer so einfach gesagt: »Liebe dich selbst.« Dass es geht, hören wir doch sehr oft. Aber wie, steht auf einem ganz anderen Blatt. Du kannst es lernen. Am wichtigsten ist jedoch von vorneherein zu wissen, dass es niemanden auf dieser Welt gibt, der immer und an jedem Tag und zu jedem Zeitpunkt zufrieden mit sich ist. Das ist ganz normal und es liegt nicht an dir wenn du feststellst, dass du doch nicht immer ganz im reinen mit dir bist, dich ein paar Falten stören, die Speckrolle im Weg ist oder du lieber langes, wallendes Haar hättest, statt deine aufkommenden Geheimratsecken zu feiern.

Am Ende des Tages ist wichtig, dass dein positives Gefühl zu dir überwiegt. Zähle nicht deine Defizite auf sondern wertschätze, was du alles schon geleistet hast.

Vergiss nie: Das Schönste an Dir ... BIST DU!

# Danksagung

Vielen Dank …
Ivonne, für deine Energie und Geduld mit mir.
Betty, für deine Begeisterung und Motivation
Silke, für deine große Unterstützung und Kreativität.
Melissa, für den »jungen« Blick.
Daniel, für die charmanten Tipps.
Veith, weil du du bist.
Mama, für das Testlesen mit roten Ohren.
Kristina, für deine ehrliche Kritik.
Jens, für deinen unermüdlichen Glauben an mich.